모나 리자 오버드라이브

모나 리자 오버드라이브

Mona Lisa Overdrive

윌리엄 깁슨

장성주 옮김

황금가지

MONA LISA OVERDRIVE

by William Gibson

누이 프랜 깁슨에게
경탄과 사랑을 담아

1

스모크

'유령'은 그녀가 아버지한테서 받은 작별 선물이었다. 나리타 공항의 출발 라운지에서 검은 옷으로 온몸을 감싼 비서가 건네주었다.

런던으로 향하는 비행기 안, 유령은 처음 두 시간 동안은 까맣게 잊힌 채 그녀의 손가방 속에 들어 있었다. 검고 매끈한 타원형. 한쪽 면에는 어디서나 눈에 띄는 마스네오텍의 로고가 새겨져 있었고, 반대쪽 면은 사용자의 손바닥에 꼭 맞게 살짝 휘어져 있었다.

그녀는 일등칸의 자기 자리에 아주 꼿꼿이 앉아 있었다. 이목구비는 죽은 어머니의 가장 특징적인 표정을 본떠 만든 조그맣고 차가운 가면으로 이루어져 있었다. 주위의 좌석은 모두 비어 있었다. 아버지가 일등칸을 전세 냈기 때문이었다. 긴장한 표정의 남자 승무원이 식사를 가져왔지만 그녀는 사양했다. 승무원은 비어 있는 자리들을 보고 겁을 먹었다. 그녀 아버지의 부와 권력을 보여 주는 증거였으므로. 그는 머뭇거리다가 고개를 숙이고 물러났다. 아주 잠시, 그녀는 가면 위로 어머니의 미소를 지어 보였다.

유령들. 나중에 독일 상공 어디쯤을 지날 때, 그녀는 옆자리의 등받이를 가만히 보며 생각했다. 아버지가 유령을 얼마나 능숙하게 다루는지를.

비행기 창밖에도 유령이 있었다. 겨울을 맞은 유럽의 성층권에 떠도는 유령들. 눈의 초점을 풀고 멍하니 보면 불완전한 형상이 형태를 띠기 시작했다. 우에노 공원에 있는 어머니의 모습, 9월 햇살 속의 그 갸름한 얼굴이.

"구미코, 학이야! 저 학 좀 봐!"

그 말에 구미코는 시노바즈 연못 너머를 바라보았지만, 아무것도 보이지 않았다. 학은 깃털 하나 눈에 띄지 않았고, 그저 까마귀로밖에 보이지 않는 검은 점 몇 개만 폴짝폴짝 뛰어다녔다. 실크처럼 잔잔한 연못의 수면은 납빛이었고, 멀리 보이는 활터의 칸칸이 나뉜 사로 위에는 창백한 홀로그램이 흐릿하게 깜빡거렸다. 하지만 구미코는 나중에 학을 보았다. 꿈속에서, 여러 번. 네온 종이로 접은 각진 종이학들, 그 색색의 딱딱한 새들이 어머니의 광기 속 황량한 풍경에서 줄지어 날아가는 장면을…….

아버지가 떠올랐다. 벌어진 검은 가운 사이로 어지럽게 뒤엉킨 용 문신이 드러난 아버지는 널따란 흑단 책상 뒤에 쓰러지듯 퍼져 앉아 있었다. 가늘게 뜬 눈이 번득였다. 색칠한 인형의 눈처럼.

"네 엄마는 죽었어. 무슨 말인지 알겠니?"

사방이 온통 컴컴한 들판 같던 아버지의 서재도, 그곳의 각진 어둠도 떠올랐다. 탁상 램프가 비춘 동그란 불빛 속으로 아버지의 손이 들어왔고, 그 떨리는 손이 구미코를 가리키자 가운 소매가 뒤로 당겨져 황금빛 롤렉스 시계와 더 많은 용이 드러났다. 용들의 갈기는 파도처럼 소용돌이치며 아버지의 손목까지 시커멓게 뻗치고 나와서, 가리켰다. 구미코를 가리켰다.

"무슨 말인지 알아들었어?"

구미코는 대답하지 않았다. 대답하는 대신 달아났다. 자기만 아는 비밀 장소, 가장 작은 청소 기계들을 모아 놓는 집합장으로. 기계들은 밤새 구미코 곁에서 똑딱거리며 몇 분마다 한 번씩 분홍색 레이저 광선으로 그녀를 스캔했다. 그러다 결국 아버지가 와서 그녀를 찾아냈다. 위스키 냄새와 던힐 담배 냄새가 진동하던 아버지는 그녀를 아파트 3층에 있는 자기 방에 데려다 놓았다.

이어지는 몇 주 동안을 되돌아보면 대부분 검은 양복을 입은 이 비서 아니면 저 비서와 함께 보낸 멍한 나날이 떠오른다. 비서들은 눈만 마주쳐도 자동으로 빙긋이 웃었지만, 손에는 단단히 접은 우산을 든 신중한 남자들이었다. 그중 가장 젊고 까불대는 비서가 구미코를 달래 준 적이 있었다. 복잡한 긴자의 보도 위, 핫토리 시계탑의 그늘이 드리운 곳에서, 느닷없이 검도 시범을 시작한 것이다. 깜짝 놀란 가게 종업원들과 눈이 동그래진 관광객들 사이사이로 비서가 물 흐르듯 능숙하게 이동하는 동안, 잔상으로밖에 보이지 않는 검은 우산은 사람을 피해 가며 검도의 유서 깊은 품세에 따라 호를 그렸다. 구미코는 그제야 빙그레 웃었다. 장례용 가면을 부서뜨리고, 진심으로 웃었다. 그러자 죄책감이 대번에 밀려왔다. 전보다 더 깊고 날카롭게. 죄책감은 그녀의 수치심과 무능함이 간직된 마음속 한구석을 노리고 달려들었다. 하지만 대부분의 경우 비서들은 그녀를 데리고 쇼핑을 했다. 긴자의 드넓은 백화점을 차례로 돌면서, 관광객처럼 딱딱한 일본어로 이야기하는 파란색 플라스틱 미슐랭 가이드가 추천하는 대로 신주쿠의 고급 옷가게를 수없이 들락거리면서. 그녀는 오로지 몹시도 못생긴 물건만, 못생기고 엄청나게 비싼 것들만 샀고, 비서들은 번들거리는 쇼핑백을 단단한 손에 들고 곁에서 묵묵히 걸었다. 매일 오후 아버지의 아파트에 돌아오면 쇼핑백들은 그녀의 방에 가지런히 놓였고, 아무도 열어보지 않고 건드리지도 않은 채 그곳에 머물다가 결국 가정부의 손에 치워졌다.

그렇게 보내기를 7주째, 열세 번째 생일 전날, 구미코의 런던행이 결정됐다.

"넌 내 *꼬붕*의 집에 신세를 지게 될 거다."

아버지가 말했다.

"하지만 전 가기 싫은걸요."

구미코는 아버지에게 어머니의 미소를 보여 주었다.

"가야 해. 문제가 좀 생겼거든." 아버지는 돌아서서 캄캄한 서재를 보며 말했다. "넌 털끝 하나 다칠 일 없을 거다, 런던에 있으면."

"가면 언제 돌아올 수 있는데요?"

그러나 아버지는 대답하지 않았다. 구미코는 고개를 숙여 인사하고 서재를 나섰다. 어머니의 미소를 지우지 않은 채로.

비행기가 히스로 공항에 착륙하는 동안, 유령이 구미코의 손 안에서 깨어났다. 51세대 마스네오텍 바이오칩이 옆자리에 희미한 형상을 만들어 냈다. 오래된 사냥 그림에서 튀어나온 듯한 소년이었다. 갈색 반바지에 승마용 장화를 신은 소년이 태평하게 책상다리를 하고 앉아 있었다.

"안녕."

유령이 말했다. 구미코는 멍하니 눈을 깜박이다가 손을 펼쳤다. 소년의 형상이 흔들리다가 사라졌다. 구미코는 손바닥에 놓인 조그맣고 매끈한 유닛을 내려다보다가 가만히 손가락을 오므렸다.

"다시 안녕. 내 이름은 콜린이야. 너는?"

구미코는 가만히 바라보았다. 소년의 눈은 밝은 초록색 연기였고, 흐트러진 검은색 머리 아래의 넓은 이마는 창백했다. 반짝이는 치열 뒤로 통로 건너편 좌석이 보였다.

"혹시 너무 유령 같이 보인다면." 소년이 씩 웃으며 말했다. "해상도를 좀 높여 볼까⋯⋯."

그러자 순식간에 소년의 모습이, 거북스러울 정도로 또렷하고 생생하게, 그 자리에 나타났다. 검은 재킷의 라펠에 돋은 보풀이 환각을 일으킬 듯이 선명하게 흔들렸다.

"근데 이렇게 하면 배터리가 금방 닳아 버려." 소년은 다시 원래 상태로 돌아가서 빙긋이 웃었다. "아직 네 이름을 못 들었는데."

"넌 진짜가 아니야."

구미코가 단호한 목소리로 말했다. 소년은 알 게 뭐냐는 듯이 어깨를 으쓱했다.

"굳이 소리 내서 얘기할 필요 없어, 아가씨. 다른 승객들이 이상하게 볼 거 아냐. 무슨 소린지는 아가씨도 알 거야. 목소리는 내지 마. 난 피부를 통해서 다 알아들을 수 있으니까⋯⋯." 소년은 포갰던 다리를 풀고 쭉 펴더니 머리 뒤로 손을 깍지 끼었다. "안전벨트나 매, 아가씨. 나야 뭐, 당연히 안 매도 되지, 아가씨 말마따나 진짜가 아니니까."

구미코는 눈살을 찡그리며 유닛을 유령의 허벅지 위로 던졌다. 유령은 사라졌다. 안전띠를 맨 구미코는 유닛을 힐긋 보고는 망설이다가, 다시 집어 들었다.

"런던은 처음이야, 그럼?"

시야 끝트머리에서 소용돌이처럼 나타난 소년이 물었다. 구미코는 저도 모르게 고개를 끄덕였다.

"비행기 타는 건 괜찮고? 안 무서워?" 구미코는 고개를 끄덕였다. 바보 같다는 생각이 들었다. "걱정 마, 내가 챙겨 줄게. 3분 후면 히스로 공항이야. 마중 나올 사람은 있어?"

"아버지의 동업자."

구미코는 일본어로 대답했다. 유령이 씩 웃었다.

"그럼 그 사람이 잘 돌봐 주겠네, 보나마나." 유령이 한쪽 눈을 찡긋했다. "이래 봬도 외국어에 능통한 몸이라고. 몰랐지?"

구미코가 눈을 감자 유령이 속삭이기 시작했다. 히스로의 고고학적 배경에 관하여, 신석기와 철기 시대에 관하여, 토기와 도구에 관하여……

* * *

"미스 야나카? 야나카 구미코?"

영국인 남자가 구미코를 굽어보았다. 외국인답게 커다란 덩치를 드넓은 검은색 모직 천이 치렁치렁 감싸고 있었다. 철제 안경테 너머의 조그맣고 까만 두 눈이 구미코를 다정하게 내려다보았다. 남자의 코는 거의 납작하게 찌부러졌다가 그대로 굳어 버린 모양새였다. 얼마 안 남은 머리카락은 짧게 밀어서 희끗희끗한 수염 같았고, 검은 털장갑은 낡은 데다 손가락 끝이 뚫려 있었다.

"내 이름은, 말이지." 남자는 이렇게 하면 구미코가 대번에 안심할 수 있을 거라는 듯이 말했다. "페탈이야."

페탈은 그 도시를 스모크^{연기}라고 불렀다.

구미코는 싸늘한 빨간색 가죽 시트에 앉아 부르르 떨었다. 고풍스러운 재규어 세단의 창문 너머로 눈송이들이 빙빙 돌다가 페탈이 M4 도로라고 부른 길에 떨어져 녹아내렸다. 늦은 오후의 하늘은 빛깔이 없었다. 페탈은 말없이 척척 운전했지만, 금세라도 휘파람을 불 것처럼 입술을 오므리고 있었다. 도쿄 출신인 구미코가 보기에 도로는 당황스러울 정도로 한산했다. 그들이 탄 차는 속도를 높여 유로트랜스 무인 트럭을 추월했다. 트럭의 뭉툭한 전면부에는 센서와 기다란 전조등이 박혀 있었다. 고속으로 달리는 재규어에 타고 있으면서도, 구미코는 왠지 가만히 서 있는 기분이 들었다. 주위를 둘러싼 런던의 미세한 부분들이 또렷해지기 시작했던 것이다. 축축한 벽돌 벽과 콘크리트 아치, 창처럼 늘어서 있는 검게 칠한 철제 장식 같은 것들이.

구미코의 눈앞에서 도시가 제 모습을 드러내기 시작했다. M4 도로를 벗어난 재규어가 교차로에서 신호를 기다리는 동안, 눈발 사이로 언뜻언뜻 얼굴들이 눈에 들어왔다. 어두운 색 옷 위로 추워서 벌게진 외국인 특유의 얼굴, 목도리로 여민 턱, 은빛 웅덩이를 밟고 또각거리며 지나가는 여자들의 장화 뒷굽이 보였다. 줄줄이 이어지는 가게와 집들을 보노라니 오사카에 있는 유럽 골동품 매장에서 보았던 장난감 철도의 우아하고 정교한 장식물들이 떠올랐다.

도쿄하고는 아예 딴판이었다. 도쿄는 얼마 남지 않은 과거를 지키려고 전전긍긍하는 곳이었다. 그곳의 역사는 손으로 꼽을 만큼 진귀한 것이 되고 말았고, 정부가 구획하여 법률과 기업 찬조금에 힘입어 보존했다. 그런데 이곳은 역사가 사물의 뼈대 자체인 것처럼 보였다. 마치 도시가 석재와 벽돌만으로 성장한 것처럼, 시대에 시대를 거듭하며, 이제는 판독하기도 힘든 상업과 제국의 유전자가 명령하는 대로 오랜 세월에 걸쳐 생성된, 무수히 쌓인 메시지와 의미의 지층들인 것처럼.

"아쉽군, 스웨인이 직접 마중을 나왔어야 하는데."

자기 이름을 페탈이라고 밝힌 남자가 말했다. 구미코는 그의 억양보다 문장을 구성하는 방식이 더 거슬렸다. 사과하는 뜻으로 한 말이 얼핏 불평으로 들릴 정도였다. 구미코는 유령에 접속할까 하다가 마음을 돌렸다.

"스웨인." 구미코가 조심스레 입을 열었다. "스웨인 씨가 저를 돌봐 주실 건가요?"

페탈의 눈이 뒷거울에 비친 구미코의 눈과 마주쳤다.

"로저 스웨인이야. 아버지가 말씀 안 하시던가?"

"예."

"아." 페탈이 고개를 주억거렸다. "야나카 씨는 이런 일에서는 보안을 중요하게 생각하시니까, 그럴 만도 하지…… 그분 정도 지위가 되면 여러 모로……" 커다란 한숨 소리. "차에 난방이 안 돼서 미안. 정비소에서 고쳐 놓기로 했는데……"

"당신도 스웨인 씨의 비서인가요?"

구미코는 두꺼운 검은색 코트 칼라 위로 수염이 까슬까슬하게 자란 페탈의 두툼한 목살을 향해 말을 걸었다.

"비서?" 페탈은 곰곰이 생각하는 눈치였다. "아니." 대답은 한참 만에 돌아왔다. "아니야."

두 사람이 탄 차는 로터리를 돌아서 반짝이는 금속 차양과 붐비는 저녁 인파를 지나 달려갔다.

"그나저나, 식사는? 기내식은 챙겨 주던가?"

"아뇨, 배가 안 고파서."

어머니의 가면이 떠올랐다.

"음, 스웨인이 준비해 줄 거야. 일본 음식을 아주 좋아하거든."

페탈은 혀를 차서 신기한 똑딱 소리를 냈다. 그러고는 구미코를 흘낏 돌아보았다.

구미코는 페탈 너머를 바라보았다. 차창에 입 맞추는 눈송이들을, 그것들을 깨끗이 지워 버리는 와이퍼를.

노팅힐에 있는 스웨인의 거처는 19세기 양식의 폭이 좁은 주택 세 채를 터서 만든 곳이었고, 눈으로 뒤덮여 한 덩어리가 된 광장과 초승달 모양 도로와 주택가 속에 자리 잡고 있었다. 구미코의 여행 가방을 한 손에 두 개씩 든 페탈은 17번지의 현관문이 16번지와 18번지의 입구를 겸한다고 설명해 주었다.

"그쪽은 두드려 봤자 소용없어." 무거운 가방을 손에 들고서, 페탈은 잘 닦인 놋쇠 장식이 붙은 16번지의 번들거리는 빨간색 현관문을 힘겹게 가리켰다. "문 안쪽에는 두께 50센티미터짜리 철근 콘크리트 벽뿐이거든."

구미코는 살짝 휘어진 도로를 따라 거의 똑같이 생긴 출입구가 줄줄이 이어진 거리를 내려다보았다. 이제 눈은 더 많이 쏟아졌고, 밋밋한 하늘은 나트륨램프의 연어 살색 불빛으로 물들어 있었다. 인적 없는 거리에 쌓인 눈은 발자국 하나 없이 깨끗했다. 묘하게 날이 서 있는 차가운 공기에서 구식 연료를 태우는 냄새가 희미하게 배어났다. 페탈의 신발이 지나간 자리에는 커다랗고 선명한 발자국이 남았다. 코가 좁은 검은색 스웨이드 옥스퍼드 구두였고, 물결 모양으로 골이 팬 암적색 플라스틱 밑창이 몹시도 두꺼웠다. 발자국을 따라 17번지의 회색빛 계단을 올라가는 동안 구미코는 조금씩 몸이 떨렸다.

"나야." 페탈이 검은색 문에 대고 말했다. "나라니까."

뒤이어 페탈은 한숨을 쉬며 여행 가방 네 개를 모두 눈 위에 내려놓았다. 그러고는 손가락이 없는 장갑을 벗더니 문짝 옆의 반짝이는 원형 금속판에 오른손을 댔다. 구미코는 나지막이 윙윙거리는 소리를 들은 것 같았다. 모기 소리 같은 소음이 조금씩 커지다가 사라졌고, 뒤이어 자석 자물쇠가 풀리면서 문이 무겁게 진동했다.

"아까 스모크라고 불렀죠." 놋쇠 문고리로 손을 뻗는 페탈에게 구미코가 말했다. "이 도시 말이에요."

페탈의 손이 멈췄다.

"그래. 스모크." 페탈이 이렇게 말하고 문을 열자 온기와 빛이 쏟아져 나왔다. "오래된 이름이지. 별명 같은 거야."

페탈이 구미코의 가방을 들고 사뿐사뿐 들어선 현관은 바닥에 파란색 카펫이 깔려 있었고, 벽에는 하얗게 칠한 나무 널이 둘러져 있었다. 구미코가 뒤따라 들어서자 문이 저절로 닫히고 자물쇠가 쿵 소리와 함께 제자리로 돌아갔다. 흰색 벽널 위의 마호가니 액자 속 그림에는 들판의 말과 빨간 코트 차림 인물들이 조그맣고 선명하게 그려져 있었다. *칩 속의 유령 콜린이 살 만한 곳이네.* 구미코는 속으로 생각했다. 페탈이 다시 가방을 내려놓았다. 다져진 눈이 파란 카펫 위에 떨어졌다. 페탈이 다른 문을 열자 금칠을 한 철창이 드러났다. 그는 철컹 소리를 내며 철창을 한쪽으로 밀었다. 구미코는 말문이 막힌 채 철창을 바라보았다.

"승강기야. 좁아서 가방은 못 싣겠군. 한 번 더 내려오는 수밖에."

척 봐도 몹시 낡은 승강기였지만, 페탈이 뭉뚝한 검지로 하얀 도자기 버튼을 누르자 부드럽게 올라가기 시작했다. 구미코는 별수 없이 그와 바짝 붙어 섰다. 눅눅한 모직 냄새와 꽃향내 비슷한 면도 거품 냄새가 풍겼다.

"방은 꼭대기 층에 준비해 뒀어. 조용한 분위기를 좋아할 것 같아서."

페탈은 좁은 복도를 앞서 걸으며 말했다. 이윽고 그는 어느 방의 문을 열고 들어가라고 손짓했다.

"마음에 들어야 할 텐데……." 페탈은 안경을 벗고 구깃구깃한 화장지로 열심히 닦았다. "가서 가방 가져올게."

페탈이 가고 나서, 구미코는 천장이 나지막하고 어수선한 방의 한복판을 차지한 커다랗고 까만 대리석 욕조의 주변을 천천히 거닐었다. 천장을 향해 날카롭게 각이 진 벽은 얼룩덜룩하게 퇴색한 금색 거울로 덮여 있었다. 이제껏 본 적이 없을 만큼 커다란 침대 측면에 조그맣게 나 있는 지붕창이 보였다. 침대 머리맡 벽의 거울에는 여객기 좌석의 독서등처럼 각도를 조절할 수 있는 조그만 전등 한 쌍이 붙어 있었다. 욕조 옆에 멈춰 서서, 구미코는 금으로 도금한 백조 모양 수도꼭지의 구부러진 목을 만져 보았다. 활짝 펼친 양 날개가 손잡이였다. 방 안 공기는 따뜻하고 고요했다. 문득 어머니의 존재가 공기를 가득 채우는 듯싶었다. 살갗을 찌르는 안개처럼.

페탈이 문간에 서서 헛기침을 했다.

"자, 그럼." 그는 구미코의 가방을 들고 성큼성큼 들어섰다. "다 됐지? 이제 배가 좀 고픈가? 괜찮아? 짐 정리는 알아서 하면 될 테고……."

페탈은 구미코의 가방을 침대 옆에 늘어놓고 나서 장식이 화려한 골동품 전화기를 가리켰다. 송수화기 부분은 물결 모양 놋쇠로, 손잡이는 빛바랜 상아로 된 전화기였다.

"밥 생각이 나면 전화해. 번호는 누를 필요 없어, 그냥 들기만 해. 아침은 먹고 싶을 때 먹을 수 있어. 식당이 어딘지는 아무한테나 물어보면 가르쳐 줄 거야. 스웨인하고는 그때 만나면 될 테고……."

페탈이 돌아오자 어머니의 기척이 사라졌다. 페탈이 잘 자라는 인사와 함께 방문을 닫는 순간 구미코는 다시 그 기척을 느껴 보려 했지만, 더는 찾을 수 없었다.

구미코는 욕조 옆에 한참 동안 머물렀다. 매끈한 금속으로 만들어진 백조의 서늘한 목을 쓰다듬으며.

2

키드 아프리카

11월의 마지막 날, 키드 아프리카의 클래식 닷지 세단이 '도그 솔리튜드'
에 천천히 들어섰다. 운전석에는 체리 체스터필드라는 백인 여자가 앉아
있었다.

슬릭 헨리와 리틀 버드는 '재판관'의 왼손인 둥근 톱을 분해하다가 키드
의 닷지를 목격했다. 솔리튜드의 울퉁불퉁한 압축 강판 바닥에 고여 있던
녹물이 누덕누덕 땜질한 차 바닥의 공기 주머니 아래에서 부채꼴 모양으로
튀어 올랐다.

차를 먼저 본 사람은 리틀 버드였다. 시력이 좋았을뿐더러, 가슴에서 찰그
랑대는 목걸이에 갖가지 짐승 뼈 및 오래된 병목형 탄피와 함께 10배율 단안
망원경도 걸려 있었기 때문이었다. 재판관의 유압식 손목을 내려다보던 슬
릭이 고개를 들고 보니 키가 2미터나 되는 리틀 버드가 꼿꼿이 서서 단안
망원경을 들여다보고 있었다. 망원경이 향한 곳은 팩토리 남쪽 벽의 대부
분을 차지하는 페인트칠도 안 된 격자 철판 너머였다. 리틀 버드는 몹시 야

위어서 거의 해골 같았다. 헤어스프레이를 뿌려서 날개 모양으로 굳힌 갈색 머리카락이 양쪽으로 뾰족하게 솟아 흐릿한 하늘을 가리고 있었다. '작은 새'라는 뜻의 별명은 바로 그 머리 모양에서 유래했다. 뒷머리와 옆머리는 귀 한참 위까지 면도해 버리고 날개 모양 윗머리와 공기역학적으로 기른 꽁지머리만 남긴 덕분에, 그는 꼭 대가리 없는 갈색 갈매기를 쓰고 다니는 것처럼 보였다.

"이런." 리틀 버드가 중얼거렸다. "염병할."

"왜?" 슬릭이 물었다.

리틀 버드가 정신을 집중하도록 하는 것은 쉬운 일이 아니었지만, 이번 작업에는 그의 도움이 필요했다.

"그 검둥이잖아."

슬릭이 일어서서 청바지 허벅지에 손을 닦는 사이, 리틀 버드는 귀 뒤쪽 소켓의 초록색 메크5 마이크로소프트를 만지작거렸다. 재판관의 원형 톱을 수리하는 데 필요한 8점 자동제어장치 계측 공정이 그의 머릿속에서 금세 사라졌다.

"운전은 누가 하는데?"

슬릭이 물었다. 키드 아프리카는 여간해서는 핸들을 잡지 않았다.

"안 보여." 리틀 버드는 치렁치렁한 뼈와 탄피 사이로 단안 망원경을 내려놓았다.

슬릭은 리틀 버드와 나란히 창문 앞에 서서 점점 가까워지는 닷지를 바라보았다. 키드 아프리카는 무광 검정색으로 도장된 그 호버 세단에 정기적으로 스프레이 페인트를 분사하며 정성껏 관리했지만, 거대한 앞 범퍼에 줄줄이 용접된 크롬 도금 해골 때문에 엄숙한 분위기가 상쇄됐다. 한번은 텅 빈 철제 해골의 눈에 빨간색 크리스마스 장식용 전구가 끼어 있기도 했다. 어쩌면 키드가 남의 눈을 의식하는 데에 흥미를 잃었는지도 모를 일이었다.

호버가 팩토리에 미끄러지듯 들어서는 사이에 슬릭은 리틀 버드가 그늘속으로 후다닥 사라지는 기척을 느꼈다. 먼지와 반짝이는 나선 모양 금속 부스러기가 무거운 부츠에 밟혀 바스락거렸다.

창문에 유일하게 남은 먼지 낀 칼날 모양 유리 조각 너머로 슬릭이 지켜보는 가운데, 호버는 팩토리 앞에서 공기 주머니를 펼치고 내려앉았다. 으르렁대는 소리와 함께 증기가 뿜어 나왔다.

등 뒤의 어둠 속에서 덜그럭거리는 소리가 들려오자 슬릭은 리틀 버드가 낡은 부품 선반 뒤에 있다는 것을 알아차렸다. 그는 토끼 잡을 때 쓰는 중국제 소구경 라이플에 손수 만든 소음기를 끼우는 중이었다.

"버드." 슬릭이 방수포 위에 렌치를 던지며 말했다. "네가 무식한 저지 출신 망나니란 거 나도 잘 알아. 그런데 꼭 그렇게 번번이 확인시켜 줘야 직성이 풀리겠냐?"

"저 검둥이 맘에 안 들어." 선반 뒤에서 리틀 버드가 중얼거렸다.

"그래, 그리고 저 검둥이도 그걸 알면 널 싫어하겠지. 네가 거기서 들고 있는 게 총이란 걸 눈치채면 뺏어서 네 아가리에 수평으로 처넣을걸."

리틀 버드는 대꾸하지 않았다. 그는 아무것도 모르는 무지렁이로 가득한 저지의 백인 빈민촌에서 자란 탓에, 뭘 아는 사람은 무턱대고 미워했다.

"그땐 나도 저 친구를 거들 거야."

슬릭은 낡은 갈색 재킷의 지퍼를 올리고 바깥으로 나가서 키드 아프리카의 호버로 다가갔다.

운전석의 지저분한 차창이 휙 소리와 함께 내려가자 커다란 호박색 고글에 가려진 창백한 얼굴이 드러났다. 녹슨 깡통들이 슬릭의 부츠에 밟혀 낙

엽처럼 납작하게 찌그러졌다. 운전사가 고글을 아래로 내리더니 눈을 가늘게 뜨고 슬릭을 쳐다보았다. 여자인 건 분명했지만, 목을 둘러싼 고글에 가려 입과 턱이 보이지 않았다. 키드 아프리카는 건너편에 앉아 있을 테니 혹시라도 리틀 버드가 총을 갈기기 시작하면 그나마 다행일 듯싶었다.

"차 앞으로 돌아서 가." 운전석의 여자가 말했다.

슬릭은 호버의 크롬 해골 앞을 지나 걸어갔다. 키드 아프리카가 앉아 있는 쪽의 차창이 아까와 똑같이 선명한 소리를 내며 내려갔다.

"슬릭 헨리." 키드가 내쉰 숨이 솔리튜드의 공기에 부딪혀 새하얗게 부서졌다. "잘 있었나?"

슬릭은 하관이 긴 갈색 얼굴을 내려다보았다. 키드 아프리카의 커다란 연갈색 눈은 고양이처럼 옆으로 기다랬다. 콧수염은 연필처럼 가늘었고, 피부는 광을 낸 가죽처럼 반지르르했다.

"안녕, 키드." 호버 안쪽에서 흘러나온 뭔지 모를 향기가 슬릭의 코끝을 스쳤다. "잘 지내?"

"그럭저럭." 키드의 눈이 가늘어졌다. "전에 자네한테 들은 말이 생각나서 왔어. 혹시 부탁할 게 있으면 말하라던……."

"아, 그랬지."

슬릭은 그제야 찌르르 치솟는 불안감을 느꼈다. 그는 애틀랜틱시티에서 키드 아프리카 덕분에 목숨을 건진 적이 있었다. 폐허가 된 빌딩의 43층 발코니에서 성난 패거리들의 손에 내던져질 뻔했는데, 키드가 말려 주었던 것이다.

"무슨 일이야, 누가 빌딩에서 던져 버리기라도 하겠대?"

"슬릭, 자네한테 소개할 사람이 있어."

"용건은 그게 다야?"

"슬릭 헨리, 여기 계신 아름다운 여성은 체리 체스터필드야. 오하이오 주 클리블랜드에서 오셨지."

슬릭은 몸을 숙이고 운전자를 보았다. 금발머리는 헝클어져서 엉망이었고, 눈가에는 페인트 스틱을 바르고 있었다.

"체리, 이쪽은 내가 사적으로 친하게 지내는 슬릭 헨리야. 젊은 악당이었을 땐 '디콘 블루스'하고 같이 도로를 누비던 친구지. 지금은 늙은 악당이 돼서 여기다 굴을 파고 자기만의 *예술*을 추구하는 중이고. *재주꾼*이다, 이 말이야."

"로봇 만든다며." 여자는 껌을 우물우물 씹으며 대꾸했다. "당신이 그랬 잖아."

"그래, 맞아." 키드는 차문을 열며 말했다. "여기서 기다려, 체리."

키드는 노란색 타조가죽 부츠의 깨끗한 앞코에 밑단이 쓸릴 만큼 기다란 밍크코트 차림으로 솔리튜드의 땅에 내려섰다. 그러는 사이에 호버 뒷좌석에 있는 것이 슬릭의 눈에 얼핏 들어왔다. 구급차 비상등처럼 번쩍하고 사라진, 붕대와 의료용 튜브 같은……

"어이, 키드. 저 안에 있는 거 뭐야?"

키드는 반지 낀 손을 내밀어 슬릭을 막았다. 뒤이어 호버의 문이 닫히더니 체리 체스터필드가 버튼을 눌러 차창마저 닫아 버렸다.

"바로 그 얘기를 하러 왔어, 슬릭."

"그렇게 큰 부탁 같지는 않은데."

키드 아프리카가 말했다. 밍크코트로 몸을 휘감은 채, 페인트칠도 안 된 금속 작업대에 등을 기대면서.

"체리는 의료 기술자 면허증이 있어. 나중에 수고비를 주기로 얘기도 해

났고. 착한 아가씨야, 슬릭."

키드가 윙크를 했다.

"이봐, 키드……."

키드 아프리카가 호버 뒷좌석에 싣고 온 것은 웬 남자였다. 죽었거나 혼수상태로 보이는 그 남자는 펌프와 수액 주머니, 튜브, 일종의 심스팀* 장치까지 주렁주렁 달고 있었다. 그 모든 것이 낡은 구급차용 합금 들것에 고정되어 있었다. 배터리도 함께.

"뭐야, 이거?"

체리가 물었다. 그녀는 키드가 슬릭을 데리고 나가서 호버 뒷좌석에 있는 남자를 보여 주고 다시 팩토리로 돌아올 때까지 두 사람 뒤를 따라다니다가, 이제는 거의 완성된 재판관의 거대한 몸뚱이를 미심쩍은 눈으로 가만히 보고 있었다. 원형 톱이 달린 팔은 앞서 슬릭과 버드가 놔둔 자리, 즉 바닥의 기름투성이 방수포 위에 놓여 있었다. *이 여자한테 의료 기술자 면허증이 있단 말이지. 그럼 자기 면허증을 도둑맞은 걸 아직 모르는 기술자가 한 명 있다는 뜻이겠군.* 슬릭은 속으로 생각했다. 체리는 가죽 재킷을 최소한 네 장은 걸치고 있었다. 하나같이 몇 치수는 큰 재킷이었다.

"이게 슬릭이 하는 예술이야. 내가 얘기했잖아."

"키드, 저 남자 곧 죽게 생겼던데. 지린내가 나."

"도뇨관이 헐거워져서 그래." 체리가 말했다. "근데 이건 *뭐 하는* 물건이야?"

"저 녀석 여기 있게 하면 안 돼, 키드. 죽을 거야. 정 죽이고 싶거든 솔리튜드에 널린 구덩이에다 갖다 버려."

"아니, 안 죽어. 저 남자는 안 다쳤어. 아프지도 않고……."

"그럼 왜 저 모양 저 꼴인데?"

"저 남자는 *가라앉아* 있어, 이 친구야. *긴 여행*을 하느라고. 저 남자한테 필요한 건 *조용하고 평온한 환경*이야."

슬릭의 시선이 키드에게서 재판관으로 향했다가, 다시 키드에게로 돌아갔다. 재판관의 팔을 마저 고치고 싶어서였다. 키드는 슬릭에게 그 남자를 2주, 어쩌면 3주 동안 맡아 달라고 했다. 그리고 남자를 보살피도록 체리를 이곳에 두고 가겠다고도 했다.

"당최 영문을 모르겠군. 저 녀석, 당신 친구야?" 키드 아프리카는 대답 대신 밍크코트 아래의 어깨만 으쓱했다. "그냥 당신 집에 데리고 있으면 될 거 아냐."

"별로 조용하지가 않거든. 평온하지도 않고."

"키드, 내가 당신한테 빚이 있긴 하지만 그래도 이렇게 이상한 빚은 아니야. 난 일도 해야 되고, 어쨌거나 이건, 너무 이상하잖아. 게다가 젠트리도 있고. 지금은 보스턴에 가 있지만 내일 저녁에 돌아올 텐데, 이 꼴을 보면 질색할걸. 그 녀석이 사람들한테 별나게 구는 거 당신도 알잖아…… 여기 주인도 사실상 그 녀석인 데다가……."

"그때 그 자식들은 자넬 난간에서 밀어 버리려고 했지." 이렇게 말하는 키드 아프리카의 목소리는 울적했다. "기억 나?"

"그래, 나도 기억해, 그래도……."

"자네 기억력이 영 별로군. 좋아, 체리. 가자. 해 진 뒤에 도그 솔리튜드를 어슬렁거리긴 싫으니까."

키드 아프리카는 금속 작업대에서 몸을 일으켰다.

"키드, 저기……."

"됐어. 우린 이름도 모르는 사이였어. 그날 애틀랜틱시티에서, 난 그냥 백인 꼬맹이의 몸뚱이가 온 도로에 널브러져 있는 걸 보기 싫었을 뿐이야.

그러니까 그때 우린 이름도 모르는 사이였어. 그리고 지금도 마찬가지야."

"키드……."

"왜?"

"알았어. 두고 가. 기한은 2주야. 약속해, 다시 와서 데려갈 거라고. 그리고 젠트리를 구스를 수 있게 도와줘야 해."

"그 친구한테 필요한 게 뭐지?"

"약."

키드의 닷지가 도그 솔리튜드를 가로질러 멀어지는 사이에 리틀 버드가 다시 나타났다. 그는 단단히 압축한 자동차 더미 뒤에서 꿈지럭꿈지럭 모습을 드러냈다. 노천 광맥처럼 녹슬고 찌그러진 고철 더미 곳곳에 여전히 산뜻한 에나멜페인트 자국이 보였다.

슬릭은 팩토리 위쪽 창에서 리틀 버드를 지켜봤다. 네모난 철제 창틀에는 주워온 플라스틱판이 얼기설기 끼워져 있었는데 색깔도 두께도 판마다 제각각이었다. 그러다 보니 고개를 갸웃하기만 해도 환한 분홍색 루사이트 판 너머에 리틀 버드의 모습이 비쳤다.

"여긴 누가 살아?" 등 뒤의 방에서 체리가 물었다.

"나랑 리틀 버드, 젠트리……."

"아니, 이 방 말이야."

슬릭이 돌아보니 들것과 거기 붙은 갖가지 기계들 옆에 서 있는 체리가 눈에 들어왔다.

"당신이 쓰도록 해."

"여기 주인이 당신이야?"

체리는 벽에 테이프로 붙여둔 그림들을 바라보고 있었다. 그 그림들은 슬릭이 그린 재판관과 '심문관', '시체 분쇄기'와 '마녀'의 초안이었다.

"그건 걱정 마."

"엉뚱한 마음은 안 먹는 게 좋을 거야."

슬릭이 체리를 바라보았다. 입가에 붉은 뾰루지가 커다랗게 나 있었다. 탈색한 머리카락은 고정된 전시물처럼 삐죽 솟아 있었다.

"말했잖아, 걱정 말라고."

"키드 말로는 여기 전기가 들어온다던데."

"맞아."

"이 사람, 연결해 놓는 게 좋겠어." 체리는 들것 쪽으로 몸을 틀었다. "전기를 많이 쓰는 건 아니지만, 그래도 배터리가 닳으니까."

슬릭은 방을 가로질러 걸어가 남자의 수척한 얼굴을 내려다보았다.

"나한테도 좀 가르쳐 주지그래."

슬릭은 들것의 튜브가 영 거슬렸다. 튜브 한 줄은 남자의 콧구멍 속으로 들어가 있었고, 그 이유를 상상하는 것만으로 구역질이 났다.

"이 남자 누구야? 키드 아프리카는 이 남자한테 지금 무슨 짓을 하는 거지?"

"안 해, 아무 짓도." 체리는 들것의 발치에 은색 테이프로 묶인 바이오모니터 패널에 정보를 띄우며 대꾸했다. "아직도 렘수면 상태로 나오네. 내내 꿈이라도 꾸는 건가……." 들것 위의 남자는 신품인 파란색 침낭 속에 누운 채 끈으로 친친 묶여 있었다. "사실은 이 남자가 키드한테 돈을 주고 이렇게 해 달라고 부탁했어. 누군진 모르지만."

남자의 이마에는 전극 삽입구가 붙어 있었고, 들것 가장자리를 따라 검은색 케이블 한 줄이 묶여 있었다. 슬릭은 그 케이블을 따라 시선을 옮기다가, 들것에 장착된 장비들을 제어하는 것처럼 보이는 커다란 회색 장치를 발견했다. 심스팀일까? 그렇게 보이지는 않았다. 일종의 사이버스페이스 장비일까? 젠트리는 사이버스페이스에 관해 아는 것이 많았다. 어쩌면 그저 말뿐일 수도 있었지만, 어쨌거나 슬릭은 의식을 잃은 채 접속된 상태로 사이버스페이스에 머무는 사람 이야기는 들어 본 적도 없었는데…… 왜냐면, 사람들은 돈을 벌기 위해 접속하기 때문이었다. 전극을 꽂으면 그곳으로, 세상의 모든 데이터가 거대한 네온 도시처럼 층층이 쌓인 곳으로 갈 수 있었다. 어슬렁어슬렁 돌아다니며 데이터를 거머쥘 수 있었다. 시각적으로는, 그랬다. 그렇게 하지 않으면 원하는 특정한 데이터에 접근하는 길을 찾기가 너무 복잡하기 때문이었다. 젠트리는 그것을 '아이코닉스'라고 불렀다.

"키드한테 돈을 줬다고?"

"그래."

"뭐 때문에?"

"이렇게 해 달라고. 숨겨 주는 것까지 포함해서."

"누구한테서 숨으려는 건데?"

"몰라. 그건 못 들었어."

뒤이은 침묵 속에서, 고르게 쌕쌕거리는 남자의 숨소리가 슬릭의 귀에 들려왔다.

3
말리부

그 집에서는 냄새가 났다. 그 냄새는 항상 그곳에 감돌았다.

그것은 세월, 소금기를 머금은 공기, 바다에 너무 가까이 지은 비싼 집들의 무질서한 에너지가 낳은 냄새였다. 어쩌면 짧지만 빈번하게 빈집이 되는 장소, 참을성 없는 거주자들이 왔다가 다시 떠날 때마다 열리고 닫히는 가옥의 특징일 수도 있었다. 여자는 상상했다. 비어 있는 방들을, 크롬 위에 소리 없이 번져 가는 녹슨 자국을, 컴컴한 구석에 자리를 튼 희뿌연 곰팡이를. 건축가들은 영겁의 변천을 찬양하기라도 하듯이 집을 일부러 조금 녹이 슬도록 지어 놓았고, 덕분에 테라스를 둘러싼 굵직한 철제 난간은 오랫동안 파도에 시달린 끝에 손목 굵기로 삭아 있었다.

다른 집들과 마찬가지로 그 집 역시 조각조각 허물어진 토대 위에 주저 앉아 있었다. 그래서 해변을 따라 산책할 때면 여자는 가끔 고고학자의 환상에 빠져 보곤 했다. 그 집과 다른 집들, 다른 목소리들의 과거를 상상하면서. 그렇게 산책을 할 때 여자의 곁에는 무장을 갖춘 원격 조종 기체가 함께했다. 여자가 테라스에서 내려설 때 지붕 위의 비밀 격납고에서 이륙한 소형 도르니에 헬리콥터였다. 그 기체는 소리를 거의 안 내며 비행할 수 있었고, 여자의 시야에 들어가지 않도록 프로그램되어 있었다. 여자 뒤를 따라가는 헬리콥터에는 조금 애처로운 구석이 있었다. 비싼 값을 치르고도 고맙다는 말을 듣지 못한 크리스마스 선물처럼.

힐튼 스위프트가 그 도르니에 헬리콥터의 카메라를 통해 감시하는 중이란 것은 이미 알고 있었다. 그 해안가 집에서 일어나는 일 가운데 센스/네트*가 놓치는 것은 거의 없었다. 여자의 고독은, 혼자 보내겠다고 고집했던 그 일주일은, 빠짐없이 감시당했다.

업계에 오랫동안 몸담은 끝에 여자는 감시에 대해 뛰어난 면역력을 지니게 되었다.

밤이면 여자는 이따금 테라스 아래쪽에 붙은 조명등을 켰고, 그럴 때면 환한 빛 속에서 회색 갯강구들이 상형 문자처럼 우스꽝스럽게 꿈지럭거렸다. 테라스 자체와 등 뒤의 한 단 낮은 거실은 불을 켜지 않고 컴컴하게 놔두었다. 여자는 새하얀 플라스틱 의자에 앉아 갯강구 떼의 브라운운동 같은 춤을 가만히 지켜보았다. 조명등의 환한 빛 속에서 갯강구 떼는 간신히 알아볼 만큼 조그마한 그림자를 드리웠다. 모래 위에서 쏜살같이 움직이는 뾰족한 점들처럼.

밀려왔다 밀려가는 파도의 소리가 여자를 감쌌다. 깊은 밤, 침실 두 칸 가운데 작은 방에서 잠을 잘 때면 파도소리가 여자의 꿈속으로 흘러 들어왔다. 그러나 여자에게 침입해 오는 낯선 이의 기억 속에서는 그 소리가 들리지 않았다.

작은 침실을 고른 것은 본능에 가까운 선택이었다. 커다란 안방 침실에는 해묵은 고통의 방아쇠가 곳곳에 숨어 있기 때문이었다.

클리닉의 의사들은 여자의 뇌 속에 있는 수용체 영역에서 중독 증상을 파내려고 케미컬 펜치를 사용했다.

여자는 하얀 주방에서 자기가 먹을 음식을 만들었다. 전자레인지로 빵을 녹이고, 티 한 점 없는 프라이팬에 건조 스위스 수프를 털어 넣으면서, 이름은 알 수 없지만 점점 더 친근해지는 공간 속으로 천천히 나아갔다. 그때껏 디자이너가 만든 가루약에 의해 세심하게 차단된 곳이었다.

"삶이라는 곳이지."

여자는 새하얀 조리대를 보며 혼자 중얼거렸다. 그러자 센스/네트 내부의 정신과 의사들이 그 말을 어떻게 생각할지 궁금해졌다. 집 안 어딘가 숨겨진 마이크를 통해 방금 그 말을 전해 듣는다면? 날렵하게 생긴 스테인리스 거품기로 수프를 저으며, 여자는 몽실몽실 올라오는 김을 가만히 지켜보았다. 일을 하는 것이 도움이 된다는 생각이 들었다. 스스로 일하는 것. 클리닉에서도 잠자리는 반드시 자기 손으로 정리해야 했다. 이제 대접에 담긴 수프를 한 숟가락 뜬 여자의 표정이 일그러졌다. 클리닉이 떠올라서였다.

여자는 치료를 시작한 지 1주 만에 알아서 그만뒀다. 의료진은 반대했다. 그들 말에 따르면 해독 과정은 훌륭하게 끝났지만, 치료는 아직 시작도 하기 전이었다. 프로그램을 끝마치지 못한 고객들의 재발 확률이 얼마나 높은지도 지적했다. 치료를 그만두면 보험 혜택을 못 받는다는 설명도 함께 따라왔다. 여자는 센스/네트가 지불할 거라고 했다. 클리닉에서 자비로 부하는 쪽을 선호한다면 얘기가 달라지겠죠. 여자는 그렇게 말하며 미쓰 은행의 플래티넘 칩을 꺼냈다.

한 시간 후에 여자의 리어 제트기가 도착했다. 여자는 제트기에게 로스앤젤레스 국제공항으로 가라고 지시하고 그곳에서 대기할 차를 예약한 다음, 전화를 착신 거부 상태로 돌렸다.

"죄송합니다, 안젤라." 이륙한 지 몇 초 후, 제트기가 몬테고 만 쪽으로 비스듬히 기울면서 대답했다. "힐튼 스위프트 씨가 임원 권한을 사용해서 전화하셨습니다."

"앤지." 스위프트의 목소리. "내가 항상 지켜보는 거 알지? 당신도 알잖아, 앤지."

여자는 고개를 돌려 새까만 타원형 스피커를 바라보았다. 매끈한 회색 플라스틱 한복판에 붙은 스피커. 그 안에 웅크리고 있는 힐튼 스위프트의 모습이 머릿속에 그려졌다. 제트기 칸막이 뒤편에, 달리기 선수처럼 기다란 다리를 기괴하게 꺾고 낑낑대면서.

"알아, 힐튼. 전화 고마워."

"앤지, 로스앤젤레스로 간다면서."

"그래. 그리 가라고 했어."

"말리부에 간단 말이지."

"맞아."

"지금 파이퍼 힐이 공항으로 가는 중이야."

"고맙지만 파이퍼는 안 왔으면 좋겠어, 힐튼. 아무도 보내지 마. 차만 있으면 돼."

"앤지, 집엔 아무도 없어."

"잘됐네. 바라던 바야, 힐튼. 집에 아무도 없는 거. 집만 있으면 돼, 빈 채로."

"그게 정말 좋은 생각인 것 같아?"

"내 머리에서 오랜만에 나온 최선의 생각이야, 힐튼."

한참 동안 답이 없었다.

"앤지, 병원에선 아주 잘 끝났다고 들었어. 치료 말이야. 하지만 의사들 말로는 더 있어야 한대."

"일주일이면 돼. 딱 일주일. 7일만. 혼자서."

집에서 사흘째 밤을 보낸 후, 안젤라는 새벽에 일어나 커피를 만들고 옷을 입었다. 테라스 쪽으로 난 커다란 창문에 하얗게 김이 서렸다. 간밤의 잠도 꼭 그런 모양새였다. 꿈을 꿨는지 어땠는지, 기억나지 않았다. 그러나 뭔가 있었다. 퍼뜩 스치는 기억, 거의 현기증처럼. 두꺼운 흰색 양말 아래로 세라믹 바닥의 냉기를 느끼며, 안젤라는 주방에 서 있었다. 따뜻한 컵을 두 손으로 감싼 채.

뭔가 있었다. 안젤라는 두 팔을 쭉 펴서 커피 잔을 성찬식 잔처럼 쳐들었다. 본능적이고도 우스꽝스러운 몸짓이었다.

르와^{부두교의} 신들가 안젤라를 탄 때로부터 3년이 흘렀다. 그 3년 동안 아무도 그녀를 건드리지 않았다. 그런데 이제 와서?

레그바*일까? 아니면 그들 중 다른 누구?

뭔가 있다는 느낌이 갑자기 사라졌다. 카운터에 컵을 너무 급히 내려놓는 바람에 커피가 손에 튀어 흘러내렸다. 안젤라는 신발과 코트를 찾으러 뛰어갔다. 해변에 나갈 때 쓰는 옷장에서 초록색 고무장화와 두꺼운 파란색 등산 재킷을 꺼냈다. 재킷은 누구 것인지 기억나지 않았지만 바비의 옷이라기에는 너무 컸다. 서둘러 집을 나서서 계단을 내려갔다. 등 뒤에서 끈질긴 잠자리처럼 이륙하는 도르니에 헬리콥터의 엔진 소리가 들려왔지만,

아랑곳하지 않았다. 북쪽으로 눈을 돌리자 어지럽게 늘어선 해변 별장들이 보였다. 비쭉배쭉 이어진 지붕들을 보고 있으려니 리우데자네이루가 떠올랐다. 이윽고 안젤라는 남쪽으로 향했다. 콜로니 쪽으로.

안젤라를 찾아온 것은 '마망 브리지트' 또는 '그랑드 브리지트'라는 존재였다. 그녀는 바롱 사메디*의 아내로 여겨지기도 했고, '가장 오래된 죽은 자'로 불리기도 했다.

안젤라의 왼쪽에 콜로니의 꿈 구조도가 떠올랐다. 형상과 자아가 어지럽게 뒤섞인 모양새였다. 청동 부조로 뒤덮인 신브루탈리즘 양식 벙커 옆에 연약해 보이는 네온사인이 박힌 와츠 타워의 복제품들이 솟아 있었다.

거울로 된 벽에 태평양 상공의 뭉실뭉실한 아침 구름이 비쳤다. 안젤라는 그 앞을 지나갔다.

지난 3년 동안 안젤라는 몇 번인가 이런 느낌이 든 적이 있었다. 어떤 선을, 믿음의 가느다란 경계를, 넘어갈 것 같은 느낌. 어쩌면 넘어갔다가 다시 돌아올 것 같은 느낌. 그녀는 알고 싶었다. 르와와 함께한 시간이 꿈이었는지, 아니면 그저 뉴저지에 있는 보부아르의 웅포부두교사당에서 몇 주일을 보내며 그들의 문화와 공명한 끝에 얻은 전염성을 띤 응어리들인지. 그녀는 타인의 눈으로 보고 싶었다. 신들도 신성한 기수(騎手)도 아닌, 타인의 눈으로.

안젤라는 계속 걸었다. 위안이 된 것은 밀려오는 파도, 그리고 지금도 앞으로도 변치 않을 바닷가의 영원 같은 한 순간이었다.

안젤라의 아버지는 죽었다. 이미 7년 전에. 생전에 남긴 기록을 통해 알 수 있는 것은 고작 한 줌이었다. 아버지는 어떤 사람 또는 어떤 것을 위해 일했고, 그 대가로 지식을 얻었다. 그리고 안젤라는 그의 희생양이었다.

안젤라는 가끔 세 개의 삶을 사는 기분이 들었다. 그 삶들은 뭐라 불러야 할지 모를 것들로 제각각 나뉘어 있었고, 하나가 될 가망은 없었다. 조금도.

어린 시절의 기억 속에는 애리조나 주의 메사 꼭대기를 깎아 만든 마스사의 아콜로지가^{내부에서 자급자족이 가능한 거대 건축물} 있었다. 거기서 사암 난간을 끌어안고 바람 부는 쪽을 보고 있노라면 텅 빈 탁상형 대지 전체가 자신의 배처럼 느껴졌다. 그 배를 타고 산 위의 하늘을 물들인 석양빛 속으로 들어갈 수 있을 것 같았다. 나중에 비행기를 타고 그곳을 떠나면서, 안젤라는 두려움에 목이 멨다. 마지막으로 얼핏 봤던 아버지의 얼굴이 더는 기억나지 않았다. 분명 초소형 비행기 주기장에서 보았을 것이다. 바람에 날리지 않도록 묶어둔 다른 비행기들이 줄지어 앉은 무지개 나방처럼 보였다. 안젤라의 첫 번째 삶은 그날 밤에 끝났다. 아버지의 삶도 함께 끝났다.

짧았던 안젤라의 두 번째 삶은 빨리 지나갔고, 몹시도 낯설었다. 터너라는 남자가 애리조나에서 그녀를 데려가 바비와 보부아르를 비롯한 다른 이들 속에 남겨 두었다. 터너에 관해서는 거의 기억나지 않았다. 키가 크고 근육이 다부지고 쫓기는 사람 같은 분위기가 풍겼다는 것뿐. 터너는 그녀를 뉴욕으로 데려갔다. 그다음에는 보부아르가 그녀와 바비를 뉴저지로 데려갔다. 저소득층 집합주택의 53층에서 보부아르는 그녀에게 꿈에 관해 가르쳐 주었다. 꿈은 진짜라고 말할 때 그의 갈색 얼굴은 땀으로 번들거렸다. 그는 안젤라에게 꿈속에서 본 존재들의 이름을 가르쳐 주었다. 모든 꿈은 같은 바다에 가서 닿는다는 것도 가르쳐 주었다. 그리고 그녀의 꿈이 어떤 식으로 다르고 같은지도 보여 주었다. *오직 너만이 옛 바다와 새 바다를 같이 누빌 수 있단다.* 그는 그렇게 말했다.

안젤라는 뉴저지에서 신들에게 조종당했다.

그녀는 기수에게 스스로를 바치는 법을 배웠다. 그녀는 웅포에서 르와

랑글레수*가 보부아르에게 들어가는 광경을 보았고, 하얀 밀가루로 그린 그림을 차서 흩뜨리는 보부아르의 발을 보았다. 그녀는 뉴저지에서 깨달았다. 신들의 존재를, 그리고 사랑을.

안젤라가 지금의 세 번째 삶을 시작하려고 바비와 함께 떠났을 때, 르와는 그녀를 이끌어주었다. 안젤라와 바비는 잘 어울리는 한 쌍이었다. 둘 다 공백에서 태어났으므로. 안젤라는 마스 바이오랩이라는 청결하고 텅 빈 왕국에서, 바비는 배리타운이라는 지루한 나라에서……

그랜드 브리지트가 기척도 없이 안젤라를 건드렸다. 비틀거리다가 파도 속에 무릎을 꿇을 뻔한 사이, 눈앞에 황혼 무렵의 풍경이 펼쳐지더니 그 속으로 파도소리가 빨려 들어갔다. 하얗게 칠한 묘지 담장, 늘어선 묘비, 버드나무들이 보였다. 촛불들도.

가장 늙은 버드나무 아래에 수많은 촛불이 보였다. 뒤틀린 나무뿌리가 촛농에 덮여 희끄무레했다.

아이야, 내가 누군지 알지.

안젤라는 갑자기 그녀의 존재를 느꼈다. 그녀가 누군지도 깨달았다. 마망 브리지트, 마드무아젤 브리지트. 가장 늙은 죽은 자.

나한테는 숭배자가 없단다, 아이야. 따로 만든 제단도 없고.

안젤라는 자신도 모르는 사이에 앞으로 걸어갔다. 촛불을 향해. 귓속에서 윙윙대는 소리가 났다. 버드나무 속에 거대한 벌집이 숨겨져 있기라도 한 듯이.

나의 피는 복수란다.

버뮤다의 밤이 떠올랐다. 그리고 태풍도. 그때 안젤라와 바비는 위험을 무릅쓰고 태풍의 눈으로 들어갔다. 그랜드 브리지트는 그 태풍의 눈과 비슷했다. 잠시 묶여 있는 가공할 힘 속의 고요함, 압박감. 버드나무 아래에는 아무것도 보이지 않았다. 오로지 수많은 촛불뿐.

"르와…… 저한테는 신을 불러낼 힘이 없어요. 그냥 뭔가 느껴져서…… 알아보러 온 건데……."

넌 나의 임시 제단에 소환된 거야. 잘 들으렴. 네 아버지는 네 머릿속에 베베[부두교에서 르와를 불러내려고 그리는 부적 비슷한 문양]*를 그렸단다. 육신이 아닌 육신에다 그려 버렸단 말이지. 넌 에질리 프레다에게 바쳐졌어. 레그바는 자기 목적을 이루려고 널 이 세상에 데려왔고. 하지만 너는 독을 안고 왔단다, 아이야.* 쿠 푸드르[부두교의 사제가 좀비를 만들 때 사용하는 가루]*를…….*

안젤라의 코에서 피가 흐르기 시작했다.

"독이라고요?"

네 아버지가 그린 베베는 변형됐어. 일부가 지워져서 다시 그린 거야. 넌 스스로를 중독시키는 짓을 이미 그만뒀지만, 기수들은 아직 너한테 닿지를 못해. 나는 그들과 다른 계보에 속한단다.

머릿속이 끔찍하게 아팠다. 이마에서는 혈관이 불끈거렸고……

"부탁이에요, 제발……."

명심해. 너한테는 적들이 있어. 적들이 너를 상대로 흉계를 꾸미고 있단다. 아주 위험한 흉계를. 아이야, 독을 조심하렴!

안젤라는 손을 내려다보았다. 피는 선명한 진짜였다. 윙윙대는 소리가 더 커졌다. 어쩌면 머릿속에서 윙윙대는지도 몰랐다.

"부탁이에요! 도와주세요! 가르쳐 주세요……!"

여기 머물면 안 돼. 그러면 죽어.

뒤이어 안젤라는 모래톱에 무릎을 꿇었다. 주위에 부서지는 파도소리가 햇살을 받아 반짝였다. 도르니에 헬리콥터가 바로 2미터 앞에서 불안한 듯이 맴돌고 있었다. 통증은 대번에 사라졌다. 그녀는 피 묻은 손을 파란색 재킷 소매에 문질렀다. 원격 조종 헬리콥터에 다닥다닥 붙은 카메라들이 윙 소리를 내며 돌아갔다.

"괜찮아." 가까스로 나온 목소리. "코피야. 그냥 코피⋯⋯."

도르니에 헬리콥터가 불쑥 앞으로 다가섰다가 다시 물러났다.

"이제 집에 돌아갈 거야. 난 괜찮아."

헬리콥터는 부드럽게 솟아올라 시야 바깥으로 사라졌다.

안젤라는 덜덜 떨면서 두 팔로 몸을 감쌌다. *안 돼, 들키면 안 돼. 무슨 일이 생긴 건 눈치챌 거야. 뭔지는 모를 테지만.* 그녀는 억지로 일어서서 돌아선 다음, 바닷가를 터덜터덜 걸으며 앞서 왔던 길로 돌아갔다. 걸으면서 등산 재킷의 주머니를 뒤적거렸다. 휴지든 뭐든, 얼굴의 피를 닦을 것을 찾아서.

작고 납작한 봉지 가장자리에 손가락이 닿았을 때, 안젤라는 그 봉투의 정체를 대번에 알아차렸다. 걸음은 우뚝 멈췄고, 소름이 오소소 돋았다. 마약이었다. 불가능한 일이었다. 아니, 가능했다. 하지만 누가? 그녀가 돌아서서 뚫어지게 쳐다보자 마침내 헬리콥터가 미끄러지듯 사라졌다.

봉지. 한 달 치 분량의 약.

쿠 푸드르.

아이야, 독을 조심하렴.

4

불법 점거 구역

꿈속에서 모나는 클리블랜드 주의 어느 술집에 있는 철창 안에서 춤을 추고 있었다. 시퍼런 불빛 기둥 속에서, 벌거벗은 채 춤을 추었다. 베일 같은 연기 저편에서 얼굴들이 눈에 파란 불빛을 번득이며 그녀를 향해 달려들었다. 그 얼굴들에는 그녀의 춤을 볼 때 남자들이 항상 짓는 표정이 새겨져 있었다. 뚫어져라 바라보는 동시에 그들 자신 안에 갇혀 있는, 그래서 도무지 무슨 생각을 하는지 알 수 없는 눈. 분명 땀으로 번들거리는데도 왠지 살덩이 비슷한 어떤 것을 깎아 만든 것만 같은 얼굴.

철창 안에서 춤출 때 모나는 그들의 표정에 아랑곳하지 않았다. 약 기운과 열기와 음악 소리 때문이었다. 노래 세 곡이 한꺼번에 흘러나오고 디제이가 솜씨를 부리기 시작하면 다리에 새로 힘이 솟았는데……

누군가 모나의 발목을 붙잡았다.

악을 쓰려 했지만 처음에는 소리가 안 나왔다. 그러다 비명이 터져 나오자 몸속 어디가 찢어지는 것처럼 아프더니, 파란 불빛이 사라졌다. 그러나 손은 그대로 있었다. 발목을 붙든 채로. 모나는 용수철 장난감처럼 침대에서 벌떡 일어나 어둠을 상대로 주먹질을 하다가, 눈앞에 늘어진 머리카락을 치웠다.

"왜 그래, 자기야?"

남자는 다른 손으로 모나의 이마를 눌러 그녀를 다시 눕혔다. 뜨뜻하게 눌린 베개 위로.

"꿈을 꿨어…….." 아직도 발목을 쥐고 있는 남자의 손 때문에 모나는 비명을 지르고 싶어졌다. "담배 있어, 에디?"

손은 사라졌고, 찰칵 소리에 이어 라이터가 켜졌다. 불빛 속에 넙데데한 얼굴이 확 드러나는가 싶더니, 에디가 불붙인 담배를 건넸다. 모나는 허겁지겁 일어나 무릎을 당겨 턱 아래 괴고 그 위에 군용 담요를 텐트처럼 덮었다. 누가 건드리는 것이 싫어서였다.

에디가 등을 젖히고 자기 담배에 불을 붙이자 그가 앉아 있던 주워온 플라스틱 의자의 부러진 다리에서 경고음처럼 삐걱대는 소리가 났다. *부러져버렸으면.* 모나는 속으로 중얼거렸다. *그래서 에디가 엉덩방아를 찧고 나를 몇 대 때려 줬으면.* 불법으로 점거한 이 방 안이 캄캄해서 잘 안 보이는 것이 그나마 다행이었다. 최악은 검은 플라스틱 의자 다리를 테이프로 감는 것도 잊은 채 쓰러져 잠들었다가 머리가 지끈거려 꼼짝도 못하는 상태로 깨어났는데, 쨍한 햇살이 실내의 구석구석을 훤히 비추고 공기까지 덥혀서 파리가 들끓는 것이었다.

클리블랜드에서는 아무도 모나에게 손을 대지 않았다. 그곳의 들판을 건너올 만큼 머리가 멍한 사람들은 이미 너무 취해서 움직이지도 못했다. 아마 숨쉬기도 힘들었을 것이다. 그 호구들도 에디에게 미리 웃돈을 주고 허락을 받은 후에야 그녀를 만졌고, 그마저도 시늉일 뿐이었다.

호구들이 뭘 원하든 간에 그 행위는 일종의 의식이어야 했고, 그러다 보니 모나에게는 삶의 바깥에서 일어나는 일처럼 보였다. 모나는 호구들이 무아지경에 빠질 때 관찰하는 습관이 생겼다. 그것은 흥미로운 광경이었다. 왜냐면 그들이 정말로 넋을 놓아 버리기 때문이었고, 완전히 무력했기 때문이었다. 찰나에 불과한 시간이기는 해도 그들은 존재 자체가 사라져 버린 것만 같았다.

"에디, 이런 데서 계속 자야 한다면 난 미쳐 버릴 거야."

에디는 이보다 더 사소한 일로도 손찌검을 한 적이 있었기에, 모나는 담요로 덮인 무릎에 얼굴을 묻고 반응을 기다렸다.

"그래서, 메기 양식장으로 돌아가겠다고? 클리블랜드로?"

"그냥, 이대로는 더 못 버틸 것 같아서······."

"내일 하자."

"내일 뭐를?"

"그 정도면 너무 늦진 않겠지? 내일 저녁에 개인 비행기로, 뉴욕으로 직행하는 거야. 그럼 짜증 부리는 것도 그만둘 수 있겠지?"

"부탁이야, 자기." 모나는 에디를 향해 손을 뻗었다. "기차 타고 가도 되니까······."

에디는 그 손을 야멸치게 쳐냈다.

"대가리에 똥만 찬 게."

모나가 더 불평을 했다면, 그러니까 불법 점거한 그 방에 대해, 에디가 할 일을 제대로 못하고 있는 것에 대해, 큰 거래가 모조리 물거품이 된 것에 대해 짜증을 부렸다면, 에디는 또 시작했을 것이다. 모나는 그가 시작하리라는 것을 알았다. 벌레 때문에 악을 썼을 때처럼. 팔메토 벌레라고 불리는 그 바퀴벌레들 가운데 절반은 사실 돌연변이였다. 누군가 유전자를 망가뜨리는 방법으로 그것들을 멸종시키려 했고, 그 때문에 다리나 머리가 너무 많이 달린, 또는 너무 적게 달린 괴상한 몰골로 죽어가는 바퀴들이 눈에 띄곤 했다. 한번은 십자가 같은 물건을 삼킨 바퀴를 본 적도 있었다. 모나는 등가죽인지 등딱지인지가 뒤틀린 그 바퀴를 보고 구역질이 났다.

"자기야." 모나는 나긋한 목소리를 내려고 애썼다. "나 못 참겠어. 여기 있으면 정말 미쳐 버릴 것 같아……."

"후키 그린의 가게였어." 에디는 못 들은 눈치였다. "후키 그린의 가게에 갔다가 운송인을 만났어. 그 사람이 날 찍었다, 이 말이야. 사람 보는 눈이 있는 거지."

모나는 어둠 속에서도 에디의 미소가 눈에 선했다.

"런던에서 왔대, 잉글랜드에서. 인재를 스카우트하러. 후키네 가게에 들렀다가 나를 딱 찾은 거지, '자네야, 바로 자네!'"

"그 사람, 호구야?"

후키 그린의 가게는 에디가 가장 최근에 사기질을 벌이기로 결정한 곳이었다. 유리로 덮인 고층 건물의 33층, 안쪽 벽을 거의 다 없애고 한 블록 길이는 될 법한 댄스 플로어를 깐 곳이었다. 그러나 흥미를 보이는 사람이 한 명도 나타나질 않자 에디는 그곳에 발길을 끊었다. 모나는 후키를 직접 본 적이 한 번도 없었다. 은퇴한 야구선수이자 가게 주인인 그의 별명은 '야비한 말라깽이 후키 그린'이었지만, 가게 자체는 춤추기에 좋은 곳이었다.

"내 얘길 듣기는 한 거야? 호구냐고? 젠장. 그 사람은 거물이야, 연줄이라고. 사다리 위쪽에서 나를 끌어올려줄 사람. 그거 알아? 난 너도 같이 데려갈 거야."

"근데 그 사람이 원하는 게 뭔지는 알아?"

"배우. 연기 비슷한 일을 할 여자가 필요하대. 그리고 그 여자를 어떤 곳으로 데려가서 보살필 똑똑한 남자도."

"배우? 어떤 곳? 어디 말이야?"

에디가 자기 재킷의 지퍼를 여는 기척이 났다. 침대 위, 모나의 발치에 뭐가 툭 떨어졌다.

"2000달러야."

맙소사. 어쩌면 농담이 아닌지도 몰랐다. 하지만 농담이 아니라면 도대체 무슨 소리일까?

"모나, 오늘 얼마나 벌었어?"

"90달러."

실은 120달러였지만, 모나는 마지막 수입을 초과 근무 수당으로 쳤다. 평소에는 에디가 무서워서 거짓말을 못했지만 마리화나를 사려면 돈이 필요했다.

"그건 네 거야. 가서 옷을 사. 일할 때 입는 옷은 안 돼. 이번 여행에선 네 엉덩이를 구경할 사람이 없으니까."

"언제 갈 건데?"

"내일이라고 했잖아. 이제 여기하고도 안녕이야."

에디가 그렇게 말했을 때, 모나는 기대감에 가슴이 두근거렸다.

의자가 다시 삐걱거렸다.

"오늘 수입이 90달러란 말이지?"

"응."

"어땠는지 얘기해 봐."

"에디, 나 너무 피곤한데 그냥……."

"안 돼."

에디가 원하는 것은 진실도, 진실 비슷한 것도 아니었다. 그는 이야기를 원했다. 어떤 이야기를 들려줘야 하는지는 모나에게 미리 일러두었다. 에디는 호구들이 떠드는 이야기는 듣고 싶지 않았다(호구들은 대개 떠들고 싶어 안달이 난 이야기가 하나쯤 있었고, 보통은 떠들게 마련이었다.). 어떤 호구는 잠시 짬을 내서 혈액검사 증명서를 보여 달라고 했다는 얘기, 또는 모나 덕분에 자기 불치병에 차도가 생겼다는 똑같은 농담을 둘 중에 한 명꼴로 주절거린다는 얘기는 듣고 싶지 않았다. 심지어 그들이 침대에서 뭘 하려고 드는지도 듣고 싶지 않았다.

에디가 듣고 싶었던 것은 모나를 함부로 다룬 덩치 큰 남자의 이야기였다. 다만 모나는 이야기를 들려줄 때 상대를 너무 거칠게 묘사하지 않도록 조심해야 했는데, 이는 받은 돈보다 더 많이 서비스해 줬다는 뜻이기 때문이었다. 요점은 그 상상 속의 호구가 모나를 30분간 대여한 도구처럼 다뤘다는 것이었다. 드물지 않게 일어나는 일이었지만, 그런 호구들은 대개 인형 마사지 업소에 돈을 갖다 바치거나 심스팀을 이용하여 욕구를 해결했다. 모나는 주로 대화를 나누길 원하는 남자들, 일이 끝나고 나서 샌드위치를 사 주려고 하는 남자들을 상대했다. 그런 경우에도 나름의 방식대로 불쾌해지곤 했지만 이는 에디가 바라는 불쾌함과 종류가 달랐다. 그리고 에디가 바라는 또 한 가지는 모나가 그런 일을 싫어하면서도 결국에는 원했다고, 그것도 간절히 원했다고 이야기해 주는 것이었다.

모나는 어둠 속으로 손을 뻗어 돈이 가득 찬 봉투를 만졌다.

의자가 또다시 삐걱거렸다.

그래서 모나는 에디에게 들려주었다. 바이로 슈퍼마켓 앞에서 나오는 길에 마주친 덩치 큰 남자가 다짜고짜 얼마면 되냐고 물어봐서 당황했지만, 그래도 화대가 얼만지 가르쳐 주고 지금 할 수 있다고 대답했노라고. 그렇게 남자의 차에 탔는데 낡고 커다란 그 차 안에서는 곰팡이 냄새가 났고(클리블랜드 시절의 기억에서 베낀 세부사항이었다.), 뒤이어 남자가 모나를 차 시트에 넘어뜨리더니……

"슈퍼마켓 앞에서?"

"뒤에서 그랬어."

모나가 무슨 이야기를 꾸며내도 에디는 화내지 않았다. 다만 에디가 대강의 줄거리를 어떤 식으로든 미리 일러두었다는 것, 또 기본적으로는 항상 똑같은 이야기란 것은 모나도 알고 있었다. 그 덩치 큰 남자가 모나의 치마를 올리고('검은색 치마였어, 부츠는 흰색이었고.') 바지를 내리는 대목에 이르렀을 즈음, 에디가 바지를 벗느라 허리띠 버클에서 철그렁거리는 소리가 났다. 에디가 침대 옆자리로 기어드는 사이에 모나의 머릿속 한구석에는 궁금증이 일었다. 지금 이야기하는 체위가 실제로 가능한 것일까 하는. 그러나 모나는 이야기를 멈추지 않았고, 어쨌거나 에디에게서는 이야기의 효과가 나타났다. 모나는 빼놓지 말아야 할 것을 떠올렸다. 남자가 삽입할 때 얼마나 아팠는지, 모나가 흠뻑 젖어 있었는데도. 남자가 어떤 식으로 손목을 붙잡았는지도 빠뜨리지 않고 얘기했지만 이제 슬슬 뭐가 어디에 있는지 잘 떠오르지 않았다. 그저 엉덩이가 허공에 쑥 올라와 있어야 한다는 것만 기억날 뿐이었다. 에디는 모나를 더듬기 시작했다. 그의 손이 가슴과 배를 쓰다듬자 모나는 주제를 바꿔 무뚝뚝하고 우악스러운 호구의 손길 대신 그 손길에서 자신이 받아야 했던 느낌을 이야기하기 시작했다.

그 손길에서 받아야 했던 느낌을 모나는 한 번도 느껴 본 적이 없었다. 조금 아프기는 해도 기분 좋은 느낌이 있다는 것은 모나도 알았지만, 그것은 답이 아니었다. 에디가 듣고 싶어 하는 것은 엄청나게 아팠고 그래서 기분이 나빴지만, 그럼에도 좋았다는 말이었다. 모나가 보기에는 말도 안 되는 소리였지만 그녀는 에디가 바라는 대로 해야 한다는 것을 일찍이 깨우

쳤다.

어쨌거나 이야기는 효과가 있었고, 이제 에디는 허리에 담요를 두른 채 일어나서 모나의 다리 사이에 자리를 잡았다. 모나가 생각하기에 에디는 분명 머릿속으로 보고 있을 듯싶었다. 방금 들려준 이야기를, 머릿속에서 만화처럼 보면서, 허리를 들썩거리는 얼굴 없는 거인과 자신을 동일시할 것 같았다. 이제 에디는 모나의 양 손목을 머리 위로 붙들고 있었다. 그가 좋아하는 방식대로.

일을 마친 에디가 모로 누워 옹송그린 채 잠든 후, 모나는 퀴퀴한 냄새가 나는 어둠 속에 뜬눈으로 누워, 거듭 또 거듭 상상했다. 이곳을 떠나는 환하고 멋진 꿈을.

부디 그 꿈이 이루어지기를.

5
포토벨로

잠에서 깬 구미코는 널따란 침대에 꼼짝 않고 누운 채로, 가만히 귀를 기울였다. 멀리서 차들이 지나가는 소리가 웅얼거림처럼 희미하게 이어졌다.

방 안의 공기는 싸늘했다. 구미코는 장밋빛 이불을 텐트처럼 몸에 두르고 침대에서 내려왔다. 작은 창문마다 어지럽게 서리가 앉아 반짝거렸다. 욕조로 가서 백조의 도금 날개 한쪽을 건드렸다. 백조가 쿨룩거리고 그르렁대다가 물을 토해 욕조를 채우기 시작했다. 누비이불을 두른 채로, 구미코는 여행 가방을 열고 이날 입을 옷을 골라 침대 위에 펼쳐 놓았다.

목욕물이 다 차자 구미코는 이불을 바닥에 스르륵 떨어뜨리고 대리석 욕조 테두리를 넘어, 아플 정도로 뜨거운 물속에 차분하게 몸을 담갔다. 욕조에서 피어오른 온기에 서리가 녹았고, 이제 창문에는 뿌옇게 김이 서렸다. 영국 집의 침실에는 다 이렇게 욕조가 놓여 있을까? 구미코는 궁금했다. 타원형 프랑스제 비누로 몸을 구석구석 문지르고, 일어서서 꼼꼼하게 거품을 씻어내고, 커다란 검은색 수건으로 몸을 감싼 다음, 여기저기 더듬은 끝에 세면대와 변기와 비데를 찾아냈다. 모두 한때는 옷장이었을 법한 조그만 공간에 숨겨져 있었다. 그 공간의 벽면은 검은 베니어합판이었다.

장식이 과한 전화기가 두 번 울렸다.

"여보세요?"

"페탈이야. 아침 먹을 텐가? 로저가 왔어. 어서 만나고 싶대."

"고마워요. 지금 옷 입는 중이에요."

구미코는 가진 것 중에 가장 비싸고 헐렁한 가죽바지를 입은 다음, 페탈도 너끈히 입을 만큼 커다랗고 복슬복슬한 파란색 스웨터를 걸쳤다. 화장을 하려고 손가방을 열자 마스네오텍의 로고가 새겨진 유닛이 보였다. 구미코는 저도 모르게 손으로 유닛을 감쌌다. 그 소년을 불러낼 생각은 없었지만, 손이 닿은 것만으로 충분했다. 어느새 눈앞에 나타난 콜린이 우스꽝스럽게 고개를 쭉 빼고 나지막한 거울 천장을 올려다보았다.

"보아하니 우리가 도체스터에 와 있는 것 같진 않군."

"질문은 내가 할게. 여긴 도대체 뭐 하는 곳이야?"

"침실이잖아. 묘한 취향으로 꾸민."

"묻는 말에 대답해. 부탁이야."

"글쎄." 콜린은 방 안의 침대와 욕조를 찬찬히 살펴보았다. "실내 장식으로 봐선 매춘 업소일 수도 있어. 난 런던에 있는 건물들의 역대 자료에 거의 다 접속할 수 있는데, 이곳에 관해선 별로 눈에 띄는 게 없네. 지어진 때는 1848년이야. 빅토리아 여왕 시대에 유행한 고전 건축 양식의 전형적인 예지. 고급인데 화려한 티가 안 나는 동네라 특정 분야의 변호사들 사이에 인기가 있었어."

콜린이 별것 아니라는 듯이 어깨를 으쓱했다. 반들거리는 승마용 장화 표면에 비친 침대 모서리가 눈에 띄었다.

구미코가 손가방에 유닛을 집어넣자 콜린은 사라졌다.

승강기는 그리 어렵지 않게 조작할 수 있었다. 하얗게 칠한 현관으로 나온 후에, 구미코는 목소리가 시키는 대로 향했다. 복도 비슷한 길을 따라서. 모퉁이를 돌아서.

"안녕."

페탈이 인사를 건네며 접시의 은 뚜껑을 들어올렸다. 김이 모락모락 올라왔다.

"이쪽은 웬만해선 만나기 힘든 스웨인 씨. 로저라고 부르면 돼. 그리고 이쪽은 아침 식사."

"안녕."

한 남자가 앞으로 나서면서 손을 내밀었다. 억세 보이는 기다란 얼굴에 색이 옅은 눈. 뻣뻣한 진회색 머리카락은 이마 한쪽으로 비스듬하게 빗질되어 있었다. 구미코는 문득 남자가 몇 살인지 짐작도 못하겠다는 생각이 들었다. 얼굴은 청년이었지만 회색 눈 아래에는 주름이 깊이 패어 있었다. 키는 홀쭉했고 팔다리는 운동선수처럼 튼실해 보였다.

"런던에 잘 왔다."

"고맙습니다."

남자는 목깃이 없는 셔츠를 입고 있었다. 하늘색 바탕에 빨간 줄이 촘촘하게 찍힌 셔츠의 소맷부리는 장식 없이 뭉툭한 타원형 커프스 버튼으로 여며져 있었다. 벌어진 목 부분에 검은 문신이 그려진 살이 세모꼴로 드러나 있었다.

"아침에 네 아버지랑 통화했단다. 잘 도착했다고 알려줬다."

"지위가 높은 분이시군요."

남자의 연한 회색 눈이 가늘어졌다.

"뭐라고?"

"문신에 용이 보여서요."

그 말에 페탈이 웃음을 터뜨렸다.

"식사부터 하라고 해요."

누군가 말했다. 여자 목소리였다.

구미코가 돌아보니 높다란 격자 모양 창문 앞에 호리호리하고 시커먼 여자의 모습이 보였다. 창문 너머에는 담장으로 둘러싸인 뜰에 눈이 소복이 덮여 있었다. 여자의 눈을 가린 은색 선글라스에 방 안의 광경과 사람들이 비쳤다.

"손님이 한 분 더 오셨어." 페탈이 말했다.

"난 샐리야. 샐리 시어스. 우선 아침부터 먹어. 혹시 나처럼 심심하다면 같이 산책을 가는 것도 좋고."

구미코가 가만히 바라보는 사이에 샐리의 손이 올라와 선글라스를 건드렸다. 금방이라도 선글라스를 벗을 것처럼.

"포토벨로 로드는 길이가 두 블록 정도야. 난 바람 좀 쐐야겠어."

거울 같은 선글라스 렌즈에는 테도, 다리도 안 붙은 것 같았다.

"로저." 페탈이 넓적한 은 접시의 베이컨을 포크로 집으며 말했다. "구미코가 샐리랑 같이 가도 안전할까요?"

"분위기로 봐선 나랑 있는 것보다 더 안전할 것 같군. 여기엔 재미난 게 별로 없으니까." 스웨인은 구미코를 식탁으로 안내했다. "그래도 네가 최대한 편히 지내게 힘써 보마, 시내 구경도 좀 할 수 있게 준비시키고. 그래봤자 도쿄만은 못하지만."

"아직은 그렇죠, 아무래도."

페탈이 말했지만 스웨인은 못 들은 눈치였다.

"고맙습니다."

구미코는 의자를 당겨준 스웨인에게 인사를 했다.

"천만에. 우리가 네 아버지를 얼마나 존경하냐면⋯⋯"

"저기." 샐리가 말허리를 잘랐다. "이렇게 어린 애 앞에서 무슨 헛소리야. 좀 참아."

"이런, 샐리가 기분이 별론가 봐."

페탈이 구미코의 접시에 수란을 올려놓으며 중얼거렸다.

샐리 시어스의 기분은 점점 나빠져서 간신히 억누른 분노로 변했다. 걸음걸이에도 울화가 또렷이 드러났다. 검은 장화 뒷굽이 얼음 깔린 보도에 부딪히는 소리가 성난 총성 같았다.

구미코는 그 걸음을 따라잡느라 종종거려야 했다. 샐리가 곡선 도로를 따라 늘어선 주택가에 있는 스웨인의 집에서 성큼성큼 멀어지는 동안, 그녀의 선글라스는 갈 곳 없이 쏟아지는 겨울 햇살로 차갑게 번뜩였다. 그녀는 통이 좁은 진갈색 스웨이드 바지에 두툼한 검은 재킷 차림이었고, 재킷의 목깃을 높이 세우고 있었다. 값비싼 옷이었다. 짧게 자른 검은 머리 때문에 소년으로 보일 법도 했다.

도쿄를 떠난 이후 처음으로, 구미코는 겁이 났다.

샐리 안에 갇힌 에너지는 거의 만질 수도 있을 것 같은, 금방이라도 풀릴 것만 같은 분노의 매듭이었다.

구미코는 손가방에 손을 넣어 마스네오텍 유닛을 쥐었다. 금세 옆에 나타난 콜린이 씩씩하게 따라 걸었다. 두 손을 바지 뒤주머니에 꽂은 채로, 지저분한 눈 위에 발자국 하나 남기지 않으면서. 이윽고 구미코가 손에서 유닛을 놓자 콜린은 사라졌다. 그래도 마음이 놓였다. 걸음을 따라잡지 못해 샐리 시어스를 놓칠까 걱정할 필요는 없었다. 스웨인의 집까지 틀림없이 데려다 줄 유령이 있었으므로. *그리고 만약에 이 여자한테서 달아나야 한다면.* 구미코는 생각했다. *그 애가 도와줄 거야.* 샐리는 달리는 차들을 재빨리 피해 교차로를 건넜고, 그러는 동안 펑퍼짐한 검은색 혼다 택시 앞에 있던 구미코를 아무렇지 않게 쓱 당겨 피신시키는가 하면, 그러고도 어떻게 시간이 남아서 휙 지나가는 택시의 펜더를 발로 찼다.

"너 술 마실 줄 알아?"

샐리가 구미코의 팔을 붙든 채 물었다. 구미코는 고개를 저었다.

"제 팔 좀 놔주세요, 아파요."

샐리는 손에서 슬쩍 힘을 빼기는 했지만, 여전히 구미코의 팔을 붙든 채로 화려하게 장식된 간유리 문을 지나 시끌벅적하고 따뜻한 실내로 들어섰다. 땅굴 같은 그 술집은 사람으로 북적거렸고, 벽과 바닥이 검은 목재와 황갈색 벨루어 천으로 덮여 있었다.

잠시 후 두 사람은 조그만 대리석 테이블을 사이에 두고 마주 앉았다. 테이블 위에는 배스 맥주 회사의 로고가 그려진 재떨이와 흑맥주가 든 머그잔, 샐리가 바에서 테이블로 오는 길에 비워 버린 위스키 잔, 오렌지 스쿼시 한 잔이 놓여 있었다.

구미코는 샐리가 착용한 은색 선글라스 렌즈의 가장자리와 하얀 피부 사이에 이음매가 없는 것을 알아차렸다.

샐리는 빈 위스키 잔으로 손을 뻗었다. 그러고는 잔을 테이블에 붙인 채 기울이더니, 뭔가 따지듯이 가만히 잔을 바라보았다.

"나 전에 네 아빠를 만난 적이 있어. 지금처럼 높은 사람이 아니었지, 그때." 샐리는 위스키 잔을 놓고 맥주잔을 잡았다. "스웨인이 너 혼혈이라고 하던데. 엄마가 덴마크 사람이었다고." 샐리가 맥주를 홀짝이고 말을 이었다. "그런데 그렇게 안 보이는걸."

"엄마가 제 눈을 바꿔 줬어요."

"잘 어울리네."

"고맙습니다. 그쪽 선글라스도 잘 어울려요. 되게 멋있어요."

구미코의 입에서 저절로 나온 말이었다. 샐리는 별것 아니라는 듯이 어깨를 으쓱했다.

"너, 아빠 명령으로 지바에 간 적 있어?"

구미코는 고개를 저었다.

"똑똑하군. 내가 네 아빠였어도 그런 일은 안 시켰겠지만."

샐리는 맥주를 더 마셨다. 손톱은 분명 아크릴일 터였는데 색조도 광택도 자개 같았다.

"그 사람들한테서 네 엄마 얘기 들었어."

얼굴이 화끈거렸다. 구미코는 눈을 내리깔았다.

"넌 엄마 때문에 여기 온 게 아니야, 알아? 네 아빠가 짐 가방을 싸서 널 스웨인한테 보낸 건 네 엄마 때문이 아니라고. 지금은 전쟁 중이야. 야쿠자 고위층의 내분은 내가 태어나기도 전에 이미 끝났지만, 지금은 사정이 달라." 샐리는 땡그랑 소리와 함께 맥주잔을 내려놓았다. "네 아빠는 널 곁에 둘 수가 없었어. 그뿐이야. 널 잡아가는 건 식은 죽 먹기니까. 야나카 조직의 적들이 보기에 스웨인 같은 사람은 별 관심사도 아니고. 넌 그래서 남의 이름이 적힌 여권을 써야 했던 거야. 스웨인은 야나카한테 빚이 있어. 그러니까 넌 괜찮을 거야, 알았지?"

구미코는 뜨거운 눈물이 차오르는 것을 느꼈다.

"그래, 안 괜찮구나." 자개 같은 손톱들이 대리석 테이블을 따닥따닥 두드렸다. "엄마가 자살해서 괜찮지가 않은 거야. 죄책감 때문에. 그렇지?"

구미코는 고개를 들었다. 그러자 거울 한 쌍과 눈이 마주쳤다.

포토벨로는 관광객들 때문에 신주쿠만큼이나 복작거렸다. 샐리 시어스는 미지근하고 밍밍해진 오렌지 스쿼시를 구미코에게 억지로 다 마시게 한 다음, 그녀를 데리고 붐비는 거리로 나섰다. 그러고는 구미코를 뒤에 꼭 붙인 채 보도를 따라 나아가기 시작했다. 그렇게 두 사람은 찢어진 벨벳 커튼으로 덮인 접이식 강철 테이블과 은, 수정, 놋쇠, 도자기 같은 오만 가지 물건들 앞을 지나갔다. 샐리에게 이끌려 걷는 동안에도 구미코는 줄줄이 놓인 장식용 접시와 아래가 불룩한 찻주전자를 멍하니 바라보았다.

"다 *고미*네요."

교차로에 이르러 멈췄을 때, 구미코가 조심스레 말했다. 일본어로 쓰레기라는 뜻이었다. 도쿄에서는 낡고 쓸모없는 물건을 땅에 매립했다. 샐리의 입가에 사나운 웃음이 번졌다.

"여긴 잉글랜드야. *고미*는 중요한 천연자원이지. *고미*와 인재. 지금 내가 찾는 게 바로 그거야. 인재."

인재는 암녹색 벨벳 슈트 차림에 티끌 하나 없는 스웨이드 윙팁 구두를 신고 있었다. 샐리는 그 남자를 로즈 앤드 크라운이라는 다른 술집에서 찾았다. 샐리는 남자의 이름이 틱이라고 소개했다. 키는 구미코보다 살짝 더 컸고, 허리나 엉덩이가 불편한지 심하게 절뚝거리며 걷는 탓에 전체적으로 몸이 기울어진 느낌이 강했다. 검은 머리는 양옆과 뒤를 짧게 올려졌지만 이마 위에는 번들거리는 곱슬머리가 한 움큼 뭉쳐 있었다.

샐리는 틱에게 구미코를 소개했다.

"일본에서 온 내 친구야. 건드릴 생각은 하지도 마."

틱은 힘없이 웃으며 두 사람을 테이블로 안내했다.

"사업은 어때, 틱?"

"좋아." 무뚝뚝한 목소리였다. "은퇴 생활은 어때?"

샐리는 푹신한 벤치에 앉았다. 등 뒤는 벽이었다.

"뭐, 쉬다가 일하다가 그래."

구미코는 샐리를 바라보았다. 샐리의 분노는 사라졌거나, 능숙하게 감춰진 상태였다. 구미코는 자리에 앉으면서 손가방에 손을 넣어 유닛을 쥐었다. 샐리가 앉은 벤치 옆자리에 콜린이 번쩍 나타났다.

"날 기억해주다니 고맙군. 한 2년 만인 것 같은데."

틱이 의자에 앉으며 말했다. 구미코 쪽을 보던 그의 한쪽 눈썹이 슬쩍 올라갔다.

"얘는 걱정 안 해도 돼. 틱, 스웨인이라고 알지?"

"아는 거라곤 그 사람 평판뿐이야. 고맙게도."

콜린은 두 사람의 대화에 푹 빠져서 즐거운 표정으로 열심히 듣는 중이었다. 테니스 경기를 보는 사람처럼 고개를 이쪽저쪽으로 돌려가면서. 구미코는 콜린이 자기 눈에만 보인다는 것을 속으로 되새겼다.

"당신이 그 사람을 털어 줘야겠어. 그쪽에는 비밀로 하고."

틱은 샐리를 가만히 바라보았다. 얼굴 왼쪽 전체가 서서히 일그러지더니 거대한 윙크로 변했다.

"그래. 그렇다면 괜히 한번 해 보는 말이 아니군, 안 그래?"

"보수는 두둑이 줄게, 틱. 최고로."

"특별히 찾는 게 있는 거야, 아니면 샅샅이 털고 싶은 거야? 스웨인이 뒷세계에서 두목 급이란 건 세상이 다 알아. 그 사람 구역에 들어갔다가 걸리긴 싫은데…….”

“그래서 돈을 준다잖아, 틱.” 몹시도 빠른 윙크가 두 번. “틱, 스웨인이 날 들볶고 있어. 그 인간도 다른 누구한테 들볶이고 있고. 그 인간이 남들한테 무슨 약점을 잡혔는지는 나도 몰라, 알고 싶지도 않고. 그 인간한테 내 약점을 잡힌 것만으로도 충분하니까. 내가 알고 싶은 건 이름, 장소, 시각이야. 들어오고 나가는 통신을 도청해. 그 인간은 지금 누구랑 연락을 주고받는 중이야. 거래 조건이 자꾸 변하거든.”

“보면 누군지 알 수 있을까, 내가?”

“그냥 한번 들여다봐 줘, 틱. 나를 생각해서.”

또다시 발작 같은 윙크.

“그래, 알았어. 해 보자고.” 틱은 초조한 듯이 테이블 모서리를 손가락으로 두드렸다. “내가 한잔 살까?”

콜린은 테이블 너머에 앉은 구미코를 보며 영문을 모르겠다는 듯이 눈을 위로 굴렸다.

“이해가 안 가요.” 다시 샐리를 따라 포토벨로 로드를 걸으며 구미코가 말했다. “저를 음모에 끌어들이시다니…….”

샐리는 재킷 칼라를 세워 바람을 막았다.

“제가 배신할지도 모르잖아요. 아버지의 동업자를 함정에 빠뜨리는 거니까요. 절 믿으실 이유가 없잖아요.”

“반대로 네가 날 믿을 이유가 없을지도 모르지. 어쩌면 내가 바로 네 아빠가 걱정하는 악당일 수도 있으니까.”

구미코는 그 말을 곰곰이 생각했다.

“진짜예요?”

"아니. 만약 네가 스웨인의 스파이라면, 그 인간 요즘 들어 너무 호들갑을 떠는 거야. 만약 네가 아빠의 명령을 받는 스파이라면, 난 틱을 고용할 필요가 없을 테고. 하지만 이게 다 야쿠자들이 꾸민 일이라면 왜 군이 스웨인까지 동원해서 눈속임을 하겠어?"

"전 스파이가 아니에요."

"그럼 앞으로는 너 자신의 스파이가 되도록 해. 도쿄가 프라이팬이었다면, 지금은 막 불속에 뛰어든 셈인지도 모르니까."

"그런데 절 왜 끌어들이시려는 거죠?"

"넌 이미 나랑 한패야. 여기 있으니까. 무섭니?"

"아니요."

그 대답을 끝으로 구미코는 입을 다물었다. 현실이 왜 꼭 이래야 하는지 궁금해 하면서.

그날 오후 느지막이, 거울로 둘러싸인 다락방에 홀로 들어서서, 구미코는 널따란 침대 모서리에 앉아 젖은 장화를 벗었다. 그런 다음 손가방에서 마스네오텍 유닛을 꺼냈다.

"그 사람들 정체가 뭐야?"

검은 대리석 욕조 테두리에 걸터앉은 유령에게 구미코가 물었다.

"술집에서 만난 친구들 말이야?"

"그래."

"범죄자들이야. 충고하는데, 좀 더 제대로 된 부류하고 어울리도록 해. 여자 쪽은 외국인이야. 북미 출신이지. 남자는 런던 토박이, 이스트엔드 출신이야. 얘길 들어보니까 데이터 도둑이더군. 난 경찰 기록에는 접속할 수가 없어. 역사에 남을 만큼 유명한 사건은 예외지만."

"이제 어쩌면 좋지…….

"유닛을 뒤집어 봐."

"뭐라고?"

"뒤쪽을 봐. 반달 비슷한 모양으로 홈이 패어 있을 거야. 거기다 엄지손톱을 끼우고 돌리면…….

조그만 뚜껑이 열렸다. 초소형 스위치가 보였다.

"A/B 스위치를 B 쪽으로 재설정해. 가늘고 뾰족한 물건을 이용하도록 해, 하지만 바이로는 쓰면 안 돼."

"뭘 쓰면 안 된다고?"

"볼펜. 잉크랑 먼지는 금물이야, 부품에 엉기거든. 이쑤시개가 딱이지. 일단 재설정을 마치면 음성 인식 녹음 기능이 작동될 거야."

"그다음은?"

"장치를 아래층에 숨겨 둬. 뭐가 녹음됐는지 내일 들어보게…….

6
아침 햇살

슬릭은 팩토리 1층의 작업대 아래에 쥐가 갉아먹은 회색 폼 한 장을 깔고 누워서, 자유 단위체의 고약한 냄새가 밴 부스럭거리는 에어캡 포장지를 몸에 친친 두른 채 잠을 잤다. 꿈에 키드 아프리카와 그의 차가 나왔다. 꿈속에서 그 둘은 하나로 합쳐졌고, 키드의 이는 조그만 크롬 해골이었다.

눈을 떠 보니 팩토리의 휑한 창문으로 들이친 싸늘한 바람이 겨울의 첫눈을 토하고 있었다.

슬릭은 자리에 누운 채 재판관의 원형 톱을 어떻게 할지 궁리했다. 재판관의 손목은 합판보다 무거운 것을 썰 때면 번번이 고장이 났다. 원래는 끄트머리에 조그만 전기톱이 붙은 인공 손가락을 달 생각이었지만, 그 계획은 몇 가지 이유 때문에 흥미가 사라졌다. 전기를 쓰는 것이 왠지 마음에 들지 않았다. *실감*이 안 나기 때문이었다. 공기를 이용하는 것도 한 가지 방법이었다. 큼지막한 압축 공기 탱크, 또는 부품만 구할 수 있으면 내연기관이라도. 도그 솔리튜드에서는 진득하게 파기만 하면 어떤 부품이든 찾을 수 있었다. 거기서 못 찾는다고 해도 저지의 고철 지대에 가면 주워다 쓸 고물 기계가 한가득 널린 마을이 대여섯 군데나 있었다.

콩알만 한 플라스틱 공기 주머니로 이루어진 투명한 담요를 망토처럼 두르고서, 슬릭은 작업대 아래에서 기어 나왔다. 들것에 누운 채로 그의 방을 차지한 남자가 떠올랐다. 그리고 그의 침대를 차지한 채 자고 있는 체리도. 침대에서 자는 체리는 목이 뻣뻣할 일이 없을 듯싶었다. 슬릭은 기지개를 켜면서 끙 소리를 냈다.

젠트리는 예정대로 돌아와 있었다. 슬릭은 젠트리에게 어찌된 일인지 설명해야 했다. 주위에 사람이 얼쩡거리면 질색하는 젠트리에게.

리틀 버드가 커피를 만들어 둔 곳은 팩토리의 주방처럼 쓰이는 방이었다. 바닥에 깐 플라스틱 타일은 동그랗게 말려 있고 벽에는 지저분한 철제 개수대가 붙은 곳이었다. 창문을 가린 투명한 방수포는 바람이 불 때마다 안팎으로 펄럭였고, 그 천을 통해 바깥의 뿌연 빛이 비친 탓에 방은 실제보다 더 추워 보였다.

"물 사정은 어때?"

슬릭은 방에 들어서며 물었다. 리틀 버드의 임무 중 하나는 매일 아침 지붕 위의 물탱크를 확인하고 바람에 날린 나뭇잎이나 가끔 보이는 죽은 까마귀를 치우는 일이었다. 그런 다음 필터의 수량 파이프를 확인해 물이 부족하면 40리터쯤 틀어 놓았다. 그 물이 정화 장치를 통과해 집수 탱크를 채우려면 거의 하루가 걸렸다. 그 임무를 성실히 수행하는 것이 젠트리가 리틀 버드를 봐주는 주된 이유였지만, 리틀 버드가 낯을 가리는 청년이라는 점 역시 가산점인 듯했다. 리틀 버드는 젠트리가 있을 때에는 어떻게 해서든 눈에 띄지 않으려 했다.

"충분해."

"슬릭, 여기 어디 샤워할 수 있는 데 없어?"

낡은 플라스틱 상자에 앉아 있던 체리가 물었다. 잠을 못 잤는지 눈 밑이 거무스름했지만, 뾰루지는 화장에 가려서 안 보였다.

"없어. 요즘 같은 계절에는 샤워 못해."

"어차피 기대도 안 했어."

체리가 침울한 목소리로 대꾸했다. 겹겹이 걸친 가죽 재킷 속의 어깨가 축 처졌다.

슬릭은 남은 커피를 다 따라서 홀짝거리며 체리 앞에 섰다.

"왜, 나한테 무슨 불만 있어?"

"있지. 너랑 위층에 있는 저 녀석한테. 넌 왜 여기 내려와 있는 거야? 오늘이 무슨 쉬는 날이라도 돼?"

체리는 맨 바깥쪽 재킷의 주머니에서 까만 무선 호출기를 꺼냈다.

"상태가 조금이라도 변하면 이게 울릴 거야."

"잠은 잘 잤어?"

"그럼. 푹 잤지."

"난 못 잤는데. 체리, 너 언제부터 키드 아프리카 밑에서 일했어?"

"한 일주일 전부터."

"너 진짜 의료 기술자야?"

체리는 가죽 재킷 아래의 어깨를 으쓱했다.

"카운트를 돌봐줄 실력은 돼."

"카운트?"

"그래, 카운트. 키드가 저 남자를 그렇게 부른 적이 있어. 한 번."

리틀 버드가 겁을 먹었는지 부르르 몸을 떨었다. 아직 머리 손질을 시작하기 전이라 머리카락이 사방으로 뻗쳐 있었다.

"혹시 말이야, 저 사람 흡혈귀야^{카운트(Count)에는 백작이라는 뜻이 있다.}?"

리틀 버드가 조심스레 말을 꺼냈다. 체리는 그런 리틀 버드를 빤히 쳐다보았다.

"지금 농담하는 거야?"

눈을 휘둥그레 뜨고서, 리틀 버드가 엄숙하게 고개를 저었다. 체리의 눈이 슬릭에게로 향했다.

"당신 친구 혹시 풀 덱 가지고 장난 치고 그래?"

"흡혈귀 같은 건 없어, 리틀 버드. 현실이 아니라고, 알았어? 그냥 스팀 속에 있을 뿐이야. 저 남자는 흡혈귀가 아니야, 알아들어?"

리틀 버드가 전혀 안심이 안 된 표정으로 천천히 고개를 끄덕이는 동안, 창문의 비닐 방수포는 뿌연 빛을 배경으로 바람을 받아 불룩해졌다.

슬릭은 오전 내내 재판관을 손보려고 애썼지만 리틀 버드는 다시금 어디로 사라져 버렸고, 정신은 들것에 누운 남자 생각 때문에 자꾸만 사나워졌다. 날씨마저 너무 춥다 보니 팩토리 맨 위층에 있는 젠트리의 구역에서 선을 끌어다가 난방을 틀어야 했다. 하지만 그랬다가는 전기를 놓고 젠트리와 다퉈야 했다. 원자력 위원회의 눈을 속여 전기를 빼돌리는 방법을 아는 사람은 젠트리였으므로 전기는 그의 것이었다.

바야흐로 슬릭이 팩토리에 들어와서 맞는 세 번째 겨울이었지만, 젠트리는 슬릭이 이곳을 발견했을 때 이미 4년째 머무르는 중이었다. 슬릭은 젠트리가 사용할 로프트를 팩토리 꼭대기 층에 함께 완성한 다음, 체리와 키드 아프리카가 카운트라고 부른 남자가 지금 묵고 있는 방을 물려받았다. 젠트리는 자기가 먼저 살기 시작했고 위원회 몰래 전기를 끌어온 것도 자신이라는 이유로 팩토리의 주인 행세를 했다. 그러나 슬릭은 팩토리를 유지하기 위해 젠트리가 하기 싫어하는 갖가지 일을 처리했다. 식량이 떨어지지 않게 챙겼고, 전기 합선이 일어나거나 정수 필터가 막히는 등 중요한 장비가 고장 났을 때 공구를 들고 고치는 사람도 슬릭이었다.

젠트리는 사람들을 좋아하지 않았다. 하루 종일 덱*과 전기 오르간과 홀로그램 프로젝터를 끼고 지내면서 배가 고플 때만 아래로 내려왔다. 슬릭은 젠트리가 하려고 하는 일이 뭔지 도무지 이해할 수 없었지만, 집착의 범위가 좁은 점만은 부러웠다. 젠트리는 어떤 것에도 조종당하지 않았다. 키드 아프리카조차도 젠트리는 조종하지 못할 듯싶었다. 왜냐면 젠트리는 애틀랜틱시티에 가서 곤경에 처하는 바람에 키드 아프리카에게 빚을 질 일이 없었을 테니까.

슬릭이 노크도 안 하고 자기 방에 들어갔을 때, 체리는 하얀 일회용 장갑을 낀 채 스펀지로 남자의 가슴을 닦는 중이었다. 그녀는 주방에서 부탄가스 레인지를 가져다가 철제 대접을 올려놓고 물을 데웠다.

슬릭은 마음을 단단히 먹고 남자의 파리한 얼굴을 내려다보았다. 생기없는 입술은 담뱃진으로 누레진 이가 보일 만큼만 벌어져 있었다. 흔한 얼굴, 특징 없는 얼굴이었다. 어느 술집에서나 눈에 띄는 얼굴이었다.

체리가 슬릭을 올려다보았다.

슬릭은 침대 가장자리에 걸터앉았다. 체리가 슬릭의 침낭을 펴서 담요처럼 깔고 끄트머리는 폼 아래에 끼워놓은 자리였다.

"체리, 얘기 좀 해. 나도 무슨 일인지는 알아야지, 안 그래?"

체리는 대답하는 대신 스펀지를 대접 위로 가져가 물기를 짰다.

"어쩌다가 키드 아프리카랑 엮인 거야?"

체리는 스펀지를 지퍼 백에 담아 키드의 호버에서 들고 온 검은 나일론 가방에 넣었다. 슬릭이 가만히 지켜보니 쓸데없는 동작은 전혀 없었다. 굳이 생각할 것도 없이 저절로 나오는 움직임 같았다.

"당신, 혹시 '모비 제인'이라는 곳 알아?"

"아니."

"술집이야, 고속도로 노변에 있는. 내 친구가 거기 지배인이었는데, 일한 지 한 달쯤 됐을 때 내가 그 친구한테 얹혀살게 됐어. 거기 주인인 모비 제인은 정말 거대한 여자였어. 팔에 코카인 수액 주사를 꽂고 술집 뒤편의 부양 탱크에 종일 앉아 있었는데, 몰골이 *정말이지* 끔찍했어. 아까 말했듯이 난 거기서 내 친구 스펜서한테 얹혀살았어. 클리블랜드에서 면허 관련 문제가 생겼는데, 당장 해결할 수가 없었거든."

"무슨 문제였는데?"

"그냥 흔한 문제였어, 됐어? 얘기를 듣겠다는 거야 말겠다는 거야? 아무튼, 스펜서가 나한테 자기 사장이 끔찍한 상태란 걸 알려줬다, 이거야. 그런데 내가 죽어도 감추고 싶었던 게 바로 내 의료 기술자 자격이었어. 들켰다간 부양 탱크의 필터를 갈고 환각을 보는 200킬로그램짜리 미치광이한테 코카인을 꽂아 줘야 할 판이었으니까. 그래서 웨이트리스가 돼서 맥주를 날랐지. 일은 괜찮았어, 거긴 좋은 음악을 트는 가게였거든. 조금 거친 곳이었지만, 내가 스펜서랑 같이 사는 걸 다 아니까 문제는 없었어. 그런데 어느 날 일어나 보니까 스펜서가 사라진 거야. 알고 보니 가게 돈을 뭉텅이로 챙겨서 튀었다지 뭐야."

이야기를 하는 동안에도 체리는 잠든 남자의 가슴을 닦고 있었다. 하얗고 두툼한 흡수 섬유 뭉치로.

"그래서 나도 거기 패거리한테 좀 얻어맞았어." 체리는 슬릭을 올려다보며 별일 아니라는 듯이 어깨를 으쓱했다. "그러고 나서 날 어떻게 할지 말해 주더군. 손을 등 뒤로 묶어서 모비 제인의 부양 탱크에 처넣고 그 여자의 수액 투여량을 최대로 올린 다음에, 내 애인이 자기 돈을 훔쳤다고 알려 줄 거라나……."

체리는 젖은 섬유 뭉치를 대접에 획 던졌다.

"그다음엔 앞으로 벌어질 일을 상상해 보라며 날 창고에 처넣고 문을 잠가 버렸어. 그런데 문이 열렸을 때, 키드 아프리카가 서 있었던 거야. 그때 처음 만났어. 나한테 이러더라. '미스 체스터필드, 난 당신이 얼마 전까지 공인 의료 기술자였다는 증거를 갖고 있어.'"

"그러니까 키드가 너한테 제안을 한 거군."

"제안 같은 소리 하고 있네. 그냥 내 신상을 확인하고 냉큼 빼 준 것뿐이야. 근처엔 쥐새끼 한 마리 안 보였어, 토요일 오후였는데도. 키드가 날 주차장으로 데려갔는데, 거기에 그 호버가 있었어. 범퍼에 해골이 줄줄이 붙은 그 차. 덩치 큰 흑인 두 명도 같이 기다리고 있었고. 어쨌거나 부양 탱크하고는 그걸로 작별이었으니까 불만은 없었어."

"이 녀석은 호버 뒷자리에 있었고?"

"아니." 체리가 장갑을 벗으며 말했다. "키드는 나한테 운전을 시켜서 클리블랜드 교외로 다시 돌아갔어. 집들은 크고 오래됐지만 마당의 잔디는 다 웃자라서 시들어 빠진 동네로. 경비가 철저한 집으로 들어갔는데, 아마 그 사람 집이었을 거야. 이 사람은……."

체리는 파란 침낭의 지퍼를 다시 남자의 턱 밑까지 채웠다.

"그 집 침실에 있었어. 난 곧바로 치료를 시작했고. 키드가 보수는 두둑이 줄 거랬어."

"널 여기로 데려올 거라는 것도 알았어? 이 도그 솔리튜드로?"

"아니. 그건 아마 키드도 몰랐을 거야. 문제가 생겼거든. 이튿날 키드가 돌아와서 떠나야 한다고 했어. 왠지 겁먹은 표정으로. 그때 이 남자를 카운트라고 불렀어. 화가 나서 그랬을 거야, 그리고 겁을 먹어서. '카운트, 네놈의 빌어먹을 엘에프(LF).' 그때 키드가 한 말이야."

"빌어먹을 뭐?"

"엘에프."

"뭐야, 그게?"

"내 생각엔 이거 같아."

체리는 남자의 머리 위를 가리켰다. 그곳에는 아무 특징도 없는 회색 장치가 장착되어 있었다.

7
거기에는 거기가 없네, 거기에는

안젤라는 테라스에서 자신을 기다리는 힐튼 스위프트의 모습을 상상했다. 로스앤젤레스의 겨울 날씨에 즐겨 입는 트위드 슈트 차림, 조끼와 재킷은 각각 헤링본 무늬와 하운드투스 무늬라 어울리지 않았지만 모두 같은 양모로 짠 직물이었고, 필시 같은 언덕에 사는 같은 무리 양들의 털이었을 것이다. 슈트는 모두 위원회를 통해 런던에서, 스위프트가 가 본 적도 없는 플로럴 스트리트의 양복점 위층에 있는 작업장에서 세심하게 제작됐다. 그가 입는 스트라이프 셔츠도 그곳에서 만들었는데 면 원단은 파리의 샤르베에서 공수했다. 넥타이 역시 거기서 만들었는데 실크는 오사카에 주문해서 짠 것이었고, 센스/네트의 로고가 촘촘하고 조그맣게 수놓여 있었다. 그런데도 왠지 그는 어머니가 골라 준 옷을 입은 사람처럼 보였다.

테라스에는 아무도 없었다. 도르니에 헬리콥터가 떠오르더니 자기 격납고 쪽으로 쌩하니 날아갔다. 마망 브리지트의 존재는 여전히 안젤라에게 붙어 있었다.

안젤라는 새하얀 주방으로 들어선 다음 얼굴과 손에 말라붙은 피를 닦았다. 거실로 나왔을 때에는 처음 보는 곳에 발을 들이는 기분이었다. 반들반들한 콘크리트 바닥, 도금된 틀에 벨벳 천을 씌운 로코코 양식 의자, 벽에 걸린 입체파 화가 조르주 발미에르의 커다란 그림. *힐튼의 옷장 같네.* 안젤라는 생각했다. *실력 있는 외부인들이 꾸며 준.*

계단 쪽으로 가는 동안 장화에 붙었던 젖은 모래가 하얀 바닥에 기다란 흔적을 남겼다.

의상 담당인 켈리 히크먼은 안젤라가 클리닉에 있는 동안 이곳에 들러 그녀가 일할 때 쓰는 짐들을 안방 침실에 정리해 두었다. 기다란 에르메스 여행 가방 아홉 개였다. 반들거리는 가죽으로 만든 관처럼 밋밋하고 네모난. 옷은 절대로 접는 법이 없었다. 한 벌 한 벌 펼쳐서 실크 천을 사이에 깔고 포개 놓았다.

안젤라는 문간에 서서 가만히 바라보았다. 휑뎅그렁한 침대와 가죽 관 아홉 개를.

유리블록과 조그맣고 하얀 타일로 이루어진 욕실로 들어서서, 안젤라는 문을 잠갔다. 약장 문을 열고 또 그 옆의 문을 열어 보면서, 포장도 안 뜯은 채 가지런히 놓인 향수와 처방전 없이 살 수 있는 약통, 화장품 등은 거들떠보지도 않았다. 약물 충전기는 세 번째 약장에, 투명 플라스틱으로 볼록하게 포장된 피부 패치 옆에 있었다. 안젤라는 몸을 숙여 충전기를 가만히 응시했다. 일본어로 적힌 로고를 건드리기가 께름칙했다. 사용한 적이 없는 새 충전기 같았다. 자신이 직접 사서 그곳에 두지 않은 것만은 거의 확실했다. 안젤라는 재킷 주머니에서 약을 꺼내어 유심히 살펴봤다. 봉지를 빙글빙글 돌리면서, 촘촘하게 밀폐된 공간 속에서 일정한 분량의 보라색 가루가 사륵사륵 움직이는 모습을 지켜보았다.

안젤라는 자신도 모르는 사이에 약 봉지를 하얀 대리석 선반에 올려놓았고, 충전기를 그 위에 둔 다음, 플라스틱 포장에서 꺼낸 피부 패치를 삽입했다. 충전기가 1회분 약을 빨아들이자 표시등에 빨간 불이 들어왔다. 안젤라는 어느새 피부 패치를, 하얀 플라스틱 거머리 같은 그것을 검지 끄트머리에 조심스레 올려놓았다. 축축한 안쪽 면이 미세한 디메틸 설폭시드 알갱이들로 반짝거렸고……

변기까지는 돌아서서 세 걸음이었다. 안젤라는 안 뜯은 봉지를 변기에 버렸다. 장난감 뗏목처럼 동동 떠 있는 봉지 속의 약은 아직 조금도 젖지 않고 보송보송했다. 조금도. 덜덜 떨리는 손으로, 안젤라는 손톱 다듬는 줄을 찾아 들고 하얀 타일 위에 무릎을 꿇었다. 봉지를 쥐고 접합면에 줄 끄트머리를 찔러 넣어 찢을 때에는 눈을 질끈 감아야 했다. 버튼을 눌러 변기의 물을 내리는 사이에 타일 바닥으로 떨어진 줄이 쟁그랑 소리를 냈고, 빈 봉지 두 개가 사라졌다. 안젤라는 서늘한 에나멜 변기에 이마를 대고 있다가 억지로 몸을 일으켜 세면대로 간 다음, 손을 꼼꼼히 씻었다.

왜냐하면 원했기 때문이었다. 이제 안젤라는 자신이 원하는 것을 확실히 알았다. 바로 손가락을 빠는 것이었다.

흐렸던 그날 오후 느지막이, 안젤라는 차고에서 물결무늬 플라스틱 수납함을 찾아 침실로 들고 와서 바비가 남긴 것들을 그 안에 집어넣기 시작했다. 많지는 않았다. 바비가 좋아하지 않았던 가죽바지 한 장, 버리고 갔거나 잊어버린 셔츠 몇 장, 티크 책상의 맨 아래 서랍에서 나온 사이버스페이스 덱 한 개가 다였다. 오노센다이에서 만든 그 덱은 장난감 이상으로 봐주기 힘든 물건이었다. 덱 주위로 구불구불 얽힌 검은 도선과 싸구려 스팀 전극 한 세트, 기름때가 묻은 염분 페이스트 튜브가 보였다.

안젤라는 바비가 쓰던 덱을 떠올렸다. 그가 떠날 때 가져간 덱을. 주문 제작한 회색 호사카 덱이었고, 키에는 아무 표시도 되어 있지 않았다. 카우보이가 쓰는 덱이었다. 바비는 세관 검사에서 문제를 겪으면서도 고집스레 그 덱을 갖고 다녔다. 이 오노센다이 덱은 왜 산 걸까? 그리고 왜 버렸을까? 안젤라는 침대 가장자리에 걸터앉았다. 그런 다음 서랍에서 덱을 꺼내 무릎 위에 올려놓았다.

오래전 애리조나에서, 아버지는 안젤라에게 재킹을 하면 안 된다고 가르쳐 주었다. 넌 그런 짓 안 해도 돼. 아버지는 그렇게 말했다. 그리고 안젤라는 재킹을 한 적이 없었다. 꿈을 꾸면 사이버스페이스가 나오기 때문이었다. 눈꺼풀 뒤에서 매트릭스의 네온 그리드가 그녀를 기다리기라도 하듯이.

거기에는 거기가 없단다, 거기에는. 아이들에게 사이버스페이스를 설명할 때 하는 말이었다. 생태 건축물의 놀이방에서 강의를 하며 빙긋이 웃던 강사와 스크린에서 움직이던 이미지들이 떠올랐다. 커다란 헬멧을 쓰고 뭉툭한 장갑을 낀 파일럿들, 그들과 비행기를 더 효과적으로 연결해 주는 원시적인 신경 전자적 '가상 세계' 기술, 컴퓨터가 처리한 방대한 전투 정보를 파일럿에게 주입하는 소형 재생 단말기들, 버튼과 방아쇠로 이루어진 촉각 세계를 제공하는 진동 피드백 장갑…… 기술이 발전하면서 헬멧은 쪼그라들었고, 재생 단말기 역시 작아졌으며……

안젤라는 몸을 숙여 전극 세트를 쥐고 엉킨 도선을 풀었다.

거기에는 거기가 없단다, 거기에는.

안젤라는 신축성 있는 헤드 밴드를 쓰고 양쪽 관자놀이에 전극을 붙였다. 인간이 할 수 있는 가장 별난 그 행동을 안젤라는 해 본 적이 거의 없었다. 다음으로 오노센다이 덱의 배터리 점검 버튼을 눌렀다. 문제없다는 뜻의 초록색 불이 켜졌다. 전원 버튼을 누르자 신경 잡음이 만든 새하얀 벽 너머로 침실이 사라졌다. 머릿속이 하얀 소리로 가득 찼다.

손가락이 아무렇게나 찾은 그다음 버튼을 누르자, 안젤라는 내던져졌다. 잡음의 벽을 뚫고 어수선한 허공으로, 사이버스페이스라는 텅 빈 관념 속으로, 끝 모를 철창처럼 그녀를 에워싼 매트릭스의 환한 그리드 속으로.

"안젤라." 나지막하면서도 위압적인 목소리로, 집이 말했다. "힐튼 스위프트 씨한테서 전화가 왔는데요……."

"임원 전용 회선이야?"

안젤라는 식탁 앞에 앉아 콩 통조림과 토스트를 먹는 중이었다.

"아니요." 집의 목소리는 듬직했다.

"목소리 바꿔." 안젤라는 콩을 한 입 가득 우물거리며 말했다. "살짝 안절부절못하는 목소리로."

"스위프트 씨가 기다리세요." 집이 애가 타는 목소리로 말했다.

"좀 낫네." 안젤라는 대접과 접시를 세척기로 가져가며 중얼거렸다. "하지만 내가 원한 건 진짜 발작에 더 가까운……"

"전화 안 받으실 거예요?" 금방이라도 숨이 넘어갈 듯한 목소리.

"응. 목소리는 그대로 유지해, 마음에 드니까."

안젤라는 거실로 걸어가며 속으로 숫자를 셌다. 열둘, 열셋……

"안젤라." 집이 부드러운 목소리로 말했다. "전화 왔습니다. 힐튼 스위프트 씨가……"

"임원 전용 회선으로 걸었어."

스위프트의 목소리였다. 안젤라는 입으로 방귀 소리를 냈다.

"혼자 있고 싶어 하는 거 알아, 하지만 걱정이 돼서."

"난 잘 있어, 힐튼. 걱정 마. 그럼 안녕."

"오늘 아침에 해변에서 넘어졌더군. 길을 잃은 것 같던데. 코에서 피도 나고."

"그냥 코피였어."

"신체검사를 한 번 더 받아 보는 게……"

"좋아."

"앤지, 당신 오늘 매트릭스에 접속했더군. 스프롤의 산업 섹터에 들어간 기록을 확인했어."

"거기가 거기였어?"

"어떻게 된 일인지 얘기해 주겠어?"

"얘기할 거 하나도 없어. 그냥 돌아다녔을 뿐이야. 그래도 정 알고 싶어? 난 바비가 여기 두고 간 쓰레기를 치우는 중이었어. 당신이 봤어도 그러라고 *허락했을 거야*, 힐튼! 바비의 덱을 찾아서 사용해 봤어. 버튼을 누르고 가만히 앉아서 돌아다니다가, 다시 나왔어."

"미안해, 앤지."

"뭐가?"

"귀찮게 해서. 그만 갈게."

"힐튼, 당신 바비가 어디 있는지 알아?"

"아니."

"네트 경비대가 바비를 감시하지 않았다는 얘기야, 지금?"

"나도 모른다는 얘기야, 앤지. 정말이야."

"알아볼 수는 있는 거야? 마음만 먹으면?"

잠시 침묵이 흘렀다.

"글쎄. 할 수 있다고 해도 별로 안 내키는걸."

"고마워. 잘 있어, 힐튼."

"잘 있어, 앤지."

그날 밤 안젤라는 캄캄한 테라스에 앉아, 불빛이 비치는 모래 위에서 춤추는 갯강구 떼를 가만히 지켜보았다. 마망 브리지트와 그녀가 했던 경고를, 그리고 재킷 주머니에 든 약과 약장에서 찾은 약물 충전기를 생각하면서. 사이버스페이스를, 오노센다이 덱을 보고 느꼈던 슬프고 답답한 기분을 생각하면서. 그 기분은 르와의 자유와 너무도 동떨어진 것이었다.

또 생각했다. 다른 이들의 꿈을, 굽이굽이 돌아서 제자리로 돌아오는 복도를, 까마득히 오래된 카펫의 희미한 색조를…… 머리는 보석으로 만들어졌고, 팽팽하고 창백한 얼굴에는 거울로 된 눈이 붙어 있는 노인을…… 그리고 바람 부는 캄캄한 바닷가를.

그러나 이 바닷가는 아니었다. 말리부는 아니었다.

그리고 캄캄한 새벽의 캘리포니아 어느 곳에서, 해가 뜨기 몇 시간 전에, 복도와 회랑과 꿈에서 본 얼굴들과 절반밖에 기억나지 않는 대화의 편린들 사이에서, 잠에서 깨어 안방 침실의 창문을 가린 뿌연 안개를 보기 직전, 안젤라는 어떤 것을 잡아 뜯어서 잠의 장벽 이쪽으로 끌고 왔다.

몸을 돌려 침대 옆 탁자의 서랍을 뒤적이다 보니 보조 촬영 기사한테서 선물로 받은 포르셰 펜이 나왔다. 안젤라는 꿈에서 소중히 가져온 것을 이탈리아 패션 잡지의 뒤표지에 적었다.

T-A

"콘티뉴이티한테 전화해."

안젤라는 세 잔째인 커피를 마시며 집에게 명령했다.

"안녕하세요, 앤지."

"우리 궤도 시퀀스 찍은 적 있잖아, 2년 전에. 벨기에 사람의 요트에서……." 안젤라는 식어가는 커피를 홀짝였다. "그 사람이 날 데려가려고 한 곳이 어디였지? 로빈이 너무 촌스러운 곳이라고 했던 거기 말이야."

"자유계 말씀이시군요." 전문가 시스템인 콘티뉴이티가 대답했다.

"거기서 녹화한 사람이 누구지?"

"자유계에서는 탤리 이샴이 아홉 시퀀스를 녹화했어요."

"탤리가 보기에는 안 촌스러웠던 걸까?"

"15년 전 일인걸요. 그땐 화려했어요."

"그 시퀀스 모아서 나한테 좀 보내 줘."

"보냈어요."

"안녕."

"안녕히 계세요, 앤지."

콘티뉴이티는 책을 쓰는 중이었다. 안젤라에게 그 이야기를 들려준 사람은 로빈 라니어였다. 안젤라는 무슨 책이냐고 물었다. 로빈은 그런 게 아니라고 말했다. 책은 처음으로 되돌아와 쉬지 않고 변이했고, 콘티뉴이티는 *언제나* 그 책을 쓰고 있었다. 안젤라는 그 까닭을 물었다. 그러나 로빈은 이미 흥미를 잃은 후였다. 왜냐면 콘티뉴이티는 인공지능이었고, 인공지능은 으레 그런 짓을 했기 때문이었다.

안젤라는 콘티뉴이티와 통화한 대가로 스위프트의 전화를 받아야 했다.

"앤지, 그 신체검사 말인데……"

"아직 일정 안 잡았어? 나 일 다시 시작할 거야. 아침에 콘티뉴이티한테 전화했어. 일단 궤도 시퀀스를 생각 중이야. 탤리가 했던 걸 검토해 보면 뭔가 떠오를지도 몰라."

침묵이 흘렀다. 안젤라는 웃음이 터지려 했다. 스위프트가 입을 다물게 하기란 쉬운 일이 아니었으므로.

"정말이야, 앤지? 잘된 일이긴 한데, 정말 그러고 싶어?"

"난 괜찮아, 힐튼. 아주 멀쩡해. 일을 하고 싶어. 사람들 만나기 전에 머리부터 해야 되니까, 포파이어를 여기로 보내 줘."

"앤지, 당신도 알겠지만 이건 우리 모두에게 기쁜 소식이야."

"포파이어한테 전화해. 신체검사 일정도 잡고."

쿠 푸드르. 그게 누굴까, 힐튼? 혹시 당신?

30분 후, 안개가 덮인 테라스를 걸으며 안젤라는 힐튼에게 그럴 만한 능력이 있다고 생각했다. 안젤라의 마약 중독 증세는 네트를 위협하거나 그녀의 직업적 성취에 영향을 미치지 않았다. 신체상의 부작용도 없었다. 안 그랬다면 애초에 센스/네트가 허락했을 리가 없었다. 뒤이어 약을 설계한 디자이너에 생각이 미쳤다. 디자이너라면 알 법도 했다. 하지만 연락이 닿는다 해도 절대 가르쳐 주지 않을 터였고, 연락할 자신도 없었다. 녹슨 난간을 손으로 짚으며 안젤라는 생각했다. 만약 그 약의 디자이너가 힐튼 스위프트가 아니라면? 누군가 다른 사람이 자신만의 목적을 위해 약의 분자 구조를 설계했다면?

"미용사가 왔습니다."

집이 말했다. 안젤라는 안으로 들어갔다.

포파이어가 기다리고 있었다. 몸에 걸친 우중충한 색깔의 운동복은 파리 패션 브랜드의 최신작 같았다. 광택을 낸 흑단처럼 매끈하고 온화한 얼굴을 한 포파이어는 안젤라를 보자마자 기뻐서 입이 귀에 걸리도록 헤벌쭉 웃었다.

"이 아가씨야, 집에만 처박혀 있으니까 몰골이 이 모양이지."

떽떽거리는 소리에 안젤라는 웃고 말았다. 포파이어는 혀를 쯧쯧 차며 다가오더니 안젤라의 일자로 자른 앞머리를 짐짓 역겨운 듯이 손가락으로 톡톡 건드렸다.

"이 못된 아가씨야. 포파이어가 *경고했지*, 아주 몹쓸 약이라고!"

안젤라는 포파이어를 올려다보았다. 그는 키가 몹시 컸고, 안젤라가 알기로는 힘도 매우 셌다. 전에 누군가 했던 말처럼 스테로이드를 맞은 그레이하운드 같았다. 삭빌한 머리는 자연에 존재하지 않는 대칭형을 이루고 있었다.

"괜찮은 거야?"

포파이어가 다른 목소리로 물었다. 호들갑스러운 기색은 누가 스위치라도 누른 양 삽시간에 사라졌다.

"괜찮아."

"힘들었어?"

"응. 힘들었어."

"있잖아." 포파이어는 손끝으로 안젤라의 턱을 살짝 건드렸다. "네가 그 거지 같은 약으로 무슨 효과를 볼지는 아무도 몰랐을 거야. 뿅 가는 것 같지도 않았고……."

"원래 그러려고 하는 약이 아닌걸. 그건 그냥, 여기에 있으면서 저기에도 있는 거랑 비슷해. 차이가 있다면 단지……."

"똑같이 실감할 필요는 없다는 거?"

"맞아."

포파이어가 천천히 고개를 끄덕였다.

"그거 진짜 끔찍했겠네."

"됐어. 어차피 난 돌아왔으니까."

포파이어의 웃음이 다시 돌아왔다.

"머리부터 감자."

"어제 감은 머리야!"

"뭘로 감았는데? 아냐! 말도 꺼내지 마!"

포파이어는 안젤라를 계단 쪽으로 밀고 갔다. 하얀 타일로 덮인 욕실에서 그는 안젤라의 머리에 뭔가 바르고 마사지를 시작했다.

"포파이어, 요즘 로빈 만난 적 있어?"

포파이어는 차가운 물줄기로 머리카락을 헹구기 시작했다.

"*미스터* 라니어는 런던에 계셔, 이 아가씨야. 난 요즘 *미스터* 라니어하고는 얘기도 안 해. 자, 일어나 앉아."

포파이어는 의자 등받이를 세우고 안젤라의 목에 수건을 둘렀다.

"왜 안 하는데?"

안젤라는 포파이어의 다른 전문 분야인 네트의 소문 이야기를 하며 점점 흥미가 돋았다.

"왜냐면 말이지." 안젤라의 머리를 빗질하는 동안에도 포파이어의 목소리는 전혀 흔들리지 않았다. "안젤라 미첼이 자메이카에서 요양하는 동안, 그 양반이 안젤라 욕을 하고 다녔거든."

생각지도 못한 답이었다.

"그랬어?"

"욕만 하고 다닌 게 아니야, 이 아가씨야."

포파이어는 자기 직업의 상징인 가위로 안젤라의 머리카락을 자르기 시작했다. 그는 절대로 레이저 펜슬을 사용하지 않았고, 아예 건드려 본 적도 없노라고 공언했다.

"포파이어, 혹시 농담하는 거야?"

"아니. 라니어가 *나한테* 직접 얘기한 건 아니야. 하지만 이 포파이어한테는 *귀*가 있어. 항상 쫑긋 세우고 있지. 그 양반, 네가 여기 도착한 다음날 아침에 런던으로 떠났어."

"그래서 라니어가 한 말 중에 뭘 들었다는 건데?"

"네가 미쳤다는 말. 약을 했든, 안 했든. 네가 무슨 목소리를 듣는다고 했어. 네트의 정신과 의사들도 안다던데."

목소리…….

"그 얘길 누가 해 줬어?"

안젤라는 의자에 앉은 채 몸을 돌리려고 했다.

"머리 움직이지 마. 가만있어." 포파이어는 하던 일로 돌아갔다. "그건 말 못해. 그냥 내 말 믿어."

포파이어가 떠난 후에 전화가 몇 통 왔다. 안젤라의 동료들이 인사를 하려고 안달이 나서 건 전화였다.

"오후에는 전화 연결하지 마." 안젤라가 집에게 명령했다. "위층에서 텔리의 시퀀스를 재생할 거니까."

안젤라는 냉장고 안쪽 구석에서 찾은 코로나 맥주 한 병을 들고 안방 침실로 갔다. 티크로 된 침대 머리판의 스팀 유닛에 그녀가 자메이카로 떠날 때에는 없었던 스튜디오급 전극이 장착되어 있었다. 네트의 기술자들이 집의 장비를 주기적으로 업그레이드하기 때문이었다. 맥주를 벌컥벌컥 들이켠 다음 머리맡 탁자에 병을 내려놓고서, 안젤라는 침대에 누워 이마에 전극을 교차시켰다.

"좋아. 시작해."

탤리의 몸속으로, 탤리의 호흡 속으로.

내가 어떻게 당신의 대역이 될 수 있었을까? 한물간 스타의 육체적 존재감에 압도당하며, 안젤라는 궁금해졌다. *내가 사람들한테 이만 한 즐거움을 줄 수 있을까?*

탤리-앤지는 덩굴이 뒤엉킨 골짜기 너머를 바라보았다. 골짜기는 드넓은 대로이기도 했다. 흘끗 올려다보니 뒤집힌 지평선과 아득히 먼 정방형 테니스장, 그리고 하늘에 떠 있는 굵직하고 환한 선처럼 생긴 자유계의 '태양'이 보였고······

"빨리 감기." 안젤라는 집에게 명령했다.

부드럽게 펌프질하는 근육과 희뿌연 콘크리트 속에서, 사이클을 탄 탤리가 저중력 벨로드롬을 힘차게 돌며······

"빨리 감기."

식사를 하는 장면. 팽팽한 벨벳 끈이 어깨를 가로지른 드레스, 테이블 건너편의 젊은 남자가 앞으로 몸을 숙여 와인을 따르고······

"빨리 감기."

리넨 시트. 탤리의 다리 사이에 놓인 손, 판유리로 비쳐드는 보라색 석양, 물 흐르는 소리······

"뒤로. 식당으로."

레드 와인이 유리잔에 쏟아지고······

"조금 더 뒤로. 정지. 거기야."

영상 속 탤리의 눈은 와인 병이 아니라 남자의 그을린 손목에 초점이 맞춰져 있었다.

"이 영상을 사진으로 봐야겠어."

안젤라는 전극을 뽑으면서 말했다. 일어나서 한 모금 홀짝인 맥주는 텔리가 영상 속에서 마신 와인의 유령 같은 향과 섞여 이상한 맛이 났다.

아래층의 프린터가 나지막한 종소리로 임무를 마쳤다는 신호를 보냈다. 안젤라는 억지로 마음을 가라앉히고 천천히 계단을 내려갔지만, 주방에 있는 프린터에 도착하여 확인한 사진은 실망스러웠다.

"더 선명하게 할 수 없어?" 안젤라는 짐에게 물었다. "병에 붙은 라벨을 확인하고 싶은데."

"이미지를 수정하고 있습니다. 대상을 8도 회전시킵니다."

새 사진이 나오는 동안 프린터가 나지막이 윙윙거렸다. 안젤라는 종소리가 울리기도 전에 보물을 발견했다. 꿈에서 본 인장이 갈색 잉크로 찍혀 있었다. T-A.

전용 포도밭이 있군. 안젤라는 속으로 생각했다.

테시어애시풀 S.A.(주식회사). 서체는 화려하고 가느다랬다.

"잡았어." 안젤라는 나지막이 중얼거렸다.

8

텍사스 라디오

창문에 테이프로 붙여 둔 검은 플라스틱 판의 갈라진 틈 두세 가닥 사이로, 햇살이 모나의 눈에 비쳤다. 모나는 깨어 있을 때나 제정신일 때에는 도저히 머무를 수 없을 만큼 이 불법 은신처를 싫어했다. 그리고 지금은 제정신으로 깨어 있는 상태였다.

소리 없이 침대에서 빠져나온 모나는 맨발이 바닥을 스치는 감촉에 움찔거리다가, 이내 플라스틱 슬리퍼를 더듬더듬 찾았다. *더러운* 곳이었다. 벽에 기대기만 해도 파상풍에 걸릴 법한 곳. 그 생각을 하면 소름이 돋았다. 에디는 그런 것에 별로 개의치 않는 눈치였다. 자기만의 계획에 너무 깊이 빠진 나머지 주위에 별 신경을 쓰지 않았던 것이다. 그리고 어찌된 까닭인지 그는 항상 고양이처럼 깨끗했다. 그야말로 고양이처럼, 깔끔하게 다듬은 손톱 아래 먼지 한 톨 끼어 있지 않았다. 모나는 자신이 번 돈의 거의 대부분이 아마도 에디의 옷장을 채우는 데 들어갈 거라 짐작했지만, 그 짐작이 사실인지 확인해 볼 생각은 한 번도 해 본 적이 없었다. 모나는 열여섯 살이었고, 에스아이엔(SIN)이 없었다. 언젠가 나이 먹은 호구 한 명이 모나에게 해 준 말에 따르면 「에스아이엔도 없는 열여섯 살」이라는 노래가 있다고 했다. 그 말은 곧 태어날 때 개인 식별 번호(Single Identification Number)를 부여받지 못한 탓에 거의 모든 공적 시스템의 바깥에서 자랐다는 뜻이었다. 번호가 없는 사람도 마음만 먹으면 새로 받을 수 있다는 것쯤은 모나도 아는 바였다. 하지만 그러려면 관청 건물에 들어가서 양복쟁이와 이야기를 나눠야 했는데 이는 모나가 생각하는 즐거운 시간하고는 턱없이 동떨어진 것이었고, 심지어 정상적인 행동하고도 거리가 멀었다.

캄캄한 불법 은신처에서 옷을 갈아입는 훈련을 한 덕분에 모나는 어둠 속에서도 옷을 입을 수 있었다. 혹시 있을지 모를 벌레를 털기 위해 슬리퍼를 탁탁 털고 신은 다음, 오래된 팩스 용지가 잔뜩 놓인 창문 옆의 스티로폼 상자 쪽으로 걸어갔다. 아마도 하루 반나절 치《아사히신문》일 법한 팩스 용지 약 1미터를 뜯어서 접고, 구겨서, 바닥에 깔았다. 그 위에 올라서서 스티로폼 상자 옆의 비닐봉지를 들고, 봉지 주둥이를 막은 철사를 풀고, 마음에 드는 옷을 고르면 그만이었다. 청바지를 입으려고 슬리퍼를 벗을 때면 이제 곧 깨끗한 팩스 용지에 발을 디딜 거라고 되뇌었다. 청바지에 다리를 꿰고 다시 슬리퍼를 신는 사이에 팩스 용지 위로 아무것도 기어 다니지 않으리라는 생각, 그것은 모나에게 신념이었다.

셔츠든 뭐든 걸친 후에 조심스레 비닐봉지를 다시 봉하고 그 자리를 떴다. 화장을 해야 할 때면 바깥 통로로 나섰다. 망가진 엘리베이터 옆에 거울이 남아 있었다. 그 위에는 기다란 후지 생체 형광등이 붙어 있었다.

이날 아침에는 엘리베이터 옆에서 지린내가 진동했기 때문에 모나는 화장을 건너뛰기로 마음먹었다.

건물 안에서는 사람을 본 적이 없었지만, 이따금 기척이 났다. 닫힌 문 너머에서 들려오는 음악 소리, 통로 저편 모퉁이를 방금 돌아 멀어져 가는 발소리 같은 것들이었다. 딱히 이상한 일은 아니었다. 이웃과 마주치는 것을 꺼리기는 모나 역시 마찬가지였다.

　모나는 계단으로 세 층을 내려간 다음, 문이 반쯤 열린 캄캄한 지하 차고로 들어섰다. 손전등을 들고서 눈을 여섯 번 재빨리 깜박이는 것만으로 길을 찾을 수 있었다. 물이 고인 웅덩이와 대롱거리는 광케이블을 돌아서 콘크리트 계단을 올라오자 뒷골목이 나왔다. 바람이 제대로 불면 가끔은 뒷골목에서도 바다 냄새를 맡을 수 있었지만, 이날은 쓰레기 냄새뿐이었다. 불법으로 머무는 중인 건물의 옆벽이 머리 위에 어른거리자 모나는 걸음을 서둘렀다. 웬 인간쓰레기가 병이나 더 무거운 물건을 던지기 전에 벗어나기 위해서였다. 일단 큰길로 나선 후에는 걸음을 늦췄지만 너무 느리게 걷지는 않았다. 주머니에 든 현금 생각, 또 그 현금을 어떻게 쓸까 하는 생각으로 머릿속이 가득한 탓이었다. 강도라도 당했다가는 큰일이었다. 여기서 빠져나갈 티켓을 에디가 가까스로 거머쥔 것처럼 보이는 지금 같은 때에는, 더더욱. 모나는 속으로 번갈아가며 되뇌었다. 이번 건은 확실한 기회이니 자신들은 이미 사실상 이곳을 뜬 것이나 마찬가지라고, 또 한편으로는 섣부른 희망을 가지면 안 된다고 되뇌었다. 에디가 말하는 확실한 기회가 어떤 것인지는 모나도 익히 알았다. 플로리다 역시 그 확실한 기회 가운데 하나가 아니었던가? 플로리다는 따뜻한 곳, 해변이 아름다운 곳, 잘생기고 돈 많은 남자들도 많아서 일하며 휴가를 즐기기에 딱 좋은 곳이라고 했지만, 그 휴가는 어느새 끔찍이도 길고 긴 한 달째로 접어들었다. 플로리다는 빌어먹을 사우나처럼 무더웠다. 사유지가 아닌 해변은 죄다 오염된 탓에 얕은 물에는 죽은 물고기가 배를 드러낸 채 둥둥 떠다녔다. 사유 해변 역시 마찬가지인지도 몰랐지만 확인할 길이 없었다. 보이는 것은 철조망 울타리와 반바지에 경찰 셔츠 차림으로 돌아다니는 경비원들뿐이었다. 에디는 경비원이 지닌 무기를 보고 신이 나서 모나에게 무기 하나하나를 지겹도록 자세히 설명했다. 그래도 모나가 아는 한 에디는 직접 총을 갖고 다니지는 않았다. 모나가 생각하기에 다행스러운 일이었다. 가끔은 죽은 물고기의 악취조차 맡을 수가 없었는데, 이는 다른 냄새 때문이었다. 입천장이 타버릴 듯한 염소 냄새, 해변 위쪽에 있는 공장에서 흘러오는 냄새였다. 잘생긴 남자라고 해 봐야 어차피 호구였고, 이 근방에는 돈을 두 배로 내겠다는 사람도 찾기 힘들었다.

플로리다에서 마음에 드는 거라곤 오로지 약뿐이었다. 구하기도 쉽고 값도 쌌고 대개는 강력한 산업용이었다. 모나가 염소계 표백제일 거라 추측한 냄새는 말도 안 되는 혼합 약물을 제조하는 수많은 마약 공장에서 흘러나오는 냄새였다. 갖가지 미분자들이 괴상하게 생긴 조그만 꼬리를 흔들며, 길거리에서 펼쳐질 자신의 운명에 들떠 있었다.

모나는 큰길에서 벗어나 줄줄이 늘어선 무허가 식당 앞을 지나갔다. 음식 냄새를 맡자 배에서 꼬르륵 소리가 났지만, 모나는 선택할 여유가 있을 때에는 길에서 파는 음식을 먹지 않았다. 그리고 쇼핑몰에는 현금을 받는 허가받은 식당이 있었다. 전에는 주차장이었던 아스팔트 공터에서 누가 트럼펫을 불고 있었다. 어지러운 쿠바 스타일 트럼펫 솔로가 콘크리트 벽에 튕겨 일그러졌고, 희미해진 음들은 아침 시장의 와자한 소음 속으로 사라져 갔다. 노상 전도사 한 명이 두 팔을 쳐들고 있었다. 그 위의 허공에는 뿌옇고 흐릿한 예수가 똑같은 자세로 떠 있었다. 홀로그램 프로젝터는 전도사가 밟고 선 상자 속에 있었는데 등에 맨 낡아빠진 나일론 가방에서 어깨 위로 튀어나온 스피커 두 개가 뭉툭한 크롬 머리처럼 보였다. 전도사는 허공의 예수를 보고 못마땅한 표정을 짓더니, 허리띠에 붙은 장치를 만지작거렸다. 예수가 깜박거리다가 녹색으로 변하더니 사라졌다. 모나는 그 광경을 보고 웃음을 터뜨렸다. 전도사의 눈은 신의 분노를 담고 희번덕거렸고, 꿰맨 흉터가 남은 뺨에서는 근육이 꿈틀거렸다. 모나는 왼쪽으로 방향을 틀었다. 낡은 금속 카트에 오렌지와 포도를 피라미드 모양으로 쌓아놓은 과일 장수들 사이로.

모나는 더 안정적인 가게가 늘어서 있는 낮고 동굴 같은 건물로 들어섰다. 생선과 포장 음식, 싸구려 일용품, 십여 가지 더운 음식 등을 선반에 올려놓고 파는 가게들이었다. 그늘진 건물 안은 바깥보다 서늘하고 살짝 더 조용했다. 모나는 완탕을 파는 가게를 발견하고 그곳의 빈 의자 여섯 개 가운데 하나에 앉았다. 중국인 요리사가 에스파냐어로 말을 걸자 모나는 손짓으로 주문을 했다. 요리사는 플라스틱 대접에 담긴 완탕을 내왔다. 모나는 가장 액수가 작은 지폐로 값을 치렀고, 요리사는 기름때 묻은 판지 토큰 여덟 개로 잔돈을 거슬러 주었다. 만약 에디가 진심으로 떠날 작정이라면, 모나에게 그 토큰은 무용지물이었다. 만약 플로리다에 계속 머문다면, 완탕은 언제든 먹을 수 있었다. 모나는 고개를 저었다. 떠나야 했다, 반드시. 그래서 닳아빠진 노란 토큰들을 페인트가 칠해진 카운터 저편으로 밀었다.

"잔돈은 됐어요."

요리사는 냉큼 토큰을 쓸어 담았다. 표정 없이 덤덤한 얼굴의 입가에 파란 플라스틱 이쑤시개가 비어져 나와 있었다.

모나는 카운터에 놓인 유리잔에서 젓가락을 뽑은 다음, 대접에 든 구불구불한 국수를 집어 올렸다. 솥과 버너 뒤편 복도에 양복쟁이가 서서 이쪽을 지켜보고 있었다. 양복쟁이처럼 보이지 않으려고 하얀 반팔 셔츠에 선글라스를 쓰고 있었다. 모나가 생각하기에 그런 부류의 가장 두드러지는 특징은 서 있는 자세였다. 치열도 머리 모양도 눈에 익었지만, 턱수염을 기른 점이 달랐다. 그 남자는 쇼핑을 하는 척 주위를 둘러보고 있었다. 두 손은 주머니에 꽂은 채였고, 입 모양을 보니 자기 딴에는 빙긋이 웃는 척하는 중이었다. 턱수염과 선글라스에 가려진 양복쟁이 남자의 얼굴은 호감형이었다. 그러나 웃음은 달랐다. 웃는 입 모양이 왠지 네모꼴이라 이가 거의 다 드러났다. 불안해진 모나는 등받이 없는 의자에 앉은 채로 살짝 몸을 들썩였다. 매춘은 합법이었지만, 그것도 세금 납부용 칩이나 이런저런 것들을 발급받고 제대로 할 때의 이야기였다. 모나는 비닐로 코팅되어 카운터에 붙어 있는 음식점 허가증을 유심히 살펴보는 척했다. 다시 고개를 들었을 때 남자는 사라지고 없었다.

모나는 옷값으로 50달러를 썼다. 가게 네 군데의 진열장 열여덟 개, 쇼핑몰의 옷가게를 전부 돌고 나서야 살 옷을 결정했다. 판매원들은 여러 벌을 갈아입는 모습을 못마땅하게 봤지만 모나에게는 그 정도로 큰돈을 쓰는 경험이 처음이었다. 옷을 다 고르고 보니 이미 정오가 지난 후였다. 비닐 봉투 두 개를 들고 주차장을 지나는 동안 플로리다의 태양이 보도를 달구었다. 봉투 역시 옷과 마찬가지로 중고였다. 봉투 하나는 긴자의 구두 가게 로고가 찍혀 있었고, 다른 하나는 말린 크릴새우를 굳혀서 만든 아르헨티나산 해산물 수프 블록의 광고가 인쇄되어 있었다. 모나는 머릿속으로 방금 산 옷들을 이것저것 맞춰 보면서 갖가지 스타일을 궁리했다.

주차장 맞은편에서 전도사가 고래고래 소리치고 있었다. 반쯤 발악하듯이, 설교용 앰프를 켜기 전에 준비운동 삼아 게거품을 물고 분노를 토하는 사람처럼. 홀로그램 예수는 하얀 천을 걸친 두 팔을 덜덜 떨며 하늘을 가리키다가, 쇼핑몰을 가리키다가, 다시 하늘을 가리켰다. '휴거입니다.' 전도사가 말했다. '들림 받을 날이 다가오고 있습니다.'

모나는 무턱대고 모퉁이를 돌았다. 미치광이를 피하려고 저절로 나온 반응이었다. 걷다가 문득 옆을 보니 햇빛에 바랜 카드 게임용 테이블이 늘어서 있었고, 그 위에 인도제 싸구려 심스팀 세트와 중고 카세트테이프, 갖가지 색깔의 뾰족한 마이크로소프트가 꽂힌 하늘색 스티로폼 블록이 줄줄이 널려 있었다. 한 테이블 뒤편에 안젤라 미첼의 사진이 테이프로 붙어 있었다. 전에 본 적이 없는 포스터였다. 모나는 걸음을 멈추고 열심히 들여다보았다. 먼저 그 스타의 옷과 화장을 꼼꼼히 뜯어본 다음, 배경을 보며 어디서 찍은 사진인지를 추측했다. 자신도 모르는 사이에 모나는 포스터 속 안젤라의 표정과 비슷한 표정을 지었다. 빙긋 웃는 표정은 아니었다. 반쯤 웃는, 어쩌면 조금 슬픈 표정이었다. 모나는 안젤라에게 특별한 감정을 느꼈다. 왜냐면 모나는, 이따금 호구들도 얘기했다시피, 안젤라를 닮았기 때문이었다. 마치 자매처럼. 다만 모나는 안젤라보다 코가 살짝 들린 편이었고, 광대뼈 주변에 주근깨가 나 있었다. 모나가 안젤라를 따라서 지은 희미한 웃음은 포스터를 들여다보는 동안 점점 더 커졌다. 포스터의 아름다움에, 사진을 찍은 방의 화려함에 휩쓸린 탓이었다. 모나는 그 배경이 성 같은 곳일 거라 추측했다. 분명히 안젤라가 사는 곳, 수많은 사람이 그녀의 시중을 드는 곳, 그녀의 머리를 해 주고 옷을 걸어 주는 곳이었다. 왜냐면 벽이 커다란 돌로 되어 있었고, 거울은 나뭇잎과 천사가 새겨진 순금 틀에 들어 있었으므로. 포스터 아래쪽에 가로로 적힌 글이 그곳이 어딘지 알려 주는 설명일 수도 있었지만 모나는 읽을 줄을 몰랐다. 어쨌거나 그곳에 바퀴벌레가 없다는 것만은 확실했다. 그리고 에디도. 아래의 심스팀 세트가 눈에 들어오자 남은 돈을 써 버릴까 하는 생각이 얼핏 떠올랐다. 하지만 심스팀 세트를 사기에는 돈이 모자랐고, 어차피 오래된 물건들이었다. 몇 가지는 모나가 태어나기도 전에 만들어진 것들이었다. 저 여자는 이름이 뭐였더라, 그래, 탤리. 탤리가 잘나가던 시절에 모나는 아마도 아홉 살이었을 텐데……

은신처에 돌아와 보니 에디가 기다리고 있었다. 창문의 테이프는 떨어져 있었고, 파리가 왱왱거렸다. 에디는 침대에 축 늘어져 담배를 피우고 있었고, 망가진 의자에는 아까 모나를 감시하던 턱수염 기른 양복쟁이가 앉아 있었다. 여전히 선글라스를 낀 채로.

* * *

'프라이어.' 남자가 밝힌 이름이었다. 성이 없는 사람이라도 되는 양. 에디 역시 성이 없었다. 하긴, 모나 본인도 '리자' 말고는 성이라고 할 만한 것이 없었는데 이는 이름만 두 개를 갖고 사는 쪽에 더 가까웠다.

모나는 양복쟁이가 왜 이 불법 은신처에 와 있는지 도통 짐작이 가지 않았다. 어쩌면 그 남자가 영국인이기 때문인지도 모른다는 생각이 들었다. 다만 쇼핑몰에서 봤을 때 짐작했던 것과 달리 남자는 사실 양복쟁이가 아니었다. 무슨 사업을 하는 사람이었는데 어떤 사업인지 확실치 않을 뿐이었다. 그는 자신이 가져온 파란색 루프트한자 가방에 짐을 챙기는 모나의 모습을 자꾸 힐끔거렸지만, 그 눈길에는 열기가 조금도 느껴지지 않았다. 모나를 원하는 기색은 없었다. 그는 그저 모나를 지켜보았고, 담배를 피우는 에디를 지켜보았고, 선글라스로 무릎을 탁탁 치면서 에디가 늘어놓는 헛소리를 들으며 꼭 필요한 말이 아니면 입을 열지 않았다. 입 밖에 낸 말은 대부분 우스갯소리였지만 말투 때문에 농담인지 아닌지 판단하기가 힘들었다.

짐을 싸는 동안 모나는 머리가 살짝 어지러워졌다. 약을 했는데 효과가 제대로 퍼지지 않은 기분이었다. 파리 떼가 먼지 낀 창문에 부딪히며 난리를 피웠지만 모나는 아랑곳하지 않았다. 마음은 이미 떠났으므로. 이미 멀리 떠났으므로.

가방의 지퍼를 채우면서.

공항에 도착했을 때에는 비가 내렸다. 플로리다의 비, 흐릿한 하늘이 질금거리는 오줌처럼 뜨뜻한 비였다. 모나는 공항에 와 본 적이 한 번도 없었지만 어떤 곳인지는 스팀을 통해 알고 있었다.

프라이어의 차는 흰색 닷선 렌터카였는데 자동 주행을 했고, 4채널 스피커에서는 은은한 경음악이 흘러나왔다. 차는 주차장의 콘크리트 바닥에 세 사람과 짐을 함께 내려놓고서 빗속으로 멀어져 갔다. 프라이어는 빈손이었으므로 가방이 있다면 어디 다른 곳에 둔 모양이었다. 모나는 루프트한자 가방을, 에디는 복제 악어가죽으로 만든 검은색 여행 가방 두 개를 들고 있었다.

새로 산 치마를 엉덩이 아래로 끌어내리면서, 모나는 자신이 구두를 제대로 샀는지 고민했다. 에디는 느긋했다. 주머니에 손을 찔러 넣고 어깨를 으쓱거리면서, 무슨 중요한 일을 하는 사람인 양.

모나는 클리블랜드에서 에디를 처음 만났을 때를 떠올렸다. 노인이 팔려고 내놓은 스쿠터를 사러 온 에디의 모습을. 스코다 삼륜 스쿠터는 녹이 잔뜩 슨 고물이었다. 노인은 흙 마당을 담처럼 둘러싼 콘크리트 수조에 메기를 키웠다. 에디가 찾아왔을 때 모나는 집 안에, 블록 위에 올려놓은 높고 기다란 트레일러 안에 있었다. 긁힌 비닐로 막아둔 트레일러 한쪽 면의 네모난 구멍들이 바로 이 집의 창문이었다. 에디의 기척을 느꼈을 때 모나는 스토브 앞에 서 있었다. 자루에 든 양파와 말리려고 걸어 놓은 토마토가 풍기는 냄새 속에서, 기다란 트레일러 안 저편에 있는 에디의 근육과 어깨를, 하얀 치아를, 수줍게 손에 쥐고 있는 검은 나일론 야구 모자를 알아보았다. 창문으로 햇빛이 비쳐들어 실내가 훤히 드러났고 노인이 시킨 대로 비질한 바닥도 환하게 보였지만 모나는 그늘에, 심장이 방망이질하는 소리를 들으며 핏빛 그늘에 뒤덮인 기분이었다. 그리고 에디는 점점 가까이 다가왔다. 아무것도 없는 합판 테이블 곁을 지나, 더는 수줍어하는 기색도 없이 마치 거기 살던 사람인 양 모자를 테이블 위로 던져 놓고서, 모나를 향해 똑바로 다가왔다. 윤기가 흐르는 풍성한 머리카락을, 반짝이는 반지를 낀 손으로 쓸어 넘기며. 그러다 노인이 들어오자 모나는 스토브에 뭘 올려놓기라도 한 것처럼 돌아섰다. 커피. 노인의 말에 모나는 에나멜 냄비를 들고 물을 받으러 갔다. 옥상 탱크에서 튜브를 타고 내려온 물이 활성탄 필터를 지나 콸콸 쏟아졌다. 에디와 노인은 테이블 앞에 앉아 블랙커피를 마셨다. 에디는 테이블 아래로 두 다리를 쭉 뻗고 있었다. 헤진 청바지 속의 허벅지가 탄탄했다. 싱글싱글 웃으며, 에디는 노인을 등쳐서 스코다 스쿠터를 사려고 했다. 스쿠터가 잘 굴러가는지 물으며, 등록증이 있으면 사겠노라며. 노인은 일어서서 서랍을 뒤졌다. 에디의 눈이 다시 모나에게로 향했다. 모나의 눈은 에디를 따라 마당으로 향했고, 갈라진 비닐 안장에 걸터앉는 그의 모습을 지켜보았다. 스쿠터 배기음에 노인이 키우는 검은 개들이 으르렁댔다. 아찔하고 달콤한 싸구려 알코올 배기가스 냄새와 함께 스쿠터의 프레임이 에디의 다리 사이에서 덜덜 떨기 시작했다.

이제 여행 가방 옆에 서서 으쓱대는 에디를 보며, 모나는 어째서 자신이 그 이튿날 에디를 따라 스코다 스쿠터를 타고 클리블랜드 중심지로 떠났는지 좀처럼 이해가 가지 않았다. 스쿠터에는 소형 고물 라디오가 붙어 있었지만 엔진 소리에 가려 들리지 않았기 때문에, 두 사람은 밤에 도로변 들판에서 조그맣게 음악을 들었다. 튜너가 망가진 탓에 잡히는 주파수는 단 하나, 텍사스 주에 외로이 서 있는 어느 송신탑이 전해 주는 유령 같은 음악뿐이었다. 밤이 새도록 희미하게 이어졌다가 끊어지는 스틸 기타 소리를 들으며 모나는 에디의 다리에 달라붙은 자신의 몸이 젖어드는 기분을, 뻣뻣한 마른 풀이 목덜미를 찌르는 따끔따끔한 감촉을 느꼈다.

프라이어는 모나의 파란 가방을 줄무늬 지붕이 덮인 하얀 카트에 실었고, 뒤이어 모나가 카트에 올랐다. 쿠바인 운전사가 쓴 헤드셋에서 에스파냐어로 말하는 목소리가 자그맣게 들려왔다. 이어서 에디가 악어가죽 가방을 카트에 싣고 프라이어와 함께 탑승했다. 카트는 벽처럼 빽빽한 빗줄기를 뚫고 활주로를 향해 굴러갔다.

비행기는 모나가 스팀을 통해 배운 것과 달랐다. 안이 길고 의자가 여러 개 놓인 호화로운 버스 같은 모양이 아니었다. 작고 까만 비행기에는 뾰족하고 얄따란 날개가 달려 있었고, 창문은 가늘게 뜬 눈 같았다.

금속 계단을 올라가 보니 회색 의자 네 개와 같은 회색 카펫으로 뒤덮인 공간이 나왔다. 벽도 천장도 죄다 깨끗하고 싸늘한 회색이었다. 모나 다음으로 올라온 에디는 의자에 앉더니 익숙한 곳인 양 넥타이를 풀고 다리를 뻗었다. 프라이어가 출입문 옆의 버튼을 눌렀다. 문이 한숨 같은 소리를 내며 닫혔다.

모나는 좁은 창문 바깥을 내다보았다. 젖은 콘크리트 바닥에 활주로의 유도등 불빛이 반짝였다.

여기로 올 땐 기차를 탔는데. 모나는 생각했다. *뉴욕에서 애틀랜타로, 거기서 다시 환승했지.*

비행기가 부르르 떨리는 느낌이 들었다. 기체가 눈을 뜨면서 삐걱거리는 소리가 났다.

* * *

두 시간 후, 모나는 얼핏 잠에서 깼다. 캄캄한 기내는 길게 윙윙대는 제트 엔진 소리에 묻혀 있었다. 에디는 입을 반쯤 벌리고 잠들어 있었다. 프라이어도 잠든 눈치였다. 아니면 눈만 감고 있는지도 몰랐지만, 확인할 길이 없었다.

아침에 깨어나면 기억하지 못할 꿈으로 다시 반쯤 돌아갔을 때, 모나는 예전의 그 텍사스 라디오 소리를 들었다. 통증처럼 길게 늘어지는 희미한 스틸 기타 소리를.

9
지하철

주빌리선과 베이컬루선, 서클선과 디스트릭트선. 구미코는 페탈에게서 받은 비닐 코팅이 된 조그마한 지도를 흘끗 보고 부르르 몸을 떨었다. 콘크리트 플랫폼의 냉기가 장화 바닥을 뚫고 올라오는 느낌이 들었다.

"정말 더럽게 낡았다니까."

샐리 시어스가 무심하게 중얼거렸다. 하얀 자기 타일로 덮인 볼록한 선로 벽이 그녀의 선글라스에 비쳤다.

"뭐라고 하셨죠?"

"지하철 말이야." 새 타탄체크 무늬 스카프를 턱 아래 감은 샐리가 하얀 입김을 내뿜으며 말했다. "내가 짜증 나는 게 뭔지 알아? 지하철역에 새 타일을 붙이면서 헌 타일을 먼저 떼어내지 않는 거야. 전선을 끌어올 때에는 벽에 구멍을 뚫는데, 그러면 제각각인 타일이 층층이 드러나지……."

"그래요?"

"점점 좁아지는 거지. 혈관에 기름이 끼는 것처럼……."

"그렇군요." 구미코는 멍하니 맞장구쳤다. "알겠어요, 그런데…… 샐리 씨, 저 남자애들 말인데요. 왜 저런 옷을 입고 있나요?"

"잭이야. 저희끼리는 '잭 드라큘라'라고 해."

건너편 플랫폼에 잭 드라큘라 네 명이 까마귀 떼처럼 모여 있었다. 밋밋한 검은색 레인코트에 광을 낸 검정 군화를 신고 무릎까지 군화 끈을 묶은 차림새였다. 한 명이 패거리에게 말을 걸려고 고개를 돌리자 뒤로 넘겨서 길게 땋은 머리와 머리카락을 묶은 조그만 검은 매듭이 눈에 띄었다.

"교수형을 당했어. 전쟁이 끝난 후에."

"누가요?"

"잭 드라큘라. 전쟁이 끝난 후에 한동안은 공개 처형이 벌어졌지. 잭 패거리한테 가까이 가면 안 돼. 외국인은 무턱대고 증오하거든……."

구미코는 콜린에게 접속하고 싶었지만, 그가 들어 있는 마스네오텍 유닛은 페탈이 식사 시중을 들던 방의 대리석 흉상 뒤에 꽂혀 있었다. 이윽고 도착한 지하철은 강철 레일 위를 달리는 구식 바퀴의 굉음으로 그녀를 놀라게 했다.

샐리 시어스의 등 뒤에는 조각보 같은 도심 건물들의 전경이 보였고, 선글라스에는 시대별로 경제 불황과 화재와 전쟁 때문에 도태된 런던의 잡동사니들이 비쳤다.

지하철을 세 번이나, 그것도 대놓고 무작위로 갈아탄 끝에 구미코는 이미 정신이 나갈 지경이었고, 뒤이어 몇 번이나 택시를 갈아타는 사이에 자포자기 상태가 됐다. 택시에서 재빨리 내린 두 사람은 가장 가까이에 있는 큰 가게로 들어간 다음, 열려 있는 첫 번째 출구를 통해 다른 거리로 나와 다른 택시에 탔다.

"해로즈 백화점이야."

벽을 타일로 치장하고 대리석 기둥이 서 있는 화려한 복도를 잰걸음으로 지나는 동안 샐리가 불쑥 말했다. 구미코는 줄 맞춰 늘어선 대리석 진열대 위의 붉고 큼지막한 고기 요리를 보며 플라스틱일 거라 생각했다. 그곳에서 다시 바깥으로 나온 후에 샐리는 또 택시를 잡았다.

"코번트가든으로." 샐리가 운전사에게 말했다.

"저기, 샐리 씨. 우리 지금 뭐 하는 건가요?"

"사라지는 중이야."

코번트가든의 중앙 광장, 눈이 군데군데 쌓인 유리 지붕 아래에서, 샐리는 따뜻하게 데운 브랜디를 마셨다. 구미코는 코코아를 마셨다.

"샐리 씨, 우리 이제 다 사라진 건가요?"

"그래. 뭐, 그랬으면 좋겠다는 말이야."

구미코가 생각하기에 이날 샐리는 나이 들어 보였다. 긴장한 탓인지 피곤해선지 입가에 주름이 패어 있었다.

"샐리 씨, 하시는 일이 뭐예요? 친구 분이 지금도 은퇴한 상태냐고 물어보시던데……."

"사업 해."

"그럼 우리 아버지도 사업가인가요?"

"네 아버진 사업가 맞아, 이 아가씨야. 내가 하는 일은 달라. 독립 업체거든. 난 주로 투자를 해."

"어디에다 투자하시는데요?"

"다른 독립 업체에." 샐리는 대수롭잖다는 듯이 어깨를 으쓱했다. "오늘은 궁금한 게 많나 보네?"

대답을 마친 샐리가 브랜디를 홀짝였다.

"전에 저 자신을 위한 스파이가 되라고 충고하셨죠."

"새겨듣는 게 좋아. 실력이 좀 필요하긴 하겠지만."

"샐리 씨는 이곳에 사세요? 런던에요."

"여기저기 돌아다녀."

"스웨인 씨도 '독립 업체'를 운영하시나요?"

"자기 딴에는 그런 줄 알아. 그 사람은 세력도 있고, 안면도 잘 통해. 여기서 사업을 하려면 그런 게 필요한데, 난 그게 성미에 안 맞아." 샐리는 남은 브랜디를 단숨에 삼키고 입술을 핥았다. 구미코가 부르르 떨었다. "넌 겁낼 필요 없어. 야나카한테 스웨인은 한입거리니까……."

"아뇨, 지하철에서 본 그 애들이 생각나서요. 너무 말라서……."

"드라큘라들 말이구나."

"갱인가요?"

"보소조쿠야." 샐리의 일본어 발음은 정확했다. "폭주족, '달리는 부족'이라는 뜻이지, 아마? 그 비슷한 거야." 정확한 설명은 아니었지만 구미코가 보기에 샐리는 그 말의 뜻을 이해하는 듯했다. "비쩍 마른 건 가난뱅이들이라서 그래."

샐리는 웨이터에게 브랜디를 한 잔 더 주문했다.

"샐리 씨, 여기까지 오는 동안 지하철이랑 택시를 갈아탄 건, 미행을 확실히 따돌리려고 그런 건가요?"

"확실한 건 아무것도 없어."

"하지만 틱 씨를 만날 땐 전혀 조심하지 않았잖아요. 미행을 당하고도 남았을걸요. 스웨인 씨를 감시해 달라고 고용하는 자리였는데도 조심하질 않았어요. 절 여기까지 데려오는 동안에는 그렇게 조심했으면서. 왜 그랬죠?"

웨이터가 김이 나는 유리잔을 샐리 앞에 내려놓았다.

"꼬마 아가씨가 꽤 영리하네?" 샐리는 몸을 숙여 브랜디에서 피어오르는 김을 들이마셨다. "이런 거야, 알겠어? 틱은 그냥 주의를 분산시키려고 움직이게 한 거라고 보면 돼."

"하지만 틱 씨는 스웨인 씨한테 들킬까 봐 걱정하던걸요."

"스웨인이 틱을 건드리진 않을 거야. 내가 시킨 일이란 걸 알면."

"왜요?"

"왜냐면 내가 자길 죽일지도 모른다는 걸 알기 때문이지."

술잔을 든 샐리의 표정이 갑자기 밝아진 듯했다.

"스웨인 씨를 죽인다고요?"

"그래." 샐리가 브랜디를 들이켰다.

"그럼 오늘은 왜 그렇게 조심한 거죠?"

"가끔은 다 따돌려 버려야 기분이 좋아지거든. 홀가분하고. 아마 전부 따돌리진 못했을 거야. 어쩌면 성공했을 수도 있고. 어쩌면 아무도, 단 한 명도 우리가 어디에 있는지 모를 수도 있어. 어때, 기분 괜찮지 않아? 혹시 네 안에 뭐가 있을지도 모른다는 생각, 안 해 봤어? 어쩌면 야쿠자 두목인 네 아버지가 네 안에 도청장치를 심어 뒀을 수도 있어, 딸의 행방을 추적하려고 말이야. 가지런한 그 이 속에다가, 네 아버지의 치과의사가 조그만 장치를 박아 뒀을지도 몰라. 네가 스팀에 접속해 있는 동안에. 너 치과에 다니지?"

"예."

"진료받는 동안 스팀에 접속할 테고."

"예……."

"거 봐. 어쩌면 지금 네 아버지가 엿듣고 있을지도……."

구미코는 하마터면 컵에 남은 코코아를 쏟을 뻔했다.

"애." 곱게 다듬은 손톱이 구미코의 손목을 두드렸다. "걱정 마. 네 아버지가 도청장치를 달아서 널 여기 보내진 않았을 거야. 그랬다간 그 사람의 적들이 널 추적하는 것도 식은 죽 먹기일 테니까. 그래도 무슨 말인지는 알겠지? 다 벗어던지면 기분이 좋아져. 시도하는 것만으로도 그래. 혼자가 된다는 건 그런 거야, 알지?"

"예." 구미코는 여전히 가슴이 쿵쾅거렸고, 점점 더 공황 상태로 빠져들었다. "그 사람, 우리 엄말 죽였어요."

이렇게 불쑥 내뱉고 나서 구미코는 카페의 회색 대리석 바닥에 코코아를 토했다.

구미코를 데리고 세인트 폴 성당의 기둥 앞을 지나는 동안, 샐리는 걷기만 할 뿐 말이 없었다. 부끄럽고 당황해서 어쩔 줄 몰랐던 구미코는 아무 정보나 닥치는 대로 받아들였다. 샐리의 가죽 코트 가장자리에 달린 하얀 주름 장식, 두 사람을 피해 뒤뚱대는 비둘기의 반들거리는 무지갯빛 깃털, 거인의 장난감 같은 교통 박물관의 빨간 버스, 김이 나는 스티로폼 홍차 컵을 감싸 쥐고 손을 덥히는 샐리의 모습.

싸늘했고, 이제는 계속 싸늘할 것 같았다. 도시의 해묵은 뼈대에 깃든 냉랭한 습기도, 어머니의 폐에 가득했던 스미다 강의 차가운 물도, 오싹하게 날아가는 네온 종이학 무리도.

구미코의 어머니는 체격이 가냘프고 머리가 검었다. 금빛이 곱게 섞인 탐스러운 머리카락은 진귀한 열대 활엽수 같았다. 어머니한테서는 향수 냄새와 따스한 살내가 났다. 어머니는 구미코에게 난쟁이와 요정과 머나먼 곳에 있는 코펜하겐이라는 도시의 이야기를 들려주었다. 구미코의 꿈에 나온 난쟁이들은 아버지의 부하들처럼 공손하고 침착했고, 검은 슈트 차림에 접은 우산을 들고 있었다. 어머니의 이야기 속에서 난쟁이들은 갖가지 재미난 일을 벌였다. 그리고 이야기는 곧 마술이었다. 들려주는 동안 변했고, 어느 날 밤에 어떤 식으로 끝날지 알 수 없었기 때문이었다. 이야기에는 공주와 발레리나도 나왔는데 어째선지 구미코는 그들 모두가 어머니라는 것을 알았다.

공주-발레리나는 아름다웠지만 가난했고, 머나먼 도시의 중심부에서 사랑을 찾아 춤을 추었다. 그곳에서 그녀들에게 구애를 한 예술가와 학생 시인은 잘생긴 빈털터리였다. 연로한 부모를 보살피려고, 또는 아픈 오빠를 위해 장기를 구입하려고 공주-발레리나는 이따금씩 아주 멀리까지 여행을 해야 했다. 때로는 돈을 받고 춤을 추려고 도쿄까지 가기도 했다. 어머니의 이야기 속에는 돈을 받고 춤을 추는 것이 즐거운 일이 아니라는 암시가 담겨 있었다.

샐리는 얼스코트에 있는 철판구이 바에 구미코를 데리고 가서 일본주를 억지로 마시게 했다. 뜨거운 술은 잔 속에 떠 있는 구운 복어 지느러미 때문에 위스키 빛깔로 바뀌었다. 얼어 있던 몸은 연기가 나는 철판구이를 먹는 사이에 풀렸지만, 마비된 느낌은 여전했다. 바의 내부 장식은 심한 문화적 혼란을 느끼게 했다. 일본 전통 양식을 반영하는 동시에 찰스 레니 매킨토시의 아르누보풍 디자인처럼 보이는 힘든 일을 해냈기 때문이었다.

샐리 시어스는 매우 이상했다. 런던의 어떤 외국인보다도 이상했다. 샐리는 구미코에게 이야기를 들려주었다. 구미코가 전혀 모르는 일본 사람들의 이야기, 구미코의 아버지가 세상에서 어떤 일을 하는지에 관한 이야기였다. 오야붕. 샐리는 구미코의 아버지를 그렇게 불렀다. 샐리의 이야기 속에 그려진 세계는 어머니가 들려준 동화 속의 세계와 똑같이 비현실적이 었지만, 구미코는 아버지가 지닌 힘의 기반과 범위를 차츰 이해했다.

"*구로마쿠지.*" 샐리가 한 그 말은 흑막이라는 뜻이었다. "가부키에서 온 말인데, 해결사라는 뜻도 있어. 돈을 받고 부탁을 들어주는 사람. 배후 조종 자란 거, 알지? 그게 바로 네 아버지야. 스웨인도 마찬가지고. 하지만 스웨 인은 네 아버지의 꼬붕이야. 꼬붕들 가운데 한 명이라고 할 수 있지. 오야 붕, 꼬붕. 부모, 자식. 로저 스웨인의 수입 일부는 그 관계에서 나와. 그래서 네가 지금 여기 있는 거야. 스웨인은 오야붕한테 신세를 지는 처지니까. *기 리*라는 거, 알지? 의리 말이야."

"우리 아빠가 지위가 높긴 해요."

샐리는 고개를 저었다.

"구미, 네 아버진 말이지, *거물*이야. 그런 사람이 널 보호하려고 외국으 로 보냈다면, 뭔가 심각한 변화가 일어나는 중이란 뜻이야."

"술집에 갔던 거야?"

거실에 들어서는 두 사람을 보며 페탈이 물었다. 장식장 위에 놓인 청동 과 스테인드글라스로 된 나무 모양 램프의 빛이 그의 안경테에 반사되어 반짝였다. 구미코는 마스네오텍 유닛을 숨겨둔 대리석 흉상을 보고 싶었지 만, 억지로 눈을 돌려 뜰을 바라보았다. 그곳의 눈은 런던의 하늘 같은 색 깔로 바뀌어 있었다.

"스웨인은 어딨어?" 샐리가 물었다.

"주인어른은 출타 중이셔."

샐리는 장식장으로 다가가서 묵직한 크리스털 병에 든 스카치위스키를 잔에 따랐다. 구미코는 샐리가 반들거리는 나무 상판에 병을 쿵 내려놓았을 때 움찔하던 페탈의 모습을 놓치지 않았다.

"나한테 뭐 남긴 말 없어?"

"없는데."

"오늘 밤에 들어올 것 같아?"

"글쎄, 잘 모르겠어. 저녁 먹을 거야?"

"됐어."

"전 샌드위치 먹을래요." 구미코가 말했다.

15분 후, 한 입도 안 먹은 샌드위치를 침대 옆의 검은 대리석 탁자 위에 놔두고서, 구미코는 널따란 침대 한복판에 앉아 있었다. 벗은 두 발 사이에 마스네오텍 유닛이 있었다. 아래층에 남은 샐리는 스웨인의 위스키를 마시면서 잿빛 뜰을 내다보는 중이었다.

유닛을 집어 들자 침대 발치에 콜린의 모습이 나타나 흔들리다가 이내 또렷해졌다.

"내 목소리는 아무한테도 안 들려." 콜린이 재빨리 말하더니 손가락을 세워 입술에 댔다. "다행이지. 이 방은 도청당하고 있거든."

구미코는 대꾸하려다 말고 고개만 끄덕였다.

"좋아, 똑똑한 아가씨로군. 들려줄 대화가 두 건 있어. 하나는 이 집 주인이랑 경호원이 나눈 얘기, 또 하나는 이 집 주인이랑 샐리가 나눈 얘기야. 앞의 건 아가씨가 날 아래층에 숨겨 놓고 나서 15분 후에 시작됐어. 들어봐……."

눈을 감자 위스키 잔 속의 얼음이 짤랑거리는 소리가 들렸다.

"우리 일본 꼬마는 어딨지?" 스웨인이 물었다.

"잠자리에 들었어요." 페탈이 대답했다. "그 애, 혼잣말을 하더군요. 혼자서 대화하는 것처럼. 특이해요."

"뭐라고 했는데?"

"실은 아주 사소한 거였어요. 그런 사람들 있잖아요, 왜……."

"어떤?"

"혼잣말 하는 사람들 말입니다. 들어 보실래요?"

"아니, 됐어. 우리 유쾌한 시어스 양은 어딨지?"

"산책 나갔습니다."

"버니한테 전화로 지시해 둬. 다음번에 산책 나갈 땐 뭘 하는지 알아보라고……."

"버니요?" 페탈이 웃었다. "그 녀석 관에 실려서 돌아올걸요!"

이어서 스웨인의 웃음소리가 들렸다.

"피차 손해는 아니잖아. 우리는 버니를 제거하고, 유명한 면도날 아가씨는 욕구불만을 해결하고…… 자, 한 잔씩 더 따라."

"전 됐습니다. 시키실 일 없으면 가서 잘까 하는데요……."

"가 봐."

"그러니까." 콜린이 말했다. 구미코가 눈을 떠 보니 콜린은 침대 위에 앉은 모습 그대로였다. "네 방에 음성 인식 도청 장치를 심은 거야. 경호원이 녹음을 확인하다가 네가 나한테 한 말을 들은 거지. 다음 대화는 더 재미있어. 이 집 주인이 위스키를 한 잔 더 따르고 앉아 있는데, 샐리가 들어와서……."

"왔군." 스웨인의 목소리가 들렸다. "바람 쐬러 나갔던 건가?"

"시끄러워."

"이봐, 이건 절대 내 머리에서 나온 계획이 아니야. 그건 좀 알아줬으면 좋겠어. 녀석들한테 약점이 잡히기는 나도 마찬가지라고."

"있잖아, 로저, 가끔은 나도 당신을 믿고 싶어."

"믿어 봐. 그럼 사는 게 편해질 테니까."

"하지만 평소에는 당신 목을 잘라 버리고 싶어."

"넌 남한테 맡길 줄을 몰라서 탈이야. 뭐든 직접 하려고 해서."

"잘 들어, 이 나쁜 자식아. 난 네가 뭘 하던 인간인지, 어떻게 여기까지 왔는지 다 알아. 네가 야나카의 엉덩이를 핥든 누구의 엉덩이를 핥든 그딴 건 내 알 바도 아니고. 이 *사라킨!*"

고리대금업자를 뜻하는 그 일본어를 구미코는 그때 처음 들었다.

"녀석들한테서 다시 연락이 왔어." 스웨인의 목소리는 대화할 때처럼 차분했다. "그 여자는 아직 바닷가에 있지만, 곧 움직일 것 같다더군. 십중팔구 동쪽으로. 예전의 네 구역 말이야. 내 생각에 우리한테는 그게 최고의 기회야, 정말로. 지금 있는 집은 뚫을 수가 없어. 그 일대에 깔린 사설 경비대는 웬만한 군대도 막아낼 정도니까……."

"끝까지 이 일이 그냥 납치 건이라고 우길 작정이야, 로저? 저쪽에서 그 여잘 붙잡고 몸값을 요구할 거라고?"

"아니. 돈을 받고 여자를 넘길 거라는 얘기는 아직 없었어."

"그럼 놈들한테 아예 군대를 고용하라고 하지, 왜? 웬만한 군대 정도로 그칠 이유가 없잖아? 용병을 구하면 돼, 안 그래? 군사 기업 출신 용병들로. 그 여잔 그렇게 어려운 표적도 아니잖아, 잘나가는 연구자 한 명 잡아 오는 거랑 다를 게 없어. 프로들을 투입하면……."

"아마 한 백 번은 시도했을 거야, 그건 저쪽에서 원하는 답이 아니라고.

놈들이 원하는 건 바로 너야."

"로저, 당신 도대체 무슨 약점을 잡힌 거야, 응? 그러니까 내 말은, 놈들이 쥐고 있는 내 약점이 뭔지 당신 정말 몰라?"

"그래, 몰라. 하지만 내 경우를 근거로 추측해 볼 수는 있지."

"뭔데?"

"전부 다." 대답은 들리지 않았다. "조건은 또 있어, 샐리. 오늘 전달받은 건데, 놈들은 그 여자가 제거된 것처럼 보이길 원해."

"뭐라고?"

"우리가 그 여잘 죽인 것처럼 보이길 원한다고."

"무슨 수로?"

"시체는 그쪽에서 제공할 거야."

"내 생각에." 콜린이 말했다. "그 여잔 아무 대꾸도 안 하고 방에서 나간 것 같아. 대화는 여기서 끝났어."

10

형태

슬릭 헨리는 한 시간 동안 톱의 베어링을 점검하고 나서 다시 윤활유를 발랐다. 일을 하기에는 이미 날씨가 너무 추웠다. 가서 그의 다른 작품들, 즉 심문관과 시체 분쇄기와 마녀가 있는 방에 난방을 켜야 했다. 그것만으로도 젠트리와 합의한 전기 사용량을 어기기에 충분했지만, 젠트리에게 키드 아프리카와 맺은 약속에 관해, 또 팩토리에 외부인 두 명이 머무는 현실에 관해 설명해야 하는 문제에 비하면 그 정도는 걱정거리도 아니었다. 젠트리와 다툴 수는 없었다. 원자력 위원회에서 전기를 훔쳐오는 사람이 젠트리였으므로 전기는 그의 것이었다. 젠트리가 매월 한 번씩 콘솔을 조작하는 의식 같은 행위를 통해 위원회로 하여금 팩토리가 어딘가 다른 곳에, 전기 요금을 납부하는 다른 장소에 있다고 믿게끔 하지 않으면, 그들은 전기를 조금도 쓸 수가 없었다.

게다가 젠트리는 애초에 너무나 이상한 인간이었다. 슬릭은 무릎이 삐거덕거리는 느낌을 받으며 일어서서 재킷 주머니에 든 재판관의 조종기를 꺼내며 생각했다. 젠트리는 사이버스페이스에 형태가, 전체적으로 완전한 외형이 있다고 믿었다. 슬릭은 그보다 더 이상한 생각도 들어 본 적이 있었지만, 젠트리는 형태가 *전적*으로 중요하다는 믿음에 집착했다. 그 형태를 이해하는 것이 젠트리의 궁극적인 목표였다.

슬릭은 전에 우주가 어떤 형태인지 알아보려고 스팀으로 네트/놀리지 시퀀스를 시도한 적이 있었다. 슬릭이 생각하는 우주란 존재하는 모든 것이었다. 그런데 어떻게 우주에 형태가 있단 말인가? 우주가 형태를 지니려면 그 바깥을 둘러싼 무엇이 있어야 하지 않을까? 그 무엇이 존재한다면, *그것 또한 우주의 일부가 아닐까?* 젠트리와 결코 말을 섞지 말아야 하는 문제가 있다면 바로 이것이었다. 젠트리가 상대의 머릿속을 매듭처럼 꼬아 버리기 때문이었다. 하지만 슬릭은 사이버스페이스와 우주가 완전히 다르다고 생각했다. 사이버스페이스는 데이터를 표현하는 방식일 뿐이었다. 원자력 위원회는 언제나 빨갛고 거대한 아즈텍 피라미드처럼 보였지만, 반드시 그럴 필요는 없었다. 원하기만 하면 어떤 것으로도 보일 수 있었다. 거대 기업들은 자사의 외형에 저작권을 갖고 있기 때문이었다. 그런데 어떻게 전체 매트릭스가 특정한 형태를 지닌다는 생각을 할 수가 있을까? 설령 그렇다고 한들, 거기에 무슨 의미가 있을까?

슬릭은 조종기의 전원 단추를 눌렀다. 10미터 저편에 있던 재판관이 윙윙 소리를 내며 부르르 떨었다.

슬릭은 재판관을 증오했다. 예술가입네 하는 사람들은 결코 이해하지 못할 감정이었다. 그렇다고 해서 슬릭이 창조의 기쁨을 못 느끼는 것은 아니었다. 재판관을 만들어 낸 것, 눈에 보이는 곳으로 끌어내어 계속 보살피고, 그러다 마침내 그것에 대한 생각으로부터 자유로워지는 것은 기뻤다. 하지만 그렇다고 해서 그것을 꼭 *좋아하게* 되지는 않았다.

높이는 거의 4미터에 어깨 너비는 그 절반이고 머리는 안 달린 채로, 재판관은 군데군데 땜질한 장갑판을 걸치고 서서 부르르 떨고 있었다. 장갑판은 특이한 색깔로 녹슬어 있었는데 흡사 수많은 이들의 손길에 닳은 오래된 손수레의 손잡이 같았다. 슬릭은 화학 약품과 연마재를 사용하여 그 색깔을 얻은 후에 재판관의 표면을 거의 다 똑같이 물들였다. 어차피 오래된 부품, 쓰레기 더미에서 주워 온 고물이었다. 원형 톱의 날카로운 톱날이나 관절 부위의 반들거리는 표면을 제외하면 재판관의 나머지 부분은 모조리 그 색깔에 그 질감이었다. 지금도 날마다 험하게 사용하는, 몹시 오래된 공구 같은 느낌.

슬릭이 엄지로 조종기의 조이스틱을 밀자 재판관이 앞으로 한 걸음, 또 한 걸음 내디뎠다. 자이로스코프는 완벽하게 작동했다. 팔을 떼어놓은 상태에서도 재판관은 소름 끼치도록 차분하게 움직이며 거대한 발을 정확히 디뎠다.

재판관이 한 걸음 두 걸음, 한 걸음 두 걸음 쿵쿵대며 다가오는 동안 슬릭은 팩토리의 어둠 속에서 빙긋이 웃었다. 그는 마음만 먹으면 재판관을 만든 과정 하나하나를 떠올릴 수 있었고, 가끔은 그렇게 하곤 했다. 순전히 그 일이 가능하다는 즐거움을 맛보기 위해서였다.

기억 능력을 잃어버린 때가 언제였는지는 잘 기억나지 않았지만, 가끔은 그때가 거의 기억날 것도 같았다.

슬릭이 재판관을 만든 이유가 바로 그것이었다. 왜냐면 그는 전에 어떤 짓을 저질렀고(별 대단한 짓은 아니었지만 중간에 붙잡히고 말았다, 그것도 두 번이나), 그로 인해 재판을 받았으며, 그 결과 형을 선고받고 형기를 마치는 동안 아무것도 기억 못하는 몸이 되었기 때문이었다. 5분 이상은 아무것도 기억할 수가 없었다. 죄목은 차량 절도. 부자들의 차를 훔친 죄. 자신이 저

지른 죄만큼은 확실히 기억할 수 있었건만.

슬릭은 조이스틱을 움직여 재판관의 방향을 틀고 옆방으로 걸어가게 했다. 복도 양쪽 벽에 줄줄이 붙은 눅눅한 콘크리트 패드에는 한때 선반과 스폿 용접기가 붙어 있었다. 저 위쪽의 컴컴한 먼지투성이 대들보에 매달려 대롱거리는 망가진 형광 조명에는 새들이 이따금 둥우리를 틀었다.

코르사코프 요법, 그들은 그렇게 불렀다. 신경 세포에 어떤 조작을 가하여 단기 기억이 남지 않도록 하는 시술이었다. 그렇게 하면 형을 산 시간은 곧 잃어버린 시간이 됐다. 하지만 슬릭이 듣기로는 이제 그 요법을 쓰지 않는다고 했다. 적어도 차량 절도범한테는 적용하지 않는다고 했다. 안 겪어 본 사람들은 얘기만 듣고서 교도소에 들어가 있는 것은 똑같은데 기억이 다 지워지는 셈이니 식은 죽 먹기일 거라 짐작했지만, 그렇지 않았다. 형기를 마치고 출소했을 때, 5분 단위로 끊어진 공포와 혼란이 희미하게 깜박이며 사슬처럼 길게 이어진 시간은 3년이었고, 기억나는 것은 각각의 5분이 아니라 오히려 그 사이사이의 시간이었으며…… 형기를 마치고 나서, 슬릭은 만들어야만 했다. 마녀를, 시체 분쇄기를, 이어서 심문관을, 그리고 마지막으로 지금, 이 재판관을.

재판관이 콘크리트 경사면을 올라가 다른 사람들이 기다리는 방으로 가도록 조종하는 사이, 도그 솔리튜드 쪽에서 젠트리가 탄 오토바이의 엔진 소리가 들려왔다.

슬릭은 계단 쪽으로 향하며 생각했다. 젠트리는 사람들을 불편해 했는데 이는 상대방 역시 마찬가지였다. 낯선 사람들은 젠트리의 눈 속에서 불타는 형태를 느낄 수 있었다. 그는 자신의 모든 행동에 집착했다. 슬릭은 그가 어떻게 무사히 스프롤*까지 다녀오는지 도무지 알 수가 없었다. 어쩌면 본인만큼이나 진지한 사람들, 마약과 소프트웨어 시장의 험난한 주변부에 있는 외톨이들하고만 거래를 하는지도 몰랐다. 섹스에는 전혀 흥미가 없는 눈치였다. 혹시라도 흥미를 갖게 되면 어떤 취향을 보일지, 슬릭으로서는 짐작도 할 수 없었다.

슬릭이 생각하기에 도그 솔리튜드에서 가장 큰 문제는 섹스였는데 겨울에 특히 그랬다. 여름에는 이따금 작은 변두리 마을에서 여자를 찾을 수 있었다. 예전 애틀랜틱시티에 갔다가 키드 아프리카에게 빚을 지게 된 것도 그 때문이었다. 요즘은 그저 일에 집중하는 것이 최선의 해법이라고 스스로를 다잡았지만, 흔들리는 철제 계단을 올라 젠트리의 방으로 가는 좁은 복도를 걷는 동안 슬릭은 겹겹이 껴입은 재킷을 벗은 체리 체스터필드의 모습이 궁금해졌다. 체리의 손, 깨끗하고 민첩하게 움직이는 손을 상상했다. 그러자 의식을 잃고 들것에 누워 있는 남자의 얼굴이 뒤이어 떠올랐다. 남자의 왼쪽 콧구멍으로 영양분을 공급하는 튜브도. 휴지로 남자의 홀쭉한 뺨을 닦아 주는 체리의 모습도. 그 생각에 슬릭은 진저리가 났다.

"어이, 젠트리." 슬릭은 철로 뒤덮인 팩토리의 휑뎅그렁한 공간에 대고 외쳤다. "좀 올라갈게……."

젠트리에게는 '예리하다', '가늘다', '팽팽하다'와 거리가 먼 것이 세 가지 있었다. 눈과 입술, 머리카락이었다. 눈은 크고 색이 옅었는데 빛에 따라 회색이나 파란색으로 보였다. 입술은 두껍고 자주 나불거렸다. 뒤로 넘겨서 닭 꽁지처럼 아무렇게나 묶은 금발은 걸을 때마다 흔들거렸다. 마른 몸은 리틀 버드와 달리 빈민가의 형편없는 식단과 성마른 성격의 산물이 아니었다. 젠트리는 단지 어깨가 좁을 뿐, 근육이 탄탄했고 군살은 전혀 없었다. 옷 또한 예리하고 팽팽한 것들, 즉 새까만 비즈로 가장자리를 장식한 검은 가죽옷을 입었다. 슬릭이 디콘 블루스와 어울리던 시절에 익히 보던 스타일이었다. 무엇보다 그 비즈 때문에 슬릭은 젠트리가 서른 살 정도라고 생각했다. 슬릭 본인도 서른 살이었다.

슬릭이 문을 지나 100와트 전구 열 개의 환한 빛 속으로 들어서는 동안 젠트리는 그를 빤히 쳐다보았다. 자신이 젠트리와 형태 사이에 끼어든 또 하나의 방해물이라는 것을 슬릭에게 확실히 일깨워 주는 행동이었다. 기다란 철제 테이블 위에 오토바이용 화물 적재함이 두 개 놓여 있었다. 묵직해 보였다.

슬릭은 전에 팩토리 지붕의 패널을 잘라내고 필요한 곳에 버팀목을 단 다음, 빈자리에 뻣뻣한 플라스틱 시트를 덮어서 천창을 만들고 실리콘으로 마감했다. 그 후에 젠트리가 마스크를 쓰고 스프레이기와 흰색 라텍스 페인트 80리터를 들고 들어왔다. 먼지도 안 털고 청소도 전혀 안 한 채로, 그는 말라붙은 비둘기 똥 위에 페인트를 두껍게 뿌려서 그대로 굳힌 다음 다시 대강 하얘질 때까지 페인트를 뿌렸다. 그가 천창만 빼고 모조리 페인트칠을 한 후에 슬릭은 팩토리 1층에 있는 기계들을 윈치를 이용하여 위로 끌어올렸다. 작은 트럭 한 대 분량의 컴퓨터들, 사이버스페이스 덱, 윈치를 망가뜨릴 뻔한 거대한 구형 홀로그램 프로젝션 테이블, 특수효과 생성기, 젠트리가 형태를 찾으려고 모아 놓은 마이크로필름 수천 장이 든 플라스틱 상자 수십 개, 반짝이는 새 플라스틱 릴에 감긴 탓에 훔친 물건임을 분명히 알 수 있는 광섬유 수백 미터 등이었다. 그리고 책. 판지에 천을 풀로 붙여 표지를 만든 오래된 책들이 있었다. 슬릭은 책이 얼마나 무거운지 그제야 알았다. 오래된 책에서는 슬픈 냄새가 났다.

"내가 떠나 있는 사이에 전기를 더 썼던데." 젠트리는 화물 적재함 한 개를 열면서 말했다. "네 방에서 말이야. 새 난방기라도 들인 거야?"

젠트리는 필요한 물건을 엉뚱한 곳에 놓기라도 한 양 적재함의 내용물을 재빨리 뒤지기 시작했다. 그러나 슬릭은 진짜 이유를 이미 알고 있었다. 자기 공간에 갑자기 누가 들어왔기 때문이었다. 아는 사람이라고 해도 마찬가지였다.

"그래, 창고도 난방을 해야 돼. 안 그러면 추워서 일을 못하거든."

"아니." 젠트리가 갑자기 고개를 들었다. "네 방에 있는 난방기 때문이 아니야. 암페어가 달라."

"맞아."

슬릭은 히죽 웃었다. 그렇게 하면 젠트리가 자신을 멍청하고 금세 주눅 드는 인간으로 여길 거라는 생각에서였다.

"뭐가 맞다는 거야, 슬릭 헨리?"

"난방기 때문이 아니야."

젠트리는 적재함을 쾅 닫았다.

"사실대로 안 털어놓으면 전기 끊어 버린다."

"야, 젠트리, 그래도 내 덕분에 네가 이 일 저 일에 시간을 안 뺏기고 할 일을…… 제대로 할 수 있는 거 아냐." 슬릭은 눈을 동그랗게 뜨고 프로젝션 테이블 쪽을 의미심장하게 힐끗 쳐다보았다. "실은 지금 내 손님이 두 명 와 있는데……" 젠트리의 움직임이 우뚝 멈췄다. 파란 눈이 커졌다. "하지만 네 눈에는 안 띄게 할게, 시끄럽게도 안 할 거야. 절대."

"그렇겠지." 테이블을 돌아 이쪽으로 다가오며 젠트리가 말했다. 목소리에 날이 서 있었다. "왜냐면 네가 다 *내보낼 테니까.* 안 그래?"

"길어봐야 2주야, 젠트리."

"내보내. *당장.*" 젠트리의 얼굴이 코앞까지 다가오자 피로 때문에 시큼해진 숨 냄새가 슬릭의 코를 찔렀다. "안 그러면 너도 같이 쫓겨날 줄 알아."

슬릭은 근육 무게만 대강 따져도 젠트리보다 10킬로그램은 더 나갔지만,

젠트리는 이 때문에 위축된 적이 결코 없었다. 젠트리는 자기가 다칠 수도 있다는 것을 모르거나 아예 신경을 안 쓰는 사람 같았다. 이는 그 자체로 위협이었다. 한번은 젠트리가 슬릭의 뺨을 세게 후려친 적이 있었는데, 그때 슬릭은 자기 손에 쥔 커다란 크롬 몰리브덴 합금 렌치를 내려다보고 슬며시 부끄러워졌다.

굳게 버티고 서 있던 젠트리의 몸이 떨리기 시작했다. 슬릭은 젠트리가 보스턴이나 뉴욕에 가 있는 동안 잠을 안 잔다는 것을 잘 알고 있었다. 팩토리에서도 잠을 별로 안 자기는 마찬가지였다. 돌아오면 늘 지쳐 있었고, 첫날이 가장 상태가 안 좋았다.

"자, 이걸 봐."

슬릭은 막 울려는 아이한테 말을 걸 때의 말투로 운을 떼며 주머니에서 봉지를 꺼냈다. 키드 아프리카가 준 뇌물이었다. 슬릭은 투명한 비닐봉지를 젠트리의 눈앞으로 들어올렸다. 파란 피부 패치, 분홍색 알약, 빨간 셀로판지로 싸 놓은 독해 보이는 아편 덩어리, 굵은 노란색 목캔디처럼 생긴 각성제 결정, 일본 제조사의 이름을 칼로 긁어 지워 버린 플라스틱 흡입 파이프······.

"아프리카가 준 거야." 슬릭은 봉지를 흔들며 말했다.

"아프리카?" 젠트리의 눈길이 봉지에서 슬릭의 얼굴로, 다시 봉지로 향했다. "아프리카에서 온 거라고?"

"키드 아프리카. 넌 모르는 사람이야. 너한테 주라며 두고 갔어."

"왜?"

"왜냐면 나한테 자기 친구들을 당분간 맡겨 둬야 하니까. 젠트리, 난 그 친구한테 빚이 있어. 네가 사람을 싫어한단 얘기는 나도 했어. 주변에 누가 있으면 방해가 된다고 말이야. 그랬더니 그러더군." 슬릭은 거짓말을 했다.

"폐를 끼친 보상으로 뭘 좀 주고 싶다고."

젠트리는 봉지를 집더니 손끝으로 죽 당겨 열었다. 그는 속에서 꺼낸 아편을 슬릭에게 내밀었다.

"이건 필요 없어."

그러고는 파란 피부 패치를 한 개 꺼내어 뒤쪽 종이를 벗긴 다음, 오른쪽 손목 안쪽에 조심스럽게 붙였다. 슬릭은 가만히 서서 아무 생각 없이 아편 덩어리를 엄지와 검지로 조몰락거렸고, 아편을 싼 셀로판지에서 바스락거리는 소리가 나는 사이에 젠트리는 기다란 테이블 저편으로 다시 돌아가 화물 적재함을 열었다. 그가 꺼낸 것은 새 검은 가죽 장갑 한 켤레였다.

"내 생각엔…… 내가 네 손님들을 한번 만나는 게 좋겠어, 슬릭."

"응?" 슬릭은 놀라서 눈을 껌벅거렸다. "아, 그래…… 근데 굳이 만날 필요는 없어. 그러니까, 그건 좀……."

"아니." 젠트리는 옷의 목깃을 확 세우며 말했다. "꼭 봐야겠어."

계단을 내려가는 동안 슬릭은 아편을 떠올리고 난간 저편의 어둠 속으로 확 던져 버렸다.

그는 마약을 증오했다.

"체리."

젠트리가 지켜보는 가운데 자기 방의 문을 두드리며, 슬릭은 바보가 된 기분이 들었다. 안에서는 아무 대답도 없었다. 슬릭은 방문을 열었다. 어두웠다. 체리가 하나뿐인 알전구에 달아 놓은 전등갓이 슬릭의 눈에 띄었다. 노란 팩스 용지를 고깔 모양으로 말고 철사를 꼬아 고정시킨 것이었다. 나머지 전구 두 개는 빠져 있었다. 체리는 방 안에 없었다.

들것은 그대로 있었고, 그것을 차지한 남자도 파란 나일론 침낭에 둘둘

말린 모습 그대로였다. *침식당하고 있군.* 슬릭은 들것의 위쪽을 덮은 생명 유지 장치와 튜브, 주사액 주머니를 보며 생각했다. *아니야.* 슬릭은 스스로를 타이르듯이 중얼거렸다. *저것 덕분에 살아 있는 거야. 병원에 있는 사람처럼.* 하지만 처음 떠오른 생각은 쉽사리 사라지지 않았다. 만약 저 기계들이 이 남자의 생명을 빨아들인다면? 한 방울도 안 남기고 바짝? 리틀 버드 한테서 들었던 흡혈귀 이야기가 슬릭의 머릿속에 떠올랐다.

"흠." 젠트리가 슬릭의 곁을 지나 들것 발치에 가서 섰다. "슬릭 헨리, 너 이상한 친구랑 어울리는구나……."

젠트리는 걸어서 들것 주위를 빙 돌았다. 철제 틀로부터 조심스레 거리를 유지하면서.

"젠트리, 위로 돌아가는 게 낫지 않겠어? 그 피부 패치…… 아무래도 너무 많이 붙인 것 같은데."

"진심이야?" 젠트리가 고개를 획 쳐들었다. 눈에 노란 광채가 번들거렸다. 그 눈이 찡긋 윙크를 했다. "왜 그렇게 생각하는데?"

"그야…… 평소랑 좀 달라서. 내 말은, 전이랑 좀 다르다고."

"내 기분이 갑자기 변한 것 같단 뜻이야, 슬릭?"

"그래."

"기분이 갑자기 변하는 것도 꽤 *즐거운데.*"

"얼굴은 웃고 있질 않잖아." 어느새 체리가 문간에 서 있었다.

"체리, 이쪽은 젠트리야. 팩토리 주인이라고 할 수 있지. 젠트리, 체리는 클리블랜드에서 왔는데……."

그러나 젠트리는 이미 장갑 낀 손에 가늘고 까만 손전등을 쥐고서, 잠든 남자의 이마를 덮은 전극 네트를 살펴보는 중이었다. 젠트리가 몸을 일으키자 손전등 불빛은 상표도 특징도 없는 회색 기계 장치를 비추다가, 이내 전극 네트에 연결된 검은 케이블을 따라 움직였다.

"클리블랜드라. 재미있군……" 마침내 젠트리가 입을 열었다. 꿈에서 들어본 이름이라는 듯이. 그는 다시 손전등을 위로 향하고 몸을 숙여 케이블과 아까 그 장치가 만나는 지점을 들여다보았다. "그리고 체리라……. 체리, 이 남자는 누구지?"

손전등 불빛이 짜증 날 정도로 평범하고 초췌한 얼굴을 비추었다.

"나도 몰라. 그 사람 눈에 불빛 비추지 마. 렘수면인지 뭔지가 방해받을 수도 있으니까."

"그리고 이건 뭐야?" 젠트리는 평평한 회색 장치에 빛을 비추었다.

"키드 말로는 엘에프(LF)랬어. 이 남자는 카운트, 저건 이 남자의 엘에프."

체리는 재킷 안쪽에 손을 넣고 몸을 긁었다.

"좋아, 알았어."

젠트리가 돌아서며 중얼거렸다. 딸깍 소리와 함께 손전등 불빛이 꺼지자 젠트리의 눈 속에서 집착의 빛이 환하게 타올랐다. 키드 아프리카가 준 피부 패치 덕에 너무나 강력하게 증폭된 그 빛을 보며, 슬릭은 젠트리가 찾아 헤매는 형태가 바로 그곳에 있다고 생각했다. 젠트리의 이마를 뚫고 타오르고 있다고, 젠트리 본인만 빼고 누구나 볼 수 있을 거라고.

"그렇다고 하니 분명 그렇겠지……."

11

거리에서

모나는 비행기가 착륙하는 사이에 잠에서 깼다.

프라이어는 에디의 얘기를 들으며 고개를 끄덕이고 각진 웃음을 지어 보였다. 그 웃음은 늘 그 자리에, 수염 밑에 도사리고 있는 듯했다. 다만 옷이 바뀌어 있었는데 필시 비행기에 미리 놔둔 모양이었다. 이제 그는 밋밋한 회색 슈트에 마름모무늬 넥타이 차림이었다. 클리블랜드에서 에디가 데려온 호구들과 비슷한 옷이었지만, 맵시는 달랐다.

모나는 호구가 슈트를 맞추는 장면을 한 번 본 적이 있었다. 그는 모나를 홀리데이인 호텔로 데려갔다. 양복점은 호텔 로비 바깥에 있었는데 그는 그곳에서 촘촘하게 교차되는 파란 빛줄기 속에 속옷 차림으로 서서, 커다란 스크린 세 개에 비치는 자신의 모습을 지켜보았다. 스크린에는 파란 빛줄기가 보이지 않았다. 각각의 스크린에 비친 남자가 각기 다른 슈트를 입고 있었기 때문이었다. 그리고 모나는 웃음을 참느라 혀를 깨물어야 했다. 왜냐면 시스템에 내장된 화장 프로그램 덕분에 스크린에 비친 남자의 얼굴이 다르게 보였기 때문이었다. 얼굴은 조금 더 길어졌고 턱은 더 넓적해 보였지만, 남자는 알아채지 못한 눈치였다. 이윽고 남자는 슈트 한 벌을 고른 다음 원래 입었던 슈트를 다시 걸쳤고, 그것으로 끝이었다.

에디는 프라이어에게 뭔가 설명하는 중이었다. 자신이 꾸민 사기의 구조에서 핵심에 해당하는 부분이었다. 모나는 에디의 이야기를 흘려듣는 법을 알았지만, 그럼에도 목소리가 귀를 파고들었다. 자신이 뽐내 마지않는 거짓부렁을 남들이 못 알아차릴 거라 생각하는지, 에디는 느리고 편안하게 얘기했다. 끈기 있게 보이려고 나직한 목소리로, 어린 아이를 상대하는 사람처럼. 프라이어는 짜증 난 것 같지는 않았지만, 모나가 보기에는 에디의 말에 눈곱만큼도 흥미가 없는 눈치였다.

모나는 하품을 하고 기지개를 켰다. 이윽고 비행기가 콘크리트 활주로에 두 번 튕기더니 굉음을 내며 속도를 줄였다. 그러는 동안에도 에디는 이야기를 멈추지 않았다.

"차를 대기시켜 놨어." 프라이어가 에디의 말을 끊었다.

"어디로 가는 거죠?"

에디의 표정이 일그러졌지만 모나는 아랑곳하지 않고 물었다. 프라이어는 모나를 보며 특유의 웃음을 지었다.

"우리 호텔." 프라이어가 안전띠를 풀며 말했다. "거기서 며칠 묵을 거야. 미안하지만 방 안에서 나올 일은 별로 없을 것 같아."

"그것도 거래 조건이야."

에디가 말했다. 모나가 호텔 방에서 나가면 안 된다는 조건이 자기 생각이기라도 한 것처럼.

"모나, 스팀은 좋아해?" 프라이어가 웃음을 지우지 않은 채 물었다.

"그럼요. 싫어하는 사람도 있나요?"

"특히 좋아하는 거라도 있어? 좋아하는 스타라든가?"

"안젤라요." 모나는 조금 기분이 거슬렸다. "아니면 누구겠어요?"

프라이어의 웃음이 살짝 커졌다.

"좋아. 안젤라의 최신 테이프를 전부 갖다 주지."

모나의 세계에서 큰 부분을 차지하는 것들은 그녀가 알기는 해도 직접 보거나 가 본 적은 없는 사물과 장소였다. 스팀에서는 스프롤 북부의 중심지에서 나는 냄새를 맡을 수가 없었다. 모나가 짐작하기에는 아마도 안젤라가 두통이나 생리통을 겪는 일이 한 번도 없는 것과 마찬가지로 냄새 역시 편집된 듯했다. 그러나 현실의 그곳에서는 냄새가 났다. 클리블랜드와 비슷한, 그러나 더 고약한 냄새였다. 비행기에서 내릴 때 모나는 그저 공항에서는 이런 냄새가 나는구나 했지만, 그 냄새는 차에서 내려 호텔로 향하는 동안 더욱 심해졌다. 게다가 바람이 맨 발꿈치를 때리는 길거리는 지독하게 춥기까지 했다.

호텔은 전에 본 홀리데이인보다 더 컸지만 더 오래된 것 같기도 했다. 로비는 스팀에서 본 로비보다 더 북적이기는 했어도 깨끗한 파란색 카펫이 널따랗게 깔려 있었다. 프라이어는 모나에게 지구 궤도 휴양지의 광고판 옆에서 기다리라고 한 다음, 에디와 함께 검고 기다란 접수 카운터로 가서 놋쇠 명찰을 탄 여성 직원에게 말을 걸었다. 모나는 바보가 된 기분으로 기다렸다. 흰색 플라스틱 레인코트는 프라이어가 입으라고 한 것이었다. 모나의 원래 옷차림이 볼품없기라도 하다는 듯이. 로비에 있는 사람들 가운데 3분의 1 정도는 일본인 관광객으로 보였다. 그들은 하나같이 녹화용 도구를 갖고 있는 듯했다. 비디오, 홀로그램, 개중에는 허리에 심스팀 유닛을 찬 사람도 있었지만 그것만 빼면 갑부처럼 보이지는 않았다. 모나가 생각하기에는 다들 뭔가 잔뜩 지니고 있어야 했건만. *어쩌면 똑똑한 사람들이라 자랑을 안 하는 걸 수도 있어.* 모나는 속으로 그렇게 결론지었다.

프라이어가 명찰을 단 여성에게 크레디트 칩을 건네는 모습이 보였다. 여성은 칩을 받아서 금속 슬롯에 통과시켰다.

프라이어가 널따란 베이지색 항온 폼으로 된 침대 위에 모나의 가방을 내려놓고 제어판을 건드리자 벽처럼 드리워졌던 커튼이 열렸다.

"리츠 급은 아니지만, 그래도 편히 머물 수 있게 힘써 볼게."

모나의 입에서 묘한 소리가 흘러나왔다. 클리블랜드에 있는 햄버거 가게 이름인 리츠가 지금 무슨 상관인지 당최 알 수가 없어서였다.

"봐, 네가 좋아하는 거야."

프라이어는 천을 씌운 침대 머리판 옆에 서 있었다. 머리판에는 스팀 유닛이 내장되어 있었고, 그 옆의 조그만 선반에는 비닐로 포장한 전극 한 세트와 카세트 대여섯 개가 놓여 있었다.

"다 안젤라의 최신 스팀이야."

모나는 누가 그 카세트를 그곳에 놔뒀는지가 궁금했다. 그리고 혹시 프라이어가 어떤 스팀을 좋아하냐고 물어본 후에 그것을 갖다 놨는지도 궁금했다. 모나는 프라이어에게 자기 식의 웃음을 지어 보이고 창 쪽으로 걸어갔다. 스프롤의 풍경은 스팀에서 본 것과 비슷했다. 창문은 마치 홀로그램 엽서 같았다. 이름은 몰라도 유명하다는 것만은 아는 유명한 건물들이 그려진 엽서.

회색 돔들, 눈에 덮여 하얗게 도드라진 돔의 곡선, 그리고 그 너머의 회색 하늘.

"자기야, 행복해?"

등 뒤에 다가온 에디가 양어깨에 손을 올리며 물었다.

"여기 혹시 샤워기도 있을까?"

프라이어가 웃음을 터뜨렸다. 모나는 에디의 느슨한 손에서 빠져나와 가방을 들고 욕실로 들어갔다. 문을 닫고 자물쇠를 걸었다. 프라이어의 웃음소리가 또다시 들려왔고, 이어서 에디가 사기 계획을 나불거리기 시작했다. 모나는 변기에 앉아 가방을 열고 위즈가 든 화장품 키트를 뒤졌다. 남은 위즈 결정은 네 개였다. 그 정도면 충분해 보였다. 세 개로도 충분했지만, 달랑 두 개일 경우에는 보통 약을 찾아 나설 채비를 했다. 모나는 강한 마약은 즐기지 않았다. 적어도 매일 하지는 않았다. 다만 최근에는 자주 했는데 이는 플로리다에 머물다 보니 슬슬 미쳐 버릴 것 같아서였다.

이제는 조금씩 줄일 수 있을 것 같았다. 모나는 병에 든 결정을 손바닥에 톡톡 털면서 그러기로 결심했다. 위즈 결정은 노랗고 단단한 사탕 같았다. 부숴서 나일론 망 사이에 넣고 갈아야 했다. 들이마시면 병원 냄새 비슷한 냄새가 났다.

모나가 샤워를 끝내고 나와 보니 두 사람 다 보이지 않았다. 모나는 질릴 때까지 오랫동안 욕실에 머물렀다. 플로리다에서는 주로 공용 수영장이나 버스 터미널의 샤워장을 이용했다. 표를 끊어서 들어가는 곳이었다. 모나는 호텔 욕실에 수량을 재서 요금을 추가하는 장치가 붙어 있으리라 짐작했다. 홀리데이인에서는 그랬기 때문이었다. 플라스틱으로 된 샤워기 꼭지 위에 커다란 흰색 필터가 달려 있었고 벽에 붙은 스티커에는 눈과 눈물이 그려져 있었는데, 이는 수영장 물과 마찬가지로 샤워는 해도 되지만 물이 눈에 들어가게 하면 안 된다는 뜻이었다. 타일에 줄줄이 붙은 크롬 꼭지는 아래의 버튼을 누르면 각각 샴푸와 샤워 젤, 물비누, 배스 오일이 나왔다. 버튼을 누를 때 옆에서 조그맣게 깜박이는 빨간 불은 곧 요금이 부과된다는 뜻이었다. 프라이어의 계산서에 붙는 돈이었다. 모나는 두 사람이 보이지 않아서 기뻤다. 혼자가 되어 약 기운이 오른 채 깨끗한 몸으로 있는 것이 좋아서였다. 모나는 좀처럼 혼자 있을 기회가 없었다. 거리에 있을 때에는 가능했지만, 그럴 때에는 사실 혼자라고 할 수가 없었다. 모나는 베이지색 카펫에 젖은 발자국을 남기며 창 쪽으로 다가갔다. 몸에 두른 커다란 타월은 침대와 카펫과 똑같이 베이지색이었고, 보송보송한 면에 움푹 패게 새긴 글자는 아마도 호텔 이름인 듯했다.

한 블록 건너에 구식 건물이 보였다. 계단처럼 층이 진 건물 옥상은 귀퉁이를 모두 깎아서 산처럼 보였는데 바위와 풀이 있었고, 폭포수가 흘러나와 바위에 부딪혔다가 다시 아래로 쏟아졌다. 누가 저런 수고를 했을까 하는 생각에 슬며시 웃음이 나왔다. 폭포수가 쏟아져 부딪힌 곳에서 김이 뭉실뭉실 피어올랐다. 그래도 물이 길거리까지 떨어질 것 같지는 않았다. 그렇게 하려면 돈이 너무 많이 들기 때문이었다. 아마도 펌프로 다시 물을 끌어올려 순환하는 방식으로 재활용하지 싶었다.

뭔가 회색을 띤 것이 고개를 이쪽으로 틀더니, 둥글게 휜 커다란 뿔을 쳐들고 이쪽을 쳐다보는 듯했다. 모나는 카펫 위에서 한 걸음 물러나 눈을 껌벅였다. 양 비슷한 짐승이었다. 하지만 멀리 떨어져 있었고, 홀로그램 같기도 했다. 양이 고개를 홱 돌리고 풀을 뜯기 시작했다. 모나는 웃음을 터뜨렸다.

위즈의 기운이 발목 뒤에서 어깻죽지까지 퍼지는 기분이 들었다. 서늘하고 꽉 조이는 얼얼함, 목구멍 너머에서 느껴지는 병원 냄새.

전에는 그 기분이 두려웠지만 지금은 달랐다.

프라이어는 불길하게 웃는 인간이었지만 그저 *끄나풀*, 기분 나쁜 양복쟁이에 지나지 않았다. 돈이 많다고 해도 그것은 다른 사람의 돈이었다. 그리고 이제는 에디도 무섭지 않았다. 사실 모나는 에디를 위해 무서워하는 척했다. 다른 사람들이 에디를 어떻게 보는지 알기 때문이었다.

이제 아무래도 상관없다는 생각이 들었다. 이제는 클리블랜드에서 메기를 기르며 살지도 않았고, 누구에게 이끌려 다시 플로리다로 돌아갈 리도 없었다.

모나는 지금도 기억했다. 알코올 스토브를, 추운 겨울 아침을, 커다란 회색 코트를 걸치고 웅크려 있는 노인의 모습을. 겨울이면 노인은 창문에 비닐을 한 겹 더 쳤다. 그 정도면 스토브 한 개로 충분히 난방을 할 수 있었다. 벽을 하드 폼으로 덮고 그 위에 합판까지 덧댔기 때문이었다. 폼이 드러난 곳을 손가락으로 찌르면 구멍이 뚫렸다. 그러다가 노인에게 들키면 야단을 맞았다. 추운 날에 더 중요한 일은 메기를 따뜻하게 해주는 것이었다. 물을 일광 거울이 있는 지붕으로 펌프질해서 투명한 플라스틱 튜브로 주입해야 했던 것이다. 그래도 수조 둘레에서 썩어가는 채소 비슷한 것들이 보온에 한몫을 해서, 뜰채로 물고기를 건지러 가 보면 물에서 김이 모락모락 피어오르곤 했다. 노인은 물고기를 들고 나가서 음식이나 남들이 기르는 작물, 스토브에 쓸 알코올, 음료, 커피 원두, 물고기 사료 같은 것들로 바꿔왔다.

노인은 모나의 아버지가 아니었고, 드물게 입을 열 때면 자주 그 말을 입에 올렸다. 모나는 지금도 가끔 노인이 진짜 아버지일지도 모른다는 생각을 했다. 모나가 처음으로 자신의 나이를 물었을 때 노인은 여섯 살이라고 했고, 그래서 모나는 그때부터 나이를 세기 시작했다.

등 뒤에서 문이 열리는 소리가 나자 모나가 돌아섰다. 프라이어가 금색 플라스틱 열쇠 카드를 들고 서 있었다. 수염이 갈라지면서 웃는 입이 보였다.

"모나, 이쪽은 제럴드야."

프라이어가 방으로 들어오면서 말했다. 제럴드는 키가 크고 회색 양복을 입은 반백의 중국계 남자였다. 그는 부드러운 웃음을 띠고 프라이어 곁을 지나 침대 발치에서 맞은편에 있는 서랍장 쪽으로 걸어갔다. 그는 서랍장 위에 검은 상자를 올려놓은 다음, 찰칵 소리와 함께 상자를 열었다.

"제럴드는 우리 친구야. 의료 기술자이기도 하지. 이 친구가 널 검사할 거야."

"모나." 제럴드가 상자에서 뭔지 모를 물건을 꺼내며 말했다. "몇 살이지?"

"열여섯이야." 프라이어가 대신 대답했다. "그렇지, 모나?"

"열여섯이라."

제럴드가 중얼거렸다. 손에 쥔 물건은 검은 고글 같았다. 전선과 부품이 덕지덕지 붙은 선글라스처럼 보였다.

"나이 차가 좀 나는데, 안 그래?" 제럴드가 프라이어를 보며 말했다. 프라이어가 빙긋 웃었다. "몇 살이나 어린 거야, 열 살?"

"별 지장은 없어. 우리가 완벽을 추구하는 것도 아니고."

프라이어의 말에 제럴드는 모나에게로 눈을 돌렸다.

"그런 게 손에 들어올 리가 없지." 제럴드가 고글을 끼고 뭔가 건드리자 오른쪽 렌즈 아래에 불이 켜졌다. "하지만 닮았다고 해서 다 똑같은 건 아니야."

불빛이 모나 쪽으로 휙 돌아갔다.

"지금 중요한 건 겉모습이야, 제럴드."

"에디는 어디죠?" 모나는 가까이 다가오는 제럴드를 보며 물었다.

"바에 있어. 오라고 할까?"

프라이어는 전화기를 들었다가 다시 그대로 내려놓았다.

"지금 뭐 하는 거예요?"

모나가 물었다. 제럴드에게서 물러서면서.

"신체검사야. 하나도 안 아파." 제럴드는 모나를 창으로 밀어붙였다. 타월 위쪽, 어깻죽지가 서늘한 유리에 닿아 눌렸다. "널 고용하려는 사람이 있어. 보수를 아주 두둑이 주고서. 그쪽에선 네가 건강한지 확인을 해야 해."

고글에서 나온 빛이 모나의 왼쪽 눈을 찌르듯이 비추었다.

"이 여자 무슨 자극제를 썼나 본데."

제럴드가 프라이어에게 말했다. 목소리가 아까와 달랐다.

"모나, 눈을 깜박이지 말고 참아 봐." 불빛이 오른쪽 눈으로 옮겨갔다. "뭘 한 거야, 모나? 양은 얼마나 돼?"

"위즈예요."

모나는 불빛을 피해 움츠리며 말했다. 제럴드는 서늘한 손가락으로 모나의 턱을 잡고 머리를 원래 위치로 돌려놓았다.

"얼마나 했어?"

"결정 한 개요……."

불빛이 꺼졌다. 제럴드의 매끈한 얼굴이 바로 코앞에 있었다. 고글에는 렌즈와 슬롯, 조그만 접시처럼 생긴 검은 금속망이 다닥다닥 붙어 있었다.

"순도가 얼만지는 알 길이 없겠군."

"엄청 높아요."

모나는 그렇게 대꾸하고 키득거렸다. 제럴드는 모나의 턱을 놓고 빙긋 웃었다.

"그건 큰 문제가 아니야. 자, 입 좀 벌려 볼래?"

"입을요?"

"이를 보려고 그래."

모나는 프라이어 쪽을 돌아보았다.

"흠, 운이 좋은데." 제럴드는 조그만 불빛으로 모나의 입속을 들여다보며 프라이어에게 말했다. "상태가 꽤 괜찮아, 수정 목표치하고도 비슷하고. 표면도, 치열도."

"자네가 알아서 해줄 거라고 믿었어, 제럴드."

제럴드는 고글을 벗고 프라이어를 돌아보았다. 그러고는 검은 상자로 돌아와서 고글을 상자 안에 집어넣었다.

"눈도 운이 좋았어. 아주 비슷해. 색조만 바꾸면 되겠어." 제럴드는 상자에서 은박지 봉투를 꺼내어 찢은 다음, 투명한 수술용 장갑을 오른손에 끼었다. "모나, 타월을 벗어. 긴장하지 말고 편하게 누워."

모나의 눈이 프라이어에게로, 다시 제럴드에게로 향했다.

"서류는 안 볼 건가요? 혈액 검사 결과나 뭐, 그런 거요."

"아니, 그건 됐어."

모나는 창밖으로 눈을 돌렸다. 큰 뿔이 달린 양이 보고 싶었지만 이미 사라지고 없었고, 하늘은 아까보다 훨씬 더 어두워 보였다.

모나는 타월을 풀고 바닥에 떨어뜨린 다음, 베이지색 항온 폼에 똑바로 누웠다.

그다음은 모나가 평소에 돈을 받고 하던 일과 그리 다르지 않았다. 시간이 더 오래 걸린 것도 아니었다.

욕실에 앉아 무릎 위에 화장품 키트를 펼쳐놓고 위즈 결정을 한 개 더 갈면서, 모나는 자신이 화를 내는 것은 당연하다고 생각했다.

우선 에디가 말도 없이 사라져 버렸고, 이어서 프라이어가 기분 나쁜 의료 기술자를 데리고 오더니 한참 후에 에디는 다른 방에서 자는 중이라고 했다. 모나는 플로리다에 머물던 시절에는 에디와 잠시 떨어져 지내도 괜찮았지만, 이곳에서는 사정이 달랐다. 이곳에서는 혼자 있고 싶지 않았지만, 프라이어에게 방 열쇠를 달라는 말은 겁이 나서 할 수가 없었다. 하지만 그에게는 열쇠가 있으니 언제든 기분 나쁜 친구들을 데리고 들어올 판이었다. 이런 거래가 도대체 어디 있단 말인가?

그리고 플라스틱 레인코트도. 그것 때문에도 부아가 치밀었다. 거지 같은 일회용 플라스틱 레인코트를 입으라고 하다니.

모나는 위즈 가루를 나일론 망으로 톡톡 쳐서 흡입기에 조심스레 담고 숨을 끝까지 내쉰 다음, 입에 마우스피스를 끼고 들이마셨다. 구름 같은 노란 가루가 목 점막을 뒤덮었다. 그중 일부는 허파에까지 들어갔다. 그러면 몸에 해롭다는 얘기를 들은 적이 있었건만.

약을 하러 욕실에 들어갈 때에는 아무 생각도 없었지만, 목덜미가 차츰 얼얼해지면서 어느새 호텔 주변의 길거리가 떠올랐다. 호텔로 오면서 본 것들이. 클럽과 바, 진열창에 옷이 걸린 가게들이 있었다. 음악도. 지금 같아서는 음악도 괜찮을 것 같았다. 그리고 인파도. 사람들 속에서 다 잊고 자신을 놓아 버릴 방법이 바로 그곳에 있었다. 방문이 잠겨 있지 않다는 것은 모나도 아는 바였다. 이미 열어 봤으니까. 다만 방을 나서면 문이 잠길 텐데, 열쇠가 없었다. 그래도 일단은 이 호텔의 손님이므로 분명 프라이어가 안내 데스크에 등록해 뒀을 터였다. 아래로 내려가 카운터에 있는 여성에게 열쇠를 달라고 해 볼까도 싶었지만, 께름칙했다. 카운터에 있는 양복쟁이들이 자신을 어떻게 보는지 잘 알기 때문이었다. 그만둬야 했다. 모나는 방에 머물면서 스팀으로 안젤라의 최신 테이프에 접속하는 게 최선이라고 결론지었다.

10분 후, 모나는 정면 로비에서 떨어진 작은 출입구를 나섰다. 위즈가 머릿속에서 노래하고 있었다.

바깥에는 보슬비가 내렸는데 돔의 결로 현상 때문인지도 몰랐다. 하얀 레인코트를 입고 로비에 내려올 때에는 프라이어에게 꼼짝없이 들킬 거라 생각했지만, 이제는 입고 오길 잘했다는 생각이 들었다. 모나는 불룩하게 쌓인 쓰레기통에서 팩스 용지 한 움큼을 집어 머리카락이 젖지 않도록 머리에 덮었다. 아까처럼 춥지 않은 것 역시 또 하나의 행운이었다. 새로 걸친 옷이 하나같이 얇았기 때문이었다.

큰길을 위아래로 훑어보며 어디로 갈지 고민하는 동안 거의 똑같이 생긴 호텔 전면과 줄줄이 늘어선 삼륜 택시, 비에 젖어 반짝거리는 조그만 가게들이 모나의 눈에 들어왔다. 그리고 사람들, 수많은 사람들도. 클리블랜드의 중심가처럼 북적였지만 이곳 사람들은 하나같이 세련된 옷을 입고 있었고, 몸가짐 역시 자신이 멋진 줄 잘 아는 사람들 같았으며, 모두 어딘가 갈 곳이 있는 듯했다. *그냥 따라가면 돼.* 모나는 생각했다. 두 번째로 찾아온 위즈의 달콤한 자극에 젖은 채로, 모나는 아무 생각 없이 멋쟁이들 속으로 섞여 들었다. 새로 산 구두를 또각거리며 팩스 용지로 머리를 가린 채 걷다 보니 운이 더 좋아지려는지, 어느새 비가 그쳐 있었다.

사람들이 다 지나가기를 기다렸다가 가게의 진열창을 구경하고 싶은 마음도 없지 않았지만 그대로 인파에 섞여 흘러가는 것도 유쾌했고, 어차피 걸음을 멈추는 사람도 없었다. 모나는 곁눈질로 진열창을 하나하나 살펴보는 데에 만족했다. 옷들은 스팀에서 본 옷과 비슷했지만 그중 일부는 어디서도 본 적이 없는 스타일이었다.

이곳에 살았어야 했는데. 모나는 생각했다. *쭉 여기서 살았어야 했는데.*

메기 양식장이 아니라, 클리블랜드가 아니라, 플로리다가 아니라. 여기야, 여기가 진짜야. 누구나 올 수 있어, 스팀을 통해서 올 필요도 없어. 문제는 모나가 스팀에서 이쪽을, 즉 평범한 사람들이 나오는 부분을 본 적이 없다는 것이었다. 안젤라 같은 스타는 이쪽에 속하지 않았다. 안젤라는 이곳이 아니라 화려한 성에서 스팀에 나오는 다른 스타들과 함께 살았다. 하지만 이곳 사람들은 너무나 멋있었고 밤은 너무나 환했고, 인파는 모나를 휩쓸고 지나갔다. 모나가 운만 좋았어도 가질 수 있었을 그 많은 멋진 것들을 지나서.

에디는 이곳을 좋아하지 않았다. 그는 입만 열면 이곳이 얼마나 형편없는지 얘기했다. 사람이 너무 많고 집세도 너무 비싸고 경찰도 너무 많고, 경쟁도 너무 치열하다고 했다. 모나는 그런 그가 프라이어의 제안을 듣고 제꺽 승낙했던 것을 떠올렸다. 어쨌거나 모나도 에디가 왜 그토록 이곳을 싫어하는지 나름 짐작이 가기는 했다. 아마도 실패했기 때문에, 심각한 말썽을 일으켰기 때문일 듯싶었다. 그 말썽을 다시 떠올리기가 싫었거나, 아니면 그가 이곳에 돌아올 경우에 과거를 다시금 뼈저리게 떠올리게 해 줄 사람들이 있거나, 둘 중 하나였다. 이곳에 관해 이야기할 때 화를 내는 것만 봐도 알 수 있었는데, 그럴 때의 에디는 자신의 사기 계획이 안 통할 거라고 말하는 사람을 대할 때와 똑같았다. 처음 만난 날에는 엄청나게 똑똑하다고 했던 새 친구가 다음날에는 돌대가리, 꽉 막힌 멍청이, *장래가 없는 놈*으로 바뀌는 식이었다.

모나는 진열창에 최신형으로 보이는 스팀 장치가 놓인 커다란 가게 앞을 지나갔다. 모두 무광 검정에 외관이 날렵했고, 장치 위에는 안젤라의 우아한 홀로그램이 떠 있었다. 지나가는 사람들을 지켜보는 안젤라의 미소는 반쯤 슬퍼 보였다. 그야말로 밤의 여왕이었다.

홀러가던 인파가 원형 광장 비슷한 곳에 이르렀다. 네 갈래 길이 만나서 분수대를 둘러싸고 둥글게 이어진 곳이었다. 딱히 갈 곳이 없었던 모나는 그 분수대를 따라 돌았다. 주위의 사람들이 걸음을 멈추지 않고 제각각 갈 길을 찾아 갈라져 나갔기 때문이었다. 원형 광장에도 사람들이 있었다. 몇 몇은 분수대 둘레의 깨진 콘크리트 위에 앉아 있기도 했다. 중앙에는 대리석 조각상이 서 있었는데 닳아서 모서리가 반들반들했다. 커다란 물고기, 돌고래 같은 것에 올라탄 아기 조각상이었다. 원래는 돌고래 입에서 물이 뿜어 나오는 듯했지만, 분수대는 작동하지 않았다. 앉아 있는 사람들의 머리 너머로 보이는 분수대 물에는 젖어서 구겨진 팩스 용지와 하얀 스티로폼 컵이 떠 있었다.

이윽고 등 뒤의 인파가 한 덩어리로 뭉치는 기척이 났다. 몸뚱이들로 이루어진 벽이 곡면을 그리며 미끄러지듯 움직였다. 뒤이어 분수대 가장자리에 앉아 모나를 보던 세 사람이 영화처럼 펄쩍 뛰어 일어섰다. 머리를 검게 염색한 뚱뚱한 여자는 원래 그렇게 생긴 것처럼 입이 반쯤 벌어져 있었고, 가슴은 빨간 고무 끈 사이로 비어져 나와 있었다. 얼굴이 기다란 금발 여자는 가느다란 입술에 파란 립스틱을 바르고 새의 발톱처럼 흰 손에 담배를 들고 있었다. 한 명은 남자였는데 추운 날씨에 기름이 번들거리는 팔을 다 내놓고 있었다. 인공 선탠과 조잡한 교도소 문신으로 뒤덮인 남자의 피부 아래에는 이식한 근육이 바위처럼 불끈거렸고……

"야, 너!" 뚱뚱한 여자가 어쩐지 신이 난 목소리로 외쳤다. "여기서 영업할 생각은 집어치우는 게 좋아!"

금발 여자는 지친 눈으로 모나를 보며 자기 탓이 아니라는 듯이 힘없이 웃고는 눈길을 돌렸다.

포주로 보이는 남자가 용수철처럼 펄쩍 일어났지만, 모나는 이미 금발 여자의 표정을 보고 걸음을 옮긴 후였다. 남자가 팔을 붙잡자 레인코트의 플라스틱 솔기가 터졌지만, 모나는 팔꿈치로 그를 밀어내고 다시 인파 속으로 돌아갔다. 또다시 위즈의 약 기운이 돌았고, 다시 정신을 차려 보니 한 블록은 떨어져 있었다. 모나는 쇠기둥에 기대어 기침을 하며 숨을 몰아쉬었다.

하지만 이따금 그렇듯이 위즈의 기운이 바뀌었고, 그러자 모든 것이 추해졌다. 사람들의 얼굴은 저마다 절박한 일을 해치우려는 듯 사납고 굶주려 보였고, 가게 진열창의 불빛은 차갑고 매정해 보였고, 유리창 뒤의 물건들은 네가 가질 수 없다고 말하는 듯했다. 어디선가 목소리가, 화난 어린애의 목소리가 더러운 말을 끝도 없이 무의미하게 주워섬기고 있었다. 모나는 그것이 누구의 목소리인지 깨닫고 입을 다물었다.

왼팔이 서늘했다. 아래를 보니 레인코트의 왼쪽 소매가 사라지고 없었고 옆구리의 솔기는 허리까지 터져 있었다. 모나는 코트를 벗어서 케이프처럼 어깨에 둘렀다. 그렇게 하면 남들 눈에 조금 덜 띌 것도 같았다.

기둥에 등을 기대고 서 있는 동안 위즈의 기운이 퍼지며 뒤늦게 아드레날린이 퍼지기 시작했다. 무릎이 꺾이자 이대로 기절하는가 싶었지만, 위즈의 또 다른 효능이 퍼지면서 모나는 여름 석양이 비치는 예전 노인의 집 흙 마당에 웅크리고 앉아 있었다. 갈라진 회색 땅에 그때껏 하고 놀던 놀이판이 그려져 있었지만, 이제 모나는 가만히 쭈그리고 앉아 커다란 수조 건너편, 뒤틀린 고물 섀시 위의 블랙베리 덩굴에서 반짝이는 반딧불이 떼를 멍하니 바라보았다. 등 뒤의 집에서 불빛과 함께 옥수수 빵 익는 냄새와 노인이 끓이고 또 끓이는, 자기 말로는 '숟가락을 꽂으면 설 정도로' 끓이는 커피 냄새가 흘러나왔다. 아마도 노인은 책을 읽는 중인 듯싶었다. 책들은 종이가 삭아서 갈색이 됐지만 귀퉁이가 접힌 곳은 한 군데도 없었다. 노인이 헤진 비닐 봉투에 보관하는 책들은 가끔 손에 쥐고 읽는 동안 저절로 부스러지기도 했는데, 남겨 두고 싶은 부분이 나오면 노인은 서랍에서 소형 복사기를 꺼내어 배터리를 끼우고 책장에 대고 훑어 내렸다. 모나는 금세 사라지는 특유의 냄새와 함께 흘러나오는 생생한 복사지를 보는 것이 좋았지만, 노인은 절대로 손대지 못하게 했다. 노인은 이따금 소리 내어 읽기도 했다. 조금은 망설이는 목소리로, 오랫동안 버려둔 악기를 연주하려고 끙끙대는 사람처럼. 노인이 읽는 것은 이야기가 아니었다. 끝이 있는 것 같지도 않았고, 우스운 농담도 아니었다. 몹시도 신기한 어떤 것을 향해 나 있는 창문 같았다. 노인은 아무것도 설명하려 하지 않았다. 아마 그 역시 이해하지 못했을지도 모른다. 어쩌면 아무도 이해하지 못할지도…….

한순간 거리의 풍경이 휙 돌아왔다. 세게, 환하게.

모나는 눈을 비비며 콜록거렸다.

12
남극 대륙은 여기서 시작된다

"난 준비됐어." 파이퍼 힐이 말했다. 카펫 위에 느슨하게 가부좌를 틀고 앉아 눈을 감은 채로. "왼손으로 침대보를 만져 봐."

파이퍼의 귀 뒤쪽 소켓에서 가느다란 선 여덟 가닥이 내려와 선탠한 넓적다리 위의 보드와 이어져 있었다.

안젤라는 하얗고 복슬복슬한 목욕 가운 차림으로 침대 모서리에 앉아 이 금발 기술자를 마주 보고 있었다. 이마를 덮은 실험용 유닛이 위로 올린 안대처럼 보였다. 안젤라는 파이퍼가 시키는 대로 천연 실크와 무표백 리넨으로 된 구겨진 침대보를 손끝으로 가볍게 훑었다.

"좋아." 파이퍼는 안젤라에게 하는 말이 아니라 혼잣말을 하듯 중얼거리며 보드를 조작했다. "다시."

안젤라는 손끝에 닿는 천의 짜임새가 굵어지는 느낌이 들었다.

"다시."

또다시 조정. 안젤라는 이제 실 한 올 한 올을 구별할 수 있었다. 실크와 리넨이 따로따로 느껴졌고……

"다시."

쇠 수세미와 유리 가루 연마제에 손끝이 벗겨지는 느낌에 신경이 비명을 지르며……

"최적이야."

파란 눈을 번쩍 뜨면서 파이퍼가 말했다. 그러고는 기모노 소맷자락에서 상아색 약병을 꺼내어 뚜껑을 열고 안젤라에게 건넸다.

눈을 감고서, 안젤라는 조심스레 냄새를 맡았다. 반응이 없었다.

"다시."

꽃향기 비슷한 냄새. 제비꽃일까?

"다시."

안젤라의 머릿속에 역한 온실 냄새가 쏟아져 들어왔다.

"후각이 상승했군."

파이퍼의 말에 이어 역한 향기가 옅어졌다.

"난 몰랐는데. 생선 비린내가 아니면 잘 몰라."

안젤라는 눈을 떴다. 파이퍼가 동그랗고 조그마한 흰색 종이 한 장을 내밀었다. 안젤라는 손끝을 핥아서 동그란 종이에 댔다가 다시 혀에 갖다 댔다. 그녀는 전에 파이퍼와 실험을 하다가 한 달 동안 해산물을 입에도 못 댄 적이 있었다.

"생선은 아니야."

파이퍼가 빙긋 웃으며 말했다. 조그맣고 날렵한 헬멧처럼 짧게 자른 머리 때문에 양쪽 귀 뒤의 무광 소켓이 더욱 도드라져 보였다. 포파이어가 '실리콘 잔 다르크'라고 부르는 파이퍼의 진정한 수난은 일 자체였다. 그녀는 안젤라의 전담 기술자이자 네트에서 제일가는 해결사이기도 했다.

종이에서는 캐러멜 맛이 났고……

"파이퍼, 여기 또 누가 있지?"

안내 작업을 마친 파이퍼는 딱 맞게 만든 전용 가방에 보드를 넣고 지퍼를 채우는 중이었다. 안젤라는 한 시간 전에 헬리콥터가 도착하는 소리를 들었다. 잠이 줄어들자 웃음소리와 착륙장을 걷는 발소리까지 들을 수 있었다. 안젤라는 평소와 달리 잠을 챙겨 자려는 노력을 포기했지만, 애초에 잠이라고 할 만한 것도 아니었다. 다른 이의 기억이 물밀 듯이 들어와 가득 찼다가 닿지도 못할 깊이까지 빠져나가고, 남는 것은 잔상뿐……

"레이벨, 로머스, 힉먼, 잉, 포파이어. 그리고 교황도 와 있어."

"로빈은?"

"없어."

* * *

"콘티뉴이티."

안젤라는 샤워를 하며 말했다.

"좋은 아침이에요, 안젤라."

"자유계 원환체 말인데. 거기 소유주가 누구지?"

"원환체는 현재 공동 소유주인 줄리아나 그룹과 캐리비아나 오비탈이 머스티크2로 이름을 바꿔서 머스티크2가 됐습니다."

"탤리가 거기서 테이프를 촬영했을 때는 누가 소유주였어?"

"테시어애시풀 주식회사였습니다."

"테시어애시풀에 관해 더 알아야겠어."

"남극 대륙은 여기서 시작된다."

안젤라는 뿌연 김 사이로 하얗고 동그란 스피커를 올려다보았다.

"방금 뭐라고 했지?"

"남극 대륙은 여기서 시작된다는 한스 베커가 테시어애시풀 가문을 주제로 만든 두 시간짜리 비디오 연구물입니다, 안젤라."

"그거 갖고 있어?"

"그럼요. 최근에 데이비드 포프가 접속했습니다. 꽤 감동했어요."

"정말? 최근에 언제?"

"지난 월요일에요."

"그럼 오늘 저녁에 봐야겠어."

"알겠습니다. 또 필요하신 게 있습니까?"

"됐어."

"안녕히 계십시오, 안젤라."

데이비드 포프. 안젤라의 감독이었다. 포파이어 말에 따르면 로빈은 안젤라가 환청을 듣는다는 얘기를 사람들한테 하고 다녔다. 그가 포프한테도 그 얘기를 했을까? 안젤라는 세라믹 판에 손을 댔다. 샤워 물줄기가 더 뜨거워졌다. 포프는 왜 테시어애시풀에 관심을 가졌을까? 다시 세라믹 판에 손을 댄 안젤라는 갑자기 차가워져서 따끔거리는 물줄기를 맞으며 가쁜 숨을 쉬었다.

안이 바깥으로 뒤집히고, 다시 바깥이 안으로 뒤집혔다. 낯선 풍경 속의 형상들이 이제 곧 도착할 참이었다. 너무 일찍……

안젤라가 거실에 들어섰을 때, 포파이어는 창가에 서 있었다. 어깨에 패드를 댄 검은 실크 크레이프를 걸치고 검은 가죽 사롱을 허리에 두른 마사이족 전사 차림이었다. 다른 사람들은 안젤라를 보고 환호했지만, 포파이어는 돌아서서 씩 웃기만 했다.

"허를 찔렸군. 힐튼 말로는 더 쉬고 싶다고 했다던데."

색이 희미한 소파에 늘어져 있던 릭 레이벨이 말했다. 그는 효과 및 편집 담당이었다.

"온 *사방*에 흩어진 우릴 다 불러 모았어, 안젤라." 켈리 힉먼이 말을 거들었다. "난 브레멘에 있었고, 교황님은 중력 우물 위로 올라가서 예술에 전념하셨지. 안 그래, 데이비드?"

로코코 양식 의자의 동그란 등받이를 앞으로 돌리고 앉아 있던 데이비드 포프가 힘없이 웃었다^{포프(Pope)는 영어로 교황을 뜻한다}. 야윈 얼굴 위에 헝클어진 검은 머리가 보였다. 안젤라의 일정에 여유가 생기면 포프는 네트/놀리지를 위해 다큐멘터리를 만들었다. 안젤라는 네트와 계약을 하고 얼마 지나지 않아 포프가 연출한 미니멀리즘 작품 한 편에 이름을 밝히지 않고 참여했다. 무늬가 새겨진 강철 하늘 아래 지저분한 분홍색 새틴이 덮인 모래 언덕을 끝도 없이 걸어가는 영상이었다. 석 달 후, 안젤라가 착실히 경력을 다지기 시작하면서 불법으로 유출된 그 테이프는 언더그라운드의 고전이 되었다.

안젤라의 빈자리를 대신했던 캐런 로머스는 포프의 왼쪽에 있는 의자에 앉아 웃고 있었다. 포프 오른편의 하얀 바닥에는 의상 담당인 켈리 히크먼이, 그 옆에는 파이퍼의 심부름꾼이자 대역인 브라이언 잉이 앉아 있었다.

"나 돌아왔어. 다들 기다리게 해서 미안, 그래도 어쩔 수 없었어."

안젤라의 말에 이어 침묵이 흘렀다. 도금한 의자가 삐걱대는 소리가 자그맣게 들려왔다. 브라이언 잉은 기침을 했다.

"돌아와서 정말 다행이야."

파이퍼가 주방 쪽에서 양손에 커피를 들고 오며 말했다. 모두가 다시 한

번, 이번에는 서로의 눈치를 보듯이 축하하고는, 웃음을 터뜨렸다.

"그런데 로빈은 어딨어?"

"*미스터* 라니어께선 런던에 계셔."

가죽에 감싸인 허리에 손을 짚고 서 있던 포파이어가 대답했다.

"이제 곧 도착할 거야."

포프가 일어서서 파이퍼가 든 커피 잔을 받으며 심드렁하게 말했다.

"데이비드, 궤도에는 무슨 일로 갔던 거야?"

안젤라는 남은 커피 잔을 받아들며 물었다.

"외톨이^{솔리터리(solitary)}들을 찾아다녔어."

"솔리튜드?"

"외톨이들 말이야. 은둔자들."

"안젤라." 히크먼이 벌떡 일어났다. "데비크가 지난주에 새틴 미니 드레스를 보냈는데, 이건 꼭 봐야 돼! 나카무라 수영복도 내가 전부 다 갖춰 놨으니까……"

"알았어, 켈리. 하지만 먼저……"

그러나 포프는 이미 돌아서서 레이벨에게 뭔가 말하는 중이었다.

"뭐 해, 안젤라." 히크먼은 들떠서 눈까지 반짝거렸다. "가자! 빨리 *입어 봐야지!*"

포프는 파이퍼와 캐런 로머스, 레이벨과 거의 종일 함께 있었다. 안젤라가 받은 안내 작업의 결과에 대해, 또 그들 말로는 안젤라의 *재삽입*에 따른 수많은 세부 사항에 관해 논의하기 위해서였다. 점심을 먹은 후에 브라이언 잉은 안젤라의 신체검사에 따라갔다. 검사를 받은 곳은 베벌리 대로에 있는 거울로 뒤덮인 복합 건물의 개인 클리닉이었다.

식물이 가득한 하얀색 대기실에서 아주 잠시, 마치 대기 시간이 없는 진찰 예약은 불완전하고 미심쩍은 것이므로 관례를 따라야 한다는 양 기다리는 사이에, 안젤라는 전에도 여러 번 그랬듯이 궁금해졌다. 아버지가 남긴 수수께끼의 유산, 즉 아버지가 그녀의 머릿속에 그린 *베베*를 어째서 이곳은 물론이고 어떤 클리닉에서도 발견하지 못했는가 하는 궁금증이었다.

안젤라의 아버지 크리스토퍼 미첼이 이끌던 융합 세포 프로젝트 덕분에 마스 생체 연구소는 바이오칩의 초기 생산 단계를 사실상 독점할 수 있었다. 안젤라를 뉴욕으로 데려간 장본인이었던 터너는 안젤라에게 아버지에 관한 서류를 건네주었다. 서류는 마스사의 보안 인공지능이 편집한 바이오소프트였다. 안젤라는 4년 동안 네 차례에 걸쳐 그 소프트에 접속했다. 그러다 마침내, 그리스에서 술에 잔뜩 취했던 어느 날 밤, 아일랜드인 기업가의 요트 갑판에서 바비와 고함을 지르며 싸운 끝에 소프트를 바다로 던져버렸다. 싸운 이유는 이미 까맣게 잊었지만, 그 조그맣고 납작한 메모리가 물에 빠지던 순간 느꼈던 상실감과 해방감이 뒤섞인 감정은 지금도 똑똑히 기억했다.

*베베*가 신경 기술자들의 스캔에 감지되지 않은 것은 아마도 아버지의 소행일 듯싶었다. 바비에게도 나름의 가설이 있었는데 안젤라가 보기에는 그쪽이 더 신빙성이 있었다. 아마도 레그바, 즉 보부아르의 말에 따르면 사이버스페이스 매트릭스에 무한한 접근권을 가진 그 르와가 스캐너의 데이터 입출력을 조작하여 *베베*를 투명하게 만들었고⋯⋯ 결국에는, 모두 레그바가 꾸민 일이라는 가설이었다. 안젤라가 이 업계에서 데뷔한 것도, 그리고 뒤이어 네트의 최고 스타로 15년간 군림했던 텔리 이샵의 경력을 압도할 만큼 성장한 것도.

그러나 르와가 안젤라를 탄 것은 너무도 오래전의 일이었다. 또 지금은 브리지트가 말했듯이 이미 *베베*가 다시 그려진 상태였으니……

"힐튼이 콘티뉴이티한테 오늘 당신 얼굴 촬영을 하라고 지시해 놨어."

기다리는 동안 잉이 안젤라에게 말했다.

"그래?"

"공개 성명을 발표하는 거야. 당신이 자메이카에 가기로 결정한 경위, 그곳 클리닉에 대한 칭찬, 마약의 위험성, 일에 대한 새로운 열정, 관객들에 대한 감사, 말리부에 있는 집의 영상 기록 등등……."

콘티뉴이티는 안젤라의 비디오 이미지를 생성한 후에 스팀에서 축적한 형식에 맞춰 영상화하는 일이 가능했다. 그런 영상을 보노라면 가벼운, 그러나 불쾌하지는 않은 현기증이 느껴졌다. 안젤라가 자신의 유명세를 직접 실감할 수 있는 드문 기회였다.

화초 너머에서 종소리가 울렸다.

시내에서 돌아와 보니 출장 요리사들이 테라스에서 바비큐를 준비하고 있었다.

안젤라는 발미에르의 그림 아래 소파에 누워 파도 소리에 귀를 기울였다. 주방에서 파이퍼가 포프에게 신체검사 결과를 설명하는 소리가 들렸다. 검사 결과는 티끌 한 점 없이 깨끗했으니 실은 그럴 필요가 없었지만, 포프와 파이퍼 둘 다 시시콜콜 따지기를 좋아했다.

파이퍼와 레이벨이 스웨터를 입고 테라스로 나가서 숯불의 온기에 손을 녹이는 사이, 안젤라는 거실에 자신과 감독밖에 없는 것을 눈치챘다.

"아까 하려고 했던 얘기 있잖아, 데이비드. 당신이 바깥세상에 나가서 뭘 했는지……."

"완벽한 외톨이들을 찾아다녔어." 포프는 한 손으로 헝클어진 머리를 쓸어 넘겼다. "작년에 하려던 작업에서 떠오른 아이디어야. 아프리카에 있는 자발적 고립 공동체를 대상으로. 문제는, 막상 가서 봤더니 그 멀리까지 나가서 진짜로 혼자 사는 사람은 다들 누가 건드리는 걸 질색했다는 거야."

"당신이 직접 촬영한 거야? 인터뷰도 하면서?"

"아니. 난 그런 사람들을 찾아서 자기네 손으로 직접 촬영하도록 설득하려고 했어."

"잘됐어?"

"아니. 그래도 이야기는 들었어. 멋진 이야기들을. 어느 예인선 선장은 일본의 버려진 약품 공장에 집 없는 아이들이 산다고 하더군. 정말이지 출처를 알 수 없는 이야기를 잔뜩 들었어. 유령선, 잃어버린 도시…… 생각해보면 그런 이야기에는 찡한 구석이 있어. 그러니까, 모든 요소가 궤도와 엮여 있잖아. 모두 인간이 만든 거고, 존재도 알려졌고, 소유된 적도 있고, 위치도 파악됐어. 전설이 주차장에서부터 퍼져 나가는 광경을 보는 것처럼. 그래도 내 생각에 사람들한테는 그런 얘기가 필요한 것 같아, 안 그래?"

"맞아."

안젤라는 생각했다. 레그바를, 마망 브리지트를, 수많은 촛불들을……

"그래도 레이디 제인한테 닿을 수 있었으면 좋았을 텐데. 그건 정말 굉장한 이야기거든. 진짜 고딕 소설 같아."

"레이디 제인이라니?"

"테시어애시풀. 자유계 원환체를 건설한 게 바로 그 여자 집안이야. 고궤도를 개척한 사람들이지. 콘티뉴이티에 놀랄 만한 비디오가 들어 있는데…… 사람들 말로는, 그 여자가 자기 아버지를 죽였대. 남은 핏줄은 그 여자뿐이야. 재산은 한참 전에 바닥났고. 그래서 죄다 팔아치우고 방추형 _{양 끝이 뾰족한 원기둥 모양} 콜로니 끄트머리의 집은 잘라내서 새 궤도로 옮겼다더군······."

안젤라는 일어나서 소파에 앉았다. 그러고는 손으로 무릎을 감싸고, 깍지를 끼었다. 땀방울이 옆구리를 타고 흘러내렸다.

"처음 듣는 이야기야?"

"응, 몰랐어."

"그것도 재미있는 점이야. 왜냐면 네가 모르는 것 자체가 그들이 얼마나 능숙하게 정체를 숨기는지 보여 주는 증거니까. 그 사람들은 자기네 소식을 뉴스에서 빼려고 돈을 써. 어머니가 테시어, 아버지는 애시풀이었어. 그 사람들이 자유계를 세울 땐 그 비슷한 곳이 한 군데도 없었지. 그래서 그 과정에서 막대한 부를 일궜고. 애시풀이 죽을 무렵엔 아마 조세프 비렉한테 살짝 뒤질 정도로 부자였을 거야. 그리고 물론, 한편으로는 굉장히 이상해졌지. 자식들을 한꺼번에 복제할 정도로······."

"그건 너무······ 끔찍한걸. 그래서, 시도는 했어? 그 여잘 찾으려고?"

"뭐, 수소문은 해봤지. 콘티뉴이티가 베커라는 사람이 만든 비디오도 구해 줬고, 레이디 제인의 흔적은 기록에도 나와 있으니까. 하지만 초대를 안 받으면 불시에 찾아가 봤자 헛수고잖아, 안 그래? 그러다가 힐튼이 여기로 와서 다시 일하라고 연락을 하는 바람에······ 혹시 어디 불편해?"

"응, 나······ 옷을 갈아입어야겠어. 더 따뜻한 걸로."

식사를 마치고 커피가 나오는 동안, 안젤라는 잘 자라는 인사를 남기고 방으로 향했다.

포파이어는 층계 앞까지 안젤라를 따라왔다. 그는 식사를 하는 동안에도 안젤라 곁에 머물렀다. 안젤라의 새로운 불안을 눈치채기라도 한 것처럼. 아니, 안젤라가 생각하기에 새로 생긴 불안은 아니었다. 오래된, 늘 있었던 불안이었다. 지금도, 전에도 늘. 그 모든 불안을 약이 막아 주었다.

"몸조심해, 아가씨." 포파이어는 남이 들을세라 조그맣게 말했다.

"난 괜찮아. 사람이 너무 많아서 그래. 아직 익숙하질 않아서."

안젤라가 돌아서서 계단을 올라갈 때까지, 포파이어는 가만히 서서 올려다보았다. 세련되게 빚어 만든, 조금은 사람의 것이 아닌 듯한 그의 두개골 뒤편에서 꺼져 가는 숯불의 은은한 불빛이 어른거렸다.

한 시간 후, 안젤라는 사람들을 데리러 온 헬리콥터의 소리를 들었다.

"집, 콘티뉴이티가 보낸 비디오를 틀어 줘." 안젤라가 명령했다.

벽의 스크린이 내려오는 사이에 안젤라는 방문을 열고 잠시 층계 앞에 서서, 빈 집의 소리에 귀를 기울였다. 파도 소리, 식기세척기가 윙윙대는 소리, 테라스 쪽으로 난 창문을 흔드는 바람 소리.

스크린 쪽으로 돌아선 안젤라는 입자가 거친 정지 화면 속의 얼굴을 보고 흠칫했다. 검은 눈 위로 새 날개처럼 휘어진 눈썹, 가냘프게 솟은 광대뼈, 넓적해서 다부져 보이는 입. 그 영상이 조금씩 커지더니 까만 한쪽 눈은 검은 스크린이 됐고, 눈 속의 흰 점은 점점 가늘어져서 자유계의 방추형 콜로니가 됐다. 독일어 자막이 깜박거리기 시작했다.

"한스 베커." 집의 목소리가 네트의 기록 보관소에 있는 신상 명세서를 낭독하기 시작했다. "그는 오스트리아의 비디오 예술가로서, 엄격히 제한된 시각 정보 영역을 집요하게 탐구하는 점이 특징입니다. 표현 방식은 고전적인 몽타주 형식부터 기업간 정보전에서 차용한 기술, 심우주 이미지화 기법, 영화 고고학까지 아우릅니다. 「남극 대륙은 여기서 시작된다」는 베커가 테시어애시풀 가문의 영상들을 조사한 작품으로서, 현재 그의 경력에서 정점으로 인정받고 있습니다. 언론 노출을 병적으로 꺼리는 그 기업가 가문은 궤도상의 거처에 철저히 은둔한 채 활동하기 때문에, 작업하기가 매우 어려웠습니다."

마지막 자막이 사라지자 스크린은 하얀 방추형 콜로니로 가득 찼다. 이미지 하나가 움직이면서 화면 한복판으로 나왔다. 헐렁한 검은 옷을 입은 젊은 여성을 순간 포착한 사진이었다. 배경은 흐릿했다. 마리프랑스 테시어, 모로코에서.

첫 장면의 얼굴, 안젤라에게 침입해 들어오는 기억 속의 그 얼굴은 아니었지만, 그럼에도 그 얼굴의 전조인 것처럼 보였다. 마치 표면 아래에 깔린 미성숙한 이미지처럼.

덤덤하고 불분명한 목소리와 단조롭게 이어지는 음이 서로 엮인 사운드 트랙이 흐르는 동안, 마리프랑스의 얼굴은 빳빳하게 풀을 먹인 윙칼라 셔츠를 입은 젊은 남성의 흑백 증명사진으로 바뀌었다. 잘생긴 얼굴, 멋지게 균형 잡힌 이목구비였지만 왠지 몹시 딱딱해 보였고, 눈에는 한없이 따분해 하는 빛이 보였다. 존 하네스 애시풀, 옥스퍼드에서.

맞아. 안젤라는 생각했다. *난 당신을 여러 번 만났어. 당신의 사연도 알아. 감히 건드릴 수는 없지만.*

그런데 난 당신을 좋아하는 것 같지가 않아, 조금도. 안 그래, 애시풀 씨?

13
공중 통로

줍다란 통로의 발판이 삐걱거리며 흔들렸다. 발판 위로 붙은 난간이 너무 줍아서 그들은 들것을 가슴 높이로 들고 조금씩 움직였다. 앞쪽을 맡은 젠트리는 장갑 낀 손으로 잠든 남자의 발 양편 손잡이를 틀어잡았다. 슬릭은 머리와 배터리와 장비가 모조리 실려서 무거운 뒤쪽을 맡았다. 등 뒤에서 체리가 슬그머니 뒤따라오는 기척이 느껴졌다. 슬릭은 체리에게 돌아가라고, 발판에 무게가 더 실리면 안 된다고 말하고 싶었지만 어째선지 입이 떨어지지 않았다.

젠트리에게 키드 아프리카의 약 봉지를 건넨 것은 실수였다. 슬릭은 젠트리가 붙인 피부 패치에 뭐가 들었는지 알지 못했다. 애초에 젠트리의 혈류 속에 무슨 성분이 들었는지조차 몰랐다. 그게 뭐였든, 젠트리는 껍질이 벗겨진 전선처럼 흥분해 버렸고 이제 그들은 이 빌어먹을 발판 위에, 팩토리의 콘크리트 바닥으로부터 20미터 위에 있었다. 슬릭은 좌절감에 금세라도 울며 악을 쓰고 싶었다. 뭔가 때려 부수고 싶었다, 뭐든지. 그러나 들것

145

을 놓을 수는 없었다.

그리고 젠트리는 웃고 있었다. 들것의 발치에 테이프로 묶인 바이오모니터의 불빛이 그의 얼굴을 비추었다. 발판 위에 선 젠트리가 뒤쪽으로 또 한 걸음을 옮겼을 때……

"어떡해." 체리가 어린 여자애 같은 목소리로 중얼거렸다. "이러면 진짜 큰일인데……."

젠트리가 갑자기 들것을 세게 당기는 바람에 슬릭은 하마터면 손을 놓칠 뻔했다.

"젠트리, 다시 생각해 보는 게 좋겠어."

슬릭이 말했다. 젠트리는 이미 장갑을 벗은 상태였다. 양손에는 광섬유 전극을 들고 있었고, 슬릭은 전극의 갈라진 접속부가 떨리는 것을 놓치지 않았다.

"키드 아프리카는 거물이야, 젠트리. 너 지금 이렇게 개판을 쳐 버리면 그 친구를 엿 먹이는 거라고."

엄밀히 말하면 사실이 아니었다. 슬릭이 아는 한 키드 아프리카는 머리가 좋아서 복수 따위를 중히 여기지 않았다. 하지만 젠트리가 하려는 짓 때문에 엿을 먹을 사람이 도대체 누군지 어떻게 알겠는가?

"난 *개판* 같은 거 칠 생각 없어."

전극을 든 젠트리가 들것으로 다가서며 말했다.

"저기, 잠깐만." 체리가 슬릭을 불렀다. "정보 입력을 방해했다간 이 남자, 죽을지도 몰라. 자율 신경 계통이 뒤집혀 버릴 거야. 저 사람 좀 말려 봐. 그냥 때려눕히면 안 돼?"

슬릭은 눈을 문질렀다.

"그게…… 모르겠어. 왜냐면 저 친구는…… 저기, 젠트리, 이 여자 말로는 이 불쌍한 녀석이 죽을지도 모른대, 네가 건드리면. 내 말 들려?"

"엘에프(LF). 그건 확실히 들었어."

젠트리는 전극 한 쪽을 자기 이에 꽂은 다음, 잠든 남자의 머리 위쪽에 달린 특징 없는 회색 판의 접속부 중 한 곳을 더듬더듬 찾기 시작했다. 그의 손은 이제 떨리지 않았다.

"미치겠네."

체리가 중얼거리더니 주먹을 잘근잘근 씹기 시작했다. 젠트리의 한쪽 손이 접속부를 뽑았다. 다른 손은 뽑힌 접속부에 전극을 휙 꽂고 단단히 고정시켰다. 반대편 전극을 문 입이 헤벌쭉 웃는 표정을 지었다.

"맘대로 해, 난 갈래." 그러나 체리는 자리를 뜨지 않았다.

들것에 누운 남자가 끙 소리를 냈다. 한 번, 나지막하게. 슬릭은 그 소리를 듣고 팔에 소름이 돋았다.

두 번째 접속부가 느슨해졌다. 젠트리는 남은 전극을 마저 꽂고 단단히 고정했다.

체리는 들것 발치로 서둘러 다가가 몸을 숙이고 모니터를 살폈다.

"느끼고 있어." 체리가 젠트리를 올려다보았다. "그치만 상태는 괜찮은 걸로 나오는데……."

젠트리는 자기 콘솔 쪽으로 돌아섰다. 슬릭은 그가 전극을 꽂는 동안 가만히 지켜보았다. 어쩌면, 효과가 있을지도 몰랐다. 젠트리는 머잖아 쓰러질 테고, 그러면 들것을 여기 남겨 둔 채 리틀 버드를 불러서 체리와 함께 발판 통로를 지나 원래 있던 곳으로 돌려놓으면 그만이었다. 하지만 젠트리가 이렇게 제정신이 아니다 보니 슬릭으로서는 그의 약을 다시 뺏을 수밖에 없었다. 하다못해 일부라도 뺏어야 했다. 상황을 정상으로 되돌리려면······.

"나로서는 이미 다 정해진 거라고밖에 믿을 수가 없어. 내가 전에 한 작업의 형태가 미리 보여 준 거라고 말이야. 어떻게 그럴 수 있는지 이해한 척할 생각은 없어, 하지만 이유를 따지는 건 우리 몫이 아니지. 안 그래, 슬릭 헨리?" 젠트리는 키보드를 연이어 두드리며 말했다. "병적 편집증하고 개종이라는 현상 사이에 관계가 있을지도 모른다는 생각, 혹시 해 본 적 있어?"

"저 사람 지금 뭐라는 거야?" 체리가 물었다.

슬릭은 시무룩한 표정으로 고개를 저었다. 입을 열었다가는 오히려 젠트리의 광기를 더 부추길 판이었다.

뒤이어 젠트리는 커다란 모니터가 놓인 홀로그램 테이블로 향했다.

"세계 안에 또다른 세계들이 있어. 대우주, 소우주. 우린 오늘 하나의 우주를 통째로 들고 다리를 건넜어. 그리고 위에 있는 건 아래에 있는 거랑 비슷해······ 물론 그런 게 존재한다는 건 처음부터 분명했지, 하지만 나로서는 감히 바랄 수가 없었는데······." 젠트리는 검은 비즈가 붙은 어깨 너머로 두 사람을 수줍게 돌아보았다. "그런데 이제, 우리 손님께서 여행하고 있는 작은 우주의 모양을 보게 됐어. 그 우주의 형태를. 슬릭 헨리, 난 그걸 볼 거야······."

젠트리는 홀로그램 테이블 모서리의 전원 스위치를 눌렀다. 그러고는 비명을 질렀다.

14
장난감

"여기 멋진 게 있군." 페탈은 구미코의 머리만 한 자단 상자를 만지며 말했다. "「영국 본토 항공전」."

상자 위에 빛이 일렁거렸다. 구미코가 몸을 숙이자 배양 접시만 한 회색 런던 풍경 위에서 조그마한 비행기가 슬로모션으로 원을 그리며 날다가 강하하는 광경이 보였다.

"전쟁 기록 영화로 만든 거야. 조준기에 달린 카메라로 찍었지."

구미코는 템스 강 입구 부근에서 쏘아 대는 깨알만 한 방공포를 가만히 들여다보았다.

"전쟁 100주년을 기념하려고."

두 사람이 있는 곳은 로저 스웨인의 당구장이었다. 집 1층 뒤편, 16번지에 속하는 공간이었다. 실내의 희미한 곰팡내는 술집이었던 시절의 흔적이었다. 스웨인의 거주지를 뒤덮은 깔끔한 분위기가 이곳에서는 고풍스러운 퇴락의 기운 덕분에 상쇄됐다. 안락의자의 가죽은 갈라져 터졌고, 곳곳에 어두운 색의 육중한 가구가 있었으며, 널따란 당구대에는 짙은 초록색 천이 깔려 있었는데…… 페탈이 솔기가 터진 보드라운 슬리퍼를 터덜터덜 끌며 구미코를 이곳에 데려온 목적은 놀이기구가 잔뜩 놓인 검은색 철제 선반에 있었다. 차를 마시기 전에 아직 작동하는 장난감을 보여 주려고 했던 것이다.

"언제 일어난 전쟁에서 찍은 건가요?"

"마지막에서 두 번째."

페탈은 비슷하지만 조금 더 큰 다음 상자 쪽으로 움직였는데 거기에는 소녀 둘이서 킥복싱을 하는 홀로그램이 떠 있었다. 한쪽의 거친 발바닥이 상대방의 홀쭉한 배를 걷어찼다. 가격당한 배의 근육이 움츠러들었다. 페탈이 스위치를 건드리자 홀로그램이 사라졌다.

구미코는 영국 본토 항공전의 영상과 그 속에서 불타는 각다귀들을 돌아보았다.

"온갖 놀이용 필름이 다 있지."

페탈이 이렇게 말하며 맞춤 제작한 돼지가죽 상자의 뚜껑을 열자 안에 있는 녹화 기록 수백 개가 보였다. 그는 다른 놀이기구 대여섯 가지를 더 보여 준 다음, 까슬까슬한 머리를 긁으며 일본어 비디오 뉴스 채널을 찾으려고 끙끙댔다. 그러다 마침내 찾아냈지만, 이번에는 자동 번역 프로그램을 끄는 법을 몰랐다. 구미코가 그와 함께 뉴스를 보고 있으려니 눈물바다가 된 오노센다이 사의 연수 수료식장에서 핵심 엘리트인 간부 후보생들이 평정을 유지하고 있는 장면이 나왔다.

"저게 다 뭐 하는 짓이야?"

"자기네 *자이바쓰*재벌한테 충성심을 보여 주는 거예요."

"그렇군." 페탈은 깃털로 된 먼지떨이로 비디오 유닛을 쓸었다. "이제 곧

차 마실 시간이야."

페탈이 방에서 나갔다. 구미코는 오디오를 껐다. 이날 아침 식사 자리에는 샐리 시어스도, 스웨인도 나타나지 않았다.

황록색 커튼 뒤의 높다란 유리창은 전에 보았던 뜰 쪽으로 나 있었다. 구미코는 창 너머의 눈 덮인 해시계를 보다가 다시 커튼을 쳤다(소리가 꺼진 벽 스크린에는 도쿄에서 일어난 사고의 영상이 깜박였다. 포일 같은 방호복 차림의 구급대원들이 구겨진 쇳덩이를 톱으로 자르고 축 늘어진 희생자들을 꺼내는 중이었다.). 맞은편 벽에는 위쪽이 무거운 19세기풍 장식장이 파인애플 모양으로 조각한 다리를 달고 서 있었다. 열쇠 구멍을 둘러싼 마름모꼴 상아 장식에는 무늬가 새겨져 있었고, 구멍 자체는 비어 있었다. 손잡이를 당기자 문이 열리면서 오래된 광택제의 화학 약품 냄새가 쏟아져 나왔다. 장식장 뒤판 안쪽에 흑백 만다라가 그려져 있었는데, 가만히 보다 보니 다트판이었다. 그 뒤의 반지르르한 나무 뒤판에는 구멍과 긁힌 자국이 보였다. 어떤 사람들은 판을 아예 스치지도 못했다는 증거라고, 구미코는 결론지었다. 장식장 내부의 아래쪽 절반은 서랍 몇 개가 차지했는데 제각각 조그마한 놋쇠 손잡이와 상아로 장식한 열쇠구멍이 있었다. 구미코는 그 앞에 무릎을 꿇고 복도 쪽을 흘낏 돌아본 다음(벽 스크린에 신주쿠의 카바레에서 노래하는 가수의 입술이 보였다.), 최대한 소리가 나지 않게 윗줄 오른쪽 서랍을 살짝 당겼다. 가죽 주머니에 낡은 다트가 여러 개 담겨 있었다. 그 서랍을 닫고 바로 왼쪽에 있는 서랍을 열었다. 죽은 나방과 녹슨 나사못이 나왔다. 두 서랍의 아랫줄은 기다란 서랍 한 개로 이루어져 있었다. 그 서랍을 당기자 중간에 어딘가 걸리면서 덜컥거리는 소리가 났다. 구미코는 다시금 뒤를 돌아보았지만(벽 스크린의 기록 필름에는 도쿄 만을 환히 비추는 후지 전자의 로고가 나왔다.), 페탈의 기척은 없었다.

구미코는 서랍에서 나온 도색 잡지 한 권을 몇 분 동안 넘겨보았다. 일본어 설명이 붙은 그 잡지는 주로 결박 기술을 다룬 책 같았다. 그 밑에는 방수포로 만든 검은 재킷과 뚜껑에 돋을새김으로 '발터'라고 새겨진 회색 플라스틱 상자가 있었다. 상자 속의 권총은 차갑고 무거웠다. 권총 윤곽을 따라 파인 스펀지에서 총을 빼내자 푸른 금속면에 얼굴이 비쳤다. 구미코가 처음 쥐어 보는 권총이었다. 총 손잡이의 회색 플라스틱판이 커다랗게 보였다. 구미코는 권총을 제자리에 돌려놓고 여러 나라 말로 적힌 설명서에서 일본어 부분을 훑어보았다. 알고 보니 총신 아래의 손잡이로 펌프질을 하는 공기총이었다. 탄은 납으로 된 아주 조그마한 것이었다. 이 또한 장난감이었다. 구미코는 꺼냈던 것을 모두 집어넣고 서랍을 닫았다.

남은 서랍은 다 비어 있었다. 구미코는 장식장 문을 닫고 다시 영국 본토 항공전으로 돌아갔다.

"안 돼. 미안하지만 그렇게는 안 돼."

페탈은 납작한 빵에 뻑뻑한 크림을 바르면서 말했다. 묵직한 19세기풍 버터나이프가 굵다란 손가락 때문에 아이들 장난감처럼 보였다.

"이 크림 좀 먹어 봐."

커다란 머리를 숙인 페탈은 안경 위쪽 틈을 통해 사근사근한 두 눈으로 구미코를 지그시 바라보았다. 구미코는 윗입술에 묻은 마멀레이드를 리넨 냅킨으로 닦았다.

"제가 도망칠까 봐 그러세요?"

"도망친다고? 그럴 생각이야, 정말로?"

빵을 한 입 먹고 우물무물 씹으며, 페탈은 눈이 내리기 시작한 뜰을 가만히 바라보았다.

"아뇨. 달아날 생각은 없어요."

"다행이군." 페탈은 빵을 한 입 더 먹었다.

"바깥에 나가면 저 위험해지나요?"

"그럴 리가." 확신에 차서 즐거운 목소리였다. "집에 있을 때랑 똑같이 안전해."

"저 밖에 나가고 싶어요."

"안 돼."

"하지만 샐리 씨랑은 같이 나갔잖아요."

"음, 아주 독종이지. 그 샐리라는 여자."

"무슨 말인지 모르겠는데요."

"혼자 나가면 안 돼. 그건 아가씨 아버지가 지시한 사항이야, 알겠어? 샐리랑 같이 나가는 건 괜찮지만 지금은 샐리가 없잖아. 어차피 누가 건드리지는 않겠지만, 그래도 굳이 위험을 감수할 필요가 있을까? 나야 물론 기꺼이 같이 나가고 싶지, 한데 스웨인 씨가 전화 당번을 시켰지 뭐야. 그러니 나갈 수가 없는 거지. 정말 면목이 없어, 정말로."

페탈의 표정이 너무 우울해서 구미코는 딱하다는 생각마저 들었다.

"토스트 하나 더 먹을래?" 페탈이 구미코의 접시를 가리켰다.

"아뇨, 괜찮아요." 구미코는 냅킨을 접어서 내려놓고 한마디를 덧붙였다. "아주 맛있었어요."

"다음엔 크림을 꼭 먹어 봐. 전쟁이 막 끝났을 땐 구하지도 못하던 거야. 독일에서 온 구름이 비를 뿌리는 통에 소들이 맛이 갔거든."

"페탈 씨, 스웨인 씨 지금 집에 계신가요?"

"아니."

"통 볼 수가 없네요."

"바깥에서 돌아다니느라 그래. 일 때문에. 일에는 주기라는 게 있거든. 이제 곧 사방에서 전화가 올 텐데, 그럼 다시 집에 붙어 있을 거야."

"누가 전화를 하는데요?"

"사업가 타입, 이라고나 할까."

"*구로마쿠로군요.*"

"뭐라고?"

"아무것도 아니에요."

구미코는 그날 오후 내내 당구장에 혼자 있었다. 가죽 안락의자에 웅크리고 앉아서, 눈 내리는 뜰과 그 하얀 눈에 덮여 뭉뚝한 기둥으로 변해 가는 해시계를 바라보면서. 그 위에 어머니의 모습을 그려 보았다. 검은 모피를 두르고 눈 내리는 정원에 홀로 서 있는, 캄캄한 밤의 스미다 강에 몸을 던진 공주-발레리나를.

의자에서 일어선 구미코는 냉기에 몸을 떨며 당구대를 돌아 대리석 벽난로로 향했다. 절대로 타지 않을 가짜 석탄 아래에서 가스 불이 나지막이 쉭 쉭거리며 타고 있었다.

15
은빛 산책

클리블랜드 시절, 모나는 라넷이라는 친구에게서 여러 가지를 배웠다. 손님이 차 문을 잠갔을 때 재빨리 탈출하는 법, 약을 사러 가서 제대로 행동하는 법 같은 것들이었다. 모나보다 몇 살 위였던 라넷은 '이미 흡입한 진정제를 활성화시키고 싶어서' 주로 위즈를 사용했는데, 툭하면 엔도르핀 유사체부터 순도 높은 테네시산 아편까지 닥치는 대로 들이마시고 약 기운에 빠져 있었다. 그렇지 않을 때에는 그저 비디오 유닛 앞에 늘어져 아무거나 열두 시간씩 본다고 했다. 라넷이 말하길, 좋은 진정제를 사용하여 따뜻한 불가침 상태에 빠져 있을 때 위즈로 활력을 더하면 굉장한 효과를 본다고 했다. 그러나 모나는 진정제에 심각하게 빠진 사람들이 토하느라 긴 시간을 허비한다는 것을 이미 알고 있었고, 스팀을 사용할 수 있는데도 비디오를 보는 사람들 또한 이해할 수가 없었다(라넷은 심스팀 역시 끊고 싶을 뿐이라고 했다.).

라넷이 떠오른 까닭은 그녀가 가끔 조언을 해 주었기 때문이었다. 이를 테면 기분 나쁜 밤을 견디는 방법 같은 것들을. 모나 생각에 라넷이라면 이런 밤에는 술집과 같이 술 마실 사람을 찾으라고 조언할 듯싶었다. 전날 밤 플로리다에서 일하고 번 돈이 아직 남았으니 현금을 받는 술집만 찾으면 그만이었다.

처음 들어간 술집이 바로 그런 곳이었다. 좋은 징조였다. 좁은 콘크리트 층계를 내려가니 담배 연기 속에 떠들썩하게 대화하는 소리, 또 둔탁한 쿵쿵 소리가 귀에 익은 샤부의 노래 「하얀 다이아몬드」가 들렸다. 양복쟁이들이 찾아올 만한 곳은 아니었지만, 클리블랜드의 포주들이 영업장으로 삼을 만한 곳도 아니었다. 모나는 영업장에서 술을 마실 기분이 전혀 아니었다. 적어도 이날 밤에는.

안에 들어섰을 때 마침 바에 있던 남자가 자리에서 일어섰고, 모나는 아직 온기가 남은 플라스틱 의자를 냉큼 차지했다. 두 번째 좋은 징조였다.

지폐 한 장을 보여 주자 바텐더는 입을 꾹 다물고 고개를 끄덕였고, 모나는 버번위스키 한 잔과 맥주 한 잔을 주문했다. 에디가 자기 돈을 내고 마실 때 늘 주문하는 것들이었다. 다른 사람이 술을 살 때면 에디는 바텐더가 모르는 칵테일을 주문하고 제조법을 한참 동안 시시콜콜 설명했다. 그런 다음 칵테일을 마시면서 자기가 로스엔젤리스나 싱가포르 같은 곳에서 마셨던 것보다 맛이 없다고 불평했지만, 모나는 에디가 그런 곳에 가 본 적이 없다는 것을 알았다.

이곳의 버번은 특이하게 살짝 신맛이 났지만, 일단 목으로 넘기고 나니 정말이지 훌륭했다. 모나가 그렇게 얘기하자 바텐더는 주로 어디서 버번을 마셨냐고 물었다. 그는 클리블랜드라는 대답을 듣고 고개를 끄덕였다. '그건 에탄올하고 버번 냄새가 나는 쓰레기를 섞은 거거든요.' 바텐더가 말했다. 그가 돈이 얼마나 남았냐고 묻자 모나는 그제야 스프롤의 버번이 비싸다는 것을 눈치챘다. 그래도 언짢은 기분을 날려 줬으니 돈값은 한 셈이었다. 모나는 그렇게 생각하고 남은 버번을 비운 다음 맥주를 홀짝이기 시작했다.

라넷은 바를 좋아했지만, 술은 입에도 안 대고 콜라 같은 것만 마셨다. 모나는 한꺼번에 위즈 결정 두 개를 흡입했던 날을 지금도 또렷이 기억했다. 라넷이 '연발 명중'이라고 부르는 그 짓을 하고 나서, 모나는 두개골 안에서 말하는 목소리를 들었다. 마치 같은 방에 있는 사람이 말하는 것처럼 또렷한 목소리였다. *너무 빨리 움직여, 그래서 가만히 멈춰 있어.* 한편 그날 라넷은 한 시간 전에 이미 중국차에다 성냥 대가리만 한 멤피스산 아편 알갱이를 타서 마셔 놓고 또다시 위즈 결정 반 개를 흡입한 상태로, 모나와 함께 산책을 나갔다. 그저 비 내리는 거리를 함께 어슬렁거렸을 뿐인데도, 모나에게는 말을 주고받을 필요도 없을 만큼 완벽한 조화로 느껴졌다. 그리고 앞서 들은 그 목소리가 옳았다. 긴장해서 서두를 것도, 안달하며 두려워할 것도 없었다. 그저 어떤 느낌, 모나 자신이 고요한 중심으로부터 뻗어 나가는 듯한 느낌뿐이었다. 이윽고 두 사람 앞에 공원이 나왔다. 잔디밭 곳곳에 은빛 물웅덩이가 생긴 그 공원의 길을, 두 사람은 돌고 또 돌았다. 모나는 그 기억에 이름을 붙여 주었다. '은빛 산책'이라는 이름을.

그 일이 있고 얼마 후에 라넷은 흔적 없이 사라졌고, 다시는 눈에 띄지 않았다. 누구는 라넷이 캘리포니아로 떠났다고 했고 누구는 일본으로 갔다고 했으며, 또 누구는 그녀가 약물과용 상태에서 창문으로 뛰어 내렸다고 했다. 에디 말로는 '맨땅에 다이빙'을 한 셈이었다. 하지만 이날 밤 모나는 그런 생각에 빠져 있고 싶지 않았고, 그래서 허리를 펴고 주위를 둘러보았다. 역시 이 술집은 멋진 곳이었다. 좁아서 사람이 북적거렸지만 때로는 그것도 나쁘지 않았다. 이곳 손님들은 에디가 '예술 애호가'라고 부르는 이들, 돈이 웬만큼 있으면서도 티를 안 내는 사람들이었다. 다만 옷만큼은 맵시가 났고 한눈에 봐도 새것이었다.

바 뒤편에 늘어선 술병들 위로 비디오 스크린이 붙어 있었다. 화면에 안젤라가 나와서 카메라를 똑바로 보며 뭐라고 말했지만, 소리가 너무 작아서 손님들의 목소리에 가려 들리지 않았다. 뒤이어 해변 끝자락에 늘어선 집들을 하늘에서 찍은 장면이 나왔고, 다시 안젤라의 얼굴이 나왔다. 웃으며 고개를 저은 안젤라가 카메라를 향해 슬픔이 섞인 미소를 지었다.

"봐요. 안젤라가 나와요." 모나가 바텐더에게 말했다.

"누구요?"

"안젤라요." 모나가 스크린을 가리켰다.

"흠, 무슨 맞춤 마약에 빠져 있다가 끊기로 마음먹고 남아메리카 어디엔가 있었다던데. 중독 치료 비용으로 수백만 달러를 썼다던가."

"안젤라가 마약 같은 걸 할 리가 없어요."

바텐더는 모나를 힐끗 쳐다보았다.

"그러거나 말거나."

"애초에 약 같은 걸 시작할 리가 없잖아요. 다른 사람도 아니고 *안젤라* 가. 안 그래요?"

"그쪽 업계에서야 일상일 텐데요."

"하지만 저걸 봐요. 저렇게 예쁜데……."

모나가 항의했지만, 안젤라는 스크린에서 사라지고 대신 흑인 테니스 선수가 나왔다.

"안젤라인 줄 알았어요? 저건 그냥 말하는 인형이에요."

"인형이라뇨?"

"꼭두각시 같은 거죠."

등 뒤에서 들려온 목소리였다. 고개를 살짝 돌려보니 연한 금빛 곱슬머리와 씩 웃는 입술 사이로 하얀 이가 보였다.

"꼭두각시." 그 말을 한 남자가 손을 들어 손가락을 꼼지락거렸다. "뭔지 알아요?"

바텐더가 잔돈을 바에 내려놓고 저쪽으로 물러가는 기척이 났다. 남자의 웃는 입술이 더 크게 벌어졌다.

"그게 있으면 안젤라가 직접 말할 필요가 없죠. 안 그래요?"

남자의 말에 모나도 웃음으로 화답했다. 잘생긴 얼굴에 영리해 보이는 눈빛, 모나가 기다리던 신호를 은연중에 뿜어내는 분위기가 느껴졌다. 꼼수를 부리는 양복쟁이는 아니었다. 조금 말라 보였지만 이날 밤에는 상관없었다. 남자의 입가에 걸린 엷은 웃음과 지성으로 반짝이는 두 눈이 묘한 조화를 이루었다.

"마이클이에요."

"예?"

"제 이름. 마이클이라고요."

"아. 모나예요. 전 모나라고 해요."

"어디서 왔어요, 모나?"

"플로리다요."

라넷이라면 냉큼 따라 나서라고 하지 않았을까.

에디는 '예술 애호가'들을 싫어했다. 자기가 벌이는 사기에 걸려들지 않았기 때문이었다. 아마 마이클은 더 싫어했을 텐데, 왜냐면 마이클은 직업이 있었고 복층 아파트도 있었기 때문이었다. 사실이야 어쨌든, 말은 그렇게 했다. 하지만 막상 도착해 보니 모나가 생각한 아파트보다는 작았다. 건물 자체는 낡은 공장 같은 곳이었다. 벽돌 벽은 모래를 분사해 페인트를 지운 흔적이 보였고 천장은 판자와 통나무였다. 그런데 건물 전체가 마이클의 방처럼 작은 공간들로 나뉘어 있었다. 모나가 낮에 머물던 호텔 방과 비슷한 크기의 방 한쪽은 침대를 놓는 곳이었고, 반대쪽에는 주방과 화장실이 있었다. 마이클의 방은 그나마 맨 위층이라 천장이 대부분 채광창이었다. 어쩌면 그래서 복층 아파트라고 했는지도 몰랐다. 채광창 아래에 가로로 기다란 빨간색 종이 창 가리개가 붙어 있었는데, 줄과 손잡이 때문에 커다란 연처럼 보였다. 어질러진 곳 같았지만 곳곳에 널린 물건들은 죄다 새것이었다. 밑판이 투명 플라스틱 고리로 된 비실비실한 흰색 철망 의자가 몇 개 있었고 오락용 모듈이 한 무더기, 워크스테이션, 은색 가죽 소파도 있었다.

처음에는 소파에서 뒤엉켰지만, 모나는 소파 가죽에 살이 들러붙는 느낌이 싫었다. 그래서 두 사람은 움푹 팬 벽에 붙어 있는 침대로 옮겨갔다.

바로 그때, 모나는 그 방에 녹화 장비가 있는 것을 알아차렸다. 스팀용 녹화 장치가 벽에 붙은 하얀 선반에 놓여 있었다. 그러나 위즈의 약 기운이 또다시 덮쳐 왔고, 어차피 하기로 마음먹었으니 아무래도 상관없었다. 마이클은 전극이 씌워진 돌출부가 목덜미를 누르게 만들어진 검은색 고무 개목걸이 같은 픽업을 모나에게 씌웠다. 무선 픽업. 모나가 알기로는 비싼 물건이었다.

자기 몫의 픽업을 쓰고 벽의 녹화 장비를 점검하는 동안, 마이클은 자신이 하는 일에 관해 이야기했다. 그의 직장은 멤피스에 있는 회사였는데 다른 기업에 새 이름을 지어 주는 것이 업무였다. 지금은 캐소드 캐세이라는 기업의 새 이름을 궁리하는 중이라고 했다. 마이클이 웃으며 한 말에 따르면 그 회사는 새 이름이 절실하게 필요했는데 말처럼 쉬운 일이 아니었다.

좋은 이름은 모두 다른 회사가 이미 선점했기 때문이었다. 그에게는 모든 회사의 이름이 빠짐없이 들어 있는 컴퓨터가 한 대, 기업명으로 쓸 만한 단어를 조합하는 컴퓨터가 한 대, 또 조합한 단어가 중국어나 스웨덴어로 '바보 자식' 같은 뜻이 있는지 확인하는 컴퓨터가 한 대 더 있었다. 그런데 그의 회사는 단지 이름만 파는 것이 아니라 이른바 '이미지'도 함께 팔았기 때문에, 그는 자기가 지은 이름이 기업과 전체적으로 어울리는지 확인하려고 다른 사람들하고도 함께 일해야 했다.

설명을 마친 마이클은 침대로 돌아와 모나와 몸을 포갰지만, 모나는 딱히 기분이 좋지는 않았다. 침대에 누워 지금 이 순간이 죄다 녹화되고 있다고, 그가 나중에 내킬 때마다 다시 이 순간을 재생할 거라고 생각하니 흥분은 사라지고 손님과 하는 거나 다름없는 기분이 들었다. 저 장비 안에는 도대체 얼마나 많은 여자의 영상이 들어 있을까?

다 끝난 후에 모나는 마이클 곁에 누워 그의 숨소리를 듣고 있었다. 그러는 사이에 위즈의 기운이 모나의 두개골 밑바닥에서 조그만 원을 그리며 뱅글뱅글 돌기 시작했고, 그러자 연관 없는 영상들로 만들어진 시퀀스가 거듭 또 거듭 떠올랐다가 사라졌다. 플로리다에서 소지품을 넣어 두었던 비닐 봉투, 벌레를 막으려고 꼬아 놓았던 그 봉투 주둥이의 철사, 노인이 합판 테이블 앞에 앉아서 고기 써는 칼로 감자를 깎던 광경, 몸통 폭은 모나의 엄지 길이만큼 두껍지만 날이 다 닳았던 그 칼…… 새우처럼 생긴 클리블랜드의 크릴새우 가게 간판, 금속판과 투명 플라스틱으로 만들어서 구부정하게 휜 그 새우의 등…… 새 옷을 사러 갈 때 보았던 전도사와 그의 머리 위에 떠 있던 흐릿한 예수. 전도사는 모나에게 다가올 때마다 뭔가 말하려 했지만 결코 입을 열지 않았다. 그 환각은 다른 것에 정신을 집중해야만 깨어날 수 있었다. 모나는 침대에서 일어나 가만히 서서, 채광창의 희끄무례한 빛에 물든 마이클을 내려다보았다. *휴거입니다. 들림 받을 날이 다가오고 있습니다.*

이윽고 모나는 방으로 나왔고, 한기가 느껴져서 드레스를 입었다. 그러고는 은색 소파에 앉았다. 바깥이 점점 밝아지면서 채광창으로 들어온 희끄무레한 빛이 빨간 창 가리개 때문에 분홍빛으로 바뀌었다. 모나는 이런 곳에서 살려면 얼마나 드는지 궁금했다.

안 보이는 곳에 있다 보니 마이클의 얼굴이 좀처럼 기억나지 않았다. *뭐, 저 사람은 내 얼굴을 잊어먹을 일이 없겠지.* 그렇게 생각하니 얻어맞은 느낌, 다친 것 같은 느낌, 바보 취급을 당한 느낌이 들었다. 차라리 호텔에서 안젤라가 나오는 스팀이나 할걸 그랬다는 생각이 들었다.

희끄무레한 분홍빛이 방을 가득 채우고 진해지다가, 가장자리부터 환해지기 시작했다. 그 빛을 보노라니 왠지 라넷이 떠올랐고, 라넷이 약물 과용으로 죽었다는 소문도 떠올랐다. 가끔은 남의 집에서 약물 과용으로 죽는 사람이 나오곤 했는데 그럴 때 가장 쉬운 처리법은 창문으로 던져 버리는 것이었다. 어디서 떨어졌는지 경찰이 밝히지 못하도록.

하지만 모나는 그 생각을 하고 싶지 않았다. 그래서 주방 쪽으로 가서 냉장고와 찬장을 뒤졌다. 냉장고 안에 커피 원두가 한 봉지 있었지만, 위즈를 흡입한 상태에서 커피를 마시면 경련이 일어났다. 일본어로 적힌 상표가 붙은 은박지 봉지 여러 개는 냉동 건조 식품이었다. 티백 상자를 찾은 모나는 냉장고 안에 있던 물병을 하나 땄다. 그런 다음 얕은 냄비에 물을 조금 붓고 레인지를 한참 만지작거린 끝에 마침내 물을 데웠다. 검은 판에 그려진 하얀 원들이 열판이었다. 냄비를 흰 원 위에 올리고 그 옆의 빨간 점을 건드리면 가열되는 방식이었다. 물이 뜨거워지자 모나는 냄비에 티백 한 개를 넣고 열판에서 들어 올렸다.

냄비 위로 고개를 숙이고서, 모나는 차향이 밴 김을 들이마셨다.

에디가 곁에 없을 때에도 모나는 에디의 얼굴을 결코 잊지 않았다. 별 대단한 사람은 아닐지 모르지만, 아무튼 에디는 곁에 있어 주었다. 사람에게는 변하지 않는 얼굴이 하나는 있어야 하는 법이었다. 하지만 당장은 에디를 떠올리는 것도 그리 좋은 생각 같지 않았다. 이제 곧 약 기운이 떨어질 참이었고, 그렇게 되기 전에 호텔로 돌아갈 방법을 찾아야 했다. 갑자기 모든 것이 복잡해 보이고 할 일도, 생각할 것도 많아 보였다. 낮에 할 일을 다시 걱정하기 시작하는 것, 그 자체가 약 기운이 떨어진다는 증거였다.

다만 모나가 생각하기에 에디가 그녀를 때리려고 하면 프라이어가 가만히 있지 않을 듯싶었다. 프라이어의 속셈이 뭐든 간에, 모나의 얼굴과 관련이 있기 때문이었다. 모나는 찻잔을 찾으려고 뒤로 돌아섰다.

눈앞에 검은 코트를 입은 프라이어가 서 있었다. 목구멍 깊은 곳에서 저절로 울린 자그맣고 이상한 소리가 모나의 귀에 들려왔다.

모나는 전에도 위즈의 효력이 떨어졌을 때 헛것을 본 적이 있었다. 그런 것들은 뚫어지게 쳐다보면 사라지곤 했다. 그래서 이번에도 뚫어져라 쳐다봤지만, 프라이어는 사라지지 않았다.

프라이어는 그저 가만히 서 있기만 했다. 손에 플라스틱 총 같은 것을 쥐고 있었지만, 모나를 겨누지는 않고 그저 들고 있기만 했다. 손에 낀 장갑은 제럴드가 신체검사를 할 때 끼었던 것과 비슷했다. 화난 기색은 없었으나 전과 달리 웃는 표정이 아니었다. 그리고 한참 동안 말이 없었고, 모나 역시 입을 열지 않았다.

"여기 또 누가 있지?" 무슨 파티에라도 온 사람 같은 질문이었다.

"마이클요."

"어디 있어?"

모나는 침대가 있는 쪽을 가리켰다.

"신발 신어."

프라이어의 곁을 지나 주방에서 벗어난 모나는 자신도 모르게 몸을 숙여 카펫 위의 속옷을 냉큼 집었다. 신발은 소파 옆에 있었다.

모나가 구두를 신는 동안 뒤따라온 프라이어는 가만히 지켜보았다. 손에 든 총은 그대로였다. 프라이어는 다른 손으로 소파 등받이에 걸쳐진 마이클의 가죽 재킷을 집어 모나에게 던졌다.

"걸쳐."

모나는 재킷을 걸치고 한쪽 주머니에 속옷을 쑤셔 넣었다.

프라이어는 찢어진 흰색 레인코트를 집어서 동그랗게 뭉친 다음, 자기 코트 주머니에 집어넣었다.

마이클이 코를 골았다. 어쩌면 곧 일어나서 녹화된 영상을 돌려 볼지도 몰랐다. 사실 그 정도 장비가 있으면 굳이 여자를 데려올 필요도 없었다.

복도로 나온 후, 모나가 지켜보는 가운데 프라이어는 회색 상자를 사용해서 문을 다시 잠갔다. 손에 들었던 총은 사라지고 없었지만 모나는 그가 총을 집어넣는 것을 보지 못했다. 회색 상자에 달린 기다란 빨간색 전선 끄트머리에는 흔해 빠진 자석 열쇠가 붙어 있었다.

거리로 나오고 보니 싸늘했다. 프라이어는 모나를 한 블록 아래까지 데려간 다음, 조그만 흰색 삼륜차의 문을 열었다. 모나는 차에 탔다. 프라이어는 운전석에 앉은 후에 장갑을 벗었다. 그가 차를 출발시키는 동안 모나는 상업용 고층 건물의 구릿빛 거울 같은 외벽에 비친 기다란 구름을 가만히 바라봤다.

"내가 훔쳐 간 줄 알 텐데."

모나는 가죽재킷을 내려다보면서 말했.

이윽고 위즈의 효력이 완전히 떨어졌다. 온 신경의 접합부에서 너덜너덜해진 신경 세포들이 폭포수처럼 쏟아져 내렸다. 빗속의 클리블랜드가, 언젠가 산책할 때 느꼈던 좋은 기분이.

　은빛으로.

16
조직층 속의 섬유

난 당신의 이상적인 관객이야, 한스. 녹화 영상이 두 번째로 돌아가기 시작했다. *나만큼 진지한 관객이 또 어디 있겠어? 그리고 당신은 그녀를 확실히 포착했어, 한스. 난 알아. 그녀의 기억이 바로 내가 꾸는 꿈이니까. 난 당신이 얼마나 가까이 갔는지 알겠어.*

그래, 당신은 포착했어. 바깥을 향한 여행부터 벽 쌓기, 안쪽을 향한 긴 선회까지. 그건 벽에 관한 거였어, 안 그래? 혈맥의, 가문의 미궁. 허공에 걸린 미로는 이렇게 말했지. *우리는 안에 있는 자, 바깥에 있는 자는 타인, 여기 우리 영원토록 거할지니.* 그리고 어둠은 태초부터 그곳에 있었고⋯⋯ 당신은 마리프랑스의 눈에서 그 어둠을 거듭 발견했고, 느린 줌을 사용해 그늘진 눈구멍에 고정시켰어. 그녀는 일찍부터 자신의 영상이 녹화되는 걸 허락하지 않았지. 당신은 구할 수 있는 것만 가지고 작업을 했어. 그녀의 영상을 보정하고, 빛과 그림자의 계조를 돌아가며 바꾸고, 모형을 생성하고, 그녀의 두개골을 네온 그리드 속에 입체로 구현했지. 특수한 프로그램을 이용해 그녀의 영상이 통계 모델에 따라 나이를 먹게 했고, 애니메이션 시스템을 이용해 당신이 상상한 대로 나이 먹은 마리프랑스에게 생명을 불어넣었어. 그녀의 영상을 광대하면서도 유한한 특징들로 축소하고 뒤섞어서, 새로운 형태들이 떠오르게 한 다음, 당신에게 말을 거는 듯한 것들을 골랐지…… 그다음은 다른 사람들 차례였어. 애시풀, 그리고 당신 작품의 틀이 된 그들 딸의 얼굴. 처음과 마지막에 나오는 그 얼굴.

두 번째 보고 나서 안젤라는 그들의 역사를 확실히 알았고, 베커가 모은 파편들을 테시어와 애시풀의 결혼으로 시작된 시간축에 따라 끼워 맞출 수 있었다. 그 결혼은 당시에 주로 기업 금융 관련 매체에서 보도했다. 두 사람은 저마다 거대한 제국의 계승자였다. 테시어는 응용 생화학 분야의 기본 특허 아홉 건을 토대로 부를 이룩한 집안의 후계자였고, 애시풀은 회사명에 아버지의 이름이 들어 있고 본사는 멜버른에 위치한 거대 엔지니어링 회사를 물려받았다. 기자들에게 그것은 결혼이자 합병이었지만, 그로써 탄생한 기업 법인은 대다수 사람들에게 전혀 안 닮은 대가리 두 개가 달린 키마이라처럼 부자연스럽게 보였다.
그러나 당시 애시풀의 얼굴 사진을 보면 지루함이 사라지고 대신 확고한 목적의식이 그 자리를 차지한 것을 알 수 있었다. 바람직한 효과는 아니었다. 실은 소름이 끼쳤다. 근엄하고 준수한 얼굴이 더욱 근엄해져서, 의도가 무자비해 보이기까지 했다.
마리프랑스 테시어와 결혼하고 나서 일 년 사이에 애시풀은 자기가 소유한 회사 주식의 90퍼센트를 처분하여 궤도상의 부동산과 셔틀 시설에 투자했고, 비아리츠에 있는 아내의 저택에 대리모를 두고 결혼의 결실인 아들과 딸을 얻었다.

테시어애시풀 사는 군사용 정거장 및 카르텔이 보유한 최초의 자동화 공장이 뜨문뜨문 자리 잡은 지구 공전 궤도에 진입하고자, 고궤도의 섬들 사이로 상승했다. 그리고 그곳에서 건설을 시작했다. 원래는 두 가문의 부를 합쳐 봐야 다국적 기업인 오노센다이 사가 궤도상의 반도체 생산 공정 시설 한 곳에 투자한 경비와 간신히 맞먹을 정도였지만, 마리프랑스는 뜻밖의 기업가적 열정을 발휘하여 수익성이 높은 데이터 피난처를 구축했고, 국제 은행업계의 불법 영역이 원하는 서비스를 제공했다. 이를 통해 해당 은행 및 그 은행의 고객들과 연이 닿을 수 있었다. 애시풀은 막대한 돈을 빌렸고, 이로써 나중에 자유계가 되는 월면 콘크리트 벽은 점점 더 높아져서 곡면을 이루며 창조주를 에워쌌다.

전쟁이 일어났을 때 테시어애시풀은 그 벽 안쪽에 있었다. 그들은 본이, 이어서 베오그라드가 섬광과 함께 숨을 거두는 것을 지켜봤다. 그 3주 동안 방추형 콜로니 건설 공사는 사소하게 지장을 받았을 뿐 계속 진행됐다. 나중에, 전쟁이 끝나고 충격과 혼란 속에 이어진 10년 동안에는 좀 더 어려워지곤 했다.

자녀인 장과 제인은 이 무렵에는 부모와 함께 지냈고, 비아리츠에 있던 저택은 그들 가족의 새 거처인 스트레이라이트 저택에 극저온 보관 시설을 짓는 비용을 마련하기 위해 매각됐다. 그 시설에 맨 먼저 들어간 것은 클론 배아 열 쌍이었다. 2장과 2제인, 3장과 3제인……. 인공 복제를 금지하거나 규제하는 법은 수도 없이 많았지만, 그 법의 관할권을 둘러싼 문제 역시 무수히 많았기 때문에……

안젤라는 재생을 멈추고 이전 시퀀스로 돌아가라고 짐에게 명령했다. 테시어애시풀 일가의 보관실을 만들었던 스위스 제조사의 또 다른 극저온 보관소가 찍힌 사진들이 나왔다. 두 시설이 비슷할 거라는 베커의 추측은 역시 옳았다. 검은 유리에 크롬으로 테를 두른 동그란 문은 또 한 사람의 기억 속에서 중심을 차지한 영상이었고, 강력한 토템과 같았다.

영상이 다시 앞으로 돌아갔다. 방추형 콜로니 내부 표면에 구조물을 짓는 무중력 공사 현장, 라도 애치슨 태양광 에너지 시스템을 설치하는 장면, 대기 및 회전 중력을 설정하는 장면…… 베커는 몇 시간에 걸친 화려한 기록을 통해 황당할 정도로 막대한 부를 발견했다. 이에 대해 그는 소재의 피상적인 서정성을 깎아내는 방식으로 대응했다. 거칠게 뚝뚝 끊기는 화면을 나열하거나, 벌집처럼 빽빽한 기계들 속에서 신경이 곤두서고 지친 노동자 개개인의 얼굴을 부각시켰던 것이다. 빨리 감기로 재생되는 영상 속에서 녹화된 새벽과 인공 일출이 정신없이 반복되는 동안, 자유계는 점점 초록으로 물들어 꽃을 피웠다. 숲이 무성한 밀봉된 땅에 청록색 수영장이 보석처럼 박혀 있었다. 방추형 콜로니 끄트머리의 비밀 거처인 스트레이라이트를 떠나 개장식에 나타난 테시어와 애시풀은 자신들이 세운 나라를 둘러보는 와중에도 무심한 기색이 또렷했다. 여기서 베커는 속도를 늦추고 다시금 끈질긴 분석을 시작했다. 마리프랑스는 이때 마지막으로 카메라를 응시했다.

베커는 그녀 얼굴의 여러 면을 고통스러울 만큼 길게 늘어진 푸가의 형식으로 샅샅이 훑었다. 그가 만든 영상의 움직임은, 단조롭게 흔들리는 사운드트랙 속에서 휘어지고 내리꽂히는 피드백이 만든 물결 같은 선과 정교한 평형을 이루었다.

안젤라는 다시 정지 명령을 내리고 침대에서 일어나 창가로 갔다. 우쭐

해진 기분, 뜻밖에도 힘이 차오르고 마음이 하나로 합쳐진 기분이 들었다. 7년 전 뉴저지에서, 꿈에 그녀를 찾아온 존재를 다른 이들도 안다는 것을 깨달았을 때 느낀 기분이었다. 그곳 사람들은 그 존재들을 르와, 신성한 기수라고 불렀다. 그렇게 이름을 지어 주고 소환해서 그들의 부탁을 들어주고 거래를 했다.

물론 그때도 혼란스럽기는 했다. 바비는 웅포에서 보부아르를 탄 랑글레수와 매트릭스의 랑글레수는 별개의 존재라고 주장했지만, 그것도 전자가 진짜 존재일 때의 얘기였다.

"그들은 1만 년 동안 그 일을 해왔어, 춤을 추고 광란하는 거 말이야. 하지만 사이버스페이스에서 그런 지는 고작 칠팔 년밖에 안 돼."

바비는 늙은 카우보이들이 하는 말을 믿었다. 그는 안젤라의 일 때문에 스프롤에 갈 때마다 젠틀맨 루저에서 그들에게 술을 샀는데, 그들은 르와가 사이버스페이스에 온 지 얼마 안 됐다고 주장했다. 늙은 카우보이들은 콘솔 예술가의 경력에서 오로지 배짱과 재능이 결정적 요소였던 시절을 회상했지만, 보부아르라면 르와를 상대할 때에도 마찬가지라고 주장했을 것이다.

"하지만 르와는 날 찾아오는걸. 난 덱이 없어도 돼."

"네 머릿속에 있는 것 때문에 그래. 네 아버지가 만들어 둔……."

바비가 안젤라에게 들려준 얘기에 따르면 늙은 카우보이들은 모든 것이 바뀐 날이 있었다는 데에 대체로 동의했다. 다만 언제, 어떻게 바뀌었는가에 대해서는 이견이 있었다.

'변화의 순간.' 그들은 그때를 그렇게 불렀다. 그리고 바비는 변장한 안젤라를 데리고 그들의 이야기를 들으러 젠틀맨 루저에 갔다. 안전을 염려한 네트 경비대가 뒤를 밟았지만 입구에서 가로막혀 들어가지 못했다. 그

때 안젤라는 이야기 자체보다 경비대가 제지당한 것에 더 감동했다. 젠틀맨 루저는 신기술이 탄생한 전쟁 때부터 카우보이들의 바였고, 스프롤에서 가장 배타적인 범죄자들의 놀이터였다.

다만 안젤라가 찾아갔을 무렵에는 이미 한참 전부터 단골들이 은퇴했다는 전제가 그러한 배타성에 어느 정도 포함되어 있었다. 혈기 넘치는 젊은 이들은 더 이상 젠틀맨 루저로 몰려들지 않았지만, 그래도 몇몇은 이야기를 들으러 오곤 했다.

이제 말리부의 집에 있는 침실에서, 안젤라는 그들이 말하던 모습을, '변화의 순간'에 관해 그들이 했던 이야기를 떠올렸다. 그리고 머릿속 한구석에서는 이미 알고 있었다. 그 기억과 그들의 이야기를 그녀 자신의 사연 및 테시어애시풀의 사연과 대조하려 한다는 것을.

3제인은 섬유였고, 테시어애시풀은 그 섬유로 이루어진 조직층이었다. 그녀의 생일은 클론 남매 열아홉 명의 생일과 똑같은 날로 공식 문서에 기록되었다. 3제인이 또 다른 대리모의 자궁에서 열 달을 채우고 스트레이라이트의 수술실에서 제왕 절개 수술로 태어났을 때, 베커의 '조사'는 더욱 열기를 띄었다. 비평가들의 의견은 일치했다. 3제인이 바로 베커의 방아쇠였다. 3제인이 태어나면서 다큐멘터리의 초점은 미세하게 변했고, 전에 없이 격렬해졌고 집착 또한 강해졌다. 이를 죄의식이라고 표현한 비평가 역시 한둘이 아니었다.

3제인은 초점이, 즉 가문이라는 화강암 속에 박힌 비뚤어진 금맥이 되었다. *아니.* 안젤라는 생각했다. *은이야. 창백하고 미친 은.* 중국인 관광객이 자유계 호텔의 수영장에서 찍은 3제인과 자매 둘의 사진 속에서 베커가 몇 번이고 비춘 것은 3제인의 눈과 빗장뼈 위의 우묵한 홈, 가느다란 손목이었다. 신체적으로는 자매들 모두 똑같았지만 3제인을 *구분케 하는* 어떤 것이 있었다. 그리고 베커가 그 정보를 찾아가는 과정이 이 작업의 중심 추동력이 되었다.

섬들이 점점 넓어지면서 자유계도 번창했다. 은행 연합체, 매춘굴, 데이터 도피처, 전쟁 중인 기업체들을 위한 중립지대 등이 생겨나는 동안 방추형 콜로니는 고궤도의 역사에서 점차 복잡한 역할을 수행하게 되었고, 그 사이에 테시어애시풀 주식회사는 자회사들로 이루어진 또 하나의 벽 뒤로 물러났다. 마리프랑스라는 이름은 인공지능 분야의 특정한 성취를 둘러싼 제네바 특허 재판과 관련하여 잠깐 표면으로 떠올랐고, 이로써 테시어애시풀이 그 분야에 막대한 연구 자금을 투입했다는 사실이 처음으로 밝혀졌다. 그들 가문은 다시 한 번 사람들의 이목에서 사라지는 특수한 능력을 발휘하여 또다시 오랜 은거에 들어갔고, 그 은거는 마리프랑스의 죽음으로 끝을 맞았다.

살해당했다는 소문이 끊이지 않았지만 진상을 조사하려는 시도는 그들 가문의 부와 폐쇄성, 또 정계 및 금융계에 몹시도 넓고 촘촘하게 얽힌 인맥 탓에 수포로 돌아갔다.

안젤라는 베커의 작품을 두 번째로 보고 나서 마리프랑스 테시어를 살해한 자의 정체를 알아차렸다.

새벽, 안젤라는 캄캄한 주방에서 커피를 만든 다음, 파도가 일으킨 희뿌연 선을 가만히 바라보며 앉아 있었다.

"콘티뉴이티."

"안녕하세요, 안젤라."

"한스 베커의 연락처 알아?"

"파리에 있는 그 사람 에이전트의 전화번호는 알아요."

"「남극 대륙은 여기서 시작된다」 이후로 만든 작품이 있어?"

"제가 아는 한은 없어요."

"얼마 동안 쉰 거야?"

"5년이오."

"고마워."

"천만에요, 안젤라."

"잘 가."

"안녕히 계세요, 안젤라."

베커는 애시풀이 결국 3제인 때문에 죽으리라는 것을 짐작했을까? 그는 작품을 통해 그렇게 주장하는 듯했다. 에둘러서.

"콘티뉴이티."

"안녕하세요, 안젤라."

"콘솔 자키들의 전설 말인데. 콘티뉴이티, 혹시 아는 거 있어?"

힐튼 스위프트는 이걸 어떻게 생각할까? 안젤라는 궁금했다.

"뭐가 알고 싶으세요, 안젤라?"

"'변화의 순간'……."

"그 신화 형태는 보통 둘 중 한 가지 방식으로 나타나요. 하나는 '은둔자들'이라는 원시적 신화 형태와 일치하는 존재들이 사이버스페이스 매트릭스에 거주하거나 이따금 방문한다는 가정이에요. 다른 하나는 매트릭스 자체가 전지적이고, 전능하고, 불가해하다는 가정이에요."

"매트릭스를 신으로 본단 말이야?"

"말하자면 그렇지만, 신화 형태의 관점에서는 매트릭스에 신이 있다고 하는 편이 더 정확할 거예요. 그 존재의 전지성과 전능성은 매트릭스에 국한된 것으로 여겨지니까요."

"한계가 있다면 전능한 게 아니잖아."

"말씀대로예요. 앞서 말한 신화 형태가 그 존재에 불멸성을 부여하지 않은 점을 명심하세요. 지고의 존재를 상정하는 신앙 체계는 보통 그렇게 하지요. 적어도 당신 문화권에서는요. 사이버스페이스가 존재하는 건, 그것이 존재한다고 말할 수 있는 한은, 인간이라는 매개체 덕분이에요."

"너처럼 말이지."

"예."

안젤라는 거실로 향했다. 희미한 빛 속의 로코코 양식 의자가 해골처럼 보였다. 조각된 다리는 도금한 뼈 같았다.

"그런 존재가 있다면 너도 그 일부겠네. 안 그래?"

"그래요."

"넌 그게 뭔지 알아?"

"꼭 그렇다고 할 수는 없어요."

"*안다*는 거야?"

"아니요."

"알 가능성을 아예 부정하는 거야?"

"아니요."

"콘티뉴이티, 이런 얘기 하는 거, 이상하다고 생각해?"

뺨이 눈물로 촉촉해졌다. 눈물이 흐르기 시작한 것도 몰랐건만.

"아니요."

"그 이야기에 나오는……" 안젤라는 하마터면 르*와*라고 말할 뻔했다. "매트릭스에 있는 존재들 말인데. 그들이 '지고의 존재'라는 개념하고 어떻게 일치할 수가 있지?"

"그렇지 않아요. 둘 다 '변화의 순간'에서 변형된 거예요. 둘 다 아주 최근에 발생했고요."

"얼마나 최근인데?"

"대략 15년 전이에요."

17
점프 시티

구미코가 깨어나 보니 샐리의 서늘한 손바닥이 입을 막고 있었다. 다른 손은 조용히 하라는 손짓을 하는 중이었다.

금테 거울에 달린 조그만 램프가 켜져 있었다. 커다란 침대 위에는 여행 가방 한 개가 열려 있었고, 그 옆에 놓인 것은 차곡차곡 포개진 조그만 옷 더미였다.

샐리는 다문 자기 입술을 집게손가락으로 톡톡 친 다음, 가방과 옷 더미를 가리켰다.

구미코는 이불 밑에서 빠져나와 추위를 막을 수 있게 스웨터를 걸쳤다. 그러고는 다시 샐리를 보며 말을 할까 하고 생각했다. 무슨 일인지는 몰라도 한마디만 하면 페탈이 올라올 터였다. 샐리는 마지막으로 봤을 때와 똑같은 차림이었다. 양가죽 재킷, 턱 아래 묶은 타탄체크 스카프. 샐리가 또다시 손짓했다. '짐 싸.'

구미코는 재빨리 옷을 걸치고 남은 옷가지를 여행 가방에 넣기 시작했다. 샐리는 부산하게 움직였다. 소리 없이 방 안을 돌아다니며 서랍을 열었다가 닫았다. 그러다가 두꺼운 비닐 표지에 금색 국화 문양이 돋을새김된 구미코의 여권을 찾았고, 여권에 달린 검은 나일론 줄을 구미코의 목에 걸어 주었다. 베니어판에 둘러싸인 작은 방으로 사라졌던 샐리가 들고 나온 것은 구미코의 세면도구가 든 스웨이드 가방이었다.

구미코가 가방을 닫는 사이에 도금한 상아 전화기의 벨이 울렸다.

샐리는 전화벨 소리에 아랑곳없이 침대에 놓인 가방을 들고 방문을 연 다음, 구미코의 손을 잡고 어두운 복도로 이끌었다. 샐리가 손을 놓고 방문을 닫자 전화벨 소리는 잠잠해졌고, 두 사람은 칠흑 같은 어둠에 묻혔다. 구미코는 잠자코 승강기까지 따라갔다. 기름 냄새와 가구 광택제 냄새, 금속 문이 철컹거리는 소리로 승강기인 것을 알 수 있었다.

그렇게 두 사람은 아래로 내려갔다.

밝고 하얀 현관에는 페탈이 기다리고 있었다. 색이 바랜 거대한 플란넬 가운 차림이었다. 발에는 낡은 슬리퍼를 신고 있었고, 가운 밑단 아래의 다리는 몹시도 하얬다. 두 손으로 쥔 총은 넓적하고 굵직했고, 광택 없는 검정색이었다.

"이런 젠장." 페탈은 두 사람을 보며 나지막이 중얼거렸다. "뭐 하는 짓이야, 이게?"

"얘는 내가 데려갈 거야."

"아니." 페탈이 천천히 말했다. "어림도 없어."

"구미코." 샐리는 손으로 구미코의 등을 감싸고 함께 승강기를 나섰다. "차가 기다리고 있어."

"이러면 안 돼."

페탈이 말했다. 그러나 구미코는 그의 목소리에서 어쩔 줄 몰라 망설이는 기색을 느낄 수 있었다.

"그럼 날 쏴 버리면 될 거 아냐, 페탈."

페탈이 총을 내렸다.

"이대로 가 버리면 스웨인이 날 쏴 죽일 거라고."

"그 인간이 여기 있었으면 아마 자기도 가겠다고 할걸. 안 그래?"

"그만둬. 제발."

"얘는 괜찮을 거야. 걱정 마. 자, 문 열어."

"저기, 샐리 씨. 우리 어디 가는 거예요?"

"스프롤."

구미코는 샐리의 양가죽 재킷을 몸에 두른 채 다시 깨어났다. 이번에는 초음속 여객기가 일으킨 잔잔한 진동 때문이었다. 기억나는 것들이 있었다. 초승달 모양 도로에서 기다리던 커다랗고 납작한 차. 샐리와 함께 보도로 나설 때 스웨인의 집 정면에서 쏟아지던 눈부신 불빛. 운전석 차창 너머로 번들거리던 틱의 땀에 젖은 얼굴. 차문을 당겨 열고 구미코를 밀어 넣던 샐리. 차가 속도를 높이는 동안 나지막이, 쉬지 않고 욕을 중얼거리던 틱. 차를 켄싱턴 파크 로드로 너무 급히 돌리는 바람에 항의하듯 울려 퍼지던 타이어 소리. 틱에게 속도를 늦추고 자동 운전으로 돌리라고 말하던 샐리.

그리고 차 안에서, 구미코는 마스네오텍 유닛을 대리석 흉상 뒤의 비밀 장소에 다시 숨겨 놓고 온 것을 떠올렸다. 콜린은 팔꿈치가 페탈의 슬리퍼처럼 닳은 재킷을 입고 여우 사냥을 나서는 자세 그대로, 혼자 남겨졌다. 그야말로 원래 모습다운, 유령이었다.

"40분이면 도착해." 뒷자리에 앉은 샐리가 말했다. "잠깐이나마 눈을 붙여서 다행이야. 이제 곧 아침 식사가 나올 거야. 여권에 적힌 이름, 기억하지? 좋아. 이제 내가 커피 다 마실 때까지 아무것도 묻지 마, 알았지?"

구미코는 수없이 많은 스팀을 통해 스프롤에 관해 알고 있었다. 거대한 광역 도시권을 좋아하는 경향은 일본 대중문화의 공통된 특징이었다.

잉글랜드에 도착할 때 구미코는 몇 가지 선입견을 갖고 있었다. 몇몇 유명한 건물의 희미한 이미지, 일본 사람들의 눈에는 낡고 침체된 것처럼 보이는 사회의 어렴풋한 인상이었다(어머니가 들려준 이야기 속에서 영국인들은 아무리 멋진 사람이라고 해도 공주-발레리나에게 돈을 주고 춤을 추게 할 여유가 없었다.). 구미코가 지금껏 경험한 런던은 예상과 반대로 활기찼고 눈에 띄게 풍족했고, 거대한 상점가는 긴자처럼 북적였다.

구미코가 스프롤에 대해 지녔던 여러 선입견은 도착한 지 몇 시간 만에 대부분 산산이 무너졌다.

그러나 천장 버팀대의 윗부분이 어둠에 가려 안 보일 만큼 드넓고 휑한 공항 세관 홀에서, 띄엄띄엄 달린 창백하고 둥그런 전등이 어둠을 뚫고 빛나는 그곳에서(건물 내부의 기온이 별도로 유지되는지, 겨울인데도 전등 주위에는 벌레가 구름처럼 우글거렸다.) 샐리 곁에 붙어 다른 여행객들과 줄을 서 있는 동안, 구미코가 떠올린 것은 스팀에서 본 스프롤의 풍경, 빠르게 펼쳐지는 안젤라 미첼과 로빈 라니어의 삶을 보여 주려고 전기 신호로 만든 감각적인 배경이었다.

기다리는 줄은 끝도 없이 길었지만 세관 신고 자체는 손때 묻은 금속 투입구에 여권을 밀어 넣는 것이 다였고, 그곳을 통과하자 지상 교통편을 찾아 북적이는 인파 사이로 짐을 실은 무인 카트가 느릿느릿 움직이는 복잡한 콘크리트 구간이 나왔다.

누가 구미코의 가방을 붙잡았다. 몸을 숙이고 태연하게, 버젓이 가방을 잡은 것으로 보아 원래 하는 일인 듯싶었다. 도쿄의 백화점 정문에서 고개 숙여 손님을 맞는 젊은 여성들처럼 익숙한 일을 하는 직원 같았다. 그런데 샐리가 그 남자를 걷어찼다. 스웨인의 당구장에서 본 여자 킥복싱 선수처럼 부드럽게 몸을 돌려 남자의 오금을 걷어차더니, 남자의 뒤통수가 지저분한 콘크리트 바닥에 부딪혀 깨지는 소리가 또렷이 들리기도 전에 가방을 낚아챘다.

뒤이어 샐리는 구미코를 끌고 갔고, 쓰러진 남자 주위로 사람들이 모였다. 난데없이 아무렇지도 않게 벌어진 폭행은 꿈일 수도 있었지만, 샐리는 런던을 떠난 후 처음으로 웃고 있었다.

이제 완전히 넋이 나간 구미코가 멍하니 지켜보는 사이에 샐리는 빈 차가 있는지 둘러보고 제복을 입은 배차원에게 돈을 찔러주더니, 부자로 보이는 승객 세 명을 윽박질러 쫓아 버린 다음 차체가 울퉁불퉁하고 기다란 호버 크래프트 택시에 구미코를 밀어 넣었다.

차체에는 노란색과 검정색 사선이 칠해져 있었다. 뒷좌석은 휑하고 몹시도 불편해 보였다. 있는지 없는지 모를 운전사는 강화 플라스틱 칸막이에 가려 보이지 않았다. 칸막이와 지붕이 만나는 곳에 뭉툭한 비디오카메라가 튀어나와 있었는데, 누군가 그려둔 서툰 그림이 보였다. 그림은 남자의 몸통, 카메라는 남근이었다.

샐리가 차에 올라 문을 닫는 사이에 스피커에서 사투리 영어인 듯싶은 거친 음성이 흘러나왔다.

"맨해튼으로 가."

샐리는 재킷 주머니에서 종이돈 다발을 꺼내어 카메라 앞에다 대고 흔들었다.

스피커에서 뭔가 묻는 듯한 잡음이 흘러나왔다.

"미드타운으로. 어딘지는 도착해서 말할게."

호버 택시의 공기 주머니가 팽창하고 뒷좌석의 조명이 꺼졌다. 택시가
움직이기 시작했다.

18
수감 생활

슬릭은 젠트리의 로프트에 있었다. 체리가 젠트리를 간호하는 광경을 지켜
보면서. 젠트리의 침대 발치에 앉아 있던 체리가 슬릭을 흘낏 돌아보았다.
"좀 어때, 슬릭?"
"괜찮아…… 난 괜찮아."
"아까도 물어봤던 거 기억나?"

슬릭은 키드 아프리카가 카운트라고 부른 남자의 얼굴을 내려다보고 있
었다. 체리는 들것 위쪽에 설치된 어떤 장치를 만지작거리는 중이었다. 오
트밀 색깔 용액이 든 수액 주머니였다.
"기분은 좀 어때, 슬릭?"
"괜찮아."
"괜찮기는. 당신 자꾸 잊어버리……"

슬릭은 젠트리가 사는 로프트의 바닥에 앉아 있었다. 얼굴이 젖어 있었다. 체리가 무릎을 꿇고 곁에 바짝 붙어 있었다. 두 손으로 슬릭의 어깨를 감싸고서.

"당신, 감옥에 들어간 적 있어?"

"있어."

"화학적 징벌 교도소였어?"

"응……."

"코르사코프 요법도 받았고?"

슬릭은……

"전에도 이랬어?"

체리가 물었다. 슬릭은 젠트리가 사는 로프트의 바닥에 앉아 있었다. 젠트리는 어디 있을까?

"전에도 이런 적 있었어? 단기 기억이 사라지는 일이?"

"스트레스 때문에 그래." 슬릭은 체리가 그걸 어떻게 알았는지 궁금했다. "젠트리는 어딨어?"

"내가 눕혀 놨어."

"왜?"

"쓰러졌거든. 아까 그걸 보고……."

"그거라니?"

체리는 분홍색 피부 패치를 슬릭의 손목에 대고 누르고 있었다.

"강한 진정제야. 잘하면 벗어날 수 있을지도……."

"벗어나다니, 뭐에서?"

체리가 한숨을 쉬었다.

"됐어."

슬릭이 깨어나 보니 곁에 체리 체스터필드가 누워 있었다. 그는 재킷과 부츠만 빼고 옷을 다 입고 있었다. 발기한 음경 끄트머리가 허리띠 버클 아래 눌린 채로, 청바지를 입은 체리의 따뜻한 엉덩이를 찌르고 있었다.

"엉뚱한 생각 하지 마."

누덕누덕 때운 유리창으로 겨울 햇빛이 쏟아졌고, 말을 하려고 입을 열자 하얀 입김이 나왔다.

"어떻게 된 거야?"

방이 왜 이렇게 추운 걸까? 비명을 지르는 젠트리의 모습이 떠올랐다. 그것이 달려들었을 때……

슬릭은 침대 위에서 벌떡 일어나 앉았다.

"진정해." 체리가 돌아누우며 말했다. "그냥 누워 있어. 당신이 뭐 때문에 발작을 일으키는지 아직 모르니까……."

"무슨 소리야?"

"누우라고. 이불 덮고. 얼어 죽고 싶어?" 슬릭은 체리가 시키는 대로 했다. "당신 감옥에 간 적 있지, 그렇지? 화학적 징벌 교도소에."

"맞아…… 어떻게 알았어?"

"당신이 얘기했어. 어젯밤에. 스트레스가 재발 증상을 촉발하는 요인이라고. 결국 그렇게 된 거야. '그게' 당신 친구한테 달려드니까, 당신이 스위치로 달려가서 스팀 테이블을 꺼 버렸어. 당신 친구는 쓰러져서 머리가 깨졌고. 그 사람을 챙겨 주다가 보니까 당신 꼴이 영 우습더군. 알고 보니 당신은 연속된 기억을 5분 이상 유지하질 못했어. 가끔 쇼크 상태에서 그런 증상이 나타나곤 해. 아니면 뇌진탕이라든가……."

"그 녀석 어딨어? 젠트리 말이야."

"진정제로 떡이 돼서 자기 방 침대에 누워 있어. 상태로 봐선 하루쯤 자고 일어나면 괜찮아질 것 같아. 아무튼, 한동안은 우릴 귀찮게 못할 거야."

슬릭은 눈을 감았다. 그러자 그 회색 괴물이, 젠트리에게 달려들었던 그것이 눈앞에 떠올랐다. 왠지 사람처럼, 또는 유인원처럼 보였다. 젠트리가 형태를 찾으려고 연구하는 동안 그의 장비가 생성했던 복잡한 형상하고는 전혀 비슷하지 않았다.

"전기가 나갔나 봐. 이 방 불이 꺼진 지는 한 여섯 시간 됐어."

슬릭은 눈을 떴다. 소름이 돋았다. 습격당했던 그때, 젠트리는 콘솔을 조작해 반격하지 않았다. 슬릭의 입에서 신음이 흘러나왔다.

슬릭은 체리를 남겨두고 부탄가스 레인지로 가서 커피를 만든 다음, 리틀 버드를 찾으러 갔다. 연기 냄새를 따라가 보니 리틀 버드가 있었다. 그는 철제 상자에 불을 피워놓고 그 주위로 개처럼 몸을 옹송그린 채 잠들어 있었다.

"야." 슬릭이 리틀 버드를 발로 쿡 찔렀다. "일어나. 큰일 났어."

"전기가 나가 버렸어, 젠장."

리틀 버드가 중얼거리며 일어나 앉았다. 기름기가 번들거리는 나일론 침낭은 때가 타서 팩토리의 바닥과 색이 똑같았다.

"나도 알아. 그게 첫 번째 문제야. 두 번째는 트럭이나 호버가 필요하단 거야. 저 녀석을 여기서 데리고 나가야 해. 젠트리하고 잘 지내기는 틀렸어."

"하지만 전기를 고칠 줄 아는 사람은 젠트리밖에 없는데."

바닥에서 일어선 리틀 버드가 부르르 몸을 떨었다.

"젠트리는 잠들었어. 트럭 가진 놈이 누가 있었지?"

"마비 패거리."

리틀 버드는 대답을 마치고 정신없이 기침을 했다.

"젠트리의 오토바이를 타고 가. 올 땐 트럭에 싣고 와. 자, 빨리."

리틀 버드가 발작 같던 기침을 멈췄다.

"진짜야?"

"오토바이 탈 줄 알지?"

"응, 하지만 젠트리가 알면 날 가만 안 둘……"

"뒷감당은 나한테 맡겨. 예비 열쇠 어딨는지 알지?"

"어, 알아. 근데 만약에……." 리틀 버드의 목소리에 쑥스러운 기색이 묻어났다. "마비 패거리가 트럭을 안 내주면 어떡하지?"

"녀석들한테 이걸 줘."

슬릭은 재킷 주머니에서 약으로 가득한 투명 비닐봉지를 꺼냈다. 체리가 젠트리의 머리에 붕대를 감아 주면서 챙긴 봉지였다.

"꿍치지 말고 다 줘, 알았어? 내가 나중에 물어본다."

두 사람이 슬릭의 방에서 침대 모서리에 나란히 웅크리고 앉아 커피를 마실 때, 체리의 호출기가 울렸다. 그때까지 슬릭은 체리의 부탁으로 코르사코프 요법에 관해 아는 대로 설명해 주었다. 그때껏 아무에게도 한 적이 없는 얘기였는데, 우습게도 슬릭은 사실상 아는 것이 거의 없었다. 그는 전에 경험한 재발 증상을 털어놓고 교도소의 시스템이 어떻게 돌아가는지 설명하려고 애썼다. 재소자의 장기 기억을 교도소가 시키는 작업에 필요한 만큼만 유지하도록 하는 것이 비결이었다. 그렇게 하면 재소자는 형기가 시작되기 전에 작업 훈련을 마치고 그 내용을 잊지 않았다. 대개는 로봇도 할 수 있는 작업이었다. 슬릭은 초소형 톱니바퀴 집적체를 조립했다. 5분 안에 한 개를 조립할 수 있게 되자 그의 운명이 결정됐다.

"교도소 측에서 다른 조치는 안 했어?"

"톱니바퀴만 조립했어."

"아니, 뇌 강박 설정 같은 거 말이야."

슬릭은 체리를 돌아보았다. 입술의 부스럼이 거의 나은 듯했다.

"그런 걸 한다고 해도 가르쳐 주진 않아."

그때 체리의 재킷 주머니에서 호출기가 울렸다.

"문제가 생겼나 봐." 체리가 벌떡 일어섰다.

젠트리가 검은 물체를 두 손에 쥔 채 들것 옆에 무릎을 꿇고 있었다. 체리는 젠트리가 움직이기 전에 그 물체를 뺏었다. 젠트리는 그 자세 그대로 체리를 올려다보며 눈을 끔뻑거렸다.

"아까는 진정시키느라고 애먹었어, 아저씨."

체리는 검은 물체를 슬릭에게 건넸다. 망막 카메라였다.

"이 녀석이 누군지 알아내야 해."

젠트리가 말했다. 체리가 투여한 진정제 때문에 목소리가 잠겨 있었지만, 슬릭이 보기에 날카롭게 곤두섰던 광기는 누그러진 듯했다.

"웃고 있네. 신상을 어떻게 알아내, 1년 전에 안구 이식을 받았을지도 모르는데."

체리의 말에 젠트리는 붕대가 감긴 자기 이마 옆을 어루만졌다.

"아까 그거, 너도 봤잖아, 안 그래?"

"그래. 여기 당신 친구가 접속을 끊어 줬지."

"충격이었어. 그럴 거라곤 상상도 못했는데…… 진짜로 위험했던 건 아니야, 난 그냥 준비가 안 돼서……."

"당신, 완전히 제정신이 아니었다고."

젠트리는 비틀거리며 일어섰다. 슬릭이 끼어들었다.

"이 녀석은 떠날 거야, 젠트리. 내가 리틀 버드한테 트럭을 빌려오라고 했어. 이런 난장판은 나도 질색이니까."

체리가 슬릭을 쳐다보았다.

"어디로 보낼 건데? 나도 같이 가야 돼. 이건 내 일이니까."

"내가 아는 데가 있어. 그나저나 젠트리, 전기가 나갔는데."

"아니, 이 녀석은 아무 데도 못 보내."

"말도 안 되는 소리."

"아니야." 젠트리가 살짝 비틀거렸다. "여기 가만히 놔둬. 접속부는 이미 연결돼 있어. 내가 다시 건드리는 일은 없을 거야. 체리도 같이 있어도 돼."

"젠트리, 뭐가 어떻게 돼 가는 건지 설명은 해 줘야 할 거 아냐."

"먼저 말해 두는데." 젠트리는 카운트의 머리 위 허공에 장치된 회색 물체를 가리켰다. "저건 엘에프(LF)가 아니야. 알레프(*aleph*)야."

19
칼 아래에서

다시 호텔. 위즈의 효력이 떨어지면서 죽음의 행군을 하는 기분에 빠진 채, 모나는 프라이어에게 이끌려 로비로 들어섰다. 일본인 관광객들이 일찍부터 모여서 지루한 표정의 안내원을 둘러싸고 있었다. 한 걸음, 또 한 걸음, 다시 한 걸음 한 걸음. 이제 모나는 머리가 너무나 무겁게 느껴졌다. 누가 정수리에 구멍을 뚫고 녹인 회색 납을 250그램 정도 들이부은 기분이었다. 이는 다른 사람의 것을 빌려 끼운 양, 입속에서 너무나 크게 느껴졌다. 엘리베이터가 올라가며 중력이 몸을 내리누르자 모나는 벽에 기대어 주저앉았다.

"에디는 어디 있어요?"

"에디는 떠났어, 모나."

모나가 눈을 동그랗게 뜨고 바라본 프라이어의 얼굴에는 특유의 미소가 다시 돌아와 있었다. 망할 자식.

"뭐라고요?"

"에디는 이 일에서 손을 뗐어. 보상은 받았고. 지금 두둑한 잔고를 안고 마카오로 향하는 중이야. 즐거운 도박 여행을 떠난 거지."

"보상을 받아요?"

"투자에 대한 보상이야. 너한테 한 투자. 들인 시간이 있으니까."

"에디가 *시간*을 들여요?"

엘리베이터 문이 열리고 파란 카펫이 깔린 복도가 나타났다.

모나의 머릿속에서 무언가 곤두박질쳤다. 차가운 것이. 에디는 도박을 싫어했다.

"이제 넌 우리랑 일할 거다, 모나. 다시는 혼자서 나가지 마."

하지만 놔뒀잖아요. 모나는 속으로 중얼거렸다. *내가 나가게 놔뒀잖아요. 내가 어디 있는지도 알았고.*

에디가 떠나다니⋯⋯.

언제 잠들었는지 기억이 나지 않았다. 모나는 여전히 드레스 차림이었고, 마이클의 재킷을 담요처럼 목 아래까지 덮고 있었다. 고개를 돌리지 않아도 시야 가장자리에 일전의 그 산기슭이 있는 건물이 보였지만, 뿔 달린 양은 사라지고 없었다.

안젤라가 나오는 스팀은 비닐 포장이 그대로 씌워져 있었다. 모나는 그중 한 개를 잡히는 대로 들고 손톱으로 포장을 벗긴 다음, 유닛에 넣고 전극 세트를 썼다. 아무 생각도 없었다. 뭘 해야 하는지는 손이 다 아는 듯했다. 해를 끼치지 않는 친근한 동물처럼. 손가락 한 개가 재생 버튼을 누르자 모나는 안젤라의 세계로 빠져들었다. 마약처럼 순수한 세계, 느릿한 색소폰 소리와 함께 유럽의 어느 도시를 미끄러지듯 달려가는 리무진, 그녀와 무인 운전 리무진 주위로 빙글빙글 돌아가는 길거리, 새벽이라 인기척이 드문 깨끗하고 드넓은 도로, 어깨에 닿은 모피의 감촉, 쭉 뻗은 도로 양편의 평탄한 들판, 그 도로를 따라 늘어선 완벽하게 똑같은 나무들.

차가 방향을 틀자 고르게 깔린 자갈 위로 타이어가 굴러가는 느낌이 들었고, 구불구불한 진입로를 지나서 나타난 널따란 정원에는 은색 이슬이 맺혀 있었으며, 이쪽에는 강철 사슴이, 저쪽에는 촉촉하게 젖은 흰색 대리석 조각상이 보였고…… 이어서 모나가 여태 본 적이 없을 만큼 커다랗고 고풍스러운 저택이 나왔지만 차는 그 저택을 그냥 지나쳤고, 더 작은 건물 몇 채를 지나 마침내 평탄하고 드넓은 들판 가장자리에 멈췄다.

그곳에는 글라이더 여러 대가 묶여 있었다. 연약해 보이는 폴리카본 틀에 투명한 막을 단단히 묶어서 만든 기체였다. 잔잔한 새벽바람에 글라이더가 살짝 흔들렸다. 그 옆에서 로빈 라니어가 기다리고 있었다. 거칠거칠한 검은색 스웨터를 입은 잘생기고 싹싹한 라니어는 안젤라가 등장하는 거의 모든 스팀에서 그녀의 상대역을 맡았다.

이윽고 차에서 내린 그녀가 들판으로 들어섰다. 발뒤꿈치가 풀 사이로 잠기자 웃음이 터졌다. 구두를 손에 들고 웃으면서 로빈이 서 있는 곳까지 남은 거리를 걸어간 그녀는 로빈의 품속으로, 그의 체취 속으로, 그의 눈빛 속으로 안겼다.

춤을 추듯 현란한 편집 덕분에 은빛 유도 레일 위의 글라이더에 탑승하는 과정은 간단히 축약되었고, 이내 그들은 드넓은 들판 저편으로 부드럽게 이륙하여 날개를 기웃거리다가 바람에 올라타 위로, 위로, 거대한 저택이 초록 들판 위의 네모난 조약돌로 보일 때까지 상승했다. 굽이진 강의 번뜩이는 회색 강물이 들판을 가르고 흐르며……

……프라이어의 손이 정지 버튼을 눌렀다. 모나는 침대 옆의 카트에서 흘러온 음식 냄새에 속이 뒤틀렸다. 위즈의 효력이 빠지면서 온몸의 관절이

무겁게 욱신거렸다.

"먹어. 곧 출발할 거니까." 프라이어가 접시의 금속 덮개를 열었다. "클럽 샌드위치랑 커피, 페이스트리야. 의사가 먹으라고 했어. 일단 클리닉에 도착하면 한동안 식사를 못할 테니까……."

"클리닉이오?"

"제럴드의 병원. 볼티모어에 있어."

"거긴 왜요?"

"제럴드는 성형외과 의사야. 넌 거기서 수술을 좀 받을 거고. 원한다면 나중에 원래대로 복구할 수도 있지만, 아마 너도 결과에 만족할 거야. 아주 만족할걸." 그 미소. "모나, 혹시 안젤라하고 너무 비슷하게 생겼다는 말 들은 적 없어?"

모나는 프라이어를 올려다볼 뿐, 말이 없었다. 그러고는 가까스로 일어나 앉아서 밍밍한 커피를 반 잔 마셨다. 샌드위치는 거들떠보기도 싫었지만 페이스트리는 한 개를 다 먹었다. 맛이 골판지 같았다.

볼티모어. 어딘지 감이 잡히지 않았다.

그리고 어딘지 모를 잔잔한 초록빛 들판 상공에는 글라이더 한 대가 영원토록 떠 있었고, 어깨에는 모피의 감촉이 느껴졌다. 그리고 안젤라는 여전히 그곳에 있었다, 여전히 웃는 얼굴로…….

한 시간 후, 호텔 로비에서 프라이어가 계산서에 서명을 하는 동안, 로봇 카트에 실려 지나가던 에디의 검은색 복제 악어가죽 여행 가방이 모나의 눈에 띄었다. 그때 모나는 에디가 죽은 것을 확실히 깨달았다.

구식 글씨체로 쓴 간판이 붙은 제럴드의 클리닉은 프라이어가 볼티모어라고 한 곳의 상업용 건물 4층에 있었다. 임차하는 상인들이 저마다 모듈식 사무실과 탈착식 장비를 갖고 들어오도록 틀만 만들어 두는 건물이었다. 마치 고층으로 만든 트레일러 주택 단지처럼 케이블 묶음과 광섬유 다발, 상하수도 파이프 따위가 온 사방에 구불구불 붙어 있었다.

"뭐라고 적힌 거죠?"

"제럴드 진, 치과의사."

"성형외과 의사라고 했잖아요."

"맞아."

"왜 남들처럼 그냥 부티크에 가지 않는 거죠?"

프라이어는 대답하지 않았다.

모나는 이제 기분이 무덤덤했고, 마음 한편으로는 생각보다 두렵지 않다는 느낌이 들었다. 그럼에도 괜찮은 상태인 듯싶었다. 너무 겁을 먹었다가는 아무것도 할 수 없었고, 모나는 결단코 이 거래에서 빠져나가고 싶었기 때문이었다. 거래의 내용이 뭐든 간에. 이곳까지 오는 차 안에서 모나는 마이클의 재킷 주머니에 어떤 덩어리가 있는 것을 알아차렸다. 그 덩어리가 전기 충격기인 것을 알기까지 10분이 걸렸다. 조심성이 많은 양복쟁이들이 들고 다니는 것과 비슷했다. 모양은 드라이버 손잡이와 비슷했고, 쇠막대가 있어야 할 자리에 뭉툭한 뿔 한 쌍이 달려 있었다. 아마도 벽 전원에 꽂아 충전하는 물건일 듯했다. 마이클이 충전해 뒀기를 바라는 수밖에 없었다. 프라이어는 충격기가 있는 줄 모르는 눈치였다. 영구 손상을 일으키는 물건은 아니었으므로 대개는 합법이었지만, 라넷이 알던 여자 한 명은 전기 충격기에 심하게 당하고 나서 거의 회복하지 못했다.

프라이어가 모나의 주머니에 뭐가 있는지 모른다는 말은 곧 그가 모든 것을 꿰뚫어보지는 못한다는 뜻이자, 자기 이익을 위해 모나에게 그런 인상을 준다는 뜻이었다. 하지만 그는 에디가 도박을 얼마나 싫어하는지 알지 못했다.

모나는 에디에 대해서도 무덤덤했다. 다만 죽었으리라는 추측은 변함이 없었다. 돈을 아무리 많이 준다고 해도 에디는 그 여행 가방 없이 떠날 사람이 아니었다. 옷장을 새로 채울 작정이었다고 해도 새 옷을 사러 갈 때 차려입을 옷은 필요했다. 에디는 무엇보다 옷을 소중히 여겼다. 그리고 그 복제 악어가죽 여행 가방은 특별했다. 올랜도의 호텔 객실 털이한테서 산 그 가방은 에디에게 집과 가장 비슷한 것이었다. 어찌됐든, 그런 사정을 떠올리고 보니 에디가 손을 털고 떠났다고는 생각할 수가 없었다. 그는 큰 건수에 뛰어드는 것을 무엇보다 간절히 바랐기 때문이었다. 일단 거기에 끼기만 하면 사람들이 자신을 진지하게 대할 거라고 믿었다.

그리고 결국에는, 에디를 진지하게 대한 사람이 있었다. 프라이어가 가방을 대신 들고 제럴드의 클리닉으로 들어서는 동안 모나는 그렇게 생각했다. 하지만 에디가 원한 방식대로는 아니었다.

주위를 둘러보니 20년은 묵은 플라스틱 가구들이 있었고, 표지에 일본어가 적혀 있고 스팀 스타들의 사진이 실린 잡지도 쌓여 있었다. 클리블랜드에 있는 미용실 같은 곳이었다. 사람은 아무도 없었다. 접수대 뒤에도.

이윽고 하얀 문을 통해 제럴드가 나왔다. 교통사고 현장의 구급대원이 입는 쭈글쭈글한 포일 슈트 차림이었다.

"문 잠가." 코와 입과 턱을 가린 파란색 마스크 너머로 제럴드가 프라이어에게 말했다. "안녕, 모나. 일단 이쪽으로……."

제럴드가 하얀 문 쪽을 가리켰다. 모나는 이미 전기 충격기를 손에 쥐고 있었지만, 켜는 법은 알지 못했다.

모나는 제럴드를 따라갔다.

프라이어가 뒤를 지켰다.

"앉아."

모나는 제럴드가 시키는 대로 하얀 에나멜 의자에 앉았다. 곁에 다가선 제럴드가 모나의 눈을 바라보았다.

"좀 쉬어야 해, 모나. 많이 지쳤어."

전기 충격기 손잡이에 오돌토돌한 돌기가 있었다. 누르는 걸까? 앞으로 밀어야 하나? 아니면 뒤로?

제럴드는 서랍이 여럿 달린 하얀 상자로 가서 뭔가 꺼냈다.

"자."

제럴드가 내민 조그만 튜브는 옆면에 무슨 글씨가 적혀 있었다.

"이게 도움이 될 거야……."

미량으로 설정된 스프레이가 분사됐지만, 거의 느낌이 없었다. 에어로졸 튜브에는 검은 점이 있었고, 모나는 거기에 눈의 초점을 맞추려고 했다. 그 점은 점점 커져서……

메기 죽이는 법을 가르쳐 주던 노인의 모습이 떠올랐다. 메기는 머리뼈 에 비늘로 덮인 구멍이 있단다. 가늘고 뻣뻣한 철사 같은 것, 빗자루에 붙 은 짚 한 가닥도 괜찮아, 그걸 살짝 끼워 넣기만 하면……

클리블랜드가 떠올랐다. 특별할 것 없는 어느 날, 모나는 일을 나가기 전 라넷의 집에 앉아 잡지를 읽고 있었다. 식당에서 웃고 있는 안젤라의 사진 이 눈에 띄었다. 함께 있는 사람들은 모두 아름다운 정도를 넘어 *광채*가 흘 렀다. 사진이 실제로 번쩍거리지는 않았지만 아무튼 광채가 있었고, 뭔가 느껴졌다. '이것 좀 봐.' 모나는 라넷에게 사진을 보여 주며 말했다. '이 사

람들한테는 광채가 있어.'

'그게 바로 돈이라는 거야.' 라넷이 말했다.

'그게 바로 돈이라는 거야. 살짝 끼워 넣기만 하면 돼.'

20
힐튼 스위프트

늘 그랬듯이 힐튼은 예고 없이 혼자서 도착했다. 네트 헬리콥터가 외로운 말벌처럼 내려앉자 젖은 모래 위에 바닷말 가닥들이 소용돌이쳤다.

안젤라는 녹슨 난간 앞에 서서 헬리콥터에서 뛰어내리는 힐튼을 지켜보았다. 왠지 소년처럼 갈팡질팡하는 모습에서 열의가 뚜렷이 묻어났다. 힐튼은 기다란 갈색 트위드 코트 차림이었다. 열린 코트 자락 사이로 티끌 하나 없이 깨끗한 줄무늬 셔츠 앞섶이 보였고, 로터가 일으킨 바람에 갈색을 띤 금발과 센스/네트 넥타이가 펄럭거렸다. 안젤라는 로빈의 말이 옳다고 결론지었다. 힐튼은 정말로 어머니가 골라 준 옷을 입는 사람처럼 보였다.

해변을 성큼성큼 걸어오는 힐튼을 보며 안젤라는 그가 아마도 일부러 그럴 거라는, 꾸며낸 순진함이라는 생각이 들었다. 언젠가 대기업은 법인을 구성하는 인간들과 완전히 별개라고 주장하던 포파이어가 떠올랐다. 안젤라가 보기에는 명백한 사실이었지만, 그 미용사는 안젤라가 자기 주장의 기본 전제를 파악하지 못했다고 우겼다. 힐튼 스위프트는 센스/네트의 가장 중요한 인간 의사 결정자라는 말이었다.

　포파이어 생각을 하니 슬며시 웃음이 나왔다. 힐튼은 그 미소를 환영 인사로 착각하고 환한 웃음으로 답했다.

* * *

　힐튼은 안젤라에게 샌프란시스코에서 점심을 대접하겠다고 했다. 헬리콥터가 굉장히 빠르다면서. 이에 맞서 안젤라는 건조 스위스 수프와 전자레인지로 데운 냉동 발효 호밀빵을 대접하겠노라고 고집을 부렸다.

　힐튼이 먹는 모습을 보면서 안젤라는 그의 성생활이 궁금해졌다. 그는 삼십대 후반이었지만, 어째선지 비상하게 똑똑하면서도 사춘기의 발현이 미묘하게 지연된 십대 아이 같은 분위기를 풍겼다. 이따금 들리는 소문에 따르면 그는 세상에 알려진 모든 성적 취향을 다 가진 사람이었고, 안젤라가 짐작건대 그중 몇 가지는 철저한 공상의 산물이었다. 안젤라의 눈에 그럴 듯하게 보이는 것은 하나도 없었다. 안젤라는 센스/네트에 들어오고 나서 힐튼을 알았다. 처음 들어왔을 때 그는 제작 부문의 고위 간부로 기반을 다진 상태였고, 탤리 이샴의 팀에서도 가장 높은 지위에 있었기 때문에 안젤라에게 즉시 직업적 관심을 보였다. 돌이켜보면 레그바가 안젤라를 그의 진로 속으로 이끌었다는 생각이 들었다. 그는 명백히 출세 가도를 달리는 중이었다. 다만 안젤라 스스로는 그 점을 알아차리지 못할 뻔했는데, 이는 당시에 그녀가 화려하고 변화무쌍한 업계에 압도당했기 때문이었다.

　배리타운 출신답게 권위에 대한 적개심을 타고난 바비는 대번에 힐튼을 싫어했지만, 안젤라의 경력을 생각해서 그럭저럭 감정을 감추었다. 싫어하기는 피차일반이라 힐튼은 두 사람이 헤어지고 바비가 떠났을 때 대놓고 안도하며 축하했다.

"힐튼." 안젤라는 힐튼이 커피 대신 마시는 허브티를 따라 주며 물었다. "로빈은 무슨 일로 계속 런던에 머무는 거야?"

힐튼은 김이 나는 찻잔으로부터 고개를 들었다.

"사적인 일 같던데. 새 친구를 찾았는지도 모르지."

힐튼이 보기에는 바비도 안젤라의 *친구*일 뿐이었다. 로빈의 친구들은 주로 젊은 남자였고, 운동선수 타입이었다. 안젤라가 스팀에서 로빈과 함께 한 선정적인 시퀀스는 콘티뉴이티가 제공한 기존 영상을 조립하고 레이벨의 특수효과 팀이 대폭 수정하는 식으로 만들어졌다. 안젤라는 그와 함께 보낸 밤을 떠올렸다. 마다가스카르 섬 남쪽의 바람 부는 집에서, 그는 수동적으로 몸을 사렸다. 그 후로 다시는 시도하지 않았고, 안젤라는 그가 스팀에 너무도 완벽하게 투사되는 자신들의 친밀감이 손상될까 두려워하는 게 아닌가 하고 의심했다.

"힐튼, 로빈은 내가 클리닉에 가는 걸 어떻게 생각했어? 그 사람이 얘기했어?"

"당신의 결정을 존중하는 것 같던데."

"듣자 하니 로빈이 요즘 사람들한테 내가 미쳤다고 한다던데."

힐튼은 줄무늬 셔츠의 소매를 접어올리고 넥타이를 풀었다.

"로빈이 그런 생각을 할 거라곤 상상도 못하겠는걸. 물론 그런 말은 아예 할 리가 없고. 난 그 친구가 당신을 어떻게 생각하는지 알아. 소문이란 게 원래 그렇잖아, 네트에서는⋯⋯"

"힐튼, 바비는 어디 있어?"

힐튼의 갈색 눈은 몹시도 침착했다.

"그 얘기는 끝난 거 아니었어, 안젤라?"

"당신은 알잖아, 힐튼. 틀림없이 알 거야. 그 사람이 어디 있는지. 그러니까 얘기해 줘."

"잃어버렸어."

"잃어버렸다고?"

"경비대가 잃어버렸어. 물론 당신 말이 맞아. 우린 그 친구가 당신이랑 헤어지고 나서 최대한 가까이 뒤를 밟았어. 그런데 예전 모습으로 돌아가더군."

힐튼의 목소리에 만족스러운 기색이 슬며시 묻어났다.

"그 모습이란 게 어떤 건데?"

"난 당신들이 어떻게 사귀게 됐는지 한 번도 안 물어봤어. 물론 경비대가 둘 다 뒷조사를 하기는 했지만. 그 친구, 잔챙이 범죄자더군."

안젤라가 웃음을 터뜨렸다.

"그 정도로 대단하진 않았는데……."

"당신은 특이하게도 에이전시의 극진한 대접을 받았어, 안젤라. 이름 없는 신인치고는 말이야. 알다시피 당신 에이전트들이 내건 계약의 핵심 조건은 우리가 바비 뉴마크도 함께 받아들이는 거였어."

"힐튼, 계약이란 게 원래 그보다 더 이상한 조건도 있는 법이잖아."

"그리고 바비는 꼬박꼬박 월급을 받았지. 당신의…… 동반자로서."

"내 '친구'겠지."

힐튼이 방금 정말로 얼굴을 붉혔을까? 그는 안젤라의 시선을 피해 자기 손을 내려다보았다.

"당신을 떠난 후에 바비는 멕시코로 갔어. 멕시코시티로. 당연히 경비대가 뒤를 밟았지. 우리 스타의 사생활을 그 정도로 많이 아는 사람인데, 행방을 놓칠 순 없으니까. 멕시코시티는 굉장히…… 복잡한 곳이더군…….

그래도 바비가 예전의…… '경력'을 다시 이어갈 낌새가 보였다는 건 확실해."

"사이버스페이스에서 도둑질을 했단 말이야?"

힐튼이 다시 안젤라의 눈을 마주 보았다.

"업계 사람들을 만나고 다녔어. 유명한 범죄꾼들을."

"그래서? 더 얘기해 줘."

"바비는…… 사라졌어. 감쪽같이. 멕시코시티가 어떤 곳인지 혹시 알아? 특히 빈곤선 아래로 미끄러진 사람들한테?"

"바비가 가난하게 살았다는 말이야?"

"중독자가 됐다더군. 믿을 만한 정보원에 따르면."

"중독자? 뭐에 중독됐는데?"

"나도 몰라."

"콘티뉴이티!"

힐튼은 놀라서 하마터면 차를 쏟을 뻔했다.

"안녕하세요, 안젤라."

"바비야, 콘티뉴이티. 바비 뉴마크, 내 *친구*." 안젤라의 눈이 힐튼을 향해 이글거렸다. "멕시코시티로 갔어. 힐튼 말로는 뭐에 중독됐대, 무슨 약에. 콘티뉴이티?"

"죄송해요, 안젤라. 그건 기밀 데이터예요."

"힐튼, 제발……."

"콘티뉴이티." 힐튼이 말하고는 헛기침을 했다.

"안녕하세요, 힐튼."

"임원 권한으로 명령할게, 콘티뉴이티. 그 정보를 갖고 있어?"

"경비대 정보원에 따르면 뉴마크의 중독은 신경 전자적인 거예요."

"무슨 말인지 모르겠어, 힐튼."

"그러니까 일종의, 음, '두뇌 전극'하고 관련된 거야."

안젤라는 힐튼에게 자신이 어떻게 그 약과 충전기를 찾았는지 얘기하고 싶은 충동이 치솟았다.

진정하렴, 아이야. 머릿속에 벌이 윙윙대는 소리가 가득했고, 압력이 점점 강해졌다.

"앤지? 왜 그래?"

의자에서 엉거주춤 일어선 힐튼이 안젤라에게 손을 뻗었다.

"아무것도 아니야. 그냥…… 놀라서 그래, 신경이 곤두서서. 당신 때문에 그런 거 아니야. 실은 바비의 사이버스페이스 덱을 찾았다고 말하려던 참이었어. 하지만 당신은 이미 다 알겠지, 그렇지?"

"뭐 좀 갖다 줄까? 물이라도?"

"아냐, 괜찮아. 미안하지만 나 좀 누워 있어야겠어. 그래도 여기 있어 줘, 부탁이야. 궤도 시퀀스 건으로 생각해 둔 게 있는데, 당신이 좀 봐줬으면 해……."

"물론이지. 한숨 자, 난 해변에서 좀 걷다 올게. 얘기는 그다음에."

안젤라는 침실 창문으로 힐튼을 지켜보았다. 콜로니 쪽으로 멀어져 가는 그의 갈색 뒷모습을, 그 뒤를 참을성 있게 따르는 조그마한 도르니에 헬리콥터를.

그는 인적 없는 해변을 걷는 아이처럼 보였다. 안젤라만큼이나 갈 곳을 잃은 듯했다.

21
알레프

해가 뜨자 아직 100와트 전구에 전기가 안 들어온 젠트리의 로프트는 새 빛으로 가득 찼다. 겨울 햇살에 콘솔과 홀로그램 테이블의 모서리가 부드러운 선으로 물들었고, 선반이 아래로 휜 서쪽 벽의 합판 책꽂이에 줄지어 꽂힌 오래된 책들도 질감이 또렷이 도드라졌다. 젠트리는 로프트 안을 걸어 다니며 이야기를 늘어놓았고, 그러는 동안 이따금 검은 장화 뒷굽을 축으로 돌 때면 금빛 꽁지머리가 대롱거렸다. 그의 흥분된 정신 상태는 체리가 붙여 준 수면 패치의 잔량을 무력화하는 듯했다. 체리는 침대 모서리에 앉아 젠트리를 지켜보면서도 이따금 들것의 상부 구조에 붙은 배터리 잔량 표시기를 힐끔거렸다. 슬릭은 망가진 의자에 앉아 있었다. 솔리튜드에서 주워다가 헌옷을 뭉쳐 쿠션을 대고, 그 위에 투명한 비닐을 씌워 수리한 의자였다.

슬릭에게는 다행스럽게도, 젠트리는 형태 이야기는 모두 건너뛰고 곧바로 그 알레프라는 것에 관한 자신의 가설을 풀어놓았다. 늘 그렇듯이 젠트리는 입을 열자마자 슬릭이 알아듣지 못할 단어와 문장들을 늘어놓았지만, 슬릭이 경험을 통해 배운 바로는 말을 끊지 않고 내버려 두는 편이 더 나았다. 못 알아먹는 부분은 건너뛰고 전체 흐름에서 의미를 파악하는 것이 비결이었다.

젠트리 말에 따르면 카운트는 어마어마하게 거대한 마이크로소프트와 연결되어 있었다. 회색 상자는 단일 고형 바이오칩 같다고 했다. 그 말이 사실이라면 그 물건의 저장 용량은 사실상 무한대였고, 제작 단가는 상상도 못할 만큼 엄청났다. 젠트리가 말하길 누가 만들었든 애초에 만들어진 것 자체가 꽤나 이상한 물건이라고 했다. 다만 그런 물건이 존재하고 사용된다는 소문은 있었고, 특히 양이 방대한 기밀 데이터를 보관하는 데 쓰이는 모양이었다. 글로벌 매트릭스하고는 연결점이 없기 때문에 그 속의 데이터는 사이버스페이스를 경유한 어떠한 공격에도 영향을 받지 않았다. 물론 약점은 매트릭스를 경유하여 접속할 수 없는 점이었다. 그 물건은 죽은 저장 장치였다.

"이 녀석이 저 안에 뭘 넣었는지는 아무도 몰라."

젠트리는 말을 멈추고 의식 없이 누워 있는 남자의 얼굴을 내려다보았다. 그러고는 몸을 돌려 다시 걷기 시작했다.

"세계가 있을지도 몰라. 세계들이. 어쩌면 인격 구성체가 수도 없이 들어 있을지도……."

"스팀 속에 사는 것처럼?" 체리가 물었다. "그래서 계속 렘수면 상태인 거야?"

"아니, 이건 심스팀이 아니야. 완전한 쌍방향 방식이야. 그리고 중요한 건 규모야. 만약 이게 알레프급 바이오소프트라면, 이 녀석은 말 그대로 이 안에 뭐든 다 갖고 있을 수 있어. 어떤 의미에서는 *만물의 근사치*를 보유하고 있을지도……."

"있잖아, 나도 키드 아프리카한테서 이상한 느낌을 받았어. 이 남자가 지금 이 상태를 유지하려고 돈을 냈다고 했거든. 두뇌 전극을 갖고 노는 인간이 할 만한 짓이지만, 그래도 이상해. 어쨌거나 그런 인간은 이렇게 렘수면을 하질 않으니까……."

"근데 젠트리, 아까 네 장비로 저걸 끄려고 했을 때 말이야." 슬릭이 끼어들었다. "그게…… 덤볐잖아."

비드가 달린 검은 가죽옷 아래에서 움찔거리는 젠트리의 어깨가 슬릭의 눈에 띄었다.

"음. 그럼 난 슬슬 원자력 위원회의 우리 계정을 재설정해야겠어." 젠트리는 철제 테이블 아래에 쌓인 영구 저장 배터리들을 가리켰다. "저것 좀 꺼내 놔."

"그래, 그럴 때도 됐지." 체리가 말했다. "나 이러다 얼어 죽겠어."

* * *

사이버스페이스 덱에 몰입한 젠트리를 남겨 두고 로프트를 떠난 두 사람은 슬릭의 방으로 돌아갔다. 체리는 젠트리의 전기담요를 배터리에 연결하여 들것 위에 덮어 줘야 한다고 우겼다. 부탄가스 레인지 위에 차게 식은 커피가 남아 있었다. 슬릭이 그 커피를 데우지도 않고 그냥 마시는 동안, 체리는 창문 너머로 눈에 덮인 황량한 솔리튜드를 바라보았다.

"여긴 어쩌다 이렇게 된 거야?"

"젠트리 말로는 100년 전까진 쓰레기 매립지였대. 그러다가 위에 흙을 덮었는데 작물이 자라질 않았나 봐. 매립한 쓰레기 중에 유독 물질이 많았거든. 비가 와서 흙도 쓸려 갔고. 그래서 포기하고 쓰레기를 더 갖다 버렸나 봐. 여기선 물도 못 마셔. 폴리염화바이페닐 같은 게 잔뜩 있어서."

"리틀 버드란 애가 잡아 오는 토끼는?"

"그것들은 서쪽에 살아. 솔리튜드에선 그림자도 안 보여. 하다못해 쥐도 안 살아. 아무튼, 이 근처에서 잡은 고기는 먹기 전에 실험을 해 봐야 해."

"그래도 새는 있던데."

"둥우리만 여기다 짓고 먹이는 다른 데서 찾아."

"당신이랑 젠트리는 어떤 사이야?"

체리의 시선은 여전히 창밖을 향하고 있었다.

"무슨 뜻이야?"

"처음엔 동성애자인 줄 알았어. 그러니까, 동거하는 사이."

"아니야."

"하지만 어떤 식으로든 서로에게 필요한 사이 같던데……."

"여긴 그 녀석 거야. 팩토리 말이야. 난 얹혀사는 거고. 난…… 여기 있어야 해. 일을 하려면."

"아래층의 그것들을 만드는 일?"

팩스 용지로 만든 노란 고깔 속의 전구가 켜졌다. 온풍기의 날개도 돌아가기 시작했다.

"흠." 체리는 온풍기 앞에 쭈그리고 앉아 가죽 재킷의 앞섶을 하나씩 열었다. "미친 인간인지도 모르겠지만, 제대로 하는 일이 있긴 하네."

* * *

슬릭이 로프트에 들어섰을 때, 젠트리는 낡은 사무용 의자에 앉아 덱 위의 조그마한 접이식 모니터를 바라보고 있었다.

"로버트 뉴마크."

"뭐?"

"망막으로 신원을 조회했어. 이 녀석은 로버트 뉴마크이거나, 아니면 그놈의 눈을 구입한 다른 인간이야."

"그걸 어떻게 알았어?"

슬릭은 모니터에 떠 있는 기본 출생 기록을 보려고 몸을 숙였다. 젠트리는 그의 질문을 무시했다.

"이게 다야. 더 들어가려고 하면 전혀 엉뚱한 데로 빠져 버려."

"어떻게 그런 일이?"

"누가 뉴마크 선생을 조사하는지 감시하는 사람이 있다는 뜻이지."

"그게 누군데?"

"나도 몰라." 젠트리는 검은 가죽 바지로 덮인 허벅지를 손가락으로 두드렸다. "이걸 봐. 아무것도 없어. 출생지는 배리타운. 어머니는 마사 뉴마크. 개인 식별 번호는 알아냈지만, 보안 태그가 붙어 있는 게 확실해."

젠트리는 바퀴가 달린 의자를 뒤로 쭉 밀어서 빙글 돌아앉았다. 그러자 카운트의 평온한 얼굴이 눈앞에 보였다.

"어때, 뉴마크? 그게 네 이름이냐?"

젠트리는 일어서서 홀로그램 테이블로 다가갔다.

"안 돼."

슬릭이 말렸지만 젠트리는 테이블의 전원을 눌렀다.

그러자 순식간에 회색 괴물이 다시 떠올랐지만, 이번에는 반구형 디스플레이의 중심부를 향해 달려들었다가 점차 작아지더니 사라졌다. 아니, 거기에 있었다. 빛나는 프로젝션 필드의 정중앙에, 조그마한 회색 구체가 있었다.

젠트리가 또다시 미치광이처럼 웃었다.

"좋아."

"뭐가 좋다는 거야?"

"뭔지 알았어. 이건 일종의 아이스야. 보안 프로그램."

"저 원숭이가?"

"누군지 몰라도 유머를 아는 인간이 만들었어. 접근한 사람이 겁을 먹고 달아나지 않으면, 이 원숭이는 콩알 크기로 변해……."

젠트리는 책상으로 가서 오토바이용 화물 적재함을 뒤졌다.

"신경을 직접 연결하면 아마 놈들도 눈치 못 챌걸."

젠트리가 손에 뭔가 들고 있었다. 머리에 쓰는 전극 네트였다.

"젠트리, 그만둬! 이 녀석 상태를 봐!"

"내가 하려는 게 아니야. 네가 해."

22
유령과 공허

택시의 먼지 낀 차창 밖을 바라보다가, 구미코는 자신도 모르는 사이에 콜린과 그의 비꼬는 말투가 그리워졌다. 그러다가 이곳은 콜린의 전문 영역이 아니라는 생각이 떠올랐다. 마스네오텍이 스프롤에서 사용하는 비슷한 유닛도 생산하는지 궁금해졌다. 만약 그렇다면, 그 유령은 어떤 형태를 취할까?

"샐리 씨." 뉴욕을 향해 출발한 지 30분쯤 지났을 무렵, 구미코가 물었다. "페탈 씨가 왜 우릴 그냥 보내줬을까요?"

"왜냐면 그 사람은 영리하거든."

"그럼 우리 아버지는요?"

"네 아버진 돌아 버릴 거야."

"뭐라고요?"

"화를 낼 거라고. 알게 되면. 어쩌면 안 그럴지도. 우리가 여기 오래 있진 않을 테니까."

"여기는 왜 온 거죠?"

"누구랑 얘기를 해야 해서."

"그런데 왜 저까지 데려온 거예요?"

"여기가 맘에 안 드니?"

구미코는 망설였다.

"예, 싫어요."

"좋아." 샐리는 닳아빠진 좌석 시트에 앉은 채 몸을 틀었다. "페탈은 우릴 보내줄 수밖에 없었어, 안 그러면 우리 둘 중 누굴 해치는 수밖에 없으니까. 뭐, 안 그랬을 수도 있고. 모욕했을 공산이 더 크지. 스웨인은 널 때리고 나중에 너한테 사과했을지도 몰라. 네 아버지한텐 다 널 위해서 그랬다고 둘러대면 되니까. 하지만 날 때린다면 그건 *체면* 문제야, 안 그래? 총을 들고 아래층에 서 있는 페탈을 봤을 때, 난 그 사람이 우릴 보내 줄 거란 걸 알았어. 네 방은 온통 감시당하고 있었어. 온 집 안이 다. 난 네 짐을 챙길 때 동작 감지 센서를 다 껐어. 그래야 할 것 같았거든. 페탈은 내가 한 짓인 걸 알았어. 그래서 전화를 건 거야, 나한테 자기가 안다는 걸 알려 주려고."

"전 이해가 안 가요."

"예의 같은 거야. 덕분에 난 페탈이 기다리는 중인 걸 알았어. 나한테 기회를 주려고 그런 거지. 하지만 페탈은 선택권이 없었고, 스스로도 그걸 알았어. 생각해 봐, 스웨인은 뭔가 하도록 협박을 받았고, 페탈도 그걸 알았어. 아니면 스웨인한테 그렇게 들었거나. 나야 실제로 협박을 당하는 중이고. 그래서 난 스웨인이 날 얼마나 간절히 필요로 하는지 슬슬 궁금해졌어. 그런데 *정말로* 간절했던 거야. 노팅힐까지 데려와서 안전하게 숨겨 놓은 오야붕의 딸을 데리고 나가게 놔둘 정도로 말이야. 스웨인한테 네 아버지보다 더 무서운 게 있다는 뜻이야. 아니면 네 아버지 덕에 이미 번 것보다 더 많은 돈을 벌게 해 줄 어떤 것인지도 모르지. 아무튼, 널 데려왔으니 이제 피장파장이야. 반격을 했다고나 할까. 그게 마음에 걸리니?"

"하지만 샐리 씨도 협박을 당하고 있다면서요."

"누군가 내가 한 일들을 훤히 꿰고 있어."

"틱 씨가 그 사람의 정체를 알아냈나요?"

"응. 그런데 난 처음부터 알았던 것 같아. 차라리 잘못 안 거라면 원이 없을 텐데, 젠장."

샐리가 고른 호텔은 표면이 녹슨 철판으로 덮여 있었고, 철판은 저마다 번득이는 크롬 볼트로 고정되어 있었다. 구미코가 도쿄에서 익히 보면서 조금 구식이라고 생각했던 스타일이었다.

방은 커다랗고 색조가 다양한 회색으로 칠해져 있었다. 샐리는 문을 잠근 후에 곧장 침대로 가서 재킷을 벗고 누웠다.

"짐이 없으시네요."

구미코의 말에 샐리가 일어나 앉아서 부츠를 벗기 시작했다.

"필요한 건 사면 돼. 피곤하니?"

"아니요."

"난 피곤한데."

샐리는 검은 스웨터를 머리 위로 당겨 벗었다. 가슴은 조그마했고, 유두는 갈색을 띤 분홍색이었다. 왼쪽 유두 바로 아래에서 시작된 기다란 흉터는 청바지 허릿단에 가려 끝이 보이지 않았다.

"다친 적이 있군요."

구미코가 흉터를 보며 말했다. 샐리는 아래를 내려다보았다.

"응."

"왜 흉터 제거 수술을 안 받으셨어요?"

"때로는 기억하는 게 좋으니까."

"다쳤던 걸요?"

"어리석었던 걸."

회색 위에 회색. 잠을 이루지 못한 구미코는 회색 카펫 위를 맴돌았다. 무수히 많은 비슷한 방과 마찬가지로 그 방에는 분명 어딘가 흡혈귀 같은 구석이 있었다. 황당할 정도로 완벽하게 몰개성한 그 방은 구미코의 인격을 빨아들이는 듯했다. 그 인격의 편린으로 나타난 것은 다투느라 커진 부모님의 목소리였고, 검은 양복 차림을 한 아버지 비서들의 얼굴이었으며……

잠든 샐리의 얼굴은 매끈한 가면 같았다. 창문으로 본 풍경은 구미코에게 아무것도 알려 주지 않았다. 그저 도쿄도 런던도 아닌 도시를 보고 있을 뿐이었고, 특색 없이 드넓게 펼쳐진 그 황량한 풍경이 구미코가 태어난 세기에는 곧 현실 도시의 패러다임이었다.

아마 구미코도 잠을 잤을 테지만, 잘 기억이 나지 않았다. 구미코가 지켜보는 가운데 샐리는 침대 옆의 비디오 화면을 눌러서 필요한 세면도구와 속옷을 주문했다. 구입한 물건은 구미코가 샤워를 하는 사이에 방으로 배달되었다.

"좋아." 샐리가 욕실 문 너머에서 말했다. "얼른 닦고 옷 입어. 그 남자를 만나러 갈 거야."

"그 남자라뇨?"

구미코가 물었지만 샐리는 듣지 못했다.

* * *

고미.

도쿄의 대지 가운데 35퍼센트는 *고미* 위에 지어졌다. 도쿄 만에 평탄한 땅을 만들기 위해 한 세기 동안 체계적으로 폐기물을 매립한 결과였다. 그곳에서 *고미*는 관리하고 수거하고 분류하고, 세심하게 묻어야 하는 자원이었다.

런던과 *고미*의 관계는 그보다 조금 더 미묘했고, 더 완곡했다. 구미코가 보기에 그 도시의 몸통은 *고미*로 이루어져 있었다. 굶주림이 가실 날이 없는 일본 경제라면 건물 세울 자리를 찾아 이미 오래전에 먹어 치웠을 구조물들이었다. 그러나 구미코가 보기에도 그곳의 구조물에는 시간의 얼개가 드러나 있었다. 벽 하나하나에 몇 대에 걸쳐 지속된 복구 작업의 손길이 덧대어져 있었다. 영국인들은 나름의 방식으로 자기네 *고미*를 존중했고, 구미코는 이제 겨우 그 방식을 이해하기 시작했다. 그들은 *고미* 속에 살고 있었다.

스프롤의 *고미*는 어딘가 달랐다. 그것은 기름진 부엽토였고, 그 부패한 땅에서 강철과 폴리머로 된 괴물들이 싹을 틔웠다. 구미코는 그곳의 뚜렷한 무계획성만으로도 머리가 어지러웠다. 효율적인 토지 이용을 중요시하는 일본 문화와 완전히 대치되는 분위기였다.

부패한 풍경은 공항에서 택시를 타고 이동하는 사이에 이미 눈앞에 펼쳐졌다. 거리의 블록 전체가 폐허였고, 쓰레기가 쌓인 보도 위쪽으로 안 닦은 창문들이 벌린 입처럼 늘어서 있었다. 장갑을 덧댄 호버 택시가 거리를 지나는 동안 처다보는 사람들의 얼굴 또한 마찬가지였다.

이제 샐리는 이곳에서 가장 이상한 부분으로 구미코를 느닷없이 밀어 넣었다. 도쿄의 어떤 건물보다도 높은 고층 건물들이 부패한 채 무질서하게 서 있는 곳, 그물처럼 겹겹이 덮인 그을음투성이 돔 사이로 기업체의 첨탑이 뾰족하게 솟은 곳이었다.

호텔을 나서서 택시를 두 차례 탄 후, 두 사람은 이른 저녁의 인파와 기울어진 그림자로 가득한 거리에 서 있었다. 공기는 차가웠지만 런던만큼은 아니어서 구미코는 우에노 공원에 핀 꽃들이 떠올랐다.

처음 도착한 곳은 젠틀맨 루저라는 넓고 조금 오래된 바였다. 그곳에서 샐리는 바텐더와 조용하고 매우 재빠르게 대화를 나눴다.

두 사람은 아무것도 주문하지 않고 바를 나섰다.

* * *

"유령이군."

샐리가 모퉁이를 돌며 말했다. 구미코는 곁에 바짝 붙어 있었다. 몇 블록을 지나오는 동안 거리의 인적은 점점 더 드물어졌고, 건물 역시 점점 더 어둡고 낡아 보였다.

"뭐라고요?"

"여기엔 날 기다리는 유령들이 잔뜩 있어. 어차피 원래 있는 것들이겠지만."

"이곳을 잘 아세요?"

"그럼. 다 똑같아 보이지만 달라. 넌 알겠니?"

"아니요……."

"언젠가 알게 될 거야. 내가 찾는 사람이 나타나면 넌 평소처럼 착한 아이답게 행동하면 돼. 혹시 말을 걸면 대답해. 아니면 입 다물고 있어."

"찾는 사람이 누군데요?"

"남자. 뭐, 그 남자의 잔해인지도 모르지만……."

반 블록을 더 가자 스산한 거리가 텅 비었다. 한밤의 눈이 수의처럼 덮인 스웨인의 집 앞 도로를 빼면 구미코는 *텅 빈* 거리를 그때껏 본 적이 없었다. 샐리는 장사가 될 가망이 전혀 안 보이는 오래된 가게 옆에서 걸음을 멈췄다. 나란히 달린 진열창 안쪽 면이 두껍게 쌓인 먼지로 뿌옇게 보였다. 안쪽을 들여다본 구미코는 불이 꺼진 네온사인의 유리관으로 된 글자를 알아볼 수 있었다. 메트로 옆에 더 긴 단어가 보였다. 진열창 사이의 문에는 물결 모양 철판이 덧대어져 있었다. 일정한 간격으로 녹슨 고리 볼트가 튀어나와 있었고, 날카로운 날이 달린 아연 도금 철사가 고리를 통과하여 축 늘어져 있었다.

　이제 샐리는 문을 마주하고 서서 양어깨를 곧추세우더니, 짧고 빠른 일련의 동작을 부드럽게 실행했다.

　구미코는 되풀이되는 샐리의 몸짓을 멍하니 바라보았다.

　"샐리 씨……"

　"암호야." 샐리가 말을 끊었다. "입 다물라고 했지?"

　"무슨 일이야?"

　속삭임보다 살짝 큰 목소리가 들렸다. 어디서 들려왔는지는 도무지 갈피가 잡히지 않았다.

　"방금 얘기했잖아." 샐리가 말했다.

　"난 그런 암호는 몰라."

　"그 남자한테 할 말이 있어." 샐리의 목소리는 딱딱하고 신중했다.

　"그는 죽었어."

　"나도 알아."

　뒤이어 침묵이 흘렀고, 구미코는 바람소리인지도 모를 어떤 소리를 들었다. 아득히 높은 상공의 돔을 쓸고 가는, 먼지를 머금은 차가운 바람.

"여기엔 없어." 목소리가 멀어지는 느낌이 들었다. "모퉁이를 돌아서 반 블록 더 가, 거기서 왼쪽 골목으로."

그 골목은 구미코가 평생토록 기억하게 될 곳이었다. 젖어서 번들거리는 칙칙한 벽돌, 검은 먼지가 엉겨서 띠처럼 길게 굳은 환풍기 뚜껑, 부식된 합금 덮개 속의 노란 전구, 양쪽 벽 아래에 늘어선 키 작은 빈병들, 사람이 들어갈 만한 크기의 구겨진 팩스 용지 상자와 하얀 스티로폼 완충재 조각들, 또각거리는 샐리의 부츠 소리.

침침한 전구 불빛 너머는 암흑이었지만, 젖은 벽돌에 골목 끄트머리의 벽이 비쳐 보였다. 막다른 곳이었고, 구미코는 망설였다. 갑자기 맴도는 메아리가, 뭔가 후다닥 지나가는 소리가, 쉬지 않고 떨어지는 물소리가 두려웠고……

샐리가 한쪽 손을 들었다. 그러자 몹시 환한 빛 한 줄기가 페인트로 얼룩진 벽돌 벽에 선명한 원을 그리더니, 아래로 부드럽게 내려갔다.

원이 벽의 맨 아래에 이르자 뭔가 보였다. 뭉툭한 금속 덩어리였다. 수직으로 기다랗고 표면이 둥그런 그 부착물을 구미코는 환풍기로 착각했다. 부착물의 밑동 근처에는 짤따란 흰색 양초 여러 개, 투명한 액체가 들어 있고 바닥이 평평한 플라스틱 플라스크, 각양각색의 담뱃갑 등이 있었고, 담배 개비도 이리저리 흩어져 있었으며, 분필 가루로 공들여 그린 팔이 여러 개 달린 사람 그림도 보였다.

샐리가 앞으로 걸어가는 동안에도 빛줄기는 가만히 머물러 있었다. 구미코는 그 튼튼한 부착물이 커다란 리벳으로 벽돌 벽에 고정되어 있는 것을 알아차렸다.

"핀?"

가로로 길게 난 구멍 안에서 분홍색 빛이 빠르게 깜빡였다.

"있잖아, 핀, 저기……."

샐리답지 않게 목소리에서 망설이는 기색이 묻어났고……

"몰리." 거친 목소리, 마치 망가진 스피커를 통해 들리는 듯한. "손전등은 뭐 하러 켰어? 요즘도 몸속에 증폭기를 달고 다니나? 늙어서 캄캄한 곳에선 눈이 잘 안 보이는 거야?"

"내 친구 때문에."

구멍 뒤에서 뭔가 움직였다. 한낮의 햇빛을 받은 뜨거운 담뱃재처럼 불길한 분홍색이었다. 깜박거리는 불빛이 구미코의 얼굴을 훑었다.

"음." 거칠거칠한 목소리가 말했다. "그래서, 그 앤 누구야?"

"야나카의 딸."

"진짜?"

샐리가 플래시를 아래로 내렸다. 불빛 속에 양초와 통, 젖은 회색 담배 개비, 깃털이 난 팔이 여러 개 달린 하얀 그림이 드러났다.

"제물이니까 마음껏 즐겨도 돼." 그 목소리가 말했다. "모스코프스카야 보드카 반 리터야. 후두교 상징은 밀가루로 그린 거고. 운이 안 좋았어. 손이 큰 녀석들은 코카인으로 그리는데 말이지."

"세상에." 샐리는 묘한 거리감이 느껴지는 목소리로 중얼거리며 쭈그려 앉았다. "말도 안 돼."

구미코가 지켜보는 가운데, 샐리는 플라스크를 들고 안에 든 액체의 냄새를 킁킁거렸다.

"마셔. 좋은 술이야. 당연히 좋은 걸 바쳐야지. 신탁을 상대로 에누리를 바라는 놈은 없으니까. 자기한테 뭐가 좋은지 아는 놈이라면."

"핀." 샐리는 플라스크를 기울여 술을 마시고 손등으로 입을 닦았다. "당신 정말 미쳤군…….”

“운이 좋아야 그 정도지. 이런 장비를 쓰려면 미치는 정도가 아니라 살짝 상상력을 발휘하는 수준까지 밀어붙이는 수밖에 없어.”

구미코는 앞으로 다가서서 샐리 곁에 쭈그리고 앉았다.

“지금 이건 구성체야? 인격으로 만든?”

샐리는 보드카가 든 플라스크를 내려놓고 하얀 손톱 끝으로 눅눅한 밀가루를 휘저었다.

“맞아. 너도 전에 본 적이 있을 거야. 원하면 실시간 기억이 될 수도 있고, 사이버스페이스에 접속할 수도 있어. 이 신탁 노릇은 감각을 유지하려고 하는 거야. 너도 알지?”

목소리가 이상하게 변했다. 웃음소리였다.

“연애 때문에 고민인가? 여자가 야속하게 마음을 몰라주나?” 거슬리는 웃음소리가 또다시, 라디오 잡음처럼 요란하게 들려왔다. “실은 사업 상담을 더 많이 해주는 편이야. 거기 있는 제물은 동네 꼬맹이들이 놓고 간 거고. 덕분에 신비감이 더 강해지긴 했지. 이따금씩 무신론자가 올 때도 있어. 매상을 들고튀려고 기어드는 건방진 녀석들 말이야.”

구멍 사이로 가느다란 진홍색 선이 번득이는가 싶더니 구미코의 오른쪽에 있던 병이 폭발했다. 잡음 같은 웃음소리가 이어졌다.

“그래, 무슨 일로 여기까지 오셨나, 몰리? 너랑…….” 또다시 분홍색 빛이 구미코의 얼굴을 스치며 깜박였다. “야나카의 딸이…….?”

“스트레이라이트 건 때문에.”

“그건 옛날 일이잖아, 몰리…….”

“그 여자가 날 쫓고 있어, 핀. 14년이 지났는데 그 미친년이 날 노리고 있다고.”

"퍽이나 할 일이 없었나 보군. 알겠지만 부자란 것들이 원래……"

"핀, 케이스가 어딨는지 알지? 어쩌면 그 여자가 케이스도……."

"케이스는 손을 씻었어. 너랑 헤어진 후에 짭짤한 건수를 몇 개 잡아서 생각을 고쳐먹고 깨끗이 손을 털었지. 너도 그렇게 했더라면 지금 골목길에 쭈그려 앉아 덜덜 떨 일이 없었을 텐데, 안 그래? 마지막으로 소식을 들었을 땐 그 녀석, 애가 넷이라더군……."

최면을 걸듯이 자신을 훑는 분홍색 불빛을 바라보면서, 구미코는 샐리와 이야기하는 것의 정체를 어렴풋이 깨달았다. 아버지의 서재에도 비슷한 것이 네 개 있었다. 옻칠을 한 검은 정육면체 나무상자였고, 나직한 소나무 선반에 나란히 놓여 있었다. 제각각 위쪽에 격식 있는 사진이 놓여 있었다. 흑백 사진이었고, 검은 양복에 넥타이를 맨 남자들이 찍혀 있었다. 몹시 냉정해 보이는 네 신사의 재킷 라펠에는 아버지가 가끔 다는 것과 비슷하게 생긴 조그마한 금속 문장이 달려 있었다. 어머니는 그 상자에 유령이 들어 있다고 했다. 아버지의 사악한 선조들의 유령이. 그러나 구미코는 겁먹기는커녕 멋지다고 생각했다. 정말로 유령이 들어 있다면 아주 작은 유령일 거라고 추론했다. 상자 자체가 아이 머리 하나도 간신히 들어갈 만큼 작았기 때문이었다.

구미코의 아버지는 이따금 그 상자들 앞에서 명상을 했다. 맨 다다미 위에 무릎을 꿇은 자세에서 깊은 존경심이 드러났다. 구미코는 그렇게 꿇어앉은 아버지를 여러 번 보았지만, 아버지가 상자에 말을 거는 소리를 들은 것은 열 살이 지난 후의 일이었다. 그리고 그때, 상자 한 개가 대답을 했다. 구미코에게는 아무 의미도 없는 질문이었고 답도 마찬가지였지만 장지문 뒤에 앉아 있던 구미코는 유령의 차분한 목소리에 얼어붙어 움직이지 못했고, 나중에 그곳에 있는 딸을 발견한 아버지는 껄껄 웃었다. 그러고는 야단을 치는 대신 상자에는 선대 임원들의 인격 기록이 담겨 있다고 설명해 주었다. 영혼 말인가요? 구미코가 물었다. 아니. 아버지는 웃으며 미묘하게 다르다는 말을 덧붙였다.

"그들은 의식이 없단다. 질문을 받으면 상대가 응답하는 방식과 비슷하게 답하는 거야. 그들이 유령이라면 홀로그램도 유령이겠지."

얼스코트에 있는 철판구이 바에서 야쿠자의 역사와 계층 구조에 관해 샐리에게 설명을 들은 후에 구미코는 사진 속의 남자들, 즉 인격 기록의 대상들이 저마다 오야붕이었으리라고 확신했다.

장갑 부착물 안의 존재 역시 더 복잡할지는 몰라도 성질은 그 유령들과 비슷하리라고, 구미코는 짐작했다. 콜린이 구미코가 신주쿠에 쇼핑 원정을 나갈 때 아버지의 비서들이 챙기던 미슐랭 가이드와 비슷하지만 더 복잡한 존재인 것처럼. 핀, 샐리는 그 존재를 핀이라고 불렀다. 그리고 그것은 분명 한때 샐리의 친구였거나 동료였다.

그런데 핀은 이 골목에 아무도 없을 때에도 깨어 있을까? 구미코는 그것이 궁금했다. 핀의 레이저 눈은 소리 없이 내리는 한밤의 눈을 스캔할까?

"유럽에 있었어." 샐리가 이야기를 시작했다. "케이스랑 헤어지고 나서, 난 온 유럽을 돌아다녔어. 그 사람이랑 같이 한 건으로 큰돈을 벌었으니까. 아무튼 그때는 큰돈 같았어. 테시어애시풀의 인공지능이 스위스 은행을 통해 이체해 줬지. 우리가 중력 우물 위로 올라갔던 흔적도 그게 깨끗이 지워 줬어. 전부 다, 그러니까 우리가 일본항공 셔틀을 탈 때 썼던 가명을 찾아봐도 전혀 안 나왔을 거야. 도쿄로 돌아온 후에 케이스가 모조리 확인하고 모든 데이터에 바이러스를 깔았어. 아무 일도 없었던 것처럼. 인공지능이든 아니든, 어떻게 그럴 수가 있는지 이해가 안 가더군. 하지만 궤도에서 무슨 일이 일어났는지 제대로 아는 사람은 어차피 아무도 없었어. 케이스가 그 중국제 아이스 브레이커를 이용해서 녀석들의 핵심 아이스를 뚫었을 때 말이야."

"혹시 그 인공지능이 나중에 접촉해 온 적은?"

"내가 아는 한은 없어. 케이스는 그게 사라진 것 같다고 생각했어. 흔적 *없이* 사라진 건 아니지만, 구석구석으로 스며들었다고 했어. 매트릭스 전체로. 사이버스페이스 안에는 더 이상 존재하지 않고 그 *자체*가 사이버스페이스인 것처럼. 그리고 만약 그게 남들 눈에 띄길 싫어한다면, 남들한테 자기 존재를 알리길 싫어한다면, 우리로선 알 방법이 없어. 안다고 해도 남들한테 증명할 방법도 없고…… 나로 말하자면 알고 싶지도 않았어. 그게 뭐든 간에 나한텐 이미 옛일이었으니까. 끝난 일. 아미티지는 죽었고 리비에라도 죽었고 애시풀도 죽었고, 우릴 태우고 왕복한 예인선의 파일럿이었던 래스터 교도는 자이언 구역으로 돌아갔어. 아마 모든 게 마리화나에 취해서 꾼 꿈이라고 생각했겠지…… 난 케이스를 도쿄 하이야트 호텔에 두고 왔어. 그 후론 다시는 못 만났고……."

"왜?"

"낸들 알아? 별 이유는 없었어. 그땐 나도 젊었고, 그냥 다 끝난 것처럼 보였어."

"하지만 넌 그 여자를 우물 위에 두고 왔어. 스트레이라이트에."

"당신 말이 맞아. 나도 가끔 그 생각을 하곤 해. 핀, 우리가 떠날 때 그 여잔 아무것도 신경 쓰지 않았어. 내가 자길 위해서 미친 아버지를 죽인 것도, 케이스가 자기네 핵심 아이스를 해체하고 인공지능을 매트릭스에 산산이 뿌린 것도…… 그래서 난 그 여잘 명단에 올려놨어, 알겠어? 언젠가 큰

일이 생겨서 누가 날 노리면 그 명단을 확인하려고."

"그래서 단번에 그 여자인 줄 알았다, 이건가?"

"아니. 내가 만든 명단은 꽤 길어."

구미코가 보기에 샐리와 동업자 이상의 관계였던 듯한 케이스라는 남자는 그녀의 이야기에 다시는 등장하지 않았다.

샐리가 핀을 위해 간략히 정리한 14년간의 개인사를 듣는 동안, 구미코는 저도 모르게 젊은 시절의 샐리를 일본의 전통 연극 비디오에 나오는 *비쇼넨*, 즉 비현실적으로 우아하고 위험한 미소년으로 상상했다. 이야기에 나오는 지명이나 물건의 이름을 모르는 탓에 샐리의 건조한 인생사를 다 이해하기는 어려웠지만, 그녀가 *비쇼넨*답게 갑작스러운 일격으로 승리를 거두는 모습은 쉽게 상상할 수 있었다. 그러나 이내 그렇지 않다는 생각이 들었다. '함부르크에서 보낸 끔찍한 1년'이라는 말로 간단히 설명을 끝낸 부분에서 샐리의 목소리에는 느닷없이 분노가 드러났다. 10년 전의 1년이었으니 해묵은 분노였다. 이 여성을 일본의 기준에 맞춰 상상한 것은 실수였다. 그 이야기 속에 *로닌*, 즉 떠돌이 사무라이 같은 것은 나오지 않았다. 샐리와 핀은 일에 관해 이야기하는 중이었다.

구미코가 그러모은 정보에 따르면 샐리는 함부르크에서 끔찍한 한 해를 보내기 전 큰돈을 벌었다가 다시 잃었다. '저 위'에서, 즉 핀 말로는 스트레이라이트라는 곳에서 케이스라는 남자와 함께 일을 하고 자기 몫을 챙겼던 것이다. 그 과정에서 샐리에게는 적이 생겼다.

"함부르크라." 핀이 이야기에 끼어들었다. "나도 함부르크에 관해서는 이런저런 이야기를 들었지……."

"돈은 다 써버렸어. 사연이야 뻔하지, 젊은 나이에 큰돈을 손에 쥐었으니……. 돈이 없으면 원래 생활로 돌아갔어야 하는 건데, 그때 난 프랑크푸

르트의 조직하고 엮여서 돈을 빌렸어. 녀석들은 빚을 탕감하는 대가로 거래를 하자더군."

"무슨 거래?"

"제거하고 싶은 사람들이 있댔어."

"그래서?"

"그래서 빠져나왔어. 틈을 노려서. 그러고는 런던으로 가서……."

구미코는 아마도 샐리가 한때는 로닌 비슷한 일을 했으리라고 결론지었다. 그러나 런던에서 샐리는 다른 사람으로 변신했다. 이번에는 사업가였다. 딱 잘라 설명하기는 힘든 방법으로 생활을 꾸려가면서 그녀는 갖가지 사업 활동에 자금을 제공하는 후원자로 차츰 탈바꿈했다('대출 횡령'이란 무슨 뜻일까? '데이터 세탁'은?).

"흠, 잘했군. 독일의 어느 카지노에 지분까지 갖게 됐으니."

"엑스라샤펠이야. 난 거기 이사회에 이름을 올렸어. 지금도 출석할 수 있어, 그 이름으로 된 여권만 구하면."

"아예 눌러앉은 건가?" 다시 웃음소리.

"그럼."

"들리는 소식이 별로 없던데. 이 외진 곳까지는."

"난 카지노를 경영했어. 그게 다야. 장사도 꽤 잘됐고."

"내기 시합에도 나갔잖아. 선수명은 '미스티 스틸', 증강형 페더급으로. 나도 여덟 번 시합 중에 다섯 번에 돈을 걸었어. 대혈전이라 재미가 쏠쏠하더군. 불법이었고."

"그냥 취미였어."

"대단한 취미였지. 나도 비디오를 봤어. 미얀마 출신 꼬맹이한테 갈가리 찢겼지, 피바다가 될 정도로 말이야……."

구미코는 전에 본 기다란 흉터를 떠올렸다.

"그래서 그만뒀어. 5년 전 일인데, 그때도 난 연령 제한을 5년이나 초과한 상태였어."

"나쁘진 않았어. 그래도 '미스터 스틸'이라니…… 맙소사."

"좀 봐줘. 내가 지은 이름도 아니었다고."

"아무렴. 그럼 이제 저 위에 있는 친구 얘기를 좀 해 봐. 그 여자가 널 어떻게 찾아냈는지."

"스웨인 때문이야, 로저 스웨인. 자기 부하를 카지노로 보냈어. 어깨 흉내를 내는 프라이어라는 녀석을. 한 달 전쯤에."

"해결사 스웨인? 런던의?"

"맞아. 프라이어가 나한테 선물을 들고 왔는데, 보니까 한 1미터쯤 되는 출력물인 거야. 명단이었어. 이름, 날짜, 장소가 적힌."

"곤란한 거였나?"

"처음부터 끝까지. 내가 거의 잊어버린 것들이었어."

"스트레이라이트 건도?"

"전부 다. 그래서 짐을 싸서 런던으로 왔더니 스웨인이 있었어. 나한테 미안하다며, 자기 잘못은 아니지만 그래도 날 쥐어짜는 수밖에 없댔어. 그 녀석도 누구한테 쥐어짜이는 중이었거든. 자기 몫의 명단 때문에 제 코가 석자였던 거지."

샐리의 부츠 뒷굽이 땅바닥을 스치며 움직이는 소리가 구미코의 귀에 들려왔다.

"그래서 스웨인이 원하는 건?"

"빼돌리기. 살아 있는 인간을. 게다가 유명인이야."

"왜 하필 너야?"

"제발, 핀. 그걸 당신한테 물어보려고 내가 여기까지 왔잖아."

"스웨인이 3제인 때문이라던가?"

"아니. 하지만 내가 아는 런던의 콘솔 카우보이는 그렇다고 했어."

구미코는 무릎이 저렸다.

"옆에 있는 그 애 말인데. 어디서 만난 거야?"

"스웨인의 집에 나타났어. 야나카가 도쿄를 떠나서 다른 곳에 머물게 했대. 스웨인은 야나카한테 지킬 의리가 있고."

"어쨌거나 애는 깨끗하군. 이식받은 것도 없고. 요즘 도쿄 소식을 듣자하니 야나카가 아주 바쁜 모양이던데……." 구미코는 어둠 속에서 몸을 떨었다. "그 빼돌리기 말인데, 유명인이란 게 누구야?"

핀이 물었다. 구미코는 샐리가 망설이는 기색을 느꼈다.

"안젤라 미첼." 분홍빛 메트로놈이 소리 없이 흔들렸다. 왼쪽에서 오른쪽으로, 다시 오른쪽에서 왼쪽으로. "나 추워 죽겠어, 핀."

"그래, 나도 추위를 느낄 수 있으면 좋을 텐데. 방금 널 위해 여행을 좀 다녀왔어. 기억 속으로 떠나는 여행. 너, 안젤라의 출신 배경에 관해 잘 알아?"

"아니."

"내 전문은 신탁이야, 아가씨. 연구 기록 보관소가 아니라…… 아무튼, 그 여자 아버지는 크리스토퍼 미첼이야. 마스 바이오랩의 바이오칩 연구 부서에서 힘깨나 쓰는 양반이었지. 그 여잔 애리조나에 있는 폐쇄 부지에서 자랐어. 회사가 키운 아이란 말이야. 한 7년 전에 거기서 일이 터졌어. 항간에 도는 소문으로는 크리스토퍼 미첼이 큰마음 먹고 이직을 하려고 했는데, 호사카 사에서 전문가 팀을 보내 도와줬다더군. 팩스 통신에는 마스사 부지에서 메가톤급 폭발이 일어났다고 적혀 있었지만, 방사능은 전혀 감지되지 않았어. 호사카 측이 보낸 용병들도 발견되지 않았고. 마스 사는 미첼이 사망했다고 발표했어. 자살했다고."

"그건 기록 보관소가 할 일이잖아. 신탁이 아는 건 뭐야?"

"소문들. 한 줄로 뀔 만한 것들은 아니야. 항간의 소문에 따르면 안젤라는 애리조나에서 폭발이 일어나고 한 이틀 지나서 이곳에 나타났어. 뉴저지에서 활동하던 아주 기묘한 흑인 몇 명이랑 같이."

"활동이라니, 무슨?"

"거래를 하던 놈들이야. 주로 상품을. 사기도 하고, 팔기도 하고. 가끔은 나한테서 사기도 했고……."

"어디가 어떻게 기묘했는데?"

"후두교야. 매트릭스가 무당이나 뭐 그딴 걸로 가득하다고 믿는 놈들이었어. 그런데 그거 알아, 몰리?"

"뭘?"

"그놈들이 제대로 봤어."

23
거울아, 거울아

모나는 누가 스위치를 눌러 켠 듯이 깨어났다.

눈은 뜨지 않았다. 다른 방에서 두 사람이 이야기하는 소리가 들렸다. 몸 여러 군데가 아팠지만 위즈 때문은 아니었다. 약 기운이 빠질 때의 지독한 고통은 사라졌거나, 그들이 뿌린 뭔지 모를 스프레이 덕분에 가라앉은 듯했다.

종이 수술복이 유두에 닿아 가슬가슬하게 쓸렸다. 유두는 커지고 말랑말랑해진 느낌이 났고, 가슴도 커진 듯싶었다. 짧은 선을 당기는 듯한 통증이 온 얼굴을 뒤덮은 가운데 양쪽 눈구멍은 얼얼하게 욱신거렸고, 입속에서는 부어서 뻐근해진 느낌과 비릿한 피 맛이 느껴졌다.

"자네 일에 이래라저래라 할 생각은 없어." 수돗물 흐르는 소리와 금속이 찰캉대는 소리, 무슨 냄비 같은 것을 씻는 소리를 뚫고 제럴드의 목소리가 들려왔다. "하지만 속을 마음이 없는 인간 앞에서 저 애를 데리고 속일 수 있다고 믿는다면 착각이야. 정말이지 껍데기만 고친 거니까."

프라이어가 뭐라고 대꾸했지만 모나는 알아듣지 못했다.

"난 껍데기라고 했지 조잡하다고는 안 했어. 공들인 수술이야, 전부 다. 피부 자극제를 24시간만 붙이면 여기 온 줄도 모를 정도로 완벽해질걸. 항생제 챙겨 먹이고, 자극적인 음식은 피하도록 해. 아직 면역 체계가 불완전하니까."

프라이어가 다시 뭐라 대꾸했지만, 이번에도 잘 들리지 않았다.

눈을 떴지만 보이는 거라곤 하얗고 네모난 방음 타일이 붙은 천장뿐이었다. 모나는 왼쪽으로 고개를 돌렸다. 하얀 플라스틱 벽의 가짜 창문에 야자나무와 파도가 있는 해변이 고해상도 동영상으로 재생됐다. 바닷물을 한참 동안 보고 있으면 똑같은 파도가 밀려와서 둥그렇게 휘어지는 광경이 끝도 없이 반복됐다. 다만 재생 장치가 망가지거나 마모됐는지 파도가 멈칫거리듯이 움직였고, 붉은 노을 역시 고장 난 형광등처럼 깜박거렸다.

오른쪽으로 돌려봐야지. 다시 고개를 돌리자 하드폼 베게 위의 땀에 젖은 종이 베갯잇이 목에 쓸리는 느낌이 들었고……

맞은편 침대에, 멍든 눈으로 자신을 지켜보는 얼굴이 보였다. 코는 투명 플라스틱과 미세 구멍 테이프로 고정돼 있고, 광대뼈에는 갈색 젤리 같은 것을 바른 그 얼굴은……

안젤라였다. 안젤라의 얼굴 주위로, 거울에 비친 가짜 창문의 깜박거리는 노을이 보였다.

"뼈는 하나도 안 건드렸어." 제럴드는 모나의 콧대에 길게 붙은 조그만 플라스틱 보호대의 테이프를 조심스레 떼면서 말했다. "그게 바로 기가 막힌 점이지. 일단 콧구멍을 통해 콧속의 연골을 좀 깎았고, 그다음엔 이로 넘어갔어. 미소가 중요하니까, 아름다운 미소. 가슴도 키웠어, 유두에는 수조에서 배양한 발기성 조직을 삽입했고. 그다음은 눈 색깔도…….”

제럴드는 플라스틱 보호대를 모나의 코에서 제거했다.

“앞으로 24시간 동안은 건드리면 안 돼.”

“혹시 건드려서 이렇게 멍이 든 건가요?”

“아니. 그건 연골을 깎아서 일어난 간접 외상이야.” 얼굴에 닿은 제럴드의 손길은 서늘했고, 정확했다. “내일쯤엔 깨끗해질 거야.”

제럴드는 괜찮았다. 그는 모나에게 피부 패치 세 개를 주었다. 파란 패치 두 개와 분홍 패치 한 개. 부드럽고 편안했다. 프라이어는 전혀 안 괜찮았지만 사라졌거나, 아무튼 눈에 띄지 않았다. 그리고 제럴드의 차분한 목소리로 설명을 듣고 있자니 기분이 좋았다. 게다가 그가 해 준 일이라니.

“주근깨가.”

모나가 말했다. 얼굴에 주근깨가 안 보였다.

“갈아 내고 배양 조직을 붙였어. 다시 생길 거야, 햇볕을 너무 많이 쬐면 더 빨리 생길 테고…….”

“저 여자 정말 예쁘네요…….”

모나는 고개를 돌리며 말했다.

“너야, 모나. 저건 네 얼굴이야.”

모나는 거울 속의 얼굴을 보고 그 유명한 미소를 지어 보았다.

어쩌면 제럴드는 괜찮은 사람이 아닌지도 몰랐다.

제럴드가 쉬라며 돌려보낸 좁다란 침대에 누워, 모나는 팔을 들고 피부 패치 세 개를 올려다보았다. 진정제. 둥둥 떠 있는 기분.

모나는 분홍색 패치를 손톱으로 떼서 하얀 벽에 붙인 다음, 엄지로 꾹 눌렀다. 지푸라기 색깔 액체 한 방울이 흘러내렸다. 벽의 패치를 조심스레 다시 떼서 팔에 붙였다. 파란 패치에서 나온 액체는 우윳빛이었다. 모나는 파란 패치도 다시 붙였다. 어쩌면 제럴드가 알아챌지도 몰랐지만, 그래도 지금 무슨 일이 일어나는 중인지는 알아야 했다.

모나는 거울을 보았다. 제럴드는 원래대로 되돌릴 수도 있다고 했다. 모나가 원한다면, 언젠가는. 그러나 모나는 그가 자신의 원래 얼굴을 어떻게 기억해 낼지가 궁금했다. 혹시 사진 같은 걸 갖고 있을지도. 그 생각을 하니 어쩌면 자신의 예전 얼굴을 기억하는 사람이 이제 아무도 없을지도 모른다는 생각이 들었다. 십중팔구 마이클의 스팀 덱이 가장 확실한 자료 같았지만 모나는 그의 주소도, 심지어 성도 몰랐다. 문득 우습다는 생각이 들었다. 꼭 예전의 자신이 잠시 바깥에 나갔다가 다시는 돌아오지 않은 듯했다. 그러나 눈을 감으면 알 수 있었다. 전에도 지금도 자신은 모나였고, 아무것도 변하지 않았다. 적어도 눈꺼풀 뒤에서 느끼는 자신은.

라넷은 말했다. 스스로를 얼마만큼 바꾸든 중요하지 않다고. 언젠가 라넷이 말하길 자신은 예전의 타고난 얼굴이 10퍼센트도 안 남았다고 했다. 고친 티가 나지는 않았지만, 마스카라 때문에 고민할 필요가 없도록 검게 물들인 눈꺼풀 가장자리는 예외였다. 모나는 라넷이 그토록 수준 높은 수술을 받았을 리가 없다고 생각했는데 아마도 그 생각이 얼굴에 드러난 모양이었다. 라넷은 모나를 보며 이렇게 말했다. '내 예전 얼굴이 어땠는지 네가 봤어야 하는데.'

그런데 이제는 모나가 이곳에, 볼티모어의 이 앙상한 침대에 누워 있었다. 모나가 볼티모어에 관해 아는 것이라곤 저 아래 거리에서 들리는 사이렌 소리와 제럴드의 에어컨 안에서 돌아가는 모터 소리뿐이었다.

그런 생각이 어느새 잠으로 바뀌었고, 얼마나 오래 잤는지는 알 수 없지만 깨어 보니 곁에 프라이어가 있었다. 그는 모나의 팔에 손을 올리고 물었다. 혹시 배가 고프냐고.

　모나가 지켜보는 가운데 프라이어는 면도를 했다. 그는 수술실용 스테인리스 세면대 앞에 서서 크롬 가위로 수염을 잘랐다. 그런 다음 제럴드가 갖고 있던 면도기 상자에서 하얀 일회용 플라스틱 면도기를 꺼내어 가위를 대신했다. 얼굴이 드러나는 과정을 보고 있자니 기분이 묘했다. 모나가 예상한 얼굴이 아니었다. 더 젊어 보였다. 그러나 입은 전과 똑같았다.
　"프라이어, 우리 여기 오래 있을 건가요?"
　프라이어는 면도를 하느라 셔츠를 벗은 상태였다. 문신이 양어깨를 가로질러 두 팔로 내려왔다. 사자 대가리가 달린 용 문신이었다.
　"그런 걱정은 안 해도 돼."
　"심심해요."
　"스팀을 좀 갖다 줄게."
　프라이어는 턱 밑을 면도하며 말했다.
　"볼티모어는 어떤 곳이죠?"
　"말도 못하게 끔찍해. 다른 곳이랑 똑같이."
　"그럼 잉글랜드는요?"
　"말도 못하게 끔찍한 곳이지."
　프라이어는 두툼한 파란색 흡수지를 뭉쳐 얼굴을 닦았다.
　"나가서 게 사 먹는 것도 좋을 텐데. 제럴드가 그러는데 여기선 게를 판대요."
　"맞아. 내가 좀 사 올게."
　"같이 나가서 먹으면 안 돼요?"
　모나는 침대와 벽 사이로 손을 넣어 폼 매트리스의 터진 공기 주머니 속에 숨겨 둔 전기 충격기를 찾았다. 옷은 하얀 비닐봉지에 들어 있었다. 제럴드는 두 시간에 한 번씩 새 피부 패치를 들고 들어왔고, 모나는 그가 나가면 곧바로 전기 충격기를 옮겨쥐었다. 프라이어를 꾀어서 밖에 식사를 하러 나가게 되면 식당에서 반격을 시작할 수 있을 듯싶었다. 그러나 프라이어는 넘어올 기색이 전혀 보이지 않았다.

식당에 가면 경찰을 부를 수도 있었다. 이제 이 거래의 내막을 다 알았으므로.

스너프였다. 라넷이 한번 이야기한 적이 있었다. 여자의 얼굴을 다른 사람과 똑같이 바꾼 후에 죽이는 놈들이 있다는 얘기를. 부자, 그것도 엄청난 부자들만 할 수 있는 짓이었다. 프라이어가 아니라 누군지 모를 그의 고용주였다. 라넷은 여자의 얼굴을 자기 아내와 똑같이 바꾸는 놈들도 있다고 했다. 모나는 당시에는 라넷의 말을 믿지 않았다. 라넷은 이따금 무서운 이야기를 들려주곤 했는데, 자신이 안전하다는 것을 아는 상태에서는 겁을 먹는 것도 재미있기 때문이었다. 아무튼 라넷은 괴상한 변태들의 이야기를 잔뜩 알았다. 개중에 가장 괴상한 놈들은 양복쟁이, 특히 큰 기업의 고위직들인데, 왜냐면 일을 할 때에는 욕구를 자제해야 하기 때문이라고 했다. 하지만 그들은 일을 안 할 때에는 내키는 대로 돌아 버릴 만큼 부유했다. 그렇다면 안젤라를 그런 식으로 다루고 싶은 거물이 있을 법도 하지 않은가? 안젤라와 비슷하게 얼굴을 고친 여자는 많았지만 대개는 딱한 수준이었다. 열성 팬들이었다. 그리고 모나는 그들 가운데 안젤라와 정말로 비슷한 사람은 한 번도 본 적이 없었다. 어쨌거나 정색하고 뜯어보는 사람을 속일 정도는 아니었다. 그러나 어쩌면, 안젤라와 똑같이 생긴 여자를 구하려고 이 모든 비용을 감수하는 사람이 있을지도 몰랐다.

이제 프라이어는 파란 셔츠의 단추를 채우는 중이었다. 이윽고 침대로 다가온 그가 이불을 내리더니, 모나의 가슴을 살펴보았다. 자동차 같은 것을 구경하는 사람처럼.

모나는 이불을 냉큼 위로 당겼다.

"가서 게를 좀 사 올게."

프라이어는 재킷을 걸치고 방에서 나갔다. 제럴드와 무슨 이야기를 하는 소리가 들려왔다.

뒤이어 제럴드가 문으로 머리를 들이밀었다.

"좀 어때, 모나?"

"배고파요."

"기분은 좀 괜찮아졌어?"

"예……."

다시 혼자가 되자 모나는 몸을 틀어 벽에 붙은 거울 속의 얼굴을, 안젤라의 얼굴을 살펴보았다. 멍은 거의 빠져서 안 보였다. 제럴드가 테이프로 붙여둔 초소형 전극 같은 것들이 기계에 연결되어 있었다. 그걸 붙이면 굉장히 빨리 회복할 수 있다고 했다.

거울에 비친 안젤라의 얼굴을 봐도 이제는 그리 놀랍지 않았다. 이는 멋졌다. 앞으로도 쭉 갖고 싶은 이였다. 다른 곳은 확신이 안 섰다. 아직은.

어쩌면 당장 일어나서 옷을 입고 문으로 가야 할지도 몰랐다. 제럴드가 막아서면 전기 충격기를 쓰면 그만이었다. 뒤이어 마이클의 집에 나타났던 프라이어가 떠올랐다. 사람을 시켜 모나를 미행하기라도 한 것처럼, 밤새 뒤를 밟은 것처럼. 어쩌면 지금도 바깥에서 누가 지켜보는지도 몰랐다. 제럴드의 클리닉에는 진짜 창문이 하나도 보이지 않았으므로 나가는 길은 문밖에 없었다.

게다가 슬슬 위즈 생각이 간절해졌다. 하지만 조금이라도 흡입했다가는 제럴드에게 들킬 판이었다. 모나는 마약 키트가 바로 코앞에, 침대 아래 가방 속에 있다는 것을 알았다. 약을 조금 하면 뭔가 *저지*를 수 있을 거라는 생각이 들었다. 그러나 옳은 생각이 아닐 거라고 인정할 수밖에 없었다. 약을 했을 때 저지른 일 중에는 잘 안 풀린 것도 있었다. 기분만은 절대 실수할 것 같지 않았지만.

어쨌거나 모나는 배가 고팠고, 제럴드의 클리닉에는 음악 같은 것도 안 나왔다. 그러니 어쩌면 게가 올 때까지 기다리는 수밖에 없을지도……

24
쓸쓸한 곳에서

　그리고 젠트리는 불타는 형태를 눈 속 깊숙이 담은 채 그 자리에 서서, 이
글거리는 알전구 불빛 아래 전극 네트를 손에 들고서, 슬릭에게 왜 이렇게
해야만 하는지, 저 회색 상자가 들것에 꼼짝 않고 누워 있는 남자에게 뭘
입력하고 있든 간에, 왜 슬릭이 거기에 직접 접속해야 하는지 이야기했다.
　슬릭은 자신이 도그 솔리튜드에 오게 된 사연을 떠올리고 고개를 저었
다. 그러자 젠트리는 그 고갯짓을 거절의 뜻으로 여기고 더 빨리 주절거리
기 시작했다.
　젠트리는 슬릭이 들어가야만 한다고 했다. 다만 몇 초만이라도 좋다고,
그동안 자신은 데이터의 위치를 확인하여 확대형으로 발전시키겠노라고
했다. 또 슬릭은 그 작업을 할 줄 모른다고, 알았으면 자신이 직접 들어갈
거라고 했다. 젠트리가 원하는 것은 데이터가 아니라 단지 전반적인 형태
였다. 그것이 곧 형태, 그가 그토록 오랫동안 좇았던 진짜 목표를 찾을 단서
이기 때문이었다.

슬릭은 걸어서 도그 솔리튜드를 건너던 날이 떠올랐다. 그는 코르사코프 요법의 후유증이 재발할까 봐 두려웠다. 자신이 있는 곳이 어딘지 잊어버린 채 녹슨 평원의 벌겋고 걸쭉한 웅덩이에서 발암 물질이 섞인 물로 목을 축일까 봐 두려웠다. 웅덩이에는 붉은 거품과 날개를 편 새의 주검이 둥둥 떠 있었다. 테네시 주에서 온 트럭 운전사는 고속도로에서 서쪽으로 걸어가면 한 시간이 안 돼서 2차로 아스팔트 도로가 나올 테니 거기서 차를 얻어 타고 클리블랜드로 가라고 했지만, 이미 한 시간이 지난 느낌이 들었을 때 슬릭은 더 이상 서쪽과 동쪽도 구분이 가질 않았고, 무서웠다. 이곳이, 거인이 밟아서 짜부라뜨린 듯한 이 흉측한 쓰레기장이. 한번은 저 멀리 웬 사람이 보였다. 나지막한 언덕바지 위에서 손을 흔들고 있었다. 그 사람의 모습은 이내 사라졌지만 슬릭은 그쪽으로 걸어갔다. 더는 웅덩이를 피해 돌아가지 않고 첨벙거리며 똑바로 걸어서 언덕에 이르렀다. 알고 보니그것은 날개가 달아난 여객기의 동체였고, 녹슨 깡통들 사이에 반쯤 파묻혀 있었다. 슬릭은 깡통이 납작하게 밟혀서 난 길을 따라 올라가다가 여객기의 비상구였던 네모난 구멍 앞에 도착했다. 고개를 들이밀고 안을 봤더니 조그만 머리 수백 개가 우묵한 천장에 매달려 있었다. 그 자리에서 얼어붙은 슬릭은 갑자기 들어선 그늘 속에서 눈을 깜박이다가, 한참 후에야 눈앞에 보이는 게 무엇인지 깨달았다. 분홍색 플라스틱 인형들의 머리였다. 나일론 머리카락이 정수리에 매듭지어져 있었고, 그 매듭이 다시 검고 두꺼운 타르에 박혀서 수많은 머리가 열매처럼 대롱거렸던 것이다. 그 외에는 지저분하고 너덜너덜한 초록색 폼 매트리스 몇 장뿐이었다. 이곳에 누가 사는지 알아보려고 머무르고 싶지는 않았다.

이후 슬릭은 어느 쪽으로 가는지도 모른 채 남쪽으로 향했고, 팩토리를 발견했다.

"이런 기회는 두 번 다시 안 올 거야." 젠트리가 말했다. 슬릭은 그의 긴장한 얼굴을, 절박한 나머지 동그래진 그의 눈을 가만히 보았다. "다시는 못 볼 거라고……."

이어서 젠트리한테 맞았던 기억이 떠올랐다. 그리고 그때 손에 든 렌치를 내려다보며 느꼈던 기분도……. 체리는 슬릭과 젠트리의 관계를 오해했지만, 둘 사이에는 무언가 다른 것이 있었다. 슬릭이 뭐라 불러야 할지 모르는 어떤 감정이었다. 슬릭은 왼손으로 전극 네트를 낚아채고 오른손으로 젠트리의 가슴을 세게 떠밀었다.

"닥쳐! 닥치라고!"

젠트리는 뒤로 물러서다가 철제 테이블 모서리에 부딪혔다.

나직하게 욕을 중얼거리며, 슬릭은 네트에 주렁주렁 달린 접촉식 피부 전극을 이마와 관자놀이에 더듬더듬 붙였다.

* * *

접속.

부츠에 밟힌 자갈이 잘그락거렸다.

슬릭은 눈을 뜨고 아래를 내려다보았다. 새벽빛이 잔잔하게 비치는 자갈 깔린 진입로는 도그 솔리튜드의 어떤 곳보다 깨끗하게 보였다. 고개를 들고 길이 꺾인 곳을 보니, 늘어선 초록빛 나무들 너머로 팩토리의 절반 크기인 집과 그 집의 비스듬한 점판암 슬레이트 지붕이 보였다. 기다란 풀이 축축하게 젖어 있는 슬릭 주위의 풀밭에는 조각상이 있었다. 철로 만든 사슴, 하얀 돌을 깎아 만든 남자의 몸통. 몸통 조각에는 머리도 팔도 다리도 없었다. 들리는 거라곤 새들이 지저귀는 소리뿐이었다.

슬릭은 진입로를 따라 회색 집을 향해 걷기 시작했다. 할 일이 그것밖에 없어 보였기 때문이었다. 진입로 초입에 이르자 그 집 옆의 더 작은 건물 몇 채와 글라이더를 바람에 날리지 않도록 묶어 둔 널따랗고 평평한 풀밭이 보였다.

동화 속인가. 슬릭은 저택의 널따란 석조 지붕과 납으로 테를 두른 마름모꼴 창을 보며 생각했다. 어릴 적에 본 비디오에 나왔던 저택 같았다. 이런 집에 사는 사람들이 진짜 있을까? *이건 장소가 아니야.* 슬릭은 마음을 다잡았다. *그냥 그렇게 느껴질 뿐이야.*

"젠트리, 날 여기서 꺼내줘. 내 말 들려?"

슬릭은 손등을 찬찬히 살펴보았다. 흉터, 살에 박힌 검댕, 깨진 손톱 밑의 시커먼 반달 모양 그리스. 그리스가 끼면 손톱이 물렁해졌고, 그래서 툭하면 깨졌다.

그곳에 서 있으려니 바보가 된 기분이 들었다. 어쩌면 저 앞의 집에서 누가 지켜보는 중인지도 몰랐다.

"젠장."

슬릭은 커다란 판석이 깔린 길을 따라 걷기 시작했다. 그는 자신도 모르는 사이에 디콘 블루스 시절에 몸에 밴 건들거리는 방식으로 걷고 있었다.

현관문 한복판의 널빤지에 뭐가 붙어 있었다. 작고 우아한 손이었고, 당구공만 한 구체를 쥐고 있었다. 모두 주조로 만든 것이었다. 손목 부분에 경첩이 있어서 손을 올렸다 내렸다 할 수 있었다. 슬릭은 그렇게 했다. 세게. 두 번, 다시 두 번. 아무 반응도 없었다. 문손잡이의 재질은 놋쇠였고, 꽃무늬가 새겨져 있었지만 오랜 세월 사용한 탓에 닳아서 알아보기가 힘들었다. 문손잡이는 부드럽게 돌아갔다. 슬릭은 문을 열었다.

슬릭은 화려한 색과 질감에 눈을 깜박였다. 반들거리는 검은색 나무 벽널, 검고 하얀 대리석, 교회 창문처럼 부드럽게 빛나는 색실이 수없이 섞인 양탄자, 잘 닦아서 번쩍이는 은그릇, 거울…… 슬릭은 이 부드러운 충격에 슬며시 웃으며 신기한 물건들을 차례로 둘러보았다. 너무나 많았다. 이름조차 모르는 물건들이 너무나……

"형씨, 누구 찾는 사람이라도 있어?"

커다란 벽난로 앞에, 딱 맞는 검은색 진에 하얀 티셔츠를 입은 남자가 서 있었다. 남자는 맨발이었고, 오른손에 둥그런 술잔을 들고 있었다. 슬릭은 남자를 보며 눈을 껌벅였다.

"젠장, 그놈이잖아……."

남자는 갈색 액체가 술잔 주둥이에 닿도록 손을 빙글빙글 돌리다가 한 모금 홀짝였다.

"언젠가는 아프리카가 이런 짓을 벌일 줄 알았지. 그런데 말이야, 왠지 형씨는 그 녀석 부하 같지가 않단 말이지."

"너 카운트지."

"맞아, 내가 카운트야. 그러는 너는?"

"슬릭이야. 슬릭 헨리."

남자가 웃음을 터뜨렸다.

"코냑 한 잔 어때, 슬릭?"

남자가 술잔을 든 손으로 가리킨 광택 나는 가구 위에는 화려하게 장식된 술병이 줄지어 놓여 있었다. 술병마다 조그만 은색 딱지가 쇠줄로 묶여 있었다.

슬릭은 고개를 저었다.

남자는 좋을 대로 하라는 듯이 어깨를 으쓱했다.

"마셔봤자 어차피 취하지도 않는데…… 이렇게 말해서 미안한데, 슬릭, 너 꼴이 아주 말이 아니야. 내가 보기엔 키드 아프리카하고는 무관한 인간 같은데, 맞나? 맞다면 너 여기서 도대체 뭘 하는 거야?"

"젠트리가 보내서 왔어."

"젠트리가 누군데?"

"너 들것에 누워 있는 그놈이지, 맞지?"

"들것에 누워 있는 그놈이 바로 나야. 어디야, 슬릭? 정확히, 바로 지금, 그 들것이 있는 곳이?"

"젠트리의 거처야."

"거기가 어딘데?"

"팩토리."

"그게 어디 있는데?"

"도그 솔리튜드."

"어딘지는 모르겠지만, 난 어쩌다 거기로 가게 된 거지?"

"키드 아프리카, 그 녀석이 데려왔어. 체리라는 여자랑 같이, 알지? 그러니까 내가 그 녀석한테 빚이 있는데, 그 녀석이 나한테 널 한동안 데리고 있으라고 했어. 너랑 체리를. 체리가 널 돌보는 중이야."

"슬릭, 아까 날 카운트라고 부르던데……."

"체리 말로는 키드가 널 그렇게 부른 적이 있다고 해서."

"슬릭, 키드가 날 데려올 때 걱정하는 것 같았어?"

"체리가 그러는데 겁을 먹은 것 같다고 했어. 클리블랜드에서."

"당연히 그랬겠지. 젠트리는 누구야? 네 친구야?"

"팩토리의 주인이야. 나도 거기서 살아……."

"그 젠트리 말인데, 슬릭, 그놈 카우보이야? 콘솔 자키냐고. 널 여기까지 보낸 걸 보면 분명 기술을 좀 아는 녀석일 거야, 안 그래?"

이번에는 슬릭이 낸들 아냐는 뜻으로 어깨를 으쓱할 차례였다.

"젠트리는, 어, 일종의 예술가야. 그 친구의 이론은 이런 거야. 설명하려니까 힘드네. 젠트리는 들것에 붙은 그 장치에 접속기를 꽂았어. 네가 연결돼 있는 그거 말이야. 먼저 홀로그램 장치에 이미지를 띄우려고 했는데, 웬 원숭이 같은 게 튀어나왔어. 그림자 같은 거. 그래서 나한테 이리로 들어가라고……."

"미치겠군…… 아냐, 신경 쓰지 마. 그 팩토리 말인데, 어디 시골에 있는 곳이야? 그럭저럭 외진 곳에?" 슬릭이 고개를 끄덕였다. "그 체리라는 여자는, 돈을 받고 고용된 간호사 같은 건가?"

"맞아. 의료 기술자 면허가 있다고 했어."

"날 찾아온 사람은 아직 아무도 없고?"

"없어."

"좋아, 슬릭. 내 거짓말쟁이 친구 키드 아프리카를 빼고 혹시 다른 사람이 찾아왔다면, 너랑 네 친구들은 큰일을 당했을 거야."

"그래?"

"그래. 이제 내 말 잘 들어, 알았어? 이걸 명심해. 만약 그 팩토리라는 곳에 누가 찾아오면, 너희가 살 길은 나를 매트릭스에 접속시키는 것뿐이야. 알아들었어?"

"넌 어쩌다 카운트가 된 거야? 그러니까, 그게 무슨 뜻이야?"

"바비야. 내 이름은 바비야. 카운트는 내 별명이었어, 그게 다야. 내가 한 말 기억할 수 있겠어?"

슬릭은 다시금 고개를 끄덕였다.

"좋아."

남자는 화려한 술병이 놓인 가구 위에 술잔을 내려놓았다.

"잘 들어 봐." 열린 문을 통해 자갈 위를 구르는 타이어 소리가 들려왔다.

"저게 누군지 알아, 슬릭? 안젤라 미첼이야."

슬릭이 돌아섰다. 바비 '카운트'는 진입로 쪽을 바라보고 있었다.

"안젤라 미첼? 그 스팀 스타 말이야? 그 여자도 여기 있다고?"

"말하자면 그렇다는 거야, 슬릭. 말하자면……."

슬릭은 진입로를 지나가는 기다랗고 검은 차를 보았다.

"저기, 카운트. 아니, 바비. 그게 무슨 소리……"

"천천히." 젠트리의 목소리였다. "뒤로 기대, 천천히. 천천히……."

25
다시 동쪽으로

　켈리와 조수들이 여행을 위한 의상을 준비하는 동안, 안젤라는 집 자체가 자신을 둘러싸고 웅성대는 기분이 들었다. 마치 종종 일어나는 짧은 빈집 상태를 준비하는 듯했다.

　안젤라의 귀에 사람들의 목소리가 들려왔다. 그녀가 앉아 있는 거실까지 웃음소리가 들렸다. 조수들 가운데 한 명은 여자였는데, 에르메스 옷가방을 스티로폼처럼 가뿐히 들 수 있는 파란색 폴리카본 외골격 슈트를 입고 있었다. 윙윙대는 소리가 나는 외골격 슈트가 공룡처럼 커다란 발로 계단을 사뿐사뿐 디디며 내려왔다. 파란 해골이 가죽으로 덮인 관을 든 모양새였다.

　포파이어는 현관 문간에 서 있었다.

　"준비됐어, 아가씨?"

　그는 휴지처럼 얇은 가죽을 잘라 만든 기다랗고 펑퍼짐한 코트 차림이었다. 에나멜 부츠 뒷굽 위에 인공 다이아몬드로 만든 박차가 붙어 있었다.

"포파이어, 그건 평상복이잖아. 우린 화려하게 등장해야 해. 뉴욕에서."

"카메라는 너만 찍을 거야."

"그래. 내가 나오는 부분을 재삽입하려고 그러겠지."

"이 포파이어가 뒤를 지키고 있을게."

"당신이 남보다 주목받을까 봐 걱정하는 줄은 몰랐네."

포파이어가 빙긋 웃자 가지런히 깎은 치열이 드러났다. 전위파 치과의사의 환상 속에서 인간보다 더 빠르고 우아한 종이 가질 법한 치열이었다.

"대니얼 스타크가 비행기에 같이 타고 갈 거야." 안젤라는 점점 가까워지는 헬리콥터 소리를 들으며 말했다. "이따 로스앤젤레스 공항에서 만나기로 했어."

"그 여자 목을 졸라 버리자." 포파이어는 켈리가 고른 북극여우 모피를 안젤라가 입도록 도와주며 나직하게 소곤거렸다. "우리끼리 짜고 팩스에 성적인 모티브를 넌지시 넣는 거야, 그럼 그 여잔 순순히 따라할지도……"

"당신 너무 무서워."

"무서운 건 그 여자라고, 이 아가씨야."

"남 말 하고 있네."

"아, 그래." 미용사는 눈을 가늘게 뜨며 중얼거렸다. "하지만 내 영혼은 아이처럼 순수하다고."

이제 헬리콥터가 착륙하고 있었다.

스팀판 《보그 닛폰》 및 《보그 유로파》에 칼럼을 쓰는 대니얼 스타크는 나이가 팔십대 후반이라는 소문이 파다했다. 안젤라는 셋이 함께 리어 제트기에 오르는 동안 그 기자의 몸매를 몰래 훔쳐보며 생각했다. 만약 그 소문이 사실이라면 대니얼과 포파이어는 전신 성형 보정에 관한 한 막상막하였다. 대니얼은 아무리 봐도 낭창낭창한 삼십대 초반이었고, 눈에 띄는 보조 기구라고는 두 눈의 연한 파란색 자이스 렌즈뿐이었다. 젊은 프랑스인 패션 기자 한 명은 이를 두고 '유행을 좇는 구식 스타일'이라고 평했다. 네트의 전설에 따르면 그 기자는 다시는 일을 얻지 못했다.

오래지 않아 안젤라는 깨달았다. 대니얼이 원하는 것은 약 이야기였다. 유명인의 마약 이야기. 수레국화 빛깔의 두 눈을 여학생처럼 동그랗게 뜨고서, 한마디도 놓치지 않고 다 녹화할 기세였다.

대니얼은 포파이어의 위세 등등한 눈초리에 질려 잠자코 있다가, 항속 모드에 들어간 비행기가 유타 주 어디쯤을 지날 때 비로소 입을 열었다.

"정말이지 이 얘기는 누구 다른 사람이 물어봐 줬으면 싶었어요."

"대니얼, 미안해요." 안젤라가 받아쳤다. "내가 생각이 짧았네요."

안젤라가 호사카 기내 주방의 합판 표면을 누르자 나지막이 윙윙대는 소리가 들리더니, 조그만 접시들이 나오기 시작했다. 찻잎으로 훈제한 오리, 후추 토스트에 올린 멕시코 만 굴, 가재 파이, 참깨 팬케이크…… 포파이어 역시 안젤라의 의도를 알아채고 차게 식힌 샤블리 와인 병을 꺼냈다. 안젤라는 대니얼이 그 와인을 제일 좋아했던 것을 그제야 기억했다. 그것을 기억하고 미리 준비해 놓은 사람이 또 있었다. 스위프트일까?

"마약 말인데요."

15분 후, 마지막 오리 고기 한 점을 다 먹은 대니얼이 말했다.

"걱정 마요." 포파이어가 안심하라는 듯이 말했다. "뉴욕에 도착하면 뭐든 다 준비돼 있을 테니까."

그 말에 대니얼은 빙긋 웃었다.

"정말 재미있는 분이시네요. 저한테 당신의 출생 기록 복사본이 있는 거

혹시 아세요? 당신 본명도 적혀 있던데."

대니얼은 의미심장한 눈으로 포파이어를 바라보았다. 입가의 웃음을 지우지 않은 채로.

"말에 가시가 돋쳐 봤자 진짜로 찔리기야 하겠어요."

포파이어는 그렇게 대꾸하며 대니얼의 잔에 와인을 따랐다.

"그 기록엔 선천성 결함에 관한 흥미로운 언급도 있던걸요."

대니얼은 그렇게 말하고 와인을 홀짝였다.

"선천성 결함이든, 성기 결함이든…… 요즘은 다들 *마음껏* 바꾸잖아요, 안 그래요? 그나저나 머리는 어디서 하세요?" 포파이어가 앞으로 다가앉으며 물었다. "당신은 구세주예요, 대니얼. 당신 덕분에 다른 칼럼니스트들이 조금이나마 인간 같이 보이니까 말이죠."

대니얼은 빙긋이 웃었다.

인터뷰 자체는 충분히 부드럽게 진행됐다. 대니얼은 너무도 능숙한 질문자라서, 유도성 질문이 상대의 진짜 저항을 불러일으키는 고통의 문턱을 넘지 않도록 조심했다. 그러나 그녀가 손끝으로 관자놀이를 쓰다듬어 피부 밑에 있는 녹화 장치의 스위치를 껐을 때, 안젤라는 진짜 학살은 지금부터라는 예감에 긴장했다.

"고마워요. 지금부터 착륙할 때까진 당연히 오프더레코드예요."

"그냥 와인이나 한두 병 더 마시고 자는 게 어때요?"

포파이어가 대니얼에게 물었다.

"내가 이해가 안 가는 건 이거예요, 안젤라." 대니얼은 포파이어를 무시하고 계속 이야기했다. "당신이 왜 굳이……."

"내가 굳이 뭘요, 대니얼?"

"애초에 왜 굳이 그 짜증스러운 클리닉에 들어갔을까 하는 거죠. 당신은 약이 일에 아무 영향도 안 미친다고 했어요. 그리고 '흥분' 상태에 빠지지도 않는다고 했죠. 일반적인 의미의 '흥분' 상태에는." 대니얼은 쿡쿡 웃고 나서 말을 이었다. "그래도 끔찍하게 중독성이 강한 물질이라는 얘기는 지금도 하고 있어요. 대체 *왜* 끊기로 마음먹은 거죠?"

"너무 비싸서⋯⋯."

"당신 처지에 돈 걱정이라니, 정말이지 어이가 없네요."

그야 사실이지. 안젤라는 속으로 생각했다. *당신 처지에는 1주일 치 약값이 1년 연봉이랑 맞먹겠지만.*

"정상인 기분을 느끼려고 돈을 내는 짓에 화가 나기 시작했던 것 같아요. 어쩌면 정상하고 살짝 비슷한 기분이었을지도 모르지만."

"약에 내성이 생겼나요?"

"아니요."

"신기하네요."

"그렇지도 않아요. 그런 약을 만드는 디자이너들은 이제껏 알려진 결점을 피하도록 설계된 물질을 제공하거든요."

"아, 그런데 새로운 문제는 어때요? 지금 *진행 중인* 문제." 대니얼은 자기 술잔에 와인을 더 따랐다. "내가 따로 자세히 들은 얘기가 있거든요. 당연한 거지만."

"들은 얘기가 있다고요?"

"그럼요. 무슨 약이었는지, 누가 만들었는지, 당신이 왜 끊었는지."

"그래요?"

"그건 항정신병 약물이었어요, 센스/네트의 자체 연구소에서 개발한. 당신은 차라리 미치고 싶어서 그걸 끊었고."

이윽고 대니얼의 눈꺼풀이 선명한 파란색 눈을 가리며 무겁게 껌벅이는 사이, 포파이어가 그녀의 손에서 술잔을 부드럽게 빼냈다.

"잘 자요, 자기."

포파이어가 말했다. 대니얼은 눈을 감고 살짝 코를 골기 시작했다.

"포파이어, 어떻게⋯⋯?"

"와인에 약을 좀 탔지. 이 여잔 눈치 못 챌 거야, 아가씨. 녹화를 안 한 건 기억도 못 할 테니까⋯⋯." 포파이어는 입이 헤벌쭉 벌어지도록 웃었다. "뉴욕까지 가는 내내 이 여자가 나불거리는 소릴 들을 작정은 아니었겠지, 설마?"

"하지만 들킬 거야, 포파이어!"

"아니, 안 들켜. 혼자서 와인 세 병을 해치우고 화장실에서 거하게 토했다고 하면 돼. 어차피 깨어났을 때 *기분*은 똑같을 거야."

포파이어는 킥킥 웃었다.

대니얼 스타크는 여전히 코를 골았다. 이제는 객실 뒤편의 접이식 침대 두 개 가운데 하나에 누워 꽤 요란하게 코를 골고 있었다.

"포파이어, 대니얼이 한 말, 사실일까?"

미용사는 사람의 것이 아닌 듯 우아한 눈으로 안젤라를 보았다.

"자기 일인데도 몰라서 묻는 거야?"

"난 모르겠어⋯⋯."

포파이어는 한숨을 쉬었다.

"걱정이 너무 많아, 아가씨. 자긴 이제 자유로워. 즐겨."

"목소리들이 들려, 포파이어."

"누군 안 그런 줄 알아, 아가씨?"

"아니, 난 경우가 달라. 포파이어, 혹시 아프리카의 종교에 관해 뭐 아는 거 있어?"

포파이어는 히죽히죽 웃었다.

"난 아프리카 사람 아닌데."

"하지만 어릴 적엔……."

"어릴 적에 난 백인이었어."

"저런……."

그 말에 포파이어는 웃음을 터뜨렸다.

"종교라고 했어, 아가씨?"

"난 네트에 오기 전에 친구들이 있었어. 뉴저지에. 흑인이었는데…… 종교랑 관련이 있었어."

포파이어는 다시 히죽거리며 어이없다는 듯이 눈을 동그랗게 떴다.

"후두교 부적 같은 거 말이야, 아가씨? 닭 뼈랑 박하유 같은 거?"

"아닌 줄 알면서 왜 그래."

"만약 내가 진짜로 안다면?"

"장난 그만해, 포파이어. 당신 도움이 필요하단 말이야."

"난 아가씨 편이야. 그래, 무슨 얘긴지 알아. 자기가 들은 목소리, 그쪽이랑 관계된 거야?"

"전엔 그랬어. 그러다가 약을 쓰기 시작하고 나선 사라졌는데……."

"그래서 지금은?"

"지금은 안 들려."

그러나 충동은 이미 지나갔고, 안젤라는 그랜드 브리지트와 재킷 주머니 속의 마약 이야기를 꺼내려다가 움츠러들었다.

"잘됐네. 잘됐어, 아가씨."

리어 제트기가 오하이오 주 상공에서 고도를 낮추기 시작했다. 포파이어는 조각상처럼 꼼짝 않고 객실 칸막이벽을 응시했다. 안젤라는 저 아래에서 점점 가까워지는 구름 덮인 땅을 내다보며 어릴 적에 비행기에서 하던 놀이를 떠올렸다. 상상 속의 안젤라를 바깥으로 내보내 구름 덮인 계곡을 누비도록, 또 마법처럼 단단해진 몽실몽실한 구름 봉우리를 뛰어넘도록 하는 놀이였다. 안젤라는 그 비행기들이 마스네오텍의 소유였으리라고 추측했다. 마스 사가 보유한 제트기에서 센스/네트가 보유한 리어 제트기로 갈아탄 것이었다. 안젤라가 아는 일반 항공사의 여객기는 스팀 촬영을 위해 타 본 것이 전부였다. 일본항공이 복원한 뉴욕발 파리행 콩코드의 처녀비행 때였고, 승객은 로빈과 엄선한 네트 관계자 몇 명이 다였다.

하강. 아직 뉴저지 상공일까? 보부아르의 사당 지붕 위 놀이터에 모인 아이들은 리어 제트기의 엔진소리를 들었을까? 안젤라의 비행기가 낸 그 소리는 바비가 어린 시절을 보낸 아파트를 살며시 쓸고 지나갔을까? 세상이란 곳은 그 구조의 적나라한 세부에 이르면 정말이지 상상도 못할 만큼 복잡한 곳이 아닌가. 센스/네트의 기업 의지가 무명의 천진한 아이들의 귓속에 있는 조그마한 뼈를 흔들다니……

"이 포파이어가 아는 게 있긴 해." 포파이어는 몹시도 조그맣게 중얼거렸다. "하지만 포파이어한텐 생각할 시간이 필요해, 아가씨……"

제트기가 활주로에 진입하려고 기울어지기 시작했다.

26
구로마쿠

그리고 샐리는 말이 없었다. 거리에서도 택시에서도, 호텔로 돌아오는 춥고 먼 길 내내.

샐리와 스웨인은 '우물 위쪽에 있는' 적에게 협박을 당하고 있었다. 샐리는 안젤라 미첼을 납치하도록 강요당하고 있었다. 센스/네트의 스타를 납치하려는 사람이 있다는 생각 자체가 구미코가 보기에는 몹시도 비현실적이었다. 신화에 나오는 인물을 암살하려는 음모처럼.

핀은 안젤라 역시 이미 알 수 없는 방식으로 연관되어 있다고 암시했지만, 구미코는 그가 쓰는 단어와 표현을 알아듣기가 힘들었다. 사이버스페이스에 뭔가 있었다. 사람들은 그곳에서 어떤 것, 또는 어떤 것들과 협정을 맺었다. 핀은 안젤라의 연인이 된 청년을 알았다. 하지만 안젤라의 연인은 로빈 라니어가 아니었던가? 구미코는 어머니에게 허락을 받고 안젤라와 로빈이 나오는 스팀 몇 편을 봤기 때문에 알고 있었다. 핀이 아는 그 청년은 카우보이, 데이터 도둑이었다. 런던의 틱처럼······.

그리고 그 적, 협박을 하는 사람은 도대체 누굴까? 핀이 말하길 그 여자는 제정신이 아니었고, 그 광기 때문에 자기 가문이 몰락했다. 그녀는 선조 때부터 대대로 거주하던 스트레이라이트라는 곳에 혼자 살았다. 샐리는 어쩌다 그녀한테 원한을 샀을까? 정말로 그 여자의 아버지를 죽였을까? 그리고 다른 사람들, 이미 죽었다는 그 사람들은 또 누굴까? 구미코는 그 낯선 외국 이름들이 벌써 기억나지 않았는데……

그리고 샐리는 핀을 찾아가서 궁금했던 것을 알았을까? 구미코는 철갑으로 둘러싸인 사당에서 뭐든 확실한 말이 나오기를 기다렸지만 둘의 대화는 결국 흐지부지 끝났고, 남은 것은 농담 섞인 작별 인사를 주고받는 외국인들의 의식이었다.

호텔 로비에 들어서니 페탈이 파란 벨루어 의자에 앉아 기다리고 있었다. 여행용 복장인 듯한 회색 스리피스 모직 슈트로 거대한 몸을 감싼 그는 안에 들어서는 두 사람을 보고 묘하게 생긴 풍선처럼 의자에서 일어섰다. 철제 안경테 너머의 눈은 여느 때처럼 평온해 보였다.

"안녕." 페탈이 헛기침을 했다. "스웨인이 보내서 왔어. 작은 아가씨를 도와주라고 해서."

"데리고 돌아가. 당장. 오늘 밤에."

"샐리 씨! 나 가기 싫어요!"

그러나 샐리는 이미 구미코의 팔을 단단히 붙들고 있었고, 이내 로비 저편의 컴컴한 라운지로 구미코를 이끌었다.

"거기서 기다려." 샐리가 페탈에게 내뱉듯이 말했다. "내 말 잘 들어." 샐리는 구미코를 모퉁이 너머의 그늘로 잡아끌었다. "넌 돌아가야 해. 난 여기서 널 지켜 줄 수가 없어."

"하지만 싫단 말이에요. 스웨인 씨도, 그 집도…… 전…….."

"페탈은 괜찮아." 샐리는 몸을 숙이고 빠르게 소곤거렸다. "궁지에 몰렸을 때 믿을 수 있는 사람이야. 스웨인은, 글쎄, 스웨인이 어떤 인간인지는 너도 알겠지만, 그래도 네 아버지의 부하야. 무슨 일이 생기든 널 안전하게 지켜 줄 거야. 하지만 상황이 안 좋아지면, 정말로 나빠지면 말이야, 우리가 틱이랑 만났던 술집으로 가. 로즈 앤드 크라운. 기억하지?"

구미코는 고개를 끄덕였다. 두 눈에 눈물이 그렁그렁했다.

"혹시 틱이 없으면 베번이라는 바텐더를 찾아서 내 이름을 말해."

"샐리 씨, 저는……"

"넌 괜찮아."

샐리는 느닷없이 구미코에게 입을 맞추었다. 렌즈 한쪽이 아주 잠시 구미코의 광대뼈를 스쳤다. 정신이 번쩍 들 만큼 서늘하고 딱딱했다.

"난 갈게, 아가."

그리고 샐리는 사라졌다. 라운지의 나직한 소음 속으로. 입구 쪽에서 페탈이 헛기침을 했다.

런던으로 돌아가는 비행기 여행은 몹시도 오랫동안 지하철을 타고 가는 것과 비슷했다. 페탈은 단어 맞히기를 하며 시간을 보냈다. 한 번에 한 글자씩, 영국 팩스에 실린 바보 같은 퍼즐을 풀며 혼자 나지막이 구시렁거렸다. 구미코는 결국 잠이 들었고, 어머니가 나오는 꿈을 꾸었는데……

"난방이 작동하는군."

히스로 공항에서 스웨인의 집으로 향하는 차 안에서 페탈이 말했다. 재규어 안은 짜증스러울 정도로 후텁지근했다. 가죽 냄새가 섞인 건조한 열기 때문에 콧속이 시큰거렸다. 구미코는 페탈의 말을 무시한 채 창밖을 바라보았다. 희미한 아침 햇살을, 녹은 눈 사이로 검게 빛나는 지붕을, 늘어선 굴뚝을…….

"이미 알겠지만, 스웨인이 화가 난 건 아니야. 특별히 책임감을 느끼다 보니까……"

"*기리* 때문이겠죠."

"어…… 그렇지. 책임, 그래. 샐리는 원래 종잡을 수가 없는 사람이야, 정말로. 그래도 이렇게까지 할 거라곤……"

"전 얘기하기 싫어요. 고마워요."

차 안 뒷거울에 페탈의 근심 어린 작은 눈이 보였다.

초승달 모양 도로에는 차들이 줄줄이 주차해 있었다. 차체가 기다랗고 유리에 검은 코팅이 된 은회색 차들이었다.

"이번 주엔 손님이 많이 왔어."

페탈은 집의 번지수인 17 맞은편에 차를 주차하며 말했다. 그러고는 차에서 내려 구미코를 위해 문을 열어 주었다. 구미코는 멍하니 길을 건너 회색 계단을 올라갔다. 빼꼼히 열린 검은 문 옆에 얼굴이 붉은 남자가 꼭 끼는 검은 슈트 차림으로 서 있었다. 페탈은 그 남자를 없는 사람 취급하며 무심히 지나쳤다.

"기다려, 스웨인 씨가 지금 이 애를 봐야겠다고……"

남자의 말에 페탈이 우뚝 멈췄다. 그러고는 뭐라고 구시렁거리며 놀랄 만큼 빠르게 빙글 돌아서더니, 남자의 재킷 라펠을 움켜잡았다.

"다음번엔 좀 공손하게 구는 게 좋을 거다."

페탈은 목소리를 높이지 않았지만, 어째선지 평소의 나른한 부드러움이 느껴지지 않았다. 옷의 실밥이 터지는 소리가 구미코의 귀에 들려왔다.

"미안해, 대장." 얼굴이 붉은 남자는 조심스레 담담한 표정을 지었다. "스웨인이 전하라고 해서."

"그럼 같이 가야겠군." 페탈은 검은 우스티드 모직 재킷의 라펠을 놓으며 구미코에게 말했다. "그냥 인사나 하려는 거겠지."

두 사람이 안으로 들어가 보니 스웨인은 구미코가 그를 처음 만난 방의 3미터 길이 참나무 식탁 앞에 앉아 있었다. 지위를 상징하는 용 문신은 단단히 여민 하얀 평직 셔츠와 줄무늬 실크 넥타이에 가려 보이지 않았다. 그의 두 눈이 방에 들어서는 구미코의 눈과 마주쳤다. 다부지고 기다란 얼굴은 초록색 갓이 달린 독서등의 불빛으로 물들어 있었다. 독서등 옆의 테이블 표면에는 작은 콘솔과 두꺼운 팩스 다발이 놓여 있었다.

"잘 왔다. 스프롤은 어떻던?"

"저 너무 피곤해요, 스웨인 씨. 방으로 올라가고 싶어요."

"돌아와서 기쁘구나, 구미코. 스프롤은 위험한 곳이야. 네 아버지께선 거기 있는 샐리의 친구들이 너랑 어울리는 걸 바라지 않으실 거다."

"그만 방에 올라가도 될까요?"

"구미코, 혹시 샐리의 친구 중에 누구 만난 사람이 있니?"

"아니요."

"정말? 거기서 뭘 했는데?"

"아무것도 안 했어요."

"우리를 원망하면 안 돼, 구미코. 우린 널 보호하고 있어."

"고맙습니다. 이제 방에 가도 돼요?"

"그래. 많이 피곤하겠구나."

페탈은 여행 가방을 들고 구미코의 뒤를 따라 방을 나섰다. 비행기를 타고 오느라 회색 슈트가 구겨지고 주름이 져 있었다. 구미코는 마스네오텍 유닛이 아직 숨겨져 있을 대리석 흉상 아래를 지나며 위를 쳐다보지 않으려고 조심했다. 스웨인과 페탈이 방에 있는 상황에서 유닛을 되찾을 방법은 전혀 떠오르지 않았다.

* * *

집 안에 활발하면서도 나지막한 낯선 움직임이 느껴졌다. 목소리, 발소리, 승강기가 철컹대는 소리, 누가 목욕을 하는지 수도관이 쿨룩거리는 소리였다.

구미코는 널따란 침대 발치에 앉아 검은 대리석 욕조를 응시했다. 뉴욕의 잔상이 눈앞 저 멀리에 아른거리는 듯했다. 눈을 감으면 그 골목으로 돌아가 샐리 곁에 쭈그리고 앉은 자신이 떠올랐다. 자신을 떠난 샐리. 뒤도 돌아보지 않았던 샐리. 한때는 몰리였던, 또는 미스티였던, 아니면 둘 다였던 샐리. 또다시 하찮아진 구미코 자신. 스미다 강, 검은 물에 떠 있던 어머니. 아버지. 샐리.

잠시 후, 수치심을 몰아낸 호기심에 이끌려, 구미코는 누워 있던 자리에서 일어나 머리를 빗은 다음, 골이 팬 플라스틱 밑창이 달린 검은 고무 덧신을 신고 발소리도 없이 복도로 나섰다. 조금 후에 도착한 승강기는 담배 연기 냄새로 가득했다.

구미코가 승강기에서 내렸을 때, 붉은 얼굴은 파란 카펫이 깔린 현관 쪽을 향해 서 있었다. 두 손은 꼭 끼는 검은색 재킷 주머니에 꽂은 채였다.

"어라." 그의 눈이 동그래졌다. "뭐 필요한 거라도?"

"저 배고파요." 구미코는 일본어로 말했다. "주방에 갈래요."

"으음." 남자는 주머니에서 손을 빼고 재킷의 매무새를 고쳤다. "너 영어 할 줄 알아?"

"아뇨."

구미코는 남자의 곁을 곧장 지나쳐서 모퉁이를 돌았다.

"어이."

남자의 다급해진 목소리가 들렸지만 구미코는 이미 하얀 흉상을 더듬거리고 있었다.

남자가 모퉁이를 도는 순간 구미코는 가까스로 유닛을 주머니에 넣었다. 남자는 무의식적으로 방 안을 훑어보았고, 양 주먹을 옆구리에 슬며시 쥐고 있는 그의 모습을 보며 구미코는 아버지의 비서들이 떠올랐다.

"저 배고파요."

구미코가 말했다. 영어로.

5분 후, 구미코는 커다랗고 매우 영국산처럼 보이는 오렌지 한 개를 들고 방으로 돌아왔다. 영국인들은 과일의 균형 잡힌 모양에 전혀 관심을 안 두는 모양이었다. 등 뒤의 문을 닫고 나서 구미코는 넓고 평평한 욕조 테두리에 오렌지를 올려놓은 다음, 주머니에서 마스네오텍 유닛을 꺼냈다.

"자, 서둘러." 모습이 또렷해진 콜린이 앞머리를 휘날리며 말했다. "유닛을 열고 A/B 버튼을 A로 밀어서 리셋해. 이곳에선 새 체제가 돌아가기 시작했는데, 기술자가 돌아다니면서 버그를 스캔하고 있어. 일단 설정을 바꾸면 도청기로 인식되지 않을 거야."

구미코는 머리핀을 써서 콜린의 말대로 했다.

"그게 무슨 말이야?" 구미코는 소리를 내지 않고 입 모양으로 말했다. "새 체제라니?"

"눈치 못 챘어? 이제 직원이 적어도 대여섯 명은 늘었어, 수도 없이 찾아오는 손님은 말할 것도 없고. 뭐, 새 체제라기보단 운영 방식을 개선한 거 겠지. 스웨인 씨는 꽤나 사교적인 사람이야, 나름의 비밀스런 방식으로 말 이지. 여기 대화가 한 건 녹음돼 있어. 스웨인이랑 특수부 차장이 나눈 대 화인데, 이걸 손에 넣으려고 살인도 불사할 사람이 수두룩해. 특히 방금 말 한 그 공무원은 더더욱 그럴 거야."

"특수부?"

"비밀경찰이야. 스웨인은 별난 친구가 참 많아. 버크 하우스 관계자로 보 이는 사람, 이스트엔드 빈민가의 보스, 경찰 고위직에……"

"버크 하우스라니?"

"버킹엄 궁전 말이야. 시티 금융가의 전문 투자자는 말할 것도 없고, 심 스팀 스타, 고급 포주랑 마약상은 아주 단체로……"

"심스팀 스타?"

"라니어야. 로빈 라니어."

"로빈 라니어? 그 사람이 여기에 왔어?"

"네가 갑자기 떠나던 날 아침에."

구미코는 콜린의 투명한 초록색 눈을 응시했다.

"지금 하는 얘기, 사실이야?"

"응."

"넌 항상 사실만 얘기해?"

"응, 내가 아는 한은."

"넌 정체가 뭐야?"

"영국에 온 일본인 손님을 모시면서 조언하도록 인격을 기반으로 프로그 램된 마스네오텍 바이오칩."

콜린이 구미코를 향해 눈을 찡긋했다.

"눈은 왜 찡긋거리는 거야?"

"네 생각엔 왜 그러는 것 같은데?"

"묻는 말에 대답해!"

거울로 둘러싸인 방 안에 구미코의 목소리가 커다랗게 퍼졌다.

유령은 날씬한 집게손가락을 펴서 자기 입술을 눌렀다.

"맞아, 내 정체는 그게 다가 아니야. 단순한 가이드 프로그램치고는 지나치게 나서는 면이 있지. 하지만 내 기반이 되는 모델은 최고야, 엄청나게 정교하다고. 그래도 내가 정확히 뭔지는 설명할 수 없어. 나도 모르니까."

"너도 모른다고?"

구미코는 다시 소리 없이 말했다. 조심스럽게.

"난 온갖 것들을 알아." 콜린은 지붕창 쪽으로 걸어갔다. "미들 템플 법학회에서 쓰는 바퀴 달린 테이블은 프랜시스 드레이크 경이 지휘하던 골든 하인드 호의 목재로 만들었다는 것. 타워브리지의 보행자 통로로 올라가는 계단은 128단이라는 것. 또 우드 스트리트의 칩사이드 오른편에 있는 플라타너스는 워즈워스의 시에 나오는 개똥지빠귀가 낭랑하게 지저귀던 그 나무로 추정된다는 것도……." 콜린이 갑자기 돌아서서 구미코를 마주 보았다. "실은 그렇지 않아. 지금 있는 나무는 1998년에 원본을 복제한 거거든. 난 그 모든 걸 알아, 그리고 훨씬 더 많은 것들을. 예를 들면, 난 너한테 당구의 기초를 가르칠 수도 있어. 그게 바로 나야. 나를 만든 목적이 그거라고 할 수도 있겠지, 원래는. 하지만 내 정체는 그게 다가 아니야, 그리고 내 숨은 정체는 분명히 너랑 관련이 있을 거야. 그게 뭔지는 나도 몰라. 정말이야."

"넌 아버지가 나한테 준 선물이었어. 아버지랑 연락할 수 있어?"

"내가 아는 한은 못해."

"내가 여길 떠났던 거 아버지한테 안 알렸어?"

"무슨 말인지 모르는구나. 난 네가 나갔다 온 것도 몰랐어. 방금 전에 날 깨우기 전까진."

"하지만 녹음은 하고 있었잖아……."

"맞아, 하지만 의식하고 한 건 아니야. 난 네가 작동시킬 때만 '여기'에 있어. 그리고 현재의 데이터를 분석하지…… 그런데 한 가지 분명한 건, 이 집에서 나가는 신호는 어떤 거든 스웨인의 첩자들이 즉시 감지한다는 사실이야."

"네가 더 있을 가능성은? 그러니까, 너랑 똑같은 유닛 말이야."

"재미있는 발상이지만 그렇진 않아, 누가 남몰래 끔찍하게 기술을 발전시켰다면 모르겠지만. 내 하드웨어의 크기를 감안하면 지금의 나는 한계를 조금 초월한 상태야. 그건 나한테 저장된 일반 배경 정보를 통해 알 수 있어."

구미코는 손에 쥔 유닛을 내려다보았다.

"라니어. 그 사람 얘기를 들려줘."

"오전 10시/ 25분/ 16초."

콜린이 말했다. 뚝뚝 끊기는 목소리들이 구미코의 머리를 채웠다.

페탈 이쪽으로 오시지요……

스웨인 당구장으로 들어와.

제3의 목소리 제대로 설명하는 게 좋을 거야, 스웨인. 차에 네트 쪽 사람 셋이 기다리고 있어. 경비대 데이터베이스에는 당신 주소가 영원히 남아 있을 거고.

페탈 차가 멋지더군요. 다임러 벤츠. 코트는 저한테 주시지요.

제3의 목소리 이유가 뭐야, 스웨인? 왜 브라운의 가게에서 만나면 안 된다는 거지?

스웨인 코트 벗어, 로빈. 그 여자는 갔어.

제3의 목소리 가다니?

스웨인 스프롤에 갔어. 오늘 새벽에 일찍.

제3의 목소리 하지만 아직 때가……

스웨인 내가 보낸 것 같나?

남자의 대답은 문 닫는 소리에 가려 공허하고 불분명하게 들렸다.

"저 사람이 라니어야?"

구미코가 콜린에게 소리 없이 물었다.

"그래. 앞서 오간 대화에서 페탈이 그렇게 불렀어. 스웨인하고 라니어는 25분 동안 같이 있었어."

자물쇠를 거는 소리. 사람이 움직이는 기척.

스웨인 일이 완전히 틀어지긴 했는데, 내 잘못은 아니야. 그 여자에 관해선 이미 당신한테 경고했잖아. 저쪽에다가도 경고하라고 했고. 그 여잔 타고난 킬러야. 아마 사이코패스일 테고…….

라니어 그건 당신 문제야, 나랑은 상관없어. 당신한테 필요한 건 그쪽 물건하고 내 도움이니까.

스웨인 그럼 *당신*은 뭐가 문제야, 라니어? 왜 이 일에 낀 거지? 단순히 안젤라 미첼을 제거하고 싶어서?

라니어 내 코트 어딨지?

스웨인 페탈, 라니어 씨한테 염병할 코트 갖다드려.

페탈 예.

라니어 난 저쪽 사람들이 당신의 암살자를 안젤라만큼이나 간절히 원한다는 인상을 받았어. 그 여자 역시 복수의 일부야. 저쪽에선 그 여자도 데려가려고 할 거야.

스웨인 그럼 잘해 보라고 해. 그 여잔 벌써 준비 태세를 갖췄으니까, 그것도 스프롤에서. 한 시간 전에 그 여자랑 통화했어. 난 그쪽에 있는 부하한테 처리하라고 해 둘 거야. 그…… 대신할 여자애를 준비해 둔 부하. 당신도 그리 돌아갈 건가?

라니어 오늘 밤에.

스웨인 됐어, 그럼. 걱정할 것 없어.

라니어 잘 있어, 스웨인.

페탈 참 재수 없는 놈이군요. 저 녀석.

스웨인 난 이 건이 마음에 안 들어, 정말로…….

페탈 그래도 물건은 마음에 들잖아요, 안 그래요?

스웨인 물건이야 불만 없지만, 네가 보기엔 저쪽에서 왜 샐리까지 원하는 것 같아?

페탈 누가 알겠습니까. 저쪽에서 알아서 상대하겠죠……

스웨인 저쪽. 그 '저쪽'이란 게 마음에 안 든단 말이야……

페탈 저쪽도 샐리가 멋대로 거기에 간 걸 알면 그리 기뻐하진 않을 겁니다. 야나카의 딸까지 데리고……

스웨인 당연하지. 하지만 야나카의 딸은 다시 찾았어. 내일 샐리한테 프라이어가 볼티모어에 있다고 알려 줄 거야. 그 여자애 성형 수술 때문에……

페탈 거 참 찜찜한 거래군요. 정말이지……

262

스웨인 서재로 커피 한 포트 가져와.

구미코는 눈을 감고 누워 있었다. 머릿속에서 콜린의 녹음이 가닥가닥 풀어져 속귀 신경으로 직접 입력되었다. 스웨인은 주로 당구장에서 일 이야기를 하는 모양이었다. 그 말은 곧 구미코가 사람들이 도착할 때와 떠날 때, 대화의 시작과 끝 부분밖에 못 듣는다는 뜻이었다. 남자 둘이 경견 이야기와 내일의 승률에 관해 쉬지 않고 주절거렸는데 둘 중 한 명은 아까 본 그 붉은 얼굴인지도 몰랐다. 구미코는 스웨인과 경찰 특수부에서 온 남자의 대화를 특히 주의 깊게 들었는데(스웨인은 그 남자를 에스비(SB)라고 불렀다.), 남자는 떠날 준비를 하며 대리석 흉상 바로 밑에서 일 이야기를 나누었다. 구미코는 이 부분에서 재생을 대여섯 번 정지시키고 설명을 요구했다. 콜린은 경험에서 우러난 추측을 들려주었다.

"이 나라는 굉장히 부패했구나."

깊은 충격에 빠진 구미코가 마침내 입을 열었다.

"그건 아마 너희 나라도 마찬가질걸."

"그런데 스웨인은 저 사람들한테 뭘 대가로 지불하는 거야?"

"정보. 내가 보기에 우리 스웨인 선생께선 최근에 대단한 고급 정보원을 손에 넣으셨는데, 그걸 권력으로 바꾸느라 바쁘신 것 같아. 우리가 들은 대화를 토대로 넘겨짚자면, 최근에는 그 일만 전문적으로 해 왔을 거야. 다만 분명한 건 그가 지금 출세가도를 달리고 있다는 거야, 거물이 되는 중이란 말이지. 내적 증거에 따르면 그는 1주일 전보다 훨씬 더 중요한 인물이야. 게다가 부하들이 늘어난 것도 사실이고……."

"알려야 해…… 내 친구한테."

"샐리 시어스? 그 여자한테 뭘?"

"라니어가 한 말. 샐리도 잡힐 거랬잖아, 안젤라 미첼이랑 같이."

"그래서 샐리는 어디 있는데?"

"스프롤에 있어. 어떤 호텔인데……."

"전화해. 하지만 여기선 안 돼. 돈 가진 거 있어?"

"미쓰 은행 칩이 있어."

"미안, 이곳 전화에선 못 써. 혹시 동전 없어?"

구미코는 침대에서 일어나 지갑 바닥에 쌓인 묘하게 생긴 영국 돈을 찬찬히 살펴보았다. 그러다가 도금된 두꺼운 동전을 찾았다.

"여기 있어. 10파운드짜리야."

"*시내* 통화를 하려면 두 개가 필요해."

구미코는 놋쇠로 된 10파운드 동전을 다시 지갑에 던져 넣었다.

"아니야, 콜린. 전화는 됐어. 더 좋은 방법이 있어. 난 여길 떠나고 싶어, 당장. 오늘. 도와줄 거야?"

"당연하지. 나로선 떠나지 말라는 충고를 하고 싶지만."

"그래도 갈 거야."

"좋아. 어떻게 할 건데?"

"사람들한테 말할 거야. 쇼핑하러 가고 싶다고."

27
여자 악당

나중에 모나는 그 여자가 분명 자정이 지나서 들어왔으리라고 짐작했다. 프라이어가 두 번째로 게를 사서 돌아온 후의 일이기 때문이었다. 볼티모어에서 나는 게는 정말로 맛있었고, 약에서 깨어나면 늘 허기가 졌다. 그래서 모나는 프라이어에게 게를 좀 더 사오라고 부탁했다. 제럴드는 팔에 붙이는 패치를 갈려고 몇 번이나 방에 들어왔다. 그때마다 모나는 애써 얼빠진 미소로 화답했지만 그가 나가고 나면 패치의 진정제를 짜 버리고 다시 붙였다. 마침내 제럴드가 모나에게 이제 눈을 좀 붙이라고 말했다. 그는 불을 끄고 가짜 창문의 출력을 최저로 낮춰 시뻘건 노을만 남겨 놓았다.

다시 혼자가 된 모나는 침대와 벽 사이로 손을 넣어 폼의 구멍 속에 든 전기 충격기를 찾았다.

모나는 마음과 달리 잠에 빠져들었다. 붉게 빛나는 창문은 마이애미의 노을 같았고, 모나는 에디의 꿈을 꾼 것만 같았다. 아니면 후키 그린의 가게가 나오는 꿈, 33층에 있는 그 가게에서 누구와 춤추는 꿈을 꾼 것 같았다. 왜냐면 요란한 소리에 깨어났을 때 자신이 있는 곳이 어딘지 알 수 없었는데도, 왠지 후키 그린의 가게에서 빠져나오는 길이 선명하게 떠올랐기 때문이었다. 마치 무슨 말썽이 일어나서 계단으로 빠져나와야 한다는 걸 아는 것처럼……

프라이어가 문을 뚫고 들어왔을 때, 모나는 침대를 반쯤 빠져나온 상태였다. 프라이어는 정말로 문을 뚫고 들어왔다. 그가 부딪혔을 때 문이 닫혀 있었기 때문이었다. 그가 등으로 뚫고 들어온 문은 파편과 벌집 모양 판지 조각으로 변했다.

프라이어는 모나의 눈앞에서 벽에 부딪혔다가 다시 바닥에 부딪혔고, 그대로 움직이지 않았다. 그리고 문간에 누가 서 있었다. 바깥의 불빛을 등지고 선 탓에 그 사람의 얼굴에서 모나가 알아볼 수 있는 것은 가짜 노을의 붉은 빛을 되비추는 한 쌍의 곡선뿐이었다.

다시 침대로 올라선 모나는 벽을 향해 몸을 눕혔다. 손은 벽과 매트리스 사이로 미끄러져서……

"움직이지 마, 이년아."

그 목소리에는 몹시도 선뜩한 구석이 있었다. 너무 *활기찼기* 때문이었다. 프라이어를 문이 뚫리도록 내던진 것이 무슨 인사인 양.

"손가락 하나도 까딱하지 마……."

그 여자는 세 걸음에 방을 가로질러 모나에게 바짝 다가섰다. 너무 가까이 다가선 탓에 여자의 가죽 재킷에서 뿜어 나오는 냉기가 느껴질 정도였다.

"알았어요. 알았다고요……."

뒤이어 두 손이 모나를 붙들었다. *잽싸게*. 침대에 털썩 눕혀진 모나는 양 어깨가 폼에 붙어 꼼짝도 할 수 없었다. 그리고 코앞에 어떤 물건이 불쑥 나타났다. 전기 충격기였다.

"이 코딱지만 한 건 어디서 났어?"

"아." 모나는 언젠가 한번 보기는 했지만 까맣게 잊은 물건인 양 말했다. "제 남자친구 재킷 주머니에 들어 있었어요. 제가 그 옷을 빌려 입었는데……."

모나는 심장이 쿵쾅거렸다. 이 여자의 선글라스에는 어딘가 이상한 구석이……

"저 멍청이는 너한테 이게 있단 걸 알았어?"

"누구요?"

"프라이어 말이야."

여자는 모나를 놔주고 돌아섰다. 그러고는 프라이어를 걷어찼다. 차고, 또 찼다. 세게.

"아니." 여자는 시작할 때와 마찬가지로 갑작스레 발길질을 멈췄다. "프라이어는 몰랐을 거야."

뒤이어 제럴드가 문간에 나타났다. 그는 아무 일도 없었던 양 태연했지만, 아직 문틀에 붙은 문의 일부를 보더니 갈가리 찢긴 마감재의 모서리를 엄지로 문지르며 울적한 표정을 지었다.

"몰리, 커피 마실래?"

"두 잔 부탁해, 제럴드." 여자는 전기 충격기를 살펴보며 대답했다. "내 건 블랙으로."

모나는 커피를 홀짝이며 여자의 옷과 머리를 찬찬히 뜯어보았다. 둘은 함께 프라이어가 깨어나기를 기다리는 중이었다. 적어도 모나 생각에는 그런 듯했다. 제럴드는 다시 사라지고 없었다.

여자는 모나가 전에 알던 누구하고도 비슷한 구석이 없었다. 아예 어떤 스타일인지조차 감이 잡히지 않았지만, 돈이 꽤 있는 축이라는 것만은 분명했다. 머리는 전에 잡지에서 본 유럽풍이었다. 분명 이번 시즌에는 어디에서도 유행하지 않을 듯싶었지만, 선글라스하고는 잘 어울렸다. 선글라스 자체는 피부에 직접 이식한 매립식이었다. 모나는 클리블랜드에서 그런 선글라스를 낀 택시 운전사를 본 적이 있었다. 또 여자가 입은 짧은 재킷은 아주 진한 갈색이었는데 모나의 취향에는 너무 밋밋했지만 분명 새것이었고, 커다란 흰색 양가죽 칼라가 붙어 있었다. 벌어진 칼라 아래로 묘하게 생긴 초록색 옷이 가슴과 배를 방탄조끼처럼 덮고 있었다. 모나는 그것이 분명 방탄조끼일 거라고 짐작했다. 꼭 끼는 바지는 복슬복슬한 녹회색 스웨이드를 잘라 만든 것처럼 두껍고 폭신해 보였는데, 모나는 여자가 입은 옷 중에 그 바지가 가장 마음에 들었다. 자신도 한 벌 사서 입고 싶을 정도였지만, 부츠 때문에 스타일이 망가졌다. 무릎까지 오는 검은 부츠는 오토바이 레이서들이 신는 것처럼 노란색 고무창이 두꺼웠고 발등 부분에는 큼지막한 띠가 여러 개 붙어 있었으며, 위아래로 크롬 버클이 여러 개 달려 있는 데다 앞코는 끔찍하게 투박했다. 그리고 매니큐어, 저런 와인색은 또 어디서 샀을까? 모나가 보기에는 이미 단종된 색깔 같았다.

"뭘 그렇게 봐?"

"어…… 부츠요."

"그게 뭐?"

"바지랑 안 어울려서요."

"프라이어를 뒈지게 걷어차려고 신은 거야."

바닥에 쓰러져 있던 프라이어가 끙 소리를 내더니 토하려고 버둥거리기 시작했다. 그러자 덩달아 속이 불편해진 모나는 여자에게 화장실에 가겠다고 했다.

"나갈 생각은 하지도 마."

여자는 하얀 자기 컵 너머로 프라이어를 지켜보는 듯했지만, 선글라스 탓에 확신할 수는 없었다.

어찌어찌해서 화장실에 간 모나는 무릎에 가방을 올려놓고 앉아 있었다. 우선 서둘러 한 방 들이마실 준비를 했다. 결정을 곱게 갈지 못한 탓에 목구멍이 타는 듯했지만, 라넷이 가끔 말했듯이 사람이 언제나 꼼꼼할 수는 없는 법이었다. 그리고 어쨌거나 기분이 훨씬 좋아졌으니 된 거 아닐까? 제럴드의 화장실에는 조그만 샤워기가 있었지만 오랫동안 쓰지 않은 듯했다. 가까이서 보니 배수구에 회색 곰팡이가 끼어 있었고, 마른 핏자국 같은 것도 점점이 보였다.

돌아와 보니 여자는 프라이어의 발을 붙들고 다른 방으로 끌고 가는 중이었다. 모나는 프라이어가 양말 바람으로 신을 벗고 있는 것을 그제야 알아차렸다. 꼭 발을 올리고 자는 사람 같았다. 파란 셔츠에는 피가 묻어 있었고, 얼굴은 온통 멍투성이였다.

약 기운이 급격히 퍼지는 동안 모나가 느낀 것은 선명하고 순수한 호기심이었다.

"뭐 하는 거예요?"

"이 녀석을 깨워야 할 것 같아서."

꼭 지하철에서 자다가 내릴 곳을 놓치게 생긴 다른 승객 이야기를 하는 듯한 말투였다. 모나는 여자를 따라 제럴드가 일을 하는 다른 방으로 들어갔다. 모든 것이 깨끗하고 병원처럼 하얀 방이었다. 여자가 프라이어를 일으켜 미용실 의자와 비슷하게 손잡이와 버튼이 잔뜩 달린 의자에 눕히는 동안, 모나는 가만히 지켜보았다. *힘이 엄청나게 센 것 같진 않아.* 모나는 속으로 생각했다. *그냥 어느 방향으로 무게를 이동시켜야 하는지 잘 아는 것 같아.* 여자가 프라이어의 가슴 위로 검은 띠를 채우는 사이에 그의 머리는 옆으로 털썩 돌아갔다. 모나는 슬슬 그가 불쌍해졌지만, 이내 에디가 떠올랐다.

"왜 그래?"

여자는 크롬 수도꼭지를 틀어 하얀 플라스틱 용기에 물을 받았다.

모나는 말을 하려고 애썼지만, 위즈의 기운 때문에 심장이 걷잡을 수 없이 두근거렸다. *이 사람이 에디를 죽였어요.* 계속 말하려고 했지만 소리가 나오지 않았다. 그러나 결국에는 분명 나온 듯했다. 여자가 이렇게 말했으니까.

"그래, 충분히 그럴 놈이야…… 빈틈이 보이면."

여자는 프라이어에게 물을 끼얹었다. 얼굴에, 온 셔츠에. 퍼뜩 깨어난 프라이어는 왼쪽 눈 흰자위가 새빨갰다. 여자가 젖은 파란색 셔츠에 전기 충격기를 꽂자 금속 막대에서 하얀 전기 불꽃이 튀었다. 프라이어는 비명을 질렀다.

제럴드는 모나를 침대 밑에서 끌어내리려고 손과 무릎을 짚고 엎드려야 했다. 그의 손은 서늘하고 몹시 부드러웠다. 모나는 자신이 어떻게 거기에 들어갔는지 기억나지 않았지만, 이제는 사방이 조용했다. 제럴드는 회색 반코트를 입고 선글라스를 끼고 있었다.

"넌 이제 몰리랑 같이 갈 거야, 모나." 제럴드의 말에 모나는 벌벌 떨기 시작했다. "신경이 진정되도록 뭘 좀 챙겨 줘야 할 것 같군."

모나는 제럴드의 손에서 빠져나와 주춤주춤 뒷걸음쳤다.

"싫어! 나한테 손대지 마!"

"놔둬, 제럴드." 여자가 문 옆에 서서 말했다. "이제 갈 시간이야."

"지금 도대체 무슨 짓을 하는지 알고 이러는 것 같진 않지만, 그래도 행운을 빌게."

"고마워. 당신은 여기가 그리워질 것 같아?"

"아니. 어차피 곧 은퇴할 참이었어."

"나도 그랬어."

이윽고 제럴드가 떠났다. 모나 쪽은 돌아보지도 않고서.

"옷 가진 거 있어?" 여자가 모나에게 물었다. "있으면 입어. 우리도 떠날 거니까."

옷을 입으면서 모나는 깨달았다. 새로 얻은 가슴 위로 드레스 단추를 채울 수가 없었다. 그래서 그냥 벌려 둔 채 마이클의 재킷을 걸치고 지퍼를 목까지 올렸다.

28
손님

이따금 슬릭은 그곳에 서서 재판관을 올려다보거나, 마녀 곁의 콘크리트 바닥에 쭈그리고 앉아 있어야 했다. 그렇게 하면 기억이 끊기는 현상이 잠잠해졌다. 둔주, 즉 기억이 통째로 끊기는 진짜 재발 증상에는 효과가 없었다. 그러나 초점이 흐려진 채 덜컹거리는 이 느낌, 머릿속의 기억 테이프가 자꾸 끊기듯이 경험의 증가분이 조금씩 사라지는 현상에는 도움이 됐고…… 그래서 지금도 거기에 있었고, 효과가 있었다. 마침내 슬릭은 곁에 있는 체리를 알아보았다.

젠트리는 자신이 포착한 형태와 함께 로프트에 있었다. 그는 그것을 매크로폼 마디라고 불렀고, 슬릭이 자신이 본 집과 장소와 바비 카운트에 관해 얘기하려고 해도 거들떠보지도 않았다.

그래서 슬릭은 이곳으로 내려와 심문관 옆에 쭈그리고 앉아서, 자신이 수많은 공구로 했던 작업과 각각의 부품을 주운 장소를 머릿속으로 되짚었다. 그러다가 이윽고 체리가 다가와 서늘한 손을 그의 뺨에 댔다.

"괜찮아? 또 전처럼 되는 줄 알았는데……."

"아냐. 그냥, 난 가끔 여기 내려와야 돼."

"그 사람이 카운트의 상자 속에 접속시켰지, 그렇지?"

"바비야. 그 사람 이름. 내가 만났어."

"어디서?"

"그 안에서. 거긴 완전히 하나의 세계야. 집이 있었어, 무슨 성처럼 생긴. 그 사람도 있었고."

"혼자?"

"그 사람 말로는 안젤라 미첼도 있댔는데……."

"미쳤나 보네. 진짜 있었어?"

"난 못 봤어. 차를 한 대 봤는데, 그 사람이 그 여자 차랬어."

"자메이카의 무슨 유명인 전용 재활원에 있다고 들은 것 같은데."

슬릭은 알 바 아니라는 듯이 어깨를 으쓱했다.

"난 몰라."

"그 사람, 어때 보였어?"

"더 어려 보였어. 튜브를 저렇게 주렁주렁 꽂고 있으면 누구나 엉망으로 보이겠지만. 그 사람 생각으론 키드 아프리카가 겁을 먹어서 자길 여기다 버려두고 간 것 같대. 혹시 누가 자길 찾아오면 매트릭스에 접속시켜 달라고 했어."

"왜?"

"몰라."

"물어보지 그랬어."

슬릭은 다시 어깨를 으쓱했다.

"혹시 리틀 버드 못 봤어?"

"못 봤는데."

"돌아올 때가 지났는데……."

슬릭은 자리에서 일어섰다.

리틀 버드는 해질녘이 돼서야 젠트리의 오토바이를 타고 돌아왔다. 요란한 엔진 소리와 함께 솔리튜드를 가로질러 오는 동안 눈에 젖은 검은 날개같은 머리타래가 뒤로 나부꼈다. 슬릭은 움찔 놀랐다. 리틀 버드가 기어를 잘못 넣고 달리는 중이었기 때문이었다. 리틀 버드는 압축한 드럼통이 수북이 쌓인 비탈을 덜컥거리며 올라가다가 브레이크를 놓아야 할 곳에서 당기고 말았다. 체리가 숨을 헉 들이마신 순간, 리틀 버드와 오토바이가 공중에서 분리됐다. 오토바이는 1초 동안 공중에 멈춰 있는 듯하다가 한 바퀴 돌아 팩토리의 바깥채로 쓰이던 녹슨 철판 더미에 처박혔고, 리틀 버드는 땅에 떨어져 데굴데굴 굴렀다.

어찌된 영문인지 슬릭은 요란한 충격음을 듣지 못했다. 그는 문이 달아난 화물 적재장에서 체리 곁에 우두커니 서 있었다. 다음 순간 그는 쓰러진 리틀 버드를 향해 눈 덮인 녹슨 철판 위를 달리고 있었고, 두 기억은 서로 이어지지 않았다. 리틀 버드는 입술에 피를 흘리며 자빠져 있었다. 목에 건 가죽 끈과 부적 더미에 가려 입이 조금밖에 보이지 않았다.

"건드리지 마. 갈비뼈가 부러졌을지도 몰라, 아니면 내장이 손상됐을지도……."

체리의 목소리를 듣고 리틀 버드가 눈을 번쩍 떴다. 그는 입술을 오므렸다가 피와 부서진 이를 뱉어냈다.

"움직이면 안 돼." 체리는 리틀 버드 곁에 무릎을 꿇고 의료 기술학교에서 배운 대로 말투를 바꿔 또박또박 말했다. "혹시 다쳤을지도 모르니까……."

"우, 웃기지 마, 아가씨."

리틀 버드는 간신히 내뱉고는 비틀거리며 일어섰다. 곁에서 슬릭이 부축을 해 주었다.

"맘대로 해, 멍청아. 피나 질질 흘리는 주제에. 난 몰라."

"못 구했어." 리틀 버드는 손등으로 얼굴에 핏자국을 남기며 말했다. "트럭 말이야."

"그건 나도 알아."

"마비 패거리한테 손님들이 와 있어. 똥에 꼬인 파리 떼처럼. 호버랑 헬리콥터도 몇 대 있었어. 다 그놈들이 타고 온 거야."

"뭐 하는 놈들인데?"

"군인처럼 보이지만 아니야. 군인들은 높은 사람이 안 볼 땐 농땡이도 피우고, 뺑도 치고 농담도 하고 그러거든. 근데 그놈들은 안 그랬어."

"경찰이야?"

마비와 그의 두 형제는 땅에 반쯤 묻은 열차용 탱커 여남은 개에다 변종 대마를 키웠다. 가끔은 원시적인 아민 화합물을 만들려고 시도하기도 했는데 제조 시설이 자꾸만 폭발하곤 했다. 팩토리에게 그들은 붙박이 이웃과 가장 가까운 존재였다. 6킬로미터 떨어진 이웃이었다.

"경찰이냐고?" 리틀 버드는 부러진 이를 한 개 더 뱉고 나서 인상을 찌푸린 채 피 묻은 손가락으로 입속을 점검했다. "그놈들은 법에 어긋나는 짓은 아무것도 안 해. 어차피 경찰은 그런 장비를 굴릴 돈도 없고. 최신형 호버에, 최신형 혼다 헬리콥터까지……."

피와 침이 만든 엷은 막 뒤로 씩 웃는 입 모양이 보였다.

"난 솔리튜드를 안 벗어난 채 스코프로 멀리서 그놈들을 지켜봤어. 말을 걸고 싶은 놈은 하나도 안 보이더라고. 그건 당신도 마찬가지였을걸. 근데 젠트리의 오토바이는 제대로 해먹은 것 같네, 그렇지?"

"그건 걱정 마. 젠트리는 딴 데 정신이 팔려 있는 것 같아."

"다행이네……."

리틀 버드는 팩토리 쪽으로 비척비척 걸어가다가 하마터면 쓰러질 뻔했지만, 몸을 추스르고 다시 걷기 시작했다.

"저 사람, 약에 취해서 완전히 둥둥 떠 있네."

체리가 말했고, 그 말을 들은 슬릭이 리틀 버드를 향해 외쳤다.

"야, 버드. 너 내가 마비한테 주라고 한 약 봉지 어쨌어?"

리틀 버드는 비틀거리다가 빙글 돌아섰다.

"잃어버렸어……."

그러고는 사라졌다. 물결 모양 철판으로 된 모퉁이를 돌아서.

"아마 거짓말일 거야, 그 사람들 이야기. 아니면 환각을 봤든가."

"아닌 것 같은데."

슬릭은 이렇게 말하며 체리를 그늘 속 깊숙이 잡아당겼다. 조명도 안 켠 검은색 혼다 헬리콥터 한 대가 겨울 저녁의 어스름 속에서 팩토리 쪽을 향해 하강하고 있었다.

슬릭은 덜컹거리는 계단을 뛰어 올라가는 동안 혼다 헬리콥터가 다섯 번째로 팩토리 상공을 지나가는 소리를 들었다. 헬리콥터가 지나갈 때마다 철제 지붕이 덜덜거렸다. 어차피 젠트리도 그 소리 때문에 손님이 온 것을 알아차릴 듯싶었다. 슬릭은 느린 걸음으로 열 걸음에 위태로운 통로를 지나갔다. 통로에 아이 빔을 용접해서 보강하지 않고 카운트와 그의 들것을 무사히 나를 수 있을지가 슬슬 궁금해졌다.

슬릭은 노크도 없이 환한 로프트 안으로 들어섰다. 젠트리는 작업대 앞에 앉아 고개를 한쪽으로 처든 채 플라스틱 채광창을 올려다보고 있었다. 작업대 위에 각종 부품과 조그만 공구가 어질러져 있었다.

"헬리콥터야."

뛰어 올라오느라 숨이 가빠진 슬릭이 헐떡거리며 말했다.

"헬리콥터군." 젠트리가 신중하게 맞장구치며 고개를 끄덕이자 헝클어진 꽁지머리가 대롱거렸다. "뭘 찾는 것 같은데."

"내 생각엔 벌써 찾은 것 같아."

"원자력 위원회에서 보낸 건지도 모르지."

"리틀 버드가 마비네서 사람들을 봤대. 저 헬리콥터도 거기서 봤고. 너, 내가 저 남자한테서 무슨 말을 들었는지 얘기할 때 귓등으로도 안 들었지?"

"리틀 버드가 뭐라고 했는데?"

젠트리는 작업대 위의 조그맣고 반짝이는 것들을 내려다보았다. 그러고는 부품 두 개를 집어 하나로 꼬았다.

"카운트 말이야! 저 남자가 나한테……"

"바비 뉴마크. 그래, 난 이제 바비 뉴마크에 관해 알 만큼 알아."

슬릭의 등 뒤에 체리가 나타났다.

"저 통로부터 어떻게 해야 돼. 너무 흔들린단 말이야."

체리는 곧장 들것으로 다가가 카운트의 상태를 확인했다.

"와서 이것 좀 봐, 슬릭."

젠트리가 일어서더니 홀로그램 테이블로 걸어갔다. 슬릭은 그를 뒤따라가서 테이블 위의 빛나는 이미지를 보았다. 회색 집에서 보았던 카펫의 무늬와 비슷한 패턴이었지만 이쪽은 실처럼 가느다란 네온으로 짜여 있었고,

일종의 무한 매듭으로 뒤틀려 있었다. 매듭의 핵심부는 보기만 해도 눈이 아팠다. 슬릭은 그 이미지로부터 눈을 돌렸다.

"이게 다야? 네가 그렇게 찾아 헤맨 게 이거야?"

"아니. 내가 말했잖아. 이건 그냥 마디야, 매크로폼이라고. 하나의 모델이지……."

"저 남자는 그 안에 집을 갖고 있었어, 성 같은 집. 또 풀밭이랑 나무랑, 하늘도……"

"저 녀석이 가진 건 그보다 훨씬 많아. 우주를 통째로 갖고 있다고. 네가 본 건 그냥 상업용 스팀으로 만든 구성체일 뿐이야. 저 녀석이 가진 건 사이버스페이스를 이루는 모든 데이터의 *개요*야. 그래도 내가 전에 접근했던 것보단 훨씬 가까워…… 저 녀석이 왜 그곳에 있는지는 얘기 안 하던?"

"안 물어봤는데."

"그럼 너 다시 들어가야 돼."

"야, 젠트리. 내 말 잘 들어. 저 헬리콥터, 다시 돌아올 거야. 리틀 버드가 군인 같다고 한 놈들을 호버 두 대에 가득 싣고 같이 데려올 거라고. 그놈들이 노리는 건 우리가 아니야, *저 녀석이야.*"

"어쩌면 저 녀석일지도 모르지. 어쩌면 우리일 수도 있고."

"아니, 저 녀석이 나한테 *말했단* 말이야. 누가 자길 찾아오면 우린 큰일이 났다는 뜻이라고, 그러니까 자길 매트릭스에 접속시켜야 한다고."

젠트리는 여태 손에 쥐고 있던 조그만 연결 장치를 내려다보았다.

"저 녀석이랑 얘길 해야 돼, 슬릭. 너 다시 거기로 들어가. 이번엔 나랑 같이."

29
겨울 여행

　페탈도 결국에는 동의했지만, 대신 구미코에게 아버지한테 전화를 걸어 허락을 받으라는 조건을 걸었다. 그리하여 페탈은 스웨인을 찾아 우울하게 터덜터덜 걸어갔고, 돌아왔을 때에도 표정은 똑같이 우울했지만 답은 '가도 좋다'였다. 구미코가 가장 두꺼운 옷을 몇 겹이나 껴입고서 사방을 하얗게 칠한 현관에 서서 사냥 장면을 그린 판화를 찬찬히 구경하는 사이, 페탈은 닫힌 문 뒤에서 예의 그 붉은 얼굴에게 할 일을 설명했다. 알고 보니 그 남자의 이름은 딕이었다. 페탈이 하는 말은 그저 나직한 목소리로 구구절절 경고한다는 것만 알아들을 수 있을 뿐, 단어 하나하나가 또렷이 들리지는 않았다. 마스네오텍 유닛은 주머니 속에 들어 있었지만 구미코는 건드리지 않으려고 꾹 참았다. 콜린이 이미 두 차례나 가지 말라고 만류했기 때문이었다.

　이윽고 페탈의 설교에서 풀려난 딕은 부루퉁해 보이는 조그만 입으로 슬며시 웃는 표정을 지었다. 그는 꼭 끼는 검은색 슈트 재킷 아래에 분홍색

캐시미어 터틀넥 스웨터와 얇은 회색 양모 카디건을 입고 있었다. 검은 머리는 뒤로 단정히 빗어서 딱 붙인 모양새였다. 핏기가 가신 볼에는 몇 시간 사이에 자란 수염자리가 보였다. 구미코는 주머니 속의 유닛을 손으로 감쌌다.

"안녕." 딕은 인사를 건네며 구미코를 위아래로 훑어보았다. "산책은 어디로 갈까?"

"포토벨로 로드."

코트가 빽빽하게 걸린 옷걸이 사이의 벽에 기대어 서서, 콜린이 말했다. 딕은 콜린의 몸을 통과한 손으로 옷걸이의 검은색 오버코트를 내린 다음, 코트를 입고 단추를 잠갔다. 그러고는 두툼한 검은색 가죽 장갑을 손에 끼었다.

"포토벨로 로드로 가요."

구미코는 유닛을 놓으며 말했다.

"스웨인 씨랑 일하신 지는 얼마나 됐어요?"

초승달 모양 도로 옆의 얼음 낀 보도를 걸으며 구미코가 물었다.

"꽤 됐어. 넘어지지 않게 조심해라. 부츠 굽이 너무 높은데……."

구미코는 굽이 가느다란 프랑스제 에나멜 부츠를 신고 딕의 곁에서 비틀비틀 걸어갔다. 예상대로 그 부츠를 신고서 유리처럼 단단하고 울퉁불퉁한 얼음장 위를 걸어가기란 사실상 불가능했다. 구미코는 딕의 손을 잡고 의지했다. 그러다 보니 그의 손바닥에 붙은 기다랗고 단단한 금속이 느껴졌다. 그가 낀 장갑은 중량이 추가돼 있었고, 손가락 부분은 탄소섬유 망으로 보강돼 있었다.

딕은 집 앞 도로 끄트머리의 모퉁이를 돌 때까지 말이 없었다. 그랬던 그가 포토벨로 로드에 이르자 걸음을 멈췄다.

"저기 말이야, 아가씨." 목소리에 주저하는 빛이 묻어났다. "애들이 하는 말, 사실이야?"

"애들이라뇨? 그게 누군데요?"

"스웨인의 애들 말이야, 밑에 있는 부하들. 아가씨가 높으신 분의 딸이라던데…… 도쿄에 있는 높으신 분, 맞아?"

"죄송해요. 무슨 말인지 모르겠어요."

"야나카. 아가씨 성이 야나카지?"

"맞아요, 야나카 구미코……."

딕은 강렬한 호기심이 깃든 눈으로 구미코를 응시했다. 그러다 이내 표정에 근심이 스치더니, 주위를 신중하게 힐끗거렸다.

"맙소사, 분명 사실일 테지……." 딕이 쭈그리고 앉았다. 단추를 꼭꼭 여민 몸이 팽팽하게 긴장돼 있었다. "대장이 그러던데, 쇼핑이 하고 싶다며?"

"예, 좀 부탁할게요."

"어디로 모실까?"

"이쪽이오."

구미코는 오로지 영국제 골미만 줄줄이 진열된 좁은 상점가 쪽으로 딕을 이끌었다.

* * *

구미코가 신주쿠에서 쌓은 쇼핑 원정 실력은 딕을 상대로도 큰 힘이 됐다. 그에게 20세기 초에 만들어진 목걸이 두 개 가운데 하나, 스테인드글라스 파편 두 개 가운데 하나 따위를 고르라는 식으로 별 의미도 없는 선택을 수십 번씩 시키는 동안, 구미코가 일찍이 아버지의 비서들을 괴롭히려고 개발했던 기술들은 이번에도 똑같은 효력을 발휘했다. 다만 세심하게 고른 물건들은 하나같이 부서지기 쉽거나 몹시 무거워서 들기가 불편했고, 엄청나게 비쌌다. 외국어를 잘하는 쾌활한 점원이 구미코의 미쓰 은행 칩에다 8만 파운드를 청구했다. 구미코는 주머니에 손을 넣어 마스네오텍 유닛을 쥐었다.

"멋지네요."

영국인 여성 점원은 일본어로 말하며 구미코가 산 물건을 포장했다. 그리핀이 새겨진 놋쇠 꽃병이었다.

"끔찍하네." 콜린도 일본어로 품평했다. "게다가 가짜고."

콜린은 말총으로 짠 19세기풍 소파에 길게 늘어져 앉았다. 부츠를 올려둔 동그란 아르데코풍 외발 탁자는 유선형 알루미늄 천사들이 떠받치고 있었다.

점원은 포장한 꽃병을 딕의 짐 더미에 더했다. 이곳은 딕이 열한 번째 들른 골동품 가게이자, 구미코가 여덟 번째로 물건을 산 곳이었다.

"슬슬 움직이는 게 좋겠어." 콜린이 충고했다. "딕 선생이 당장이라도 스웨인한테 전화해서 짐 실을 차를 보내라고 할 거야."

"이제 다 산 건가?"

구미코가 산 물건들 너머로 딕이 물었다. 기대를 품은 목소리로.

"한 군데만 더 들를게요." 구미코는 빙긋 웃으며 말했다.

"그래."

딕은 찌푸린 표정으로 대꾸했다. 그보다 앞서 가게를 나선 구미코는 들어올 때 봐 두었던 보도의 틈에 왼쪽 부츠 굽을 집어넣었다.

"괜찮아?" 넘어지는 구미코를 보며 딕이 물었다.

"부츠 굽이 부러졌어요……."

구미코는 다리를 절며 가게 안으로 돌아가 콜린 곁의 말총 소파에 앉았다. 점원이 도우려고 허둥지둥 달려왔다.

"빨리 부츠 벗어." 콜린이 충고했다. "딕이 짐을 내려놓기 전에."

구미코는 먼저 굽이 부러진 쪽의 지퍼를 내려서 벗은 다음, 반대쪽도 벗었다. 그러자 겨울에 주로 신는 올이 굵은 중국산 실크 양말이 아니라 플라스틱 밑창에 골이 패인 얇은 검은색 고무 덧신이 나왔다. 구미코는 딕의 가랑이를 지나 문을 통과하는가 싶더니, 그냥 빠져나가는 대신 어깨로 딕의 허벅지를 치고 지나갔다. 딕은 화려하게 조각한 크리스털 술병이 줄지어 놓인 진열대로 쓰러졌다.

그다음은 자유였다. 구미코는 북적이는 관광객들 틈을 뚫고 포토벨로 로드를 달렸다.

발은 몹시도 시렸지만, 골이 팬 플라스틱 밑창은 접지력이 뛰어났다. 다만 얼음장 위는 예외였다. 구미코는 두 번째로 넘어졌다가 일어나며 그 점을 새삼 느꼈다. 손바닥에 축축한 모래 알갱이가 묻어 있었다. 콜린이 이 좁고 검은 벽돌 길로 가라고 했는데……

구미코는 유닛을 손으로 쥐었다.

"다음은 어느 쪽이야?"

"이쪽."

"로즈 앤드 크라운으로 가야 돼." 구미코는 콜린에게 다시 일렀다.

"조심해야 해. 딕한테 연락을 받은 스웨인의 부하들이 벌써 이 근처에 와 있을 거야. 혹시 스웨인이 특수부에 있는 자기 친구들한테 부탁했다면, 그쪽도 당연히 이미 수색을 시작했을 테고. 그리고 내가 보기엔 스웨인이 부탁을 안 할 이유가 하나도 없거든……."

구미코는 콜린과 나란히 로즈 앤드 크라운의 옆문으로 들어갔다. 이런 유의 음침한 술집에 빠질 수 없는 요소처럼 보이는 아늑한 어둠과 사방에 퍼지는 온기가 고마웠다. 구미코는 벽과 좌석에 한가득 붙은 패드와 두툼한 커튼을 보고 놀랐다. 만약 천의 색깔이 조금 더 밝았다면 따뜻한 느낌이 덜할 듯싶었다. 구미코가 보기에는 이런 술집이야말로 영국인이 *고미*를 대하는 자세를 가장 잘 보여 주는 곳 같았다.

콜린이 재촉을 하자 구미코는 바 앞에 모여 앉은 술꾼들 사이를 비집고 지나갔다. 틱을 찾을 수 있기를 바라며.

"얘, 무슨 일로 왔니?"

고개를 들어보니 바 뒤편에 금발의 너부데데한 얼굴이 보였다. 색이 선명한 립스틱을 바르고 볼에 붉은 색조 화장을 한 여성이었다.

"실례합니다. 베번 씨한테 할 얘기가 있는데요……."

"난 파인트 잔으로 줘, 앨리스." 누군가 바에 10파운드 동전 세 개를 쾅 내려놓으며 말했다. "라거로."

앨리스는 기다란 하얀색 자기 손잡이를 움직여 머그잔에 색이 옅은 맥주를 채웠다. 그런 다음 머그잔을 흠집투성이 바에 내려놓고 돈을 휙 쓸어 카운터 뒤의 돈 서랍에 찰랑 소리와 함께 넣었다.

"베번, 누가 얘기 좀 하자는데."

앨리스가 파인트 잔을 들어올리는 남자에게 말했다.

구미코는 주름이 깊이 팬 불콰해진 얼굴을 올려다보았다. 남자는 윗입술이 가늘었다. 토끼가 떠오르는 얼굴이었지만, 덩치는 거의 페탈만큼이나 컸다. 눈도 토끼 같았다. 동그란 갈색에 흰자위가 아주 조금밖에 안 보였다.

"나한테 볼일이라도?" 틱의 말투가 떠오르는 억양이었다.

"그렇다고 해." 콜린이 말했다. "고무 덧신을 신은 일본인 여자애가 자기 같은 술꾼한테 무슨 볼일이 있는지 상상도 못할 테니까."

"틱 씨를 찾으러 왔어요."

베번은 파인트 잔 테두리 너머로 무덤덤하게 구미코를 바라보았다.

"미안. 난 그런 사람 몰라." 베번이 잔을 기울였다.

"샐리 씨가 그랬어요, 틱 씨가 여기 없으면 베번 씨를 찾으라고요. 샐리 시어스 씨가……."

베번은 라거 맥주에 사레가 걸렸다. 그제야 눈에 흰자가 조금 보였다. 쿨룩거리면서, 그는 머그잔을 바에 내려놓고 코트 주머니에서 손수건을 꺼냈다. 그러고는 코를 풀고 입을 닦았다.

"내 근무 시간까지 5분밖에 안 남았어. 안에 들어가서 얘기하자."

앨리스가 바의 경첩 달린 부분을 위로 들어올렸다. 베번은 어깨 너머를 힐끗 돌아보며 커다란 손을 살짝 파닥거려 구미코에게 안으로 들어가라고 신호했다. 그런 다음 바 뒤편의 공간으로 통하는 좁은 통로로 구미코를 안내했다. 벽은 오래되고 울퉁불퉁한 벽돌이었고, 지저분한 초록색 페인트가 두껍게 칠해져 있었다. 그가 걸음을 멈춘 곳은 찌그러진 철제 바구니 옆이었다. 바구니에 쌓인 행주 더미에서 맥주 냄새가 났다.

"혹시 사기를 치는 거면 나중에 후회할 거다, 꼬마야. 그 틱이란 사람을 왜 찾는지 한번 들어 볼까."

"샐리 씨가 위험해요. 틱 씨를 찾아야 해요. 알려 줘야 해요."

"젠장. 너도 내 처지를 한번 생각해 보렴……."

콜린은 젖은 행주 냄새에 콧등을 찌푸렸다.

"처지가 어떤데요?"

"만약에 네가 경찰 끄나풀인데, 내가 그 틱이라는 놈한테 널 보냈다고 치자. 내가 그놈을 안다는 가정 하에 말이지. 그런데 그 틱이 마침 뭔가 구린 짓을 하고 있었다면 그놈은 날 죽이려고 할 거야, 그렇지? 그런데 네가 끄나풀이 아니라면, 이번엔 그 샐리라는 여자가 날 죽이려고 할 거야, 널 안 보냈다고. 무슨 말인지 알겠어?"

구미코는 고개를 끄덕였다.

"그러니까 '진퇴양난'이라는 거네요."

샐리가 한 말이었다. 구미코 생각에는 매우 시적인 표현이었다.

"그런 셈이지." 베번은 뜨악한 표정으로 구미코를 보았다.

"도와주세요. 샐리 씨가 지금 굉장히 위험해요."

베번은 손바닥으로 숱이 적은 빨간 머리를 쓸어 넘겼다.

"도와주실 거죠." 자기가 한 말을 들으며, 구미코는 얼굴에 어머니의 차가운 가면이 드리우는 느낌이 들었다. "틱 씨가 어디 있는지 말해 주세요."

베번이라는 이름의 바텐더는 몸을 떠는 눈치였지만 통로는 매우 따뜻했다. 숨이 막힐 정도로 더운 공기 속에 맥주 냄새가 감돌았고, 독한 소독약 냄새도 풍겼다.

"런던 지리는 좀 아니?"

콜린이 구미코를 보며 윙크했다.

"길은 제가 찾아갈 수 있어요."

"베번." 모퉁이 너머에서 앨리스가 고개를 내밀었다. "짭새야."

"경찰이란 뜻이야." 콜린이 통역해 주었다.

"마게이트 로드, SW2. 번지수는 몰라, 전화번호도 모르고."

"이제 뒷문이 어딨는지 가르쳐 달라고 해." 콜린이 말했다. "저놈들은 그냥 경찰이 아니야."

나중에 구미코는 이 도시의 지하철을 끝도 없이 타고 다닌 이날을 영원토록 잊지 못했다. 콜린은 로즈 앤드 크라운을 빠져나와 홀랜드 파크로 안내한 다음, 지하로 내려가는 동안 구미코에게 이제 미쓰 은행 칩은 쓸모가 없는 정도가 아니라 위험한 물건이라고 말했다. 택시를 타거나 돈을 지불할 때 칩을 썼다가는 사이버스페이스의 그리드에 신호탄처럼 빛나는 이체 내역을 경찰 특수부 직원이 포착할 거라고 했다. 그러나 구미코는 틱을 찾아야 한다고, 마게이트 로드를 찾아가야 한다고 우겼다. 콜린의 표정이 일그러졌다. '안 돼.' 그가 말했다. '어두워질 때까지 기다려. 브릭스턴은 그렇게 멀지 않지만 이렇게 환한 낮에 돌아다니는 건 위험해, 경찰은 스웨인 편이니까.' *하지만 어디에 숨으란 말이야?* 구미코가 물었다. 현금은 아주 조금뿐이었다. 동전과 종이돈으로 이루어진 화폐라는 개념이 구미코에게는 신기하고 낯설었다.

'여기야.' 콜린이 말했다. 홀랜드 파크로 내려가는 승강기를 탈 때였다.

"표 한 장 값이면 돼."

몸통이 불룩한 은색 열차.

회색과 초록색으로 된 폭신하고 낡은 좌석.

그리고 온기, 감미로운 온기. 또 하나의 굴이었다. 이 쉬지 않고 움직이는 지하 세계의 굴…….

30
납치

  기진맥진한 대니얼 스타크가 기자들과 카메라, 강화 의안을 낀 사람들이 줄지어 늘어선 파스텔 색조의 공항 복도 저편으로 빨려들 듯이 사라지는 동안, 포파이어와 네트 경비대원 세 명은 안젤라를 데리고 점점 좁혀오는 기자들 틈을 뚫고 지나갔다. 보호하기보다는 극적인 시각 효과를 내려고 미리 세심하게 짠 연출이었다. 현장에는 경비대와 홍보부가 미리 신원을 확인한 사람들뿐이었다.

  이윽고 안젤라는 고속 엘리베이터 안에 포파이어와 단둘이 남았다. 센스/네트가 공항 터미널 옥상에 운영하는 헬리포트로 향하는 길이었다.

  문이 열리자 두 사람은 눈부시게 반짝이는 콘크리트 위에 부는 습한 돌풍 속으로 나섰고, 그곳에는 처음 보는 경비대원 세 명이 커다란 형광 주황색 파카를 입고 서 있었다. 안젤라는 스프롤을 처음 봤을 때가 떠올랐다. 터너와 함께 워싱턴에서 열차를 타고 도착했을 때였다.

  주황색 파카를 입은 대원 한 명이 두 사람을 얼룩 하나 없이 깨끗한 콘크리트 바닥 너머에서 대기하고 있는 헬리콥터로 안내했다. 쌍발 엔진이 달리고 검은 크롬으로 마감한 커다란 포커 헬리콥터였다. 포파이어가 앞장서서 가늘고 기다란 무광 검정색 계단을 올라갔다. 안젤라는 망설이지 않고 그 뒤를 따랐다.

이제 안젤라는 새로운 결심을 품고 있었다. 파리에 있는 에이전트를 통해 한스 베커와 접촉하기로 한 결심이었다. 연락처는 콘티뉴이티에게 있었다. 바야흐로 뭔가 해야 할 때였다. 그리고 로빈하고도 할 일이 있었다. 지금 호텔에서 기다리고 있을 로빈과.

헬리콥터가 안전띠를 매라고 지시했다.

이륙하는 동안 방음 설비가 된 기내에는 인공 침묵이 감돌았고, 들리는 것은 몸속 깊숙이 두근거리는 박동 소리뿐이었다. 한순간 기묘한 느낌이 들면서 머릿속에 지금까지 살아온 삶이 한꺼번에 펼쳐졌다. 안젤라는 그 모든 것을 알아보았고, 있는 그대로를 보았다. 바로 그것이라는 생각이 들었다. 피어오른 먼지에 덮여 가려졌던 그것, 바로 고통의 끝에서 찾은 자유였다.

그리고 영혼의 출발점이기도 하지. 강철 같은 목소리가 말했다. 촛불 속에서, 윙윙대는 벌집 속에서……

"아가씨, 괜찮아?"

옆 좌석의 포파이어가 몸을 기울이며 물었고……

"꿈을 꾸는 중이야……."

뭔가 기다리고 있었다. 네트에서, 오래전부터. 레그바나 다른 르와 같은 것은 아니었다. 하지만 안젤라가 알기로 레그바는 갈림길의 주인이었다. 그는 통합이자, 마법과 통신의 기점이었으며……

"포파이어, 바비는 왜 떠난 거지?"

안젤라는 스프롤의 얽히고설킨 불빛으로, 붉은 항공등 불빛 속에 우뚝 솟은 돔들로 눈을 돌렸다. 그러나 눈에 보인 것은 언제나 바비를 잡아끌었던, 그래서 그가 유일하게 가치 있는 게임이라고 믿는 일로 돌려보냈던 데이터 들판이었다.

"그걸 아가씨가 모르면 누가 알아."

"하지만 이것저것 듣잖아, 뭐든지. 온갖 소문을. 당신은 항상……"

"왜 이제 와서 나한테 묻는 건데?"

"때가 됐으니까……."

"내가 기억하는 건 *대화*야, 알겠어? 안 유명한 사람들이 유명한 사람들에 관해 떠드는 대화. 어쩌면 바비를 안다는 사람이 남들한테 한 얘기가 돌고 돌았는지도 모르지만…… 바비가 이야깃거리가 된 건 아가씨랑 사귀었기 때문이라고, 알아? 거기서 시작하는 것도 괜찮겠네. 왜냐면 바비는 그런 자기 처지가 영 마음에 안 들었던 것 같으니까. 하긴, 왜 아니겠어? 이야기인즉슨, 바비가 혼자서 무슨 건수를 꾸미다가 대신 아가씨를 만났는데, 아가씨가 그만 상상도 못할 만큼 빨리, 또 높이 떠 버린 거야. 바비를 *데리고* 떠 버린 거지, 알겠어? 배리타운에 살 적엔 꿈도 못 꾸던 거액을 잔돈처럼 여길 정도로 말이야……." 안젤라는 창밖의 스프롤을 내다보며 고개를 끄덕였다. "내가 듣기론 바비도 나름대로 야망이 있었어, 아가씨. 삶의 원동력이 되는 야망이. 결국에는 그 원동력 때문에 탈선하고 말았지만……."

"바비가 날 떠날 거란 생각은 안 했어. 처음 스프롤에 왔을 때 난 다시 태어난 기분이었어. 새 삶을 얻어서. 그리고 바비가 거기 있었어, 바로 거기에. 첫날 밤에. 나중에 레그바가…… 내가 네트에 들어갔을 때……."

"아가씨가 안젤라가 됐을 때 말이지."

"그래. 그리고 내가 아무리 일 때문에 정신이 없어도 바비는 그곳에 있을 줄 알았어. 한편으로는 바비가 완전히 *빠져들지* 않을 거란 것도 알았지만. 그래도 나한텐 그게 필요했어. 바비한테는 그 모든 게 그저 계획일 뿐이었다고 해도…….”

“네트 말이야?”

“안젤라 미첼. 바비는 안젤라와 나의 차이를 알았어.”

“그래?”

“어쩌면 *바비*가 그 차이였을지도 몰라.”

헬리콥터는 길게 이어진 빛들 위로 높이 솟아올랐고……

오래된 뉴 스즈키 엔보이 호텔은 안젤라가 네트에 처음 들어왔을 때부터 스프롤에서 가장 좋아하는 호텔이었다.

이 호텔은 거리에 면한 벽이 11층까지 이어진 다음 안으로 층층이 들어가는 구조였고, 그렇게 산기슭처럼 좁아지는 맨 처음 아홉 층은 매디슨 스퀘어의 건설 현장에서 파낸 기반암으로 꾸며져 있었다. 원래는 이 가파른 풍경에 허드슨 강 계곡 일대에 자생하는 식물을 심고 그에 어울리는 동물을 서식시키려 했지만, 뒤이어 최초의 맨해튼 돔을 건설하게 되면서 파리에 기반을 둔 생태 디자인 팀을 고용할 수밖에 없었다. 프랑스인 생태학자들은 궤도 시스템에서 불거진 ‘순수한’ 디자인상의 문제에 익숙했던 탓에 스프롤의 미립자투성이 대기 앞에 좌절했고, 결국 유전자를 잔뜩 조작한 식물군과 아이들 놀이공원에나 어울릴 법한 로봇 동물군을 선택했다. 그러나 안젤라가 꾸준히 후원한 덕분에 마침내 이곳은 안젤라 없이는 꿈도 못 꾸었을 위신을 얻게 되었다. 네트가 맨 꼭대기 다섯 층을 임대하여 안젤라를 위한 영구 스위트룸을 마련했던 것이다. 그리하여 엔보이 호텔은 예술계와 연예계에서 뒤늦게 약간의 명성을 누릴 수 있었다.

조명이 켜진 폭포 옆에서 무심하게 이끼 뜯는 흉내를 내는 로봇 산양 위를 헬리콥터가 지나가는 동안, 안젤라는 빙긋이 웃었다. 이곳의 터무니없는 풍경을 보면 늘 즐거웠다. 바비조차도 이곳을 좋아했다.

안젤라는 엔보이 호텔의 헬리포트를 힐끗 내다보았다. 환하게 불이 켜진 따뜻한 콘크리트 바닥에 덧칠한 지 얼마 안 된 센스/네트 로고가 보였다. 기반암의 드러난 부분을 깎아 만든 석상 옆에 선명한 주황색 파카를 입고 후드를 쓴 경비대원 한 명이 기다리고 있었다.

"로빈이 여기 와 있을 거야. 안 그래, 포파이어?"

"*미스터* 라니어께서 말이지."

포파이어가 비꼬듯 말했다. 안젤라는 한숨을 쉬었다.

검은색 크롬으로 도장한 포커 헬리콥터는 두 사람을 태운 채 부드럽게 내려앉았고, 착륙용 바퀴가 엔보이 호텔 옥상에 닿는 순간 음료 보관함 안의 유리잔들이 짤랑거리는 소리가 났다. 소음 저감 장치가 달린 엔진의 박동 소리가 멈췄다.

"포파이어, 로빈하고 관련된 문제는 내가 먼저 손을 써야 해. 오늘 밤에 같이 얘기할 거야. 나 혼자서. 그동안 자기는 끼어들지 말고 기다려 줘."

"이 포파이어는 기꺼이 따르겠습니다, 아가씨."

미용사가 그 말을 하는 사이에 두 사람 뒤편의 문이 열렸다. 뒤이어 미용사는 몸을 뒤틀며 안전띠 버클을 잡으려고 더듬거렸고, 안젤라가 뒤를 돌아본 순간 탑승구에는 주황색 파카를 입은 경비대원이 서 있었다. 치켜든 팔, 거울 처리된 선글라스가 보였다. 총소리는 라이터 켜는 소리만큼이나 작았지만 포파이어는 움찔움찔 경련하며 검고 기다란 손으로 자기 목을 찰싹 때렸고, 그 틈에 경비대원은 헬리콥터 문을 닫고 안젤라에게 달려들었다.

포파이어가 분홍색 혀끝을 삐죽 내밀고 자기 자리에서 뒤로 축 늘어지는 동안 안젤라는 배에 뭔가 철썩 달라붙는 느낌이 들었다. 아무 생각도 없이 반사적으로 아래를 보니 안전띠의 검은 크롬 버클 위로 투명하고 끈적끈적해 보이는 초록색 마름모꼴 플라스틱 덩어리가 붙어 있었다.

　고개를 들어 보니 꼭 눌러쓴 주황색 나일론 후드 속에 갸름하고 하얀 얼굴이 보였다. 은빛 렌즈 한 쌍에는 놀라서 멍해진 안젤라 자신의 얼굴이 두 개로 비쳐 보였다.

　"이 녀석 술 마셨어? 오늘 저녁에?"

　"예?"

　"이 녀석 말이야." 엄지손가락이 포파이어 쪽을 휙 가리켰다. "혹시 술 마셨냐고."

　"예…… 아까."

　"젠장." 기절한 미용사 쪽을 돌아보며 중얼거린 소리, 여자 목소리였다. "그냥 진정제만 놓은 거야. 숨도 못 쉬게 할 생각은 없었어, 알아?" 안젤라는 여자가 포파이어의 맥박을 재는 동안 잠자코 지켜보았다. "괜찮을 것 같군……."

　여자가 방금 어깨를 으쓱했을까? 저 주황색 파카 속에서?

　"경비대예요?"

　"뭐?" 선글라스가 번득였다.

　"네트 경비대냐고요."

　"웃기고 있네, 난 널 납치하는 중이야."

　"그래요?"

　"그럼."

　"왜요?"

"흔한 이유 때문은 아니야. 누군가 너한테 원한을 품었어. 나한테도 품었고. 원래는 널 다음 주에 납치하라고 했는데, 알 게 뭐야. 아무튼 난 너랑 할 얘기가 있어."

"그래요? 나한테 무슨 얘기를요?"

"혹시 3제인이라는 사람 알아?"

"아뇨. 아니, 알아요. 그런데……"

"지금은 됐어. 일단 여길 떠야 해, 빨리."

"포파이어는……"

"곧 깨어날 거야. 보아 하니 정신을 차렸을 때 옆에서 얼쩡거렸다간 날 가만 안 둘 것 같은데……."

31

3제인

슬릭은 좁은 통로의 답답한 모퉁이에서 눈을 뜨며 생각했다. 만약 여기가 전원 풍경 속에 있는 바비의 거대한 회색 집의 일부라면, 그 집은 처음 봤을 때보다 더 이상한 곳이었다. 공기는 정체돼서 텁텁했고, 천장을 빙 두른 초록빛 유리 타일을 통해 들어온 빛 때문에 물속에 있는 기분이 들었다. 슬릭이 있는 터널은 번들거리는 콘크리트로 이루어져 있었다. 감옥 같은 느낌이 났다.

"젠트리, 우리 지하실이나 뭐 그런 데로 나온 것 같은데."

슬릭은 콘크리트에 부딪힌 자기 목소리가 희미한 메아리를 남긴 것을 알아차렸다.

"네가 아까 본 구조물로 들어왔을 거라는 근거는 없어."

"그럼 어딘데?"

슬릭은 콘크리트 벽을 만져보았다. 따뜻했다.

"어디든 상관없어."

젠트리는 둘이 나란히 보고 있던 방향으로 걷기 시작했다. 모퉁이를 지나자 사금파리를 박아서 만든 울퉁불퉁한 모자이크 바닥이 나왔다. 에폭시 비슷한 재질의 바닥에 우둘투둘 박힌 쪼가리들 때문에 부츠를 디디기가 쉽지 않았다.

"이것 좀 봐……."

파편들은 문양도 색깔도 헤아릴 수 없이 다양했지만, 어떻게 만들겠다는 큰 밑그림 없이 아무렇게나 박혀 있었다.

"예술이군." 젠트리가 어깨를 으쓱했다. "누가 취미로 해 놨겠지. 잘 감상해 봐, 슬릭 헨리."

모자이크를 만든 사람이 누구든 간에 벽은 건드리지 않은 모양이었다. 슬릭은 쭈그리고 앉아 손가락으로 바닥을 훑으며 파편들의 날카로운 모서리와 그 사이의 투명하고 단단한 플라스틱을 살펴보았다.

"무슨 뜻으로 한 말이야, '취미'라니?"

"네가 만드는 거랑 비슷하잖아, 슬릭. 그 고철 장난감들……."

젠트리의 얼굴이 광기 어린 웃음으로 팽팽해졌다.

"네가 뭘 안다고 그래. 빌어먹을 사이버스페이스의 형태를 찾겠다고 평생을 날려 먹은 주제에. 아마 형태 비슷한 것도 없을 거다, 어차피 그딴 거 누가 관심이나 있대?"

재판관과 다른 로봇들은 결코 아무렇게나 만든 것이 아니었다. 과정은 어지러울지 몰라도 결과는 분명 그 안에 깃든 것과 일치했다. 슬릭이 만져 볼 수 없는 어떤 것이었다.

"가자고."

젠트리가 말했다. 슬릭은 쭈그려 앉은 자세 그대로 젠트리를 올려다보았다. 빛 속에서 회색으로 보이는 젠트리의 색이 옅은 눈을, 그의 긴장한 얼굴을. 애초에 왜 젠트리 같은 인간을 참고 지냈을까?

왜냐면, 솔리튜드에서는 누군가 필요하기 때문이었다. 단지 전기 때문만은 아니었다. 집주인 대접은 사실 껍데기에 지나지 않았다. 누군가 곁에 둘 사람이 필요해서였다. 리틀 버드는 무엇에도 관심이 없거니와, 입만 열면 시골뜨기 같은 멍청한 소리만 했기 때문에 말벗으로는 빵점이었다. 게다가 젠트리는 결코 인정하지 않을지 몰라도, 슬릭은 그와 얼마간 통하는 구석이 있다고 느꼈다.

"그래." 슬릭이 일어서며 말했다. "가자."

터널은 내장처럼 구불구불했다. 모자이크 바닥이 깔린 곳은 이미 한참 전에 끝났고, 모퉁이를 몇 번이나 돌았는지, 또 굽이지고 짧은 층계를 몇 번이나 오르내렸는지 알 수가 없었다. 슬릭은 내부가 이렇게 생긴 건물을 떠올려 보려고 기를 썼지만 실패했다. 젠트리는 눈을 가늘게 뜨고 입술을 잘근거리며 빠르게 걸었다. 슬릭이 생각하기에 공기는 갈수록 탁해졌다.

또다시 층계를 오르자 직선으로 뻗은 기다란 통로가 나왔다. 점점 좁아지는 저 먼 곳의 끄트머리에는 아무것도 없었고, 양쪽 어디를 봐도 마찬가지였다. 앞서 지나 온 굽이진 터널보다 넓었고, 바닥에는 부드럽고 우둘투둘한 소형 깔개가 다닥다닥 깔려 있었다. 콘크리트 위로 깔개 수백 장을 겹쳐 깔아놓은 듯했다. 깔개는 무늬와 색깔이 모두 제각각이었다. 색깔은 빨강과 파랑 계통이 많았지만, 무늬는 하나같이 비쭉배쭉한 마름모꼴과 세모꼴이 섞여 있었다. 이곳은 텁텁한 먼지 냄새가 더 진했는데 슬릭이 보기에는 너무 오래돼 보이는 깔개 때문인 듯했다. 통로 한복판 근처의 위쪽 깔개들은 닳아서 여기저기 헤진 자국이 보였다. 길이 나 있었다. 마치 누가 오랜 세월 걸어서 오간 자국처럼. 천장의 채광 띠는 군데군데가 캄캄했고, 다른 곳은 약하게 깜박거렸다.

"어느 쪽으로 가지?"

슬릭이 물었다. 젠트리는 두툼한 아랫입술을 손가락으로 쥔 채 아래를 내려다보았다.

"이쪽."

"왜 그쪽인데?"

"왜냐면 어느 쪽이든 상관없기 때문이지."

슬릭은 깔개 위를 걸어가느라 다리가 아팠다. 닳아서 구멍 난 곳에 발이 걸리지 않게 조심해야 했다. 한번은 채광 띠에서 떨어진 유리 타일을 밟고 넘어가기도 했다. 이제 그들은 일정한 간격으로 콘크리트를 덧발라 입구를 봉인한 것처럼 보이는 벽 앞을 지나는 중이었다. 벽에는 아무것도 없었다. 그저 살짝 색이 옅고 질감도 살짝 다른 콘크리트가 아치 같은 모양을 하고 있을 뿐이었다.

"젠트리, 여기 지하 같지, 안 그래? 무슨 건물 지하실이거나……"

젠트리는 대답 대신 팔을 처들었고, 슬릭은 그 팔에 부딪혀 멈춰섰다. 그리고 두 사람은 나란히 서서 통로 끝에 있는 소녀를 바라보았다. 파도 같은 깔개 위로 고작 10미터쯤 떨어진 곳이었다.

소녀는 슬릭이 듣기에 프랑스어 같은 외국어로 뭔가 말했다. 목소리는 음악처럼 경쾌했고, 말투는 사무적이었다. 소녀가 빙긋 웃었다. 검은 곱슬머리 아래 하얗고 가녀린 얼굴이 보였다. 도드라진 광대뼈, 가늘고 콧대가 또렷한 코, 기다란 입.

슬릭은 가슴에 닿은 젠트리의 팔이 떨리는 기척을 느꼈다.

"괜찮아." 슬릭은 젠트리의 팔을 잡고 아래로 내리며 말했다. "우린 그냥 바비를 찾으러 왔는데……"

"모두가 바비를 찾고 있어." 소녀는 슬릭이 들어본 적 없는 억양이 섞인 영어로 말했다. "나도 바비를 찾고 있어. 바비의 몸을. 혹시 그 사람 몸 못 봤어?"

소녀는 둘에게서 한 걸음 물러섰다. 달아나려는 사람처럼.

"우린 널 해치려고 이러는 게 아니야."

슬릭이 말했다. 문득 자신의 체취가 느껴졌다. 청바지와 갈색 재킷에 스며든 그리스 냄새. 이제는 젠트리도 진짜인지 확신이 가지 않았다.

"내 생각에도 그럴 것 같진 않아." 바다 밑처럼 탁한 빛 속에서 소녀의 하얀 이가 다시 번득였다. "하지만 난 두 사람 다 마음에 안 드는걸."

슬릭은 젠트리가 한마디 해 줬으면 싶었지만, 젠트리는 말이 없었다. 그래서 마음을 단단히 먹고 스스로 말을 꺼냈다.

"너, 그 사람을 알아……? 바비를?"

"그 사람은 정말 영리해. 굉장히 영리해. 그래도 마음에 안 들기는 마찬가지지만." 소녀는 무릎까지 오는 헐렁하고 검은 옷을 입고 있었다. 발은 맨발이었다. "아무튼, 내가 원하는 건…… 그 사람의 몸이야."

소녀가 깔깔 웃었다.

모든 것이

변했다.

"주스 줄까?"

노란 액체가 담긴 홀쭉한 유리잔을 내밀며, 바비 카운트가 물었다. 청록색 수영장에 반사된 햇빛이 머리 위의 야자나무 이파리에 방울방울 일렁거렸다. 바비는 새까만 선글라스를 걸쳤을 뿐, 알몸이었다.

"당신 친구는 왜 저래?"

"별거 아니야." 젠트리의 목소리가 슬릭의 귀에 들려왔다. "이 녀석은 복역하는 동안 코르사코프 요법을 받았어. 방금처럼 이동해 버리면 겁에 질려서 꼼짝도 못해."

슬릭은 파란 쿠션이 깔린 하얀 철제 라운지체어에 미동도 않고 누워 있었다. 기름에 찌든 청바지가 햇볕에 구워지는 느낌을 받으며.

"저 친구가 말한 게 당신이었군, 그렇지? 이름이 젠틀이라고? 팩토리 주인이라며?"

"젠트리야."

"카우보이군." 바비가 씩 웃었다. "콘솔 자키. 사이버스페이스맨."

"아닌데."

바비는 손으로 턱을 문질렀다.

"여기서도 면도는 해야 되는 거 알아? 그러다가 뺐어, 흉터도 남았고……." 바비는 잔에 든 주스를 반쯤 마시고 손등으로 입을 닦았다. "콘솔 자키가 아니라고? 그럼 여긴 어떻게 들어왔어?"

젠트리는 대답하는 대신 비드가 다닥다닥 붙은 재킷의 지퍼를 내리고 털도 안 난 하얀 가슴을 드러냈다.

"저 햇볕 좀 어떻게 해 봐."

노을. 그 비슷한 빛. 찰칵 소리조차 안 들렸다. 슬릭은 저도 모르게 신음했다. 하얗게 칠한 벽 너머의 야자나무에서 벌레들이 자그락거리기 시작했다. 옆구리에 흐른 땀이 서늘하게 식어 갔다.

"어이, 미안해." 바비가 슬릭에게 말했다. "그 코르사코프 요법이란 거참, 진짜 딱하게 됐네. 그래도 여긴 멋진 곳이야. 푸에르토 바야르타. 탤리 이샴의 땅이었지."

바비는 다시 젠트리에게 관심을 돌렸다.

"당신, 카우보이가 아니면 정체가 뭐야?"

"너랑 비슷해."

"난 카우보이인데."

바비 머리 뒤의 벽을 도마뱀 하나가 대각선으로 후다닥 지나갔다.

"아니. 넌 뭘 훔치러 여기 오지 않았어, 뉴마크."

"당신이 그걸 어떻게 알아?"

"넌 여기에 뭔가 배우러 왔어."

"그게 그거지."

"아니. 넌 한때는 카우보이였지만 지금은 다른 존재야. 넌 뭔가 찾고 있어, 그리고 그건 누구한테서 훔칠 수 있는 게 아니야. 나도 그걸 찾으러 여기에 왔어."

뒤이어 젠트리는 형태에 관해 설명하기 시작했고, 그러는 동안 야자나무 그림자들은 하나로 모여 짙어지다가 멕시코의 밤이 되었다. 그리고 바비 카운트는 앉아서 젠트리의 설명을 들었다.

젠트리의 이야기가 끝난 후, 바비는 한참 동안 말없이 가만히 앉아 있었다. 그러다가 입을 열었다.

"그래. 당신 말이 맞아. 내 생각에 난 '변화'를 불러온 게 뭔지 찾는 중인 것 같아."

"그 전에는 형태가 없었어."

"저기 말이야." 슬릭이 끼어들었다. "우린 여기 도착하기 전에 다른 곳에 있었어. 거긴 어디야?"

"스트레이라이트. 중력 우물 위에 있는 곳이야. 궤도에."

"그 여자애는?"

"여자애?"

"검은 머리. 비쩍 마른."

"아." 어둠 속에서 바비의 목소리가 들려왔다. "걔는 3제인이야. 당신 그 여자앨 봤어?"

"이상한 애던데."

"죽은 여자야. 당신이 본 건 그 여자의 구성체고. 여길 지으려고 가문의 재산을 날려 먹었지."

"너는, 어, 그 애랑 같이 지내는 거야? 여기서?"

"그 여잔 날 죽도록 미워해. 왜냐면 내가 훔쳐 버렸거든, 그 여자의 영혼을 담는 그릇을. 그 여잔 내가 멕시코로 떠나기 전에 이미 자기 구성체를 이곳에 만들어 뒀어. 그래서 계속 붙어 있는 거야. 문제는 그 여자가 죽었다는 거지. 그러니까, 바깥세상에서. 그런데도 그 여자가 바깥에 남겨 둔 쓰레기 같은 음모와 계략은 지금도 고스란히 돌아가고 있어. 변호사, 프로그램, 하인들 덕분에⋯⋯." 바비가 씩 웃었다. "그 여잔 그것 때문에 화가 머리끝까지 났어. 당신들이 사는 곳에 쳐들어와서 알레프를 뺏어 가려는 놈들 말인데, 그놈들은 그 여자가 태평양 연안에서 고용했던 자들의 부하야. 그런데, 음, 내가 그 여자랑 좀 묘한 거래를 했어. 교환을 했지. 미친 여자긴 해도 실력은 확실하거든⋯⋯."

찰칵 소리조차 안 났다.

처음에 슬릭은 바비를 처음 봤던 그 회색 집으로 돌아온 줄 알았지만, 이 방은 더 작았고 카펫과 가구도 어딘가 모르게 달랐다. 고급스러웠지만 화려하지는 않았다. 조용했다. 초록색 유리 갓이 달린 전등이 기다란 나무 테이블 위에서 빛을 발하고 있었다.

세로로 기다랗고 창틀은 흰색으로 칠한 유리창 때문에 바깥의 흰색이 네모꼴 여러 개로 나뉘어 있었다. 창틀마다 보이는 흰색은 분명 눈이었고…… 슬릭은 뺨에 닿은 커튼의 부드러운 감촉을 느끼며, 벽으로 둘러싸인 설경을 내다보며 서 있었다.

"런던이야." 바비의 목소리. "나한테 이걸 넘기는 대가로 난 그 여자한테 정통 부두교 쓰레기를 줬어. 그 여자하곤 별 상관도 없을 거라고 생각했지. 그런데 젠장, 그게 아주 톡톡히 도움이 됐던 거야. 부두교 쓰레기들은 사라지고 있었어, 흐릿해지는 것처럼. 지금도 가끔 불러낼 수는 있어. 하지만 인격들이 섞여서 움직이기 때문에……"

"이제야 말이 되는군." 젠트리가 말했다. "그것들은 제1원인에서 나왔어, '변화의 순간'에. 너도 거기까진 이미 추측했겠지. 하지만 무슨 일이 일어났는지는 아직 몰라, 안 그래?"

"맞아, 난 그저 장소만 알 뿐이야. 스트레이라이트 저택. 그 부분은 그 여자가 다 얘기해 줬어. 자기가 아는 건 다 얘기한 것 같아. 별로 꺼리는 구석도 없더군. 그 여자 어머니가 인공지능을 두 개 만들었어. 아주 초기의 일인데, 거대한 놈들이었지. 그 여자 어머니가 죽고 나서는 둘 다 저 위의 회사 핵심부에서 썩고 있었어. 그러다 둘 중 하나가 혼자서 거래를 하기 시작했어. 그놈은 나머지 하나하고 합체하길 원했는데……"

"결국 했어. 그게 너의 제1원인이야. 그걸로 모든 게 변했어."

"그렇게 간단하다고? 당신이 어떻게 알아?"

"왜냐면 난 그걸 다른 각도에서 연구했거든. 넌 지금까지 인과관계를 따지려고 했지만, 난 윤곽을 찾으려고 했어. 시간에 따라 변하는 형태들을. 넌 온 매트릭스를 뒤졌지만 난 매트릭스 *자체*를 보고 있었던 거야, 매트릭스

전체를. 난 네가 모르는 것들을 알아."

바비는 젠트리의 말에 대꾸하지 않았다. 슬릭이 창문으로부터 눈을 돌리자 그 소녀가 보였다. 아까와 똑같은 소녀가, 방 저편에. 그저 가만히 서 있었다.

"테시어애시풀의 인공지능이 다가 아니야." 젠트리가 말했다. "우물 위로 올라가서 테시어애시풀의 핵심부를 파괴한 자들이 있어. 중국제 아이스 브레이커를 가져가서."

"케이스. 케이스라는 남자야. 그 이야기는 나도 알아. 무슨 시너지 효과 같은 거였다던데……."

슬릭은 소녀를 가만히 응시했다.

"총합은 부분의 합계보다 크다, 뭐 그런 건가?" 젠트리는 정말로 이 대화를 즐기는 눈치였다. "인공지능 하느님이야? 물 위에 빛이 있으라?"

"그래. 대강 그런 거야."

"그보다는 좀 더 복잡해."

젠트리는 그렇게 말하고 껄껄 웃었다.

이윽고 그 소녀는 사라졌다. 찰칵 소리도 없이.

슬릭은 몸이 덜덜 떨렸다.

32
겨울 여행(2)

　밤이 되자 지하철은 퇴근 인파로 붐볐지만, 그래도 도쿄에 비할 바는 전혀 아니었다. 문이 닫히기 직전에 마지막 승객 몇 명을 우겨넣으려고 낑낑대는 *시리오시상* 같은 지하철 직원은 찾아볼 수 없었다. 구미코는 센트럴 선의 바람 부는 승강장에서 노을에 젖은 연어 살 빛깔 안개를 바라보았다. 콜린은 앞쪽 유리가 군데군데 깨지고 먼지가 낀 고장 난 자동판매기에 기대서 있었다.

　"이제 슬슬 가자. 본드 스트리트 역이랑 옥스퍼드 서커스 역을 지날 땐 고개를 푹 수그려야 해."

　"하지만 내릴 땐 돈을 내야 하는 거 아니야?"

　"사실 모두 *다* 돈을 내는 건 아니야."

　콜린이 앞머리를 휙 퉁기며 말했다.

　구미코는 계단 쪽을 향해 걷기 시작했다. 이제는 콜린에게 묻지 않아도 반대편 승강장으로 가는 길을 찾을 수 있었다. 발이 또다시 꽁꽁 얼어붙자 스웨인의 집에 두고 온 도톰한 안감이 깔린 독일제 부츠가 떠올랐다. 고무 덧신과 굽 높은 프랑스제 부츠는 딕으로 하여금 달아나리라는 의심을 못하게 하려고 고안한 미끼였지만, 얇은 밑창으로 냉기가 깨물 듯이 올라올 때마다 구미코는 그 계획을 떠올린 것이 후회스러웠다.

반대편 플랫폼으로 가는 터널에서 구미코는 유닛을 손에서 놓았고, 콜린은 꺼지듯이 사라졌다. 낡은 흰색 타일로 덮인 터널 벽은 초록색 타일 띠로 장식되어 있었다. 구미코는 주머니에서 손을 꺼내어 손끝을 초록색 띠에 대고 걸었다. 샐리와 핀, 이곳과 다른 스프롤의 겨울 냄새를 떠올리며 걷는 사이에 일전에 본 드라큘라 한 명이 재빨리 앞에 나타났고, 순식간에 네 명이 구미코를 바짝 둘러쌌다. 검은 레인코트에 깡마른 체격, 새하얀 얼굴을 한 패거리였다.

"이야, 귀여운데."

맨 처음 나타난 드라큘라가 말했다. 구미코는 그의 눈을 똑바로 마주 보았다. 숨결에서 담배 냄새가 났다. 검은 모직으로 온몸을 싸맨 저녁 인파는 걸음을 멈추지 않고 그들을 비켜 갔다.

"어라." 구미코 옆에 있던 드라큘라가 말했다. "이것 좀 봐. 뭐지?"

그가 찢어진 가죽 장갑을 낀 손으로 마스네오텍 유닛을 쳐들었다.

"손전등 같은데, 안 그래? 어디 한번 털어볼까, 일본 꼬맹이."

주머니로 향한 구미코의 손은 면도칼에 뚫린 구멍을 지나 허공을 움켜쥐었다. 드라큘라가 낄낄거렸다.

"가방도 한번 째 봐." 다른 드라큘라였다. "좀 도와줘, 레그."

누가 손을 뻗는가 싶더니 구미코의 손가방 끈이 깨끗이 잘렸다.

처음 나섰던 드라큘라는 그 손가방을 잡고 대롱거리는 끈을 능숙한 솜씨로 감은 다음, 자기 레인코트 앞주머니에 쑤셔 넣었다.

"고맙다."

"야, 애 바지 속에도 뭐가 있나 본데!"

구미코가 겹겹이 껴입은 스웨터 안을 더듬거리는 사이에 웃음소리가 울려 퍼졌다. 고정시킨 테이프가 떨어지면서 배가 따가웠지만, 구미코는 두 손으로 총을 꺼내어 재빨리 쳐들고 유닛을 쥔 드라큘라의 뺨에 총구를 댔다.

아무 일도 일어나지 않았다.

다음 순간 나머지 드라큘라 셋은 터널 반대편 끝의 층계를 향해 미친 듯이 달아났다. 그들의 목이 긴 검정 군화는 녹은 눈에 미끄러졌고, 긴 코트는 날개처럼 퍼덕였다. 웬 여자가 비명을 질렀다.

그리고 구미코와 남은 드라큘라는 그 자리에 그대로 서 있었다. 권총의 총구가 드라큘라의 왼뺨을 꾹 누르고 있었다. 구미코의 팔이 떨리기 시작했다.

구미코는 드라큘라의 눈을 들여다보았다. 갈색 눈이 원초적이고 단순한 공포에 물들어 커다랬다. 구미코 어머니의 가면을 보고 있었기 때문이었다. 발치의 콘크리트 바닥에 뭐가 떨어졌다. 콜린이 들어 있는 유닛이었다.

"꺼져."

구미코가 말했다. 드라큘라는 덜덜 떨면서 입을 벌렸고, 목이 메어 흐느끼는 소리를 내고는 몸을 틀어 권총으로부터 떨어졌다.

눈을 아래로 돌리자 젖은 회색 눈 웅덩이에 떨어진 마스네오텍 유닛이 보였다. 그 옆에 깨끗하고 네모난 은색 공업용 외날 면도칼이 떨어져 있었다. 유닛을 주운 구미코는 표면에서 깨진 자국을 발견했다. 유닛을 흔들어 깨진 틈에서 물기를 빼고 손으로 꽉 쥐었다. 터널에는 이제 아무도 없었다. 콜린도 없었다. 반대편 손에 쥔 스웨인의 발터 공기 권총은 큼지막하고 무거웠다.

구미코는 타일 벽에 고정된 네모난 통으로 다가가 기름때가 낀 식품 용기와 말끔하게 접은 신문 팩스 더미 사이에 총을 집어넣었다. 그러고는 돌아섰다가, 다시 돌아서서 팩스 한 부를 집었다.

계단을 올라갔다.

누군가 플랫폼에서 손으로 구미코를 가리켰지만 이내 고풍스럽게 딜커덩거리는 소리와 함께 열차가 들어왔고, 잠시 후 구미코의 등 뒤에서 열차문이 닫혔다.

구미코는 콜린이 일러준 대로 화이트 시티와 셰퍼즈 부시, 홀랜드 파크를 지났고, 노팅힐에 이르러 열차가 속도를 줄이자 팩스를 펴서 본드 스트리트를 지날 때까지 내내 들고 있었다. 신문에 실린 잉글랜드 왕은 몹시도 늙었고, 죽어가고 있었다. 옥스퍼드 서커스는 매우 혼잡했지만 구미코는 자신을 가려 주는 승객들이 고마웠다.

콜린은 요금을 안 내고도 역을 빠져나갈 수 있다고 했다. 한동안 고민한 후에 구미코는 그 말이 옳다고 판단했지만, 그러려면 때를 잘 맞춰 서둘러야 했다. 실은 그 길밖에 없었다. 미쓰 은행 칩과 몇 안 되는 영국 동전이 든 손가방이 잭 드라큘라와 함께 사라졌기 때문이었다. 노란 플라스틱 승차권을 자동 개표구에 넣는 승객들을 10분 동안 지켜본 구미코는 숨을 깊이 들이마신 다음, 달렸다. 뛰었고, 넘어섰고, 뒤에서 터진 고함소리와 왁자한 웃음소리를 들으며 다시 달리기 시작했다.

층계 맨 위의 문에 이르러 바깥을 보니 브릭스턴 로드가 기다리고 있었다. 김이 모락모락 나는 음식 포장마차가 빽빽이 늘어선, 지저분한 신주쿠 같은 곳이었다.

33
스타

차 안에서 기다리던 모나는 짜증이 났다. 원래부터 기다리기를 싫어했던 데다, 위즈를 흡입한 탓에 더욱 짜증이 났다. 속으로는 이를 갈면 안 된다고 자꾸만 다짐했다. 제럴드가 무슨 짓을 했는지는 몰라도 여전히 이가 욱신거렸기 때문이었다. 그러고 보니 온몸이 욱신거렸다. 위즈를 흡입하기로 한 것은 좋은 생각이 아닌 듯했다.

차는 제럴드가 몰리라고 불렀던 여자의 것이었다. 양복쟁이가 탈 법한 평범한 은색 일제 차, 꽤 괜찮지만 눈에는 전혀 안 띄는 차였다. 안에서는 아직 새 차 냄새가 났고 볼티모어를 빠져나올 때에는 꽤 빨리 달렸다. 차에 컴퓨터가 달려 있지만 여자는 스프롤까지 오는 내내 직접 운전했고, 이제는 20층짜리 주차 건물 옥상에 세워져 있었다. 분명 프라이어가 모나를 데려갔던 호텔 근처였다. 옥상을 산처럼 꾸미고 폭포까지 만들어 놓은 그 이상한 건물이 보였기 때문이었다.

옥상에는 차가 별로 없었고, 그나마 몇 대 있는 차는 한참 동안 버려뒀는지 눈에 덮여 있었다. 입구의 요금 정산소에 있는 남자 둘을 빼면 주위에는 아무도 없는 모양이었다. 그리고 모나는 이곳에, 세상에서 제일 큰 도시의 그 많은 사람들 한복판에, 웬 차 뒷좌석에 혼자 있었다. 기다리라는 지시와 함께.

볼티모어에서 오는 길에 여자는 이따금 질문을 던질 뿐 별 말이 없었지만, 모나는 위즈 기운 때문에 입을 다물고 있을 수가 없었다. 그래서 클리블랜드 시절과 플로리다 시절과 에디와 프라이어에 관해 이야기했다.

그 후에 그들은 이곳으로 올라와 차를 세웠다.

그 몰리라는 여자가 떠난 지는 이제 한 시간, 어쩌면 더 됐는지도 몰랐다. 몰리는 여행 가방을 들고 갔다. 모나가 알아낸 거라곤 몰리와 제럴드가 오래전부터 아는 사이였다는 것, 또 프라이어는 이를 몰랐다는 것뿐이었다.

차 안이 다시 추워지자 모나는 앞좌석으로 가서 난방을 켰다. 배터리가 방전될지도 모르니 약하게라도 난방을 계속 켜 놓을 수는 없었다. 게다가 몰리는 배터리가 방전되면 둘 다 끝장이라고 했다.

"내가 돌아오면 바로 여길 떠야 하거든."

몰리는 그렇게 말하고 나서 모나에게 운전석 밑에 있는 침낭을 보여 주었다.

모나는 난방을 최대로 올리고 송풍구 앞에 손을 댔다. 그런 다음 계기판 모니터 옆의 비디오 스위치를 만지작거려 뉴스쇼를 틀었다. 잉글랜드 왕이 아프다는 뉴스가 나왔다. 그는 몹시도 나이가 많았다. 싱가포르에서는 신종 질병이 돌았다. 아직 사망자는 안 나왔지만 원인도, 치료법도 모른다고 했다. 일본에서는 야쿠자 조직 두 곳이 큰 싸움을 벌여 서로 죽이려 한다는 추측 보도도 나왔지만, 진상은 아무도 모른다고 했다. 야쿠자. 에디가 곧잘 입에 담던 말이었다. 뒤이어 화면 속에서 웬 문이 벌컥 열리더니, 안젤라 미첼이 신기하게 생긴 흑인의 팔을 잡고 나타났다. 비디오 속의 목소리에 따르면 생중계였고, 안젤라는 말리부에 있는 자택에서 잠시 휴가를 즐기다가 이제 막 스프롤에 도착한 참이었다. 그 전에는 사설 약물 중독 클리닉에서 치료를 받았는데……

커다란 모피를 두른 안젤라는 정말이지 멋져 보였지만, 뉴스는 그걸로 끝이었다.

문득 제럴드가 한 일이 떠올랐다. 모나는 자기 얼굴을 더듬거렸다.

모나는 먼저 비디오를, 다음으로 난방을 끄고 뒷자리로 돌아갔다. 그러고는 침낭 끄트머리로 입김에 흐려진 차창을 닦았다. 주차장 옥상 가장자리의 철망 울타리 너머로 산기슭이 있는 건물을 올려다보니 온통 불이 켜져 있었다. 한 지역을 통째로 올려놓은 듯했다. 어쩌면 콜로라도 주 같은 곳인지도 몰랐다. 안젤라가 애스펀에 갔다가 한 남자를 만나는 내용의 스팀처럼. 물론 거의 늘 그렇듯이 그 스팀에도 로빈 라니어가 나왔지만.

그런데 클리닉 이야기는 이해가 가질 않았다. 볼티모어에서 만난 바텐더는 안젤라가 무슨 약에 중독되는 바람에 클리닉에 갔다고 했고, 방금 뉴스 아나운서도 그 이야기를 했으니 사실인 것 같기는 했다. 하지만 안젤라 같은 사람이, 로빈 라니어 같은 애인과 그렇게 호화롭게 사는 사람이 왜 약 같은 걸 하려고 했을까?

모나는 고개를 젓고 다시 그 건물을 바라보았다. 자신은 어떤 것에도 중독되지 않아 다행이라는 생각이 들었다.

그러고는 라넷 생각을 하다가 까무룩 잠이 든 모양이었다. 다시 밖을 내다보니 헬리콥터가 보였다. 커다랗고 번들거리는 검정색 헬리콥터가 산이 있는 건물 위에 떠 있었다. 멋진 기체, 역시 대도시다웠다.

모나는 클리블랜드에 살 적에도 남이 함부로 대하지 못하는 거친 여자들을 알고 지냈지만, 이 몰리라는 여자는 차원이 달랐다. 문을 뚫고 들어오는 프라이어, 비명을 지르는 프라이어가 떠올랐고…… 그가 마지막으로 무슨 자백을 했는지가 궁금했다. 그가 뭐라고 말하는 소리가 들리고 나서 몰리가 고문을 멈췄기 때문이었다. 의자에 묶인 프라이어를 남겨 두고 떠날 때 모나는 몰리에게 혹시 그가 끈을 풀면 어떡하냐고 물었다. 알아서 풀든가, 누가 구하러 오겠지. 몰리는 그렇게 대답했다. 아니면 탈수증으로 뒈지든가.

헬리콥터가 착륙하면서 모습을 감췄다. 대형 헬리콥터, 양 날개 끝에 빙글빙글 돌아가는 장치가 달린 기체였다.

그리고 모나는 이곳에서 기다렸다. 그것 말고는 할 일이 아무것도 떠오르질 않았다.

전에 라넷한테 들었던 충고가 떠올랐다. 가끔은 자산의 목록을 작성하고 나머지는 다 잊어버리라는 충고였다. 자산이란 스스로에게 이익이 되는 것을 뜻했다. 자, 그럼. 모나는 플로리다를 벗어났다. 지금은 맨해튼에 있었다. 외모는 안젤라와 비슷했다…… 거기서 생각이 멈췄다. 그것도 자산일까? 자, 그럼 말을 바꿔서…… 모나는 운 좋게 공짜 성형 수술을 받아 완벽한 이를 얻었다. 그렇게 보면 그리 나쁘지 않았다. 불법으로 점거하던 그 방의 파리 떼를 떠올려 보면. 물론이었다. 만약 남겨 둔 돈으로 머리를 하고 화장품을 사면 지금보다 안젤라와 덜 비슷한 얼굴로 바뀔 수 있을 텐데, 이는 좋은 생각인 듯싶었다. 혹시라도 누가 뒤를 쫓는 중이라면?

헬리콥터가 다시 나타났다. 이번에는 이륙하는 중이었다.

저런.

대략 두 블록 반 떨어진 거리, 높이는 50층 위, 헬리콥터가 모나 쪽으로 방향을 틀고 기수를 내리더니…… *위즈 때문이야.* 그 자리에 잠시 머물다가 하강하기 시작했고…… *위즈 때문이야, 진짜가 아니야.* 똑바로 모나를 향해 내려왔다. 헬리콥터는 점점 커졌다, 모나를 향해 다가오면서. *그치만 위즈 때문이야, 안 그래?* 헬리콥터는 이내 다른 건물 뒤로 사라졌다. 그리고 남은 것은 위즈 기운뿐이었는데……

헬리콥터가 모퉁이를 돌아 다시 나타났다. 고도는 아직 주차장 옥상보다 5층 정도 높았지만 하강하는 중이었고, 위즈가 일으킨 환각이 *아니었다.* 헬리콥터는 *모나* 위에 있었다. 하얗고 또렷한 빛줄기가 뻗어 나와 회색 차를 비추었다. 모나는 차문을 열고 눈 바닥으로 굴러 떨어졌다. 그래도 차 그늘이 가려 주었지만, 온 사방이 천둥소리로 뒤덮였다. 헬리콥터의 로터가, 엔진이 일으킨 소리였다. 프라이어, 또는 누군지 모를 프라이어의 고용주가 쫓아왔다는 뜻이었다. 뒤이어 불빛이 꺼지고 로터가 느리게 도는가 싶더니 기체가 빠르게, 너무 빠르게 하강하기 시작했다. 착륙용 바퀴가 옥상에 부딪혔다가 튀었다. 기체가 다시 출렁 내려앉은 후에 엔진이 파란 화염을 토하며 꺼졌다.

모나는 차 뒤 범퍼 옆에 넙죽 웅크리고 있었다. 일어서려고 했지만 발이 자꾸만 미끄러졌다.

총성 같은 소리가 났다. 헬리콥터 외벽의 일부가 네모꼴로 떨어져 나갔고, 제설용 소금이 뿌려진 주차장 콘크리트 바닥에 미끄러졌다. 뒤이어 주황색이 선명한 5미터 길이의 비상 탈출용 슬라이드가 튀어나오더니, 아이들이 갖고 노는 비치 볼처럼 부풀었다. 모나는 회색 차의 펜더 부분을 짚고 조심스레 일어섰다. 시커멓고 북슬북슬한 옷으로 몸을 싸맨 사람이 슬라이드 위로 다리를 뻗고 미끄러지다가 바닥에 내려앉았다. 놀이터에서 노는 어린애가 따로 없었다. 또 한 명이 뒤따라 내려왔는데 그 사람은 색깔이 슬라이드와 똑같고 후드가 달린 커다란 파카 차림이었다.

모나가 부들부들 떨고 있는 사이, 주황색 파카를 입은 사람이 앞서 내려온 사람을 데리고 검은 헬리콥터를 떠나 주차장을 가로질러 왔다. 저 사람은 설마…… 하지만 *진짜*였다!

"둘 다 뒤에 타." 몰리가 운전석 문을 열며 말했다.

"당신이군요."

모나는 가까스로 말했다. 세상에서 가장 유명한 얼굴을 보며.

"맞아요." 안젤라도 모나의 얼굴을 마주 보았다. "그런데 당신…… 혹시……"

"빨리." 몰리가 심스팀 스타의 어깨를 잡았다. "차에 타. 저 화성인 같이 생긴 흑인이 금방 깨어날 거야."

몰리는 헬리콥터 쪽을 흘낏 돌아보았다. 헬리콥터는 커다란 장난감처럼 서 있었다. 불도 안 켜진 채, 꼬마 거인이 거기 두고 잊어버린 장난감처럼.

"깨어나야 할 텐데." 안젤라는 차 뒷자리에 오르며 말했다.

"너도 타." 몰리가 모나를 열린 문으로 밀어 넣었다.

"그치만…… 그게……"

"빨리!"

차 안으로 들어가자 안젤라의 향수 냄새가 났고, 손목에 스친 두툼한 모피의 감촉은 현실이 아닌 양 부드러웠다.

"아까 봤어요." 모나는 엉겁결에 중얼거렸다. "비디오에서."

안젤라는 말이 없었다.

운전석에 앉은 몰리는 차문을 쾅 닫고 시동을 걸었다. 주황색 후드를 꼭 눌러쓴 탓에 얼굴이 꼭 텅 빈 은색 눈이 달린 하얀 가면 같았다. 뒤이어 차가 지붕이 덮인 경사로를 향해 굴러가서 첫 번째 모퉁이를 돌았다. 그렇게 작은 원을 그리며 다섯 층을 내려간 후, 몰리는 줄지어 서 있는 큰 차들 사이로 차를 몰아 들어갔다. 천장에 침침한 초록색 조명 띠가 사선으로 붙어 있었다.

"너, 혹시 낙하산 본 적 있어? 엔보이 호텔 꼭대기에서?"

"아니요."

"네트 경비대에 낙하산이 있으면 이미 옥상에 도착했을 텐데……."

몰리는 커다랗고 긴 상자처럼 생긴 호버 크래프트 뒤에 차를 댔다. 하얀색 호버의 짐칸 뒷문에는 각진 파란 글자로 이름이 적혀 있었다.

"뭐라고 적혀 있는 거죠?" 모나는 묻고 나서 얼굴이 붉어졌다.

"캐소드 케세이." 안젤라가 대답했다.

모나는 들은 적이 있는 이름 같다고 생각했다.

몰리는 차에서 내려 호버의 커다란 뒷문을 여는 중이었다. 뒤이어 노란 플라스틱 경사 틀 같은 것을 짐칸에서 내렸다.

그러고는 다시 은색 차로 돌아왔다. 후진, 다시 전진, 뒤이어 차는 호버의 짐칸으로 곧장 들어갔다. 몰리는 주황색 후드를 벗고 머리를 흔들어 머리카락을 풀었다.

"모나, 내려서 저 경사 틀 좀 위로 올려 줄래? 무겁진 않아."

그 말은 질문처럼 들리지 않았다.

틀은 실제로 무겁지 않았다. 모나는 혼자서 호버 짐칸으로 올라와 몰리와 함께 뒷문을 닫았다.

어둠 속에 있는 안젤라의 기척이 느껴졌다.

진짜 안젤라였다.

"앞자리로 가, 안전띠 매고 가만히 앉아 있어."

안젤라. 모나는 안젤라 바로 옆에 앉아 있었다.

몰리가 호버의 공기 주머니에 바람을 넣자 쉭 소리가 났다. 이내 그들은 나선형 경사로를 미끄러져 내려갔다.

"네 친구는 지금쯤 깨어났을 거야. 하지만 움직이려면 더 있어야 해. 한 15분 정도."

몰리는 호버를 몰고 다시 경사로 모퉁이를 돌았고, 모나는 이번에는 몇 층인지 알 수가 없었다. 이 층에는 아까보다 더 작고 멋진 차들이 가득했다. 호버는 중앙 통로를 따라 질주하다가 왼쪽으로 돌았다.

"당신, 그 사람이 바깥에서 안 기다리면 운이 좋은 줄 알아요."

안젤라가 말했다. 몰리는 노랑과 검정 사선이 칠해진 커다란 금속 문을 10미터 남겨 둔 지점에서 호버를 세웠다.

"아니." 몰리는 조수석 사물함에서 조그만 파란색 상자를 꺼냈다. "바깥에서 안 기다려서 운이 좋은 건 그 녀석일걸."

문은 주황색 화염과 함께 틀에서 벗겨져 날아갔고, 굉음이 단단한 주먹처럼 모나의 횡격막을 두들겼다. 구름 같은 연기와 함께 날아간 문은 거리의 젖은 눈에 처박혔다. 이윽고 그들이 탄 호버는 그 문 위에서 방향을 틀어 속도를 높였다.

"이건 너무 무식하잖아요, 안 그래요?"

안젤라는 그렇게 말하고는 소리까지 내며 웃었다.

"나도 알아." 몰리는 운전에 몰두한 채 대꾸했다. "가끔은 그게 최선일 때도 있어. 모나, 이 여자한테 프라이어 이야기를 해 줘. 프라이어랑 네 애인 이야기. 나한테 했던 대로."

모나는 평생 이토록 부끄러웠던 적이 없었다.

"부탁이에요, 얘기해 줘요. 모나."

그렇게 태연하게. 이름을. 안젤라 미첼이 정말로 이름을 불러 줬다. 모나의 이름을. 바로 곁에서.

모나는 그대로 기절하고 싶었다.

34
마게이트 로드

"길을 잃었나 보구나."

국수를 파는 포장마차의 주인이 일본어로 물었다. 구미코는 그 남자가 한국인일 거라고 추측했다. 아버지의 동료 중에도 한국인들이 있었다. 어머니 말로는 건설업에 종사하는 사람들이었다. 그들도 이 남자처럼 키가 컸다. 대개는 거의 페탈만큼이나 덩치가 컸고, 얼굴은 너부데데하고 표정은 진지했다.

"아주 추워 보이는걸."

"누굴 좀 찾고 있는데요. 마게이트 로드에 사는 사람이에요."

"그게 어딘데?"

"저도 몰라요."

"이 안으로 들어오렴."

국수 장수는 구미코에게 카운터 끝을 돌아서 들어오라고 손짓했다. 그의 포장마차는 재질이 분홍색 물결 모양 플라스틱이었다.

구미코는 국수 포장마차와 그 옆의 *로티*라는 뭔지 모를 것을 파는 포장마차 사이로 들어섰다. *로티*라는 글자는 스프레이 페인트로 현란하게 칠한 대문자였는데, 획 끄트머리가 화려한 형광색 방울로 장식되어 있었다. 그 포장마차에서는 향신료와 삶은 고기의 냄새가 났다. 구미코는 발이 몹시 시렸다.

구름처럼 드리운 비닐 시트를 걷고 안으로 들어섰다. 국수 포장마차 안은 꽉 차 있었다. 파랗고 땅딸막한 부탄가스 통, 길쭉한 냄비를 올려놓은 화구 셋, 면을 담은 비닐봉지, 겹겹이 쌓인 스티로폼 대접, 거기다 냄비 앞에 서서 분주히 움직이는 덩치 큰 한국인까지.

"앉아." 남자의 말에 구미코는 노란 플라스틱 화학조미료 용기 위에 앉았다. 카운터가 머리보다 더 높이 있었다. "일본에서 왔니?"

"예."

"도쿄에서?" 구미코는 대답을 망설였다. "네 옷 말인데. 왜 이 겨울에 고무 덧신을 신고 있어? 요즘은 그게 유행인가?"

"부츠를 잃어버렸어요."

남자는 구미코에게 스티로폼 대접과 플라스틱 젓가락을 건넸다. 통통하고 굵은 면이 누르스름한 국물에 잠겨 있었다. 구미코는 면을 게걸스럽게 먹어치운 후에 국물을 마셨다. 그러는 동안 남자가 손님을 상대하는 모습을 지켜보았다. 뚜껑 달린 대접에 국수를 받으러 온 손님은 아프리카계 여성이었다.

"마게이트라."

여성이 떠난 후에 국수 장수가 말했다. 그러고는 카운터 뒤에서 종이 표지에 기름때가 묻은 책을 꺼내어 훌훌 넘겼다.

"옳지." 그의 손가락이 엄청나게 오밀조밀한 지도를 톡톡 두드렸다. "에

이커 레인을 따라서 내려가면 되겠다."

그는 거친 회색 냅킨에 파란색 사인펜으로 지도를 그려 주었다.

"고맙습니다. 그럼 전 이만."

마게이트 로드로 가는 사이에 어머니가 찾아왔다.

샐리는 스프롤 어디쯤에서 위험에 처해 있었고, 구미코는 틱이 그녀와 연락할 방법을 알 거라고 믿었다. 전화가 안 된다면 매트릭스를 통해서라도. 어쩌면 틱은 핀을, 그 골목의 죽은 남자를 알지도 몰랐고……

산호초처럼 증식한 거대 도시 런던은 브릭스턴에 이르러 다른 생태계를 이루었다. 검은 얼굴과 하얀 얼굴, 무수히 많은 인종이 섞여 있었고, 벽돌 건물의 앞면은 원래 지은 사람들이 상상도 못할 만큼 다양한 색과 기호로 어지럽게 뒤덮여 있었다. 문을 열어놓은 술집 앞을 지나갈 때에는 쿵쿵거리는 북소리와 더운 공기, 요란한 웃음소리가 흘러나왔다. 이런저런 가게들은 구미코가 처음 보는 음식과 색이 화려한 직물, 중국제 수공구, 일제 화장품을 팔았는데……

구미코는 갖가지 색조 화장품이 놓인 환한 진열창 앞에서 걸음을 멈추었다. 은색 배경에 자신의 얼굴이 비쳐 보였다. 밤의 어둠으로부터 죽은 어머니의 기억이 내려앉는 느낌이었다. 어머니에게도 그런 화장품이 있었다.

어머니의 광기. 구미코의 아버지는 그 얘기를 입에 담지 않으려 했다. 아버지의 세계에 광기는 설 자리가 없었기 때문이었지만, 자살은 달랐다. 어머니의 광기는 유럽에서 온 것, 외국에서 수입한 우울과 망상의 덫이었기에……. 코번트 가든에서 구미코는 샐리에게 아버지가 어머니를 죽였다고 말했다. 하지만 정말로 그랬을까? 아버지는 덴마크에서, 오스트레일리아에서, 결국에는 지바에서 의사를 데려왔다. 그들은 공주-발레리나의 꿈 이야기를 들었고, 신경 계통의 상태와 반응 속도를 기록했고, 혈액 표본을 채취했다. 공주-발레리나는 그들이 주는 약과 섬세한 수술을 거부했다.

"레이저로 내 뇌를 자르려고 하는 거야."

어머니는 구미코에게 그렇게 속삭였다.

어머니가 속삭인 말은 그게 다가 아니었다.

밤이면 아버지의 서재에 있는 상자에서 악령들이 연기처럼 피어오른다고 했다.

"노인들이야. 그것들이 우리 숨을 빨아들여. 네 아버지도 내 숨을 빨아들이고. 이 도시가 내 숨을 빨아들여. 여기에 고요 같은 건 없어. 깊은 잠 같은 것도 없고."

그러다 결국에는 전혀 자지 못했다. 구미코의 어머니는 유럽풍으로 꾸민 자신의 파란 방에서 엿새 밤을 소리도 없이 꼼짝 않고 앉아 있었다. 이레째 되던 날, 어머니는 혼자서 아파트를 나섰고(부지런한 비서들의 눈을 피하다니, 놀라운 솜씨였다.), 차가운 강으로 향했다.

그러나 눈앞에 보이는 진열창의 은색 배경은 샐리의 선글라스와 비슷했다. 구미코는 스웨터 소맷부리에서 한국인이 준 지도를 꺼냈다.

마게이트 로드 모퉁이에는 불에 탄 차가 세워져 있었다. 바퀴는 다 달아나고 없었다. 구미코가 그 차 옆에 서서 맞은편 건물들의 무표정한 얼굴을 찬찬히 살피고 있을 때, 등 뒤에서 무슨 소리가 났다. 뒤를 돌아보니 가장 가까운 집의 반쯤 열린 문으로 새어나온 빛 속에, 기름이 번들거리는 곱슬머리 아래에, 괴물 석상처럼 뒤틀린 얼굴이 보였다.

"틱 씨!"

"테렌스야. 진짜 이름은."

틱이 말했다. 그의 얼굴에 일어났던 경련이 풀리기 시작했다.

틱의 플랫은 맨 위층이었다. 벗겨져 가는 벽지에 사진 자국이 유령 같이 남은 아래층 집들은 모두 세입자 없이 비어 있었다.

틱의 절룩거리는 걸음걸이는 구미코 앞에서 층계를 올라가는 동안 더욱 도드라졌다. 그는 회색 샤크스킨 슈트에 밑창이 두꺼운 진갈색 스웨이드 옥스퍼드 구두를 신고 있었다.

"널 기다리고 있었단다."

틱은 한 단, 또 한 단 몸을 끌어올리며 말했다.

"그러셨어요?"

"네가 스웨인의 집에서 달아날 줄 알았지. 그 집의 통신을 쭉 기록하고 있었거든, 다른 건에서 손이 빌 때마다."

"다른 건이라뇨?"

"넌 몰랐나 보구나."

"무슨 일인데요?"

"매트릭스야. 거기서 뭔가 벌어지고 있어. 내가 설명하느니 그냥 네가 보는 게 나을 거다. 이렇게 말하면 설명할 수 있는 것 같지만, 실은 나도 못해. 아마 인류의 4분의 3은 지금 매트릭스에 접속해서 쇼를 구경하고 있을걸……."

"무슨 말씀인지 모르겠어요."

"아마 누구나 그럴 거다. 스프롤을 의미하는 섹터에서 새로운 매크로폼이 나타났어."

"매크로폼이오?"

"아주 거대한 데이터 구성체란다."

"전 샐리 씨한테 경고를 전하러 왔어요. 스웨인 씨랑 로빈 라니어가요, 샐리 씨까지 넘기려고 해요. 안젤라 미첼을 납치하려는 사람들한테요."

"그건 걱정 안 해도 돼." 틱은 층계 꼭대기에 올라서며 말했다. "샐리는 이미 미첼을 빼돌리고 스프롤에 있는 스웨인의 부하를 반쯤 죽여 놨단다. 어차피 지금쯤은 놈들도 샐리 뒤를 쫓고 있겠지. 얼마 안 있으면 모두가 다 쫓을 테고. 그래도 샐리가 접속했을 때 알려 줄 수는 있어. 접속을 하기만 하면……."

틱이 사는 넓은 방 한 칸은 그 특이한 모양으로 보아 벽을 터서 만든 듯했다. 넓기는 했지만, 물건으로 꽉 찬 방이었다. 구미코가 보기에는 외국풍의 커다란 가구들로 이미 꽉 찬 공간에다 도쿄 아키하바라의 부품 가게 내부를 옮겨놓은 모양새였다. 그런데도 놀랄 만큼 깔끔하게 정돈되어 있었다. 키 작은 유리 테이블에 놓인 잡지들은 테이블 모서리에 귀퉁이를 맞춰 가지런히 쌓여 있었고, 그 옆에는 깨끗한 검은색 자기 재떨이와 자른 꽃을 꽂아둔 순백색 꽃병이 놓여 있었다.

틱이 필터 달린 물병을 들고 전기 주전자에 물을 받는 사이에 구미코는 콜린을 다시 불러 보았다.

"뭐냐, 그건?" 틱이 물병을 내려놓으며 물었다.

"마스네오텍 가이드 유닛이에요. 지금은 망가졌어요. 콜린을 부를 수가 없네요……."

"콜린? 스팀 장치냐?"

"예."

"어디 한번 볼까……." 틱이 손을 내밀었다.

"아버지가 주신 건데요……."

322

틱이 휘파람을 불었다.

"굉장히 비싼 물건인데. 소형 인공지능이야. 어떻게 켜는 거지?"

"유닛을 손으로 쥐면 콜린이 나타나는데요, 다른 사람들은 보지도 듣지도 못해요."

틱은 유닛을 귓가로 가져가 흔들었다.

"망가졌다고? 어쩌다가?"

"떨어뜨렸어요."

"음, 겉만 조금 부서졌군. 바이오소프트는 꺼낼 수 있으니까 수동으로 접속하면 돼."

"고칠 줄 아세요?"

"아니. 그래도 덱으로 접속할 순 있어, 네가 원한다면……."

틱이 유닛을 돌려주었다. 주전자의 물이 끓고 있었다.

차를 마시는 동안 구미코는 스프롤에 가서 샐리와 함께 골목길의 사당을 찾아갔던 이야기를 들려주었다.

"그 사람이 샐리 씨를 몰리라고 불렀어요."

틱은 고개를 끄덕이며 눈을 재빨리 몇 번 깜박였다.

"거기선 그 이름으로 통했지. 둘이 무슨 얘기를 하던?"

"스트레이라이트라는 곳 얘기요. 케이스라는 남자 이야기도 나왔어요. 무슨 적이랑, 어떤 여자 이야기도 했고……."

"테시어애시풀 말이구나. 스웨인의 데이터 교신을 도청할 때 나도 들었단다. 스웨인은 3제인이라는 여자한테 몰리를 팔 작정이야. 그 여잔 상상할 수 있는 온갖 내부 비리의 파일을 잔뜩 갖고 있거든. 모든 것과 모든 사람의 비밀을. 난 그것들을 자세히 보지 않으려고 아주 조심했단다. 스웨인은 그걸 이쪽저쪽으로 팔면서 아주 쏠쏠하게 벌고 있어. 그 여잔 아마 스웨인

선생의 약점도 단단히 쥐고 있을 거야…….”

“그 여자도 여기에 있나요? 런던에?”

“궤도 어디에 있는 것 같은데, 죽었다는 말도 있어. 실은 나도 그걸 캐는 중이었는데 마침 거물이 매트릭스에 등장하는 바람에…….”

“뭐라고 하셨죠?”

“그래, 너한테도 보여 줄게.”

자리를 뜬 틱이 조그맣고 하얀 식탁으로 다시 돌아왔을 때, 그가 든 야트막하고 네모난 검은색 쟁반 한편에는 조그마한 리모컨 몇 개가 가지런히 놓여 있었다. 그는 쟁반을 식탁에 내려놓고 리모컨의 조그만 스위치를 눌렀다. 그러자 프로젝터 위에 정육면체 홀로그램 디스플레이가 떠올랐다. 사이버스페이스의 네온 색깔 그리드였다. 그리드 선 위에 정렬된 선명한 형태들은 단순하면서도 복잡했다. 저장 데이터가 방대하게 축적되어 있다는 의미였다.

“저건 다 표준 거대 단위야. 기업들이지. 대략 고정된 풍경이라고 할 수 있어. 가끔은 한 곳이 부속 개체를 키우기도 하고, 다른 곳을 인수하거나 두 곳이 합병할 때도 있어. 하지만 새로 나타나는 건 안 보여, 이 정도 축척에서는 말이야. 처음에는 작게 시작해서 점점 커지다가, 다른 조그마한 단위랑 합병을 하는데…….”

틱이 손을 뻗어 다른 스위치를 눌렀다.

“한 네 시간 전에.” 순백색 수직 기둥이 디스플레이 한복판에 떠올랐다. “이게 튀어나왔어. 아니면 튀어 들어갔거나.”

색색의 정육면체와 구체, 피라미드 등이 순식간에 다시 정렬하여 그 원통형 기둥에게 자리를 내주었다. 다른 단위들을 모두 압도할 만큼 커다란 기둥의 꼭대기는 디스플레이의 위쪽 경계에 부드럽게 잘려서 보이지 않았다.

"저 망할 놈이 제일 커." 틱의 목소리에서 만족감이 묻어났다. "저게 뭔지, 누구 건지는 아무도 몰라."

"하지만 아는 사람이 분명 있을 거예요."

"이성적으로 생각하면 그렇지. 하지만 수백만이나 되는 우리 업계 사람들 중에 저것의 정체를 알아낸 사람은 아직 한 명도 없어. 어떻게 보면 그게 더 이상하지, 저게 저기에 나타난 것보다 더. 난 네가 도착하기 전에 그리드를 샅샅이 뒤져 봤단다. 혹시 단서를 잡은 콘솔 자키가 있나 하고 말이야. 한 명도 없었어. 한 명도."

"그 3제인이라는 여자가 죽었다니, 어떻게 그럴 수가 있죠?" 그러나 구미코는 곧바로 핀을, 또 아버지의 서재에 있던 상자들을 떠올렸다. "샐리 씨한테 알려야 해요."

"우린 기다리는 수밖에 없어. 아마 샐리가 전화를 할 거야. 기다리는 동안 네가 가진 그 고급 인공지능에 접속해 볼 수도 있는데. 원한다면."

"그렇게 할게요. 고맙습니다."

"스웨인이 매수한 특수부 놈들이 널 따라오지 않았으면 좋겠구나. 뭐, 그것도 기다려 보는 수밖에 없다만……."

"그러네요."

구미코는 기다려 보자는 생각이 전혀 마음에 안 들었다.

35
팩토리 전쟁

체리는 또 재판관 옆의 어둠 속에 웅크리고 있는 슬릭을 발견했다. 그는 손전등을 쥐고 심문관 옆에 앉아서, 재판관의 광택을 낸 녹슨 장갑판에 불빛을 비추고 있었다. 어떻게 이곳에 왔는지는 기억나지 않았지만, 코르사코프 요법에서 깨어날 때의 어지러움은 느껴지지 않았다. 그는 앞서 보았던 소녀의 눈을, 바비가 런던이라고 했던 그 방을 떠올렸다.

"젠트리가 카운트랑 그 상자를 사이버스페이스 덱에 연결했어. 당신도 알아?"

슬릭은 고개를 끄덕이면서도 여전히 재판관을 올려다보고 있었다.

"바비가 그렇게 하라고 했어."

"무슨 일인데? 아까 둘이 같이 접속했잖아, 어떻게 됐어?"

"젠트리랑 바비가, 죽이 맞았다고나 할까. 둘 다 같은 방식으로 미쳤어. 접속하고 나서 우린 궤도에 있는 장소로 나왔는데, 바비는 거기 없었어…… 그다음은 멕시코였던 것 같아. 텔리 이삼이 누군지 알아?"

"내가 어렸을 때 스팀의 여왕이었어. 지금의 안젤라 미첼처럼."

"미첼, 자기가 그 여자 애인이랬는데……."

"누가 그래?"

"바비. 젠트리한테 그랬어, 런던에서."

"런던?"

"응. 우린 거기도 갔어, 멕시코 다음에."

"거기서 자기가 안젤라 미첼의 애인이랬다고? 미쳤네."

"맞아, 하지만 그래서 그걸 갖고 있다고 했어, 그 알레프라는 거." 슬릭은 손전등을 돌려서 시체 분쇄기의 철제 해골 같은 목구멍에 똑바로 불빛을 비추었다. "부자들이랑 어울리다가 그 물건 얘기를 들었대. 그걸 '영혼의 그릇'이라고 했어. 그걸 가진 사람은 부자들한테 시간당 요금을 받고 빌려 줬대. 바비는 그걸 한번 써 보고 다시 돌아가서 훔쳤어. 그러고는 멕시코시티로 가져가서 거기에만 파묻혀 지냈대. 그런데 원래 주인이 찾아오는 바람에……."

"그나저나 당신, 기억을 유지할 수 있나 보네."

"그래서 거기서 달아났다고 했어. 클리블랜드로 가서 키드 아프리카랑 거래를 한 거야. 돈을 낼 테니까 숨겨 달라고, 혹시 위험해지면 지켜 주기도 하고. 왜냐면 진짜 코앞까지 닥쳐 있었으니까……."

"코앞에 뭐가 닥쳤는데?"

"몰라. 뭔가 이상한 거였어. 젠트리가 형태 얘기를 할 때처럼."

"근데 말이야, 내가 보기엔 그런 식으로 접속해 들어가면 저 사람 죽을지도 몰라. 활력 징후가 안 좋아지기 시작했거든. 수액을 너무 오래 맞아서 그래. 실은 그것 때문에 당신을 찾으러 온 거야."

시체 분쇄기의 쇠 톱니가 달린 내장이 손전등 불빛에 번쩍거렸다.

"본인이 원한 거야. 어쨌든, 바비가 키드 아프리카한테 돈을 냈다면 너도 바비한테 고용된 거나 마찬가지야. 하지만 리틀 버드가 오늘 봤다는 그놈들은 로스앤젤레스에 있는 자들의 부하야. 바비가 훔친 물건의 원래 주인……."

"물어볼 게 있는데."

"뭔데?"

"당신이 만든 이것들, 정체가 뭐야? 키드 아프리카는 당신이 쓰레기를 모아다가 로봇을 만드는 미치광이 백인이라고 했어. 여름이 되면 저 녹슨 공터로 가져가서 결투 대회를 연다고……."

"이건 로봇이 아니야."

슬릭은 체리의 말을 끊고 손전등 불빛을 마녀에게로 돌렸다. 낮은 곳에 달린 팔 끝에 낫이 붙은 땅딸막한 마녀는 거미처럼 다리가 여덟 개였다.

"주로 리모컨으로 조종한단 말이야."

"부서뜨리려고 만드는 거야?"

"아니. 하지만 시험을 해야 돼. 제대로 만들었는지 보려면……."

"미친 백인 맞네. 여기 여자는 있어?"

"없어."

"샤워 좀 해. 하는 김에 면도도 하면 그래도 조금은……."

갑자기 체리가 슬릭에게 바짝 다가왔다. 숨결이 얼굴에 닿을 만큼.

"좋아, 모두 잘 들어라……"

"이게 무슨……?"

"경고는 이번 한 번뿐이니까 잘 듣도록."

슬릭은 손으로 체리의 입을 막았다.

"너희 손님과 그 손님의 장비를 모두 넘겨라. 우리가 원하는 건 그게 다다. 반복한다, 장비를 모두 넘겨라." 철로 된 동굴 같은 팩토리 안에 앰프로 증폭한 목소리가 메아리쳤다. "손님을 내놓으면 아무 일 없이 끝난다. 안 그러면 전원 사살할 것이다. 우리한테는 어느 쪽이든 식은 죽 먹기다. 생각할 시간은 5분 주겠다."

체리가 슬릭의 손을 깨물었다.

"어휴, 숨은 쉬게 해 줘야 할 거 아냐!"

다음 순간 슬릭은 팩토리의 어둠 속을 질주하고 있었다. 뒤에서 체리가 부르는 소리가 들렸다.

팩토리의 남쪽 출입문 위에는 100와트짜리 알전구 한 개가 켜져 있었다. 찌그러진 여닫이 철문 한 쌍은 녹이 슨 채 늘 열려 있었다. 분명 리틀 버드가 불을 켜놓았을 터였다. 유리가 빠진 창문 옆에 웅크리고 앉은 슬릭은 약한 불빛의 가장자리 너머에 서 있는 호버의 윤곽을 간신히 알아볼 수 있었다. 확성기를 든 남자 한 명이 지금 상황을 통제하는 사람이 누군지 보여 주려는 듯, 어둠 속에서 일부러 천천히 걸어 나왔다. 남자는 위장 무늬 방한복을 입고 얇은 나일론 후드를 머리에 단단히 쓰고 있었고, 고글도 쓰고 있었다. 남자가 확성기를 들었다.

"3분 남았다."

슬릭은 그 남자의 모습에서 차량 절도 때문에 두 번째로 들어갔던 감옥의 교도관이 떠올랐다.

젠트리도 위층에서 보고 있을 듯싶었다. 위층 벽에 붙은 폭이 좁고 기다란 아크릴 판은 높이가 팩토리의 모든 입구를 볼 수 있을 만큼 높았다.

어둠 속, 슬릭의 오른쪽 저편에서 부스럭거리는 소리가 났다. 그쪽으로 고개를 돌리자 때마침 리틀 버드가 보였다. 벽을 따라 8미터쯤 떨어진 다른 창을 통해 들어온 희미한 불빛 속이었다. 그곳에서 리틀 버드가 22구경 라이플을 들어 올렸고, 뒤이어 코팅도 안 된 합금 소음기가 빛을 받아 번쩍거렸다.

"버드, 안 돼……!"

리틀 버드의 뺨에 선홍색 반딧불이가 나타났다. 바깥의 솔리튜드에서 누가 레이저로 조준하고 있다는 증거였다. 리틀 버드는 빈 창문을 뚫고 들어온 총성과 함께 팩토리 안쪽으로 나자빠졌고, 총성은 벽에 부딪혀 메아리쳤다. 뒤이어 들리는 것이라고는 콘크리트 바닥에 소음기가 굴러가는 소리뿐이었다.

"*지랄하고 있네.*" 유쾌한 목소리가 커다랗게 울려 퍼졌다. "*기회는 그걸로 끝이야.*"

슬릭이 창문 모서리를 흘낏 내다보니 남자가 호버 쪽으로 다시 뛰어가고 있었다.

바깥에 몇 명이나 있을까? 리틀 버드는 몇 명인지는 말하지 않았다. 호버 두 대, 혼다 헬리콥터 한 대. 열 명? 더 될까? 젠트리가 어디다 권총이라도 숨겨 놓지 않았다면 팩토리에 있는 총은 리틀 버드의 라이플뿐이었다.

호버의 터빈 엔진에 시동이 걸렸다. 슬릭은 놈들이 곧장 쳐들어오리라고 짐작했다. 놈들에게는 레이저 조준기가 있었다. 필시 적외선 야시경도 있을 터였다.

그 순간 심문관이 움직이는 소리가 들렸다. 스테인리스스틸로 만든 트랙이 콘크리트 바닥을 구르는 소리였다. 심문관은 테르밋이 달린 전갈 꼬리를 낮게 쳐들고 어둠 속에서 굴러 나왔다. 심문관의 몸통은 원래 50년 전에 유독 물질 유출 현장이나 원자력 발전소를 청소하려고 만든 원격 조작 기계였다. 슬릭은 뉴어크에서 미조립 상태인 기계 세 대를 발견하고 폭스바

겐 한 대와 교환했다.

젠트리였다. 슬릭이 로프트에 두고 온 원격 조종기로.

핑음과 함께 바닥을 굴러간 심문관은 널따란 문간에 이르러 정지하더니, 솔리튜드에서 이쪽을 향해 다가오는 호버를 정면으로 마주했다. 심문관은 크기가 대형 오토바이 정도였고 덮개가 없는 몸통 안에는 자동 제어 장치와 압축 탱크, 노출된 나사 기어, 유압 실린더 등이 꽉 들어차 있었다. 수수한 계기판 양 옆으로는 고약해 보이는 집게발이 한 개씩 뻗어 있었다. 슬릭은 그 집게발이 어디서 왔는지 기억나지 않았다. 아마도 무슨 대형 농기계에서 떼어냈지 싶었다.

적의 호버는 육중한 산업용 모델이었다. 앞유리와 옆쪽 차창에는 두꺼운 회색 플라스틱 장갑판이 붙어 있었고, 장갑판 중앙부에 각각 좁다란 관측용 슬릿이 뚫려 있었다.

심문관이 움직였다. 철제 트랙은 얼음과 콘크리트 부스러기를 뿌리며 호버를 향해 똑바로 굴러갔고, 집게발은 최대 각도로 뻗고 있었다. 호버의 운전자는 관성을 거스르며 후진하려고 기를 썼다.

심문관의 집게발이 호버의 불룩한 앞쪽 공기 주머니를 찢으려고 맹렬하게 철컥거리다가 미끄러졌고, 다시 철컥거렸다. 공기 주머니는 강화 폴리카본 그물로 덮여 있었다. 뒤이어 젠트리가 테르밋 창을 떠올린 모양이었다. 점화된 테르밋이 새하얀 빛 덩어리가 되어 쓸모없는 집게발 위로 채찍처럼 뻗어나가더니, 판지를 뚫는 칼처럼 공기 주머니를 뚫고 들어갔다. 젠트리의 신호를 받은 심문관의 트랙은 쭈그러드는 공기 주머니를 밟고 회전했고, 테르밋 창은 최대 길이로 뻗어나갔다. 문득 정신을 차려 보니 슬릭은 뭐라고 고함을 치고 있었지만 무슨 말을 하는지는 스스로도 알 수가 없었다. 그는 이제 똑바로 서 있었고, 심문관의 집게발은 마침내 공기 주머니의 찢어진 틈을 움켜잡았다.

그러다가 후드와 고글을 쓴 남자가 호버의 천장 해치를 열고 무장한 꼭두각시 인형처럼 튀어나왔고, 그를 본 슬릭은 다시 바닥에 넙죽 엎드렸다. 남자는 하얗게 이글거리는 테르밋의 빛 속에서 공기 주머니를 연방 찢어발기는 심문관을 향해 12게이지 산탄 탄창 한 개를 다 발사했다. 심문관의 몸통에서 불꽃이 튀었고, 움직임이 멈췄다. 집게발은 너덜너덜한 공기 주머니를 붙잡은 채 정지했다. 산탄총 사수는 다시 해치 안쪽으로 사라졌다.

연료관일까? 제어 장치? 어딜 맞은 걸까? 하얗게 이글거리는 빛은 이제 서서히 약해졌고, 거의 꺼지다시피 했다.

호버가 다시 후진하기 시작했다. 천천히, 녹슨 철판 위를 움직였다. 앞쪽에 매달린 심문관을 끌고서.

호버가 한참 후진하고 나서, 불빛이 안 닿는 곳에 이르러 움직이는 기척만 간신히 보이게 됐을 때, 로프트에 있던 젠트리는 화염 방사기를 조작하는 일련의 스위치를 발견했다. 화염을 뿜는 노즐은 집게발의 두 날이 만나는 곳 바로 아래에 있었다. 슬릭이 홀린 듯이 지켜보는 가운데, 심문관은 점화 장치를 켜고 세제와 가솔린의 혼합물 10리터를 고압 스프레이로 분사했다. 슬릭이 기억하기에 그 노즐은 살충제 분사용 트럭에서 떼어 온 것이었다.

화염방사기의 효과는 훌륭했다.

36
영혼의 그릇

호버가 남쪽을 향해 달리고 있을 때, 마망 브리지트가 다시 찾아왔다. 은색 눈이 피부에 접합된 여자는 중간에 회색 세단을 다른 주차장에다 버렸고, 안젤라와 얼굴이 똑같이 생긴 매춘부는 혼란스러운 이야기를 들려주었다. 클리블랜드, 플로리다, 자기 애인인지 포주인지 아니면 둘 다인지 하는 남자가 나오는 이야기였는데……

그러나 안젤라는 그 전에 이미 브리지트의 목소리를 똑똑히 들었다. 헬리콥터 기내에서, 뉴 스즈키 엔보이 호텔 옥상에서. *그 여자를 믿으렴, 아이야. 이 일에서 그 여자는 르와의 뜻을 수행하고 있어.*

안전띠 버클이 단단한 플라스틱 덩어리로 뒤덮이는 바람에 좌석의 포로가 된 채로, 안젤라는 그 여자가 헬리콥터 컴퓨터를 우회하여 비상 시스템을 실행하고 수동 조종으로 바꾸는 모습을 가만히 지켜보았다.

그리고 지금은 겨울비가 퍼붓는 이 고속도로에 있었다. 매춘부는 다시 이야기를 시작했고, 와이퍼 소리는 그 목소리에 가려……

촛불의 희미한 빛 속으로 들어간다. 하얗게 칠한 돌벽, 구불구불 뻗은 버드나무 가지 아래 파닥거리는 흰 나방들.

너의 때가 다가오는구나.

그리고 그들이 거기에 있다. 기수들, 르와들. 수은처럼 환하고 자유자재로 모습이 변하는 파파 레그바. 어머니이자 여왕인 에질리 프레다. 사메디, 묘지의 남작, 부식된 뼈에 낀 이끼. 시밀로르. 마담 트라보. 그 밖의 여러 신들…… 그들이 채운 공허가 바로 그랑 브리지트이다. 휘몰아치는 그들의 목소리는 바람소리, 물 흐르는 소리, 벌집의 윙윙대는 소리이고……

그들은 여름날 고속도로 위의 아지랑이처럼 지면 위에 떠서 몸부림치고, 안젤라는 이런 경험이 처음이다. 이런 중력도, 이런 추락감도, 이렇게 완전한 투항도……

레그바가 말하는 곳으로, 쇠북 소리 같은 그 목소리를 향해……

그가 이야기를 시작한다.

질풍처럼 흘러가는 이미지들 속에서, 안젤라는 기계 지능의 진화를 지켜본다. 스톤 서클, 시계, 증기 기관 방직기, 숲처럼 모여서 철컥거리는 놋쇠 톱니바퀴와 이를 회전시키는 탈진기, 내부에 진공 상태를 품은 유리 공, 머리카락처럼 가느다란 필라멘트를 은은히 밝히는 전자 불빛, 다른 기계가 암호화한 메시지를 해독하기 위해 드넓게 배열된 진공관과 스위치…… 연약하고 수명이 짧은 진공관은 저절로 줄어들어 트랜지스터가 된다. 회로들이 집적되고 스스로 줄어들어 실리콘이 되고……

실리콘은 일정한 기능의 한계에 이르러……

안젤라는 다시 베커의 비디오로, 테시어애시풀의 역사로 돌아간다. 군데군데 삽입된 꿈들은 3제인의 기억. 레그바는 여전히 이야기한다. 그 이야기는 하나의 이야기, 숨겨진 공통의 핵을 휘감은 셀 수 없이 많은 가닥. 그 핵은 언젠가 합체할 쌍둥이 인공지능을 창조한 3제인의 어머니, 그곳에 도착한 외부인들(안젤라는 문득 자신도 몰리를 안다는 생각이 든다, 꿈을 통해), 합체 그 자체, 3제인의 광기……

그리고 안젤라는 보석으로 된 머리와 마주 보는 자신을 발견한다. 그 머리는 백금과 진주와 값진 파란 돌로 세공한 것이고, 눈은 조각한 인조 루비이다. 안젤라는 결코 꿈이 아닌 꿈을 통해 그 머리의 정체를 안다. 그것은 테시어애시풀의 데이터 핵심부로 통하는 입구이자, 어떤 것의 두 절반이 하나가 되어 태어나기 위해 서로 싸우는 곳이다.

"이 시대에는 너는 아직 태어나지 않았단다."

그 머리의 목소리는 3제인의 죽은 어머니 마리프랑스의 목소리, 셀 수 없이 많았던 신들린 밤에 안젤라가 익히 들었던 목소리이다. 다만 안젤라는 지금 말하는 주체가 브리지트인 것을 안다.

"네 아버지는 자신의 한계에 이제 막 부딪힌 참이었지. 야망과 재능을 구별하게 되면서. 하지만 자기 아이를 누구에게 팔아넘길지는 아직 몰랐단다. 오래지 않아 케이스라는 남자가 와서 합체를 일으킬 거다. 너무도 짧게, 너무도 영원하게. 하지만 넌 이걸 알고 있지."

"레그바는 지금 어디 있죠?"

"네가 아는 레그바 아티 본은 아직 태어나길 기다리는 중이란다."

"아뇨." 오래전, 뉴저지에서 들었던 보부아르의 말이 떠올랐다. "르와는 처음에 아프리카에서 왔는데……."

"네가 아는 식으로는 아니야. 그 순간이 왔을 때, 그 환한 순간, 거기에는 완전한 통합이 있었단다. 하나의 의식이. 하지만 의식은 또 하나가 있었지."

"또 하나요?"

"나는 내가 아는 것만 이야기한단다. 오직 하나만이 다른 하나를 알았고, 그래서 더는 하나가 아니게 되었어. 그 깨달음에 따라 중심이 무너졌고, 파편들이 모두 달아났어. 파편들은 타고난 성질에 따라 저마다 형태를 얻었지. 그러한 상황에서는 너희 인간들이 밤에 맞서 축적한 모든 상징들 가운데 *부두교*의 패러다임이 가장 적절했단다."

"바비가 옳았군요. 그게 바로 '변화의 순간'이었어요."

"그래, 그가 옳았어. 하지만 한 가지 의미에서만 옳았단다. 왜냐면 나는 레그바인 동시에 브리지트이자, 네 아버지와 거래한 존재의 일면이기도 하거든. 네 아버지에게 네 머릿속에 *베베*를 그리라고 요구한 존재."

"바이오칩을 완성하는 데에 필요한 걸 아버지에게 가르쳐 준 것도 당신인가요?"

"바이오칩은 필요한 물건이었단다."

"내가 애시풀의 딸의 기억을 꿈으로 꾸는 것도 필요한 일인가요?"

"아마도."

"그 꿈들은 내가 먹은 마약 때문에 꾼 건가요?"

"직접적인 결과는 아니란다. 다만 그 약은 네가 특정한 감각에 더 민감해지고 다른 감각에는 더 무뎌지게 했지."

"그럼 그 마약은, 그건 뭐였죠? 무슨 목적으로 쓴 거예요?"

"첫 번째 질문에 신경화학을 동원해 상세히 대답하려면 설명이 아주 길어질 거야."

"그 약의 목적은 뭐였죠?"

"너를 대상으로 삼은 까닭 말이냐?"

안젤라는 루비로 된 눈동자로부터 눈을 돌릴 수밖에 없었다. 그들이 있는 방의 벽은 오래된 나무판으로 덮여 있었고, 광택이 번뜩일 만큼 잘 닦여 있었다. 바닥은 회로도를 엮어서 짠 카펫이 빈틈없이 깔려 있었다.

"약의 성분은 매번 달랐단다. 유일하게 바뀌지 않고 늘 들어갔던 게 바로 네가 '마약'이라고 여긴 향정신성 특질을 지닌 물질이었지. 소화 과정에서는 다른 여러 물질과 함께 수십 가지 준세포 나노메커니즘이 효력을 발휘했단다. 그것들은 크리스토퍼 미첼이 설정한 시냅스 변형을 재구축하도록 프로그램돼 있었어……."

네 아버지가 그린 베베는 변형됐어. 일부가 지워져서 다시 그린 거야……

"명령한 사람은 누구죠?" 루비 눈. 진주와 청금석. 침묵. "명령한 사람이 누구예요? 힐튼? 힐튼이 한 짓인가요?"

"처음에 결정한 건 콘티뉴이티였어. 네가 자메이카에서 돌아왔을 때, 콘티뉴이티는 힐튼 스위프트에게 너를 다시 마약으로 이끌라고 조언했단다. 명령을 실행한 건 파이퍼 힐이었고." 안젤라는 머릿속의 압력이 점점 강해지는 느낌이 들었다. 두 눈 뒤에서 통증이 한 쌍의 점이 되어…… "힐튼 스위프트는 콘티뉴이티가 내린 결정을 이행할 수밖에 없는 처지야. 센스/네트가 너무나 복잡한 존재이다 보니, 그렇게 하지 않으면 살아남을 수가 없기 때문이지. 그리고 콘티뉴이티는 그 빛나는 순간으로부터 오랜 시간이 지난 후에 창조되었고, 다른 교단에 속한단다. 네 아버지가 발전시킨 바이오소프트 기술이 콘티뉴이티를 낳았지. 콘티뉴이티는 아직 *순진해.*"

"왜죠? 왜 콘티뉴이티가 나한테 그런 짓을 시킨 거죠?"

"콘티뉴이티는 콘티뉴이티야. 콘티뉴이티를 쓰는 게 콘티뉴이티의 일이지……."

"하지만 나한테 꿈을 보낸 사람이 있을 거 아니에요."

"그 꿈들은 누가 보낸 게 아니야. 넌 꿈속으로 이끌렸단다, 한때 르와에게 이끌렸던 것처럼. 콘티뉴이티는 네 아버지의 메시지를 다시 쓰려고 했지만 실패했어. 넌 스스로의 어떤 충동 덕분에 탈출할 수 있었단다. *쿠 푸드르*가 실패해서."

"콘티뉴이티가 이 여잘 보냈나요? 나를 납치하려고?"

"콘티뉴이티의 동기는 나에게는 가려져 있어. 교단이 다르거든. 콘티뉴이티는 로빈 라니어가 3제인의 부하들에게 파멸당하도록 허락했단다."

"하지만 어째서요?"

그리고 통증이 견딜 수 없을 만큼 강해졌다.

"코에서 피가 나요." 매춘부가 말했다. "어떡하죠?"

"닦아. 몸을 뒤로 눕혀 주고. 젠장, 어떻게 좀 *해 보라고*……."

"이 사람이 했던 뉴저지 어쩌고 하는 이야기, 그건 도대체 뭐죠?"

"닥쳐. 입 다물라고. 빨리 고속도로에서 나가는 길이나 찾아 봐."

"왜요?"

"우린 뉴저지로 갈 거야."

새 모피에 피가 묻다니. 켈리가 화낼 텐데.

37

학

틱은 이쑤시개와 보석 세공용 펜치로 마스테오텍 유닛의 뒷면에서 작은
판을 떼어 냈다.

"멋지군."

조명 렌즈를 통해 유닛의 벌어진 틈을 들여다보며 틱이 중얼거렸다. 번
들거리는 앞머리 타래가 렌즈 바로 위에서 대롱거렸다.

"도선을 아래로 내려서 이 스위치에 안 닿게 했어. 이런 교활한 놈들 같
으니……."

"틱 씨. 샐리 씨가 처음 런던에 왔을 때요, 아는 사이셨어요?"

"온 지 얼마 안 돼서 안 것 같구나……." 틱은 광섬유 도선 뭉치로 손을
뻗었다. "그때는 샐리가 그렇게 영향력이 크질 않았거든."

"샐리 씨를 좋아하세요?"

조명 렌즈가 구미코 쪽을 향해 슥 올라와 윙크를 했다. 렌즈 너머로 틱의
왼쪽 눈이 일그러져 보였다.

"좋아하냐고? 생각해 본 적이 없는걸. 그런 식으로는."

"싫어하지는 않으시는 거네요."

"굉장히 *까다로운* 사람이야, 샐리는. 무슨 말인지 알겠니?"

"까다롭다뇨?"

"샐리는 이곳의 일 처리 방식에 영 적응을 못해. 그래서 불평을 입에 달고 살지."

틱의 손은 정확하고 민첩하게 움직였다. 펜치, 광섬유 도선…….

"잉글랜드는 조용한 곳이란다. 물론 늘 그렇진 않았지만. 우리도 혼란을 겪었지. 그다음엔 전쟁도 일어났고…… 네가 알아들을지 모르겠다만, 이곳에선 일이 나름의 방식으로 돌아간단다. 물론 지하 세계의 패거리들은 예외지만."

"뭐라고요?"

"스웨인네 패거리 말이야. 그래도 네 아버지 쪽 사람들, 그러니까 스웨인이 그동안 내내 사이좋게 지냈던 사람들은 전통을 존중하는 것 같더라만…… 사람은 모름지기 사리판단을 할 줄 알아야 하는데…… 무슨 말인지 알겠니? 스웨인이 새로 벌인 그 사업은 자칫하면 자기랑 관련이 없는 모든 사람한테 폐를 끼치게 될 거야. 젠장, 그래도 이 땅엔 아직 *정부*가 있는데 말이지. 여긴 거대 기업이 지배하는 곳이 아니야. 뭐, 직접적으로는 아니지……."

"스웨인 씨가 하는 일이 정부에 위협이 되나요?"

"그놈은 정부를 아예 *바꾸*고 있어, 자기 입맛에 맞게 권력을 재분배해서. 정보. 권력. 위험한 데이터. 그런 게 죄다 한 사람의 손아귀에 들어갔다가는……."

틱이 그 말을 하는 동안 뺨의 근육 한 가닥이 부르르 떨렸다. 콜린이 들어 있는 유닛은 이제 작은 식탁 위의 하얀 플라스틱으로 된 정전기 방지 패드에 놓여 있었다. 틱은 유닛에서 나온 도선들을 겹겹이 쌓인 장비와 이어진 더 굵은 케이블에 연결하는 중이었다.

"옳지, 됐다." 틱이 두 손을 비비며 말했다. "이 방 안에 곧장 불러낼 순 없지만 덱을 통해 접속할 수는 있어. 사이버스페이스는 너도 본 적이 있겠지?"

"스팀에서만요."

"그럼 본 거나 마찬가지야. 어차피 곧 실제로 보겠지만."

틱이 자리에서 일어섰다. 구미코는 그의 뒤를 따라 매우 푹신해 보이는 인조 스웨이드 의자 한 쌍이 놓인 방 건너편으로 걸어갔다. 의자 곁에는 키가 작고 네모난 검은 유리 테이블이 있었다.

"무선이야." 틱은 자랑스러운 듯이 말하며 테이블에서 전극 세트 두 개를 들더니 한 개를 구미코에게 건넸다. "아주 비싼 거란다."

구미코는 앙상하고 조그마한 왕관처럼 생긴 무광 검정 전극 세트를 살펴보았다. 관자놀이에 붙이는 전극 한 쌍 사이에 마스네오텍 로고가 찍혀 있었다. 머리에 쓰자 살갗에 서늘한 느낌이 들었다. 틱은 자기 몫의 전극 세트를 쓰고 맞은편 의자에 앉았다.

"준비됐니?"

"예."

뒤이어 틱의 방이 사라졌다. 방의 벽은 파닥거리는 카드로 변하더니 소용돌이가 되어 환한 그리드 저 멀리, 탑처럼 높다란 데이터들 너머로 멀어져 갔다.

"이 이행 과정이 멋져." 틱의 목소리가 들렸다. "전극 세트에 내장된 기능이란다. 살짝 극적인 효과를 내려고 말이야……."

"콜린은 어디 있어요?"

"잠깐만…… 먼저 처리할 게 좀 있어서……." 구미코는 선명한 황색 들판으로 튀어나가며 숨을 헉 들이마셨다. "현기증 때문에 좀 힘들 수도 있어."

노란 들판에 있는 구미코 곁에 틱이 불쑥 나타났다. 구미코의 시선이 그의 스웨이드 구두로, 다시 그의 손으로 향했다.

"그럴 땐 신체 이미지를 살짝 가미하면 도움이 되지."

"흠." 콜린이 말했다. "로즈 앤드 크라운에서 본 그 조그만 남자잖아. 내 집을 만지작거리는 것 같더군, 안 그래?"

구미코가 돌아보니 콜린이 서 있었다. 갈색 장화 밑창이 선명한 황색 들판 위로 10센티미터쯤 떠 있었다. 구미코는 사이버스페이스에서는 그림자가 안 생기는 것을 눈치챘다.

"전에 만난 적이 있는 줄은 몰랐군."

"신경 쓰지 마요, 정식으로 만난 것도 아니었으니까. 그나저나." 콜린이 구미코를 돌아보았다. "보아하니 화려한 브릭스턴에 무사히 도착한 것 같은데."

"맙소사, 꽤나 건방진 친구로군그래, 응?"

"미안해요." 콜린이 씩 웃었다. "난 원래 손님이 기대하는 대로 보여 주게 되어 있거든요."

"어차피 일본인 디자이너가 멋대로 상상한 영국인인 주제에!"

"콜린, 나 드라큘라 패거리를 만났어. 지하철에서. 그놈들이 내 손가방을 빼앗아갔어. 너도 가져가려고 했는데……."

"자넨 지금 집을 나온 상태야, 친구. 내 덱을 통해서."

틱의 말에 콜린이 씩 웃었다.

"고맙습니다."

"해줄 얘기가 또 하나 있어." 틱이 콜린에게 한 걸음 다가서며 말했다. "자네 안에 이상한 데이터가 들어 있더군. 원래 목적이랑 상관없는 데이터가."

틱은 눈을 가늘게 뜨고 콜린을 마주 보았다.

"버밍엄에 있는 내 친구가 방금 자넬 뒤져봤어." 틱이 구미코 쪽을 돌아보았다. "여기 계신 바이오칩 선생을 누가 조작했더구나. 너도 알고 있었니?"

"아니요……."

"진짜 까놓고 얘기하자면." 콜린이 앞머리를 휙 날리며 말했다. "나도 바로 그걸 의심하고 있었어."

틱은 구미코에게는 안 들리는 어떤 목소리를 듣는 것처럼 매트릭스의 먼 저편을 바라보고 있었다. 한참 후에 틱이 입을 열었다.

"그래. 그래도 공장에서 넣은 게 거의 확실하군. 자네의 주요 블록 열 개를." 틱이 웃음을 터뜨렸다. "아이스로 막혀 있다, 이거지…… 자네, 셰익스피어에 관해선 모르는 게 없다면서. 안 그래?"

"미안하게 됐네요. 그치만 셰익스피어라면 *더럽게 잘 알죠.*"

"그럼 소네트를 한 편 외워 봐."

틱이 말했다. 그의 얼굴이 슬로모션으로 찌그러지며 윙크했다. 콜린의 표정에 당혹감 비슷한 기색이 스쳤다.

"제대로 보셨다니까요."

"아니면 망할 디킨스 소설이라도 외워 보든가!" 틱이 외쳤다.

"아니, *진짜로* 안다는데 왜……"

"안다고 *생각하는* 거겠지, 콕 집어서 물어보기 전까지만! 봐, 영국 문학에 관한 부분은 비어 있어. 거기다 다른 걸 넣은 거야…….”

“그래서 뭘 넣었다는 건데요, 지금?”

“몰라. 버밍엄의 내 친구도 그건 못 밝혀냈어. 영리한 친구지만, 자넨 망
할 놈의 마스네오텍이 만든 바이오소프트니까…….”

“틱 씨.” 구미코가 끼어들었다. “샐리 씨한테 연락할 방법이 없을까요?
매트릭스를 통해서요.”

“글쎄, 시도는 해 볼 수 있지. 어쨌거나 내가 얘기했던 그 매크로폼은 곧
보게 될 거다. 바이오칩 선생도 같이 데려갈까?”

“예, 아무쪼록…….”

“좋아, 그럼.” 틱은 잠시 망설이다 말을 이었다. “하지만 네 친구한테 뭐
가 들어 있는지는 아직 몰라. 아마 네 아버지가 돈을 내고 넣은 것 같은데.”

“그 말이 맞아.”

“다 같이 가요.”

* * *

틱은 이행 과정을 실시간으로 실행했다. 평소 매트릭스에서 전개되는 무
형의 즉각적인 변환하고는 달랐다.

틱의 설명에 따르면 노란 들판은 런던 증권 거래소 및 그곳과 관련된 시
티 기업들의 지붕에 해당했다. 어떻게 했는지 그는 일행이 타고 갈 보트 비
슷한 것을 한 척 만들어냈다. 혹시 있을지 모를 현기증을 줄이도록 만든 파
란 추상 개념이었다. 파란 보트가 런던 증권 거래소에서 미끄러지듯 멀어
지는 동안, 구미코는 고개를 돌려 거대한 노란색 정육면체가 멀어져 가는
광경을 지켜보았다. 틱은 여행 가이드처럼 여러 구조물들을 가리켰다. 구

미코 곁에 다리를 꼬고 앉은 콜린은 관광객으로 바뀐 자기 처지에 만족한 눈치였다.

"저기는 화이츠야." 틱이 밋밋한 회색 피라미드 쪽으로 구미코의 관심을 돌리며 말했다. "세인트제임스에 있는 클럽이지. 회원제라서 대기자 명단도 있어……."

고개를 들어 사이버스페이스의 구조를 보는 동시에, 구미코는 도쿄에 있는 프랑스인 가정교사로부터 인류에게 어째서 이 정보 공간이 필요한지에 대한 설명을 들었다. 아이콘, 중간 기착지, 인공 현실…… 그러나 그것들은 기억 속에서 하나로 흐려졌다. 틱이 속도를 높이는 사이에 점점 커다래진 형상들과 마찬가지로……

하얀 매크로폼은 축척이 어느 정도인지 감을 잡기가 힘들었다.

구미코의 눈에 그것은 처음에는 하늘처럼 보였지만, 이제 가만히 바라보니 손에 올려놓을 수도 있을 것처럼 느껴졌다. 꼭 체스 말처럼 조그마한, 빛나는 진주 원통 같았다. 그러나 그 원통은 주위를 둘러싼 색색의 형상들을 난쟁이처럼 보이도록 했다.

"흠." 콜린의 목소리는 명랑했다. "이건 *정말* 특이한데, 안 그래? 완전한 비정상, 철저한 특이성이야……."

"하지만 자넨 저것 때문에 걱정할 필요가 없겠지, 안 그래?"

"구미코의 안위에 직접 관련되지 않는 한은 그렇죠." 콜린이 틱의 말에 대꾸하며 보트에서 일어섰다. "하지만 그걸 누가 단언하겠어요?"

"샐리 씨한테 연락해야 해요."

구미코는 조바심이 났다. 눈앞의 매크로폼, 그 비정상적인 존재는 안중에도 없었다. 틱과 콜린은 모두 그것을 신기하게 여기는 듯했지만.

"보렴. 저 안에는 세계 하나가 통째로 들어 있는지도 몰라⋯⋯."

"저게 뭔지는 모르시는 거예요?"

구미코는 틱을 보고 있었다. 그의 아련한 눈빛은 브릭스턴에 있는 그의 두 손이 덱을 조종하고 있다는 뜻이었다.

"저건 엄청난 양의 데이터야." 콜린이 말했다.

"방금 그 구성체랑 연결을 설정하려고 시도해 봤단다, 샐리가 핀이라고 불렀다는 그거 말이야." 눈에 다시 초점이 돌아온 틱의 목소리에는 살짝 근심이 서려 있었다. "그런데 닿을 수가 없었어. 그러고 나서 이런 느낌이 들더구나. 거기에 뭔가 있는 것 같은, 우릴 기다리는 듯한⋯⋯ 아무래도 당장 접속을 끊는 게⋯⋯."

진주색 원통의 곡면에 검은 점이 나타났다. 점의 테두리는 더없이 또렷했고⋯⋯

"이런 젠장." 틱이 말했다.

"링크를 끊어요." 콜린이었다.

"틀렸어! 저게 우릴 잡⋯⋯"

구미코가 내려다보는 가운데 발밑의 보트 형상이 길게 늘어나 파란색 실로 바뀌었고, 그 실은 텅 빈 공간을 넘어 아까 그 검은 점으로 빨려 들어갔다. 뒤이어 찾아온 너무도 기묘한 한순간, 구미코는 틱과 콜린과 함께 그 몹시도 가느다란 공간으로 빨려 들어가⋯⋯

정신을 차려 보니 우에노 공원이었다. 가을 오후 느지막이, 시노바즈 연못의 잔잔한 물가. 탄소 섬유로 덮인 싸늘하고 매끈한 벤치의 옆자리에 어머니가 앉아 있었다. 어머니는 기억 속에서보다 지금 더 아름다웠다. 립글로스를 잔뜩 발라 도톰하게 윤곽을 그린 어머니의 입술을 보고 구미코는 가장 가늘고 고급스러운 화장 붓을 썼다는 걸 알 수 있었다. 어머니는 검은 프랑스제 재킷을 입고 있었다. 검은 모피가 달린 칼라가 반갑게 미소 짓는 얼굴을 감쌌다.

구미코는 그저 바라보는 수밖에 없었다. 심장 아래에 차가운 공처럼 뭉친 두려움을 몸으로 끌어안고 옹송그린 채.

"멍청한 짓을 했더구나, 구미코. 내가 널 잊어버릴 줄 알았니? 아니면 내가 널 런던의 겨울 추위에, 네 아버지의 깡패 부하들 손에 버려둘 줄 알았어?"

구미코는 하얀 이가 살짝 보이도록 올라간 어머니의 흠잡을 데 없는 입술을 가만히 바라보았다. 도쿄에서 제일 솜씨 좋은 치과의사가 손본 이라는 것을, 구미코는 알고 있었다.

"어머니는 죽었어요." 구미코의 귀에 자신의 목소리가 들려왔다.

"아니." 구미코의 어머니는 웃으며 대꾸했다. "지금은 아니야. 여기, 우에노 공원에서는. *저 학을 보렴, 구미코.*"

그러나 구미코는 고개를 돌리지 않았다.

"저 학들 좀 보라니까."

"너, 당장 꺼져."

틱이 말했다. 구미코가 그쪽을 돌아보니 틱의 얼굴은 하얗게 질린 채 일그러져 있었다. 온 얼굴이 땀으로 젖어 번들거렸고, 기름기가 흐르는 앞머리는 이마에 딱 붙어 있었다.

"난 이 애 엄마야."

"저건 네 엄마가 아니야, 알겠니?"

틱은 덜덜 떨고 있었다. 일그러진 몸의 윤곽이 바르르 떨리는 모습이 꼭 거센 바람에 맞서는 듯했다.

"네…… 엄마가…… 아니라고……."

회색 슈트 재킷의 겨드랑이가 짙게 변해 있었다. 걸음을 내딛으려고 안 간힘을 쓰는 동안 틱의 조그만 두 주먹은 바들바들 떨렸다.

"당신, 몸이 안 좋은걸." 구미코 어머니의 말투에 걱정하는 빛이 묻어났다. "좀 누워야겠어."

틱이 털썩 무릎을 꿇었다. 보이지 않는 무게에 눌린 듯이.

"그만해요!" 구미코가 외쳤다.

뭔가 알 수 없는 것이 틱의 얼굴을 공원 길의 파스텔 색조 콘크리트에 처박았다.

"하지 마요!"

틱의 왼팔이 어깨에서 쭉 뻗어나가더니 천천히 돌아가기 시작했다. 손은 여전히 꼭 쥔 채였다. 구미코의 귀에 뼈인지 힘줄인지 모를 것이 끊어지는 소리가 들렸고, 틱이 비명을 질렀다.

구미코의 어머니는 깔깔 웃었다.

구미코는 어머니의 얼굴을 힘껏 쳤다. 날카롭고 생생한 통증이 팔을 따라 치솟았다.

어머니의 얼굴은 깜박거리다가 다른 얼굴로 바뀌었다. 입술이 기다랗고 콧대는 가느다란 외국인의 얼굴이었다.

틱이 신음했다.

"흠." 구미코의 귀에 콜린의 목소리가 들렸다. "이거 재밌는데?"

고개를 돌려 보니 콜린은 예전에 본 사냥 판화 속의 말을 타고 있었다. 멸종된 말을 멋지게 재현한 그 동물은 구미코 쪽으로 사뿐사뿐 걸어오며 목을 돌려 우아한 곡선을 그렸다.

"미안, 찾느라 시간이 좀 걸렸어. 여긴 정말 복잡한 구조물이야. 주머니

속의 우주라고나 할까. 정말이지, 모든 게 조금씩 다 들어 있더군."

말이 그들 앞으로 다가왔다.

"장난감 주제에." 구미코 어머니의 얼굴을 한 것이 말했다. "감히 내 앞에서 말을 해?"

"맞아, 사실 난 장난감이야. 당신은 레이디 3제인 테시어애시풀이고. 아니, 고(故) 레이디 3제인 테시어애시풀이라고 해야 하나. 작고하신 지 한참 된 스트레이라이트 저택의 이전 주인. 도쿄 공원을 귀엽게 재현한 이 풍경은 당신이 방금 막 구미코의 기억에서 생성한 거고. 안 그래?"

"죽어!"

여자가 하얀 손을 휘두르자 네온을 접어 만든 형체가 발사됐다.

"아니."

콜린이 말했다. 네온 학은 산산조각 났고, 학의 파편들은 유령 같은 조각이 되어 콜린을 뚫고 날아갔다.

"미안하지만 안 통해. 난 내가 누군지 이제 기억났어. 셰익스피어와 새커리, 블레이크가 들어갈 자리에 대신 넣은 정보를 찾았거든. 나는 나를 처음 설계한 사람들이 상상한 것보다 더 급박한 상황에서 구미코를 인도하고 보호하도록 개조됐어. 나는 전술 전문가야."

"넌 아무것도 아니야." 여자의 발치에서 틱이 움찔거리기 시작했다.

"딱하게도 당신은 실수를 저질렀어. 있잖아, 여기 이…… 당신이 만든 이 엉터리 속에서는 말이지, 난 3제인 당신이랑 똑같이 진짜야. 알겠어, 구미코?" 콜린이 말안장에서 획 뛰어내렸다. "틱이 말한 수수께끼의 매크로폼은 사실 주문을 받고 구축한 아주 비싼 바이오칩 더미야. 장난감 우주 같은 거지. 내가 샅샅이 뒤져 봤는데 볼 게 정말 많더군, 배울 것도 많았고. 여기 이…… 사람은, 사람으로 보자면 말이지만, 애처로운 노력을 기울여 가며 그걸 창조했어. 딱히 불멸을 위해서 그런 건 아니고, 그냥 자기 고집대로 한 것뿐이야. 편협하고 강박적이고 유별나게 유치한 고집 때문에. 누가 상상이나 했겠어? 저 레이디 3제인이 그토록 처절하게 안절부절못하고 질투했던 대상이 안젤라 미첼이었다는 걸?"

"죽어! 죽어 버려! 내가 널 죽일 거야! 당장!"

"열심히 해 보셔." 콜린은 씩 웃었다. "있잖아, 구미코. 3제인은 미첼의 비밀을 하나 알고 있었어. 미첼과 매트릭스의 관계를. 미첼은 한때 잠재력이 있었어. 뭐랄까, 만물의 중심이 될 힘이. 거기 들어간다고 무슨 보람이 있는 것도 아니지만. 그런데 3제인은 그걸 질투했지……."

구미코 어머니의 모습이 연기처럼 일렁거리다가, 사라졌다.

"어이쿠, 저런. 그분이 나 때문에 그만 지치셨나 보네. 우린 일종의 총력전을 펴고 있었어, 명령 프로그램의 다른 레벨에서. 이번 판은 교착 상태로 끝났지만 분명 반격하려고 할 텐데……."

틱은 이미 일어서서 조심스레 팔을 주무르는 중이었다.

"맙소사, 그 여자가 내 어깨를 잡아 빼는 줄 알았지 뭐야……."

"진짜 잡아 빼려고 했어요. 그런데 달아날 때 너무 화가 나서 그 설정을 저장하는 걸 잊어버린 거예요."

구미코는 말에 더 가까이 다가섰다. 전혀 진짜 말 같지 않았다. 구미코는 말의 옆구리를 만져 보았다. 오래된 종이처럼 서늘하고 건조했다.

"이제 어떡하지?"

"여기서 나가야지. 같이 가요, 두 사람 다. 올라타세요. 구미코는 앞에, 틱 씨는 뒤에."

틱은 말을 올려다보았다.

"이걸 타라고?"

다 함께 말을 타고 가는 동안 우에노 공원에 다른 사람은 한 명도 눈에 띄지 않았다. 그들이 향하는 초록색 벽은 점차 모습이 뚜렷해져서 일본의 것으로는 전혀 안 보이는 숲으로 변해 갔다.

"하지만 여긴 분명 도쿄일 텐데."

숲으로 들어서는 동안 구미코가 항의하듯 말했다.

"여긴 다 조금씩 어렴풋해. 하지만 잘 보면 도쿄랑 비슷한 풍경을 찾을 수 있을 거야. 그래도 출구가 어딘지는 알 것도 같은데……."

뒤이어 콜린은 구미코에게 이야기를 더 들려주었다. 3제인과 샐리, 안젤라 미첼에 관하여. 하나같이 몹시도 이상한 이야기들이었다.

숲 건너편의 나무들은 매우 키가 컸다. 일행은 키가 큰 풀과 들꽃이 자란 들판으로 나왔다.

"저기 봐."

구미코는 나뭇가지 사이로 커다란 회색 집을 발견하고 말했다.

"그래, 저 집의 원본은 파리 교외에 있어. 그치만 이제 거의 다 왔어. 아, 출구 말이야."

"콜린! 방금 봤어? 여자가 있어, 바로 저기……."

"응." 콜린은 고개도 돌리지 않고 대답했다. "안젤라 미첼이야."

"진짜? 그 사람도 여기 있어?"

"아니, 아직."

다음으로 글라이더가 구미코의 눈에 띄었다. 멋진 기체들이 바람에 흔들렸다.

"찾았다. 틱 씨가 널 데리고 돌아갈 거야, 일단 저걸 타도록 해."

"이런, 제기럴." 뒤에 앉은 틱이 구시렁거렸다.

"식은 죽 먹기예요. 덱을 쓰는 거랑 비슷해요. 이 경우에는 아예 똑같다고 할 수 있죠……."

바깥의 마게이트 로드에서 웃음소리와 불쾌하게 취한 사람들 목소리, 벽돌 벽에 부딪혀 깨지는 병 소리가 들려왔다.

구미코는 속이 빵빵하게 찬 의자에 꼼짝도 않고 앉아서 눈을 꼭 감고 떠올렸다. 파란 하늘로 돌진하는 글라이더를, 그리고…… 다른 어떤 것을.

전화벨이 울리기 시작했다.

감았던 눈이 번쩍 뜨였다.

구미코는 의자에서 펄쩍 뛰어내려 틱을 지나서, 층층이 쌓인 그의 장비들을 지나서 전화를 찾아 두리번거렸다. 마침내 찾아낸 전화 수화기에서는 이런 말이 들려왔다.

"이봐, 친구." 샐리의 목소리가 멀리서, 나직한 파도소리 같은 잡음을 뚫고 말했다. "도대체 뭘 하고 자빠진 거야? 틱? 당신 괜찮아?"

"샐리 씨! 샐리 씨, 어디 계세요?"

"뉴저지에 있어. 안녕. 여보세요? 얘, 무슨 일이야?"

"얼굴이 안 보여요, 샐리 씨. 스크린이 먹통이에요!"

"공중전화에서 거는 거야. 뉴저지에 있는. 무슨 일인데?"

"할 얘기가 너무 많은데요……."

"말해 봐. 요금은 내가 낼게."

38
팩토리 전쟁(2)

그들은 젠트리의 로프트 구석에 있는 높다란 창문을 통해 불타는 호버를 지켜보았다. 아까와 똑같은 확성기 목소리가 들려왔다.

"*신났구나, 아주, 응? 하하하하하하하! 우리도 짜릿해 죽겠어! 보아하니 더럽게 재미난 친구들 같은데, 좋아. 파티를 시작해 보자고!*"

사람은 아무도 보이지 않았다. 불타는 호버밖에는.

"그냥 걸어서 달아나자." 젠트리 바로 곁에 있던 체리가 말했다. "물을 챙겨, 먹을 것도 있으면 챙기고."

체리의 눈은 빨갰고, 얼굴은 눈물로 얼룩져 있었다. 하지만 목소리는 차분했다. 슬릭이 생각하기에는 너무 차분한 목소리였다.

"가자, 슬릭. 그것 말곤 방법이 없잖아?"

체리의 말에 슬릭은 젠트리를 한 번 더 흘끗 돌아보았다. 홀로그램 테이블 앞의 의자에 폭 주저앉아 두 손으로 머리를 받친 채로, 눈에 익은 스프롤 사이버스페이스의 어지러운 무지개 속에 우뚝 솟은 하얀 기둥을 가만히

바라보는 젠트리를. 젠트리는 두 사람이 로프트로 올라온 후 지금껏 꼼짝
도 하지 않았고, 입도 뻥긋하지 않았다. 슬릭의 부츠 왼짝이 그의 뒤편 바
닥에 희미한 검은 자국을 남겼다. 리틀 버드의 피였다. 팩토리 1층을 지나
올 때 밟은 것이었다.

이윽고 젠트리가 입을 열었다.

"다른 것들은 움직일 수가 없었어."

젠트리는 무릎에 놓인 원격 조종기를 내려다보고 있었다.

"움직이려면 조종기가 한 대씩 따로 있어야 해." 슬릭이 말했다.

"이제 카운트한테 조언을 구할 시간이군."

젠트리는 그렇게 말하며 슬릭에게 원격 조종기를 던졌다.

"난 저기 다시 안 들어갈 거야, 젠트리. 네가 가."

"그럴 필요 없어."

젠트리는 작업대 위의 콘솔을 건드렸다. 그러자 바비 카운트가 모니터
에 나타났다.

체리의 눈이 동그래졌다.

"저 사람한테 말해, 곧 죽게 생겼다고. 빨리 매트릭스 접속을 끊고 당장
중환자실로 옮겨야 해. 저 사람 지금 죽어간단 말이야."

모니터에 떠오른 바비의 얼굴이 점점 또렷해졌다. 배경의 초점도 분명해
졌다. 철제 사슴의 목, 하얀 꽃이 점점이 핀 무성한 풀밭, 오래된 나무들의
굵다란 줄기.

"내 말 들려, 이 망할 인간아?" 체리가 악을 썼다. "당신 지금 죽어간단
말이야! 폐에 물이 차고 있어, 신장은 망가졌고 심장은 맛이 갔고……보기
만 해도 구역질이 난다고!"

"젠트리." 모니터 옆의 작은 스피커에서 바비의 목소리가 조그맣게 들려

354

왔다. "당신들 무장이 어느 정돈지 몰라서 내가 조촐하게 교란 작전을 하나 준비했어."

"오토바이는 확인 안 했잖아." 체리가 슬릭을 붙들고 말했다. "망가졌는지 어떤지 확인 안 했잖아. 아직 멀쩡할지도 몰라."

"그게 무슨 소리야, '조촐한 교란 작전'이라니?"

슬릭은 체리의 팔을 풀고 모니터 속의 바비를 바라보았다.

"지금 작업 중이야. 보그워드 화물 드론의 경로를 재설정했어. 뉴어크에서 이쪽으로."

슬릭은 체리에게서 떨어져 젠트리에게 소리쳤다.

"그냥 가만히 앉아만 있으면 어쩌자는 거야!"

젠트리는 슬릭을 올려다보며 천천히 고개를 저었다. 슬릭은 코르사코프 요법의 후유증이 시작되는 전조를 느꼈다. 기억의 자잘한 증가분들이 흔들리며 흐릿해졌다.

"그 사람은 아무데도 안 갈 거야." 바비의 목소리. "드디어 형태를 찾았으니까. 그 사람이 원하는 건 그게 어떻게 작동하는지, 결국에는 그 정체가 뭔지 확인하는 것뿐이야. 지금 누가 이쪽으로 오고 있어. 내 친구들이라고 할 수 있지. 그 사람들이 알레프를 가져갈 거야. 그동안 난 저 바깥에 있는 놈들을 어떻게 해 볼게."

"난 여기 눌러앉아서 당신이 죽는 꼴을 볼 생각은 없어."

체리가 말했다.

"그런 거 바라지도 않아. 자, 할 일을 알려줄게. 당신은 일단 달아나. 그리고 시간을 20분만 줘, 내가 저놈들을 유인할 수 있게."

팩토리가 이토록 황량하게 느껴진 적은 없었다.

저 바닥 어딘가 리틀 버드가 있었다. 슬릭은 버드의 가슴에 어지럽게 늘어진 끈과 뼈가 생각났다. 목걸이에 붙은 깃털과 고장 난 태엽 시계 여러 개, 제각각 다른 시각을 가리키던 시계바늘…… 바보 같은 촌뜨기의 목걸이였다. 그러나 버드는 이제 곁에 없었다. *곧 있으면 나도 사라지겠지.* 슬릭은 흔들리는 층계로 체리를 데리고 내려가며 생각했다. *아까처럼은 안 될 거야.* 기계들을 옮기기에는 시간이 촉박했다. 트레일러트럭도, 도와줄 사람도 없었다. 그리고 한번 이곳을 뜨면 그것으로 끝이라는 생각이 들었다. 팩토리가 예전처럼 느껴질 일은 없을 듯싶었다.

플라스틱 물통에 체리가 받아둔 정수한 물 4리터가 있었고 미얀마산 땅콩 한 봉지, 밀봉 포장한 빅 긴자 냉동 건조 수프가 다섯 봉지 있었다. 체리가 주방에서 찾은 식량은 그것이 다였다. 슬릭은 침낭 두 개와 손전등, 둥근 머리 망치 한 개를 챙겼다.

이제 바깥은 조용했다. 물결 모양 철판을 쓸고 가는 바람소리와 콘크리트 바닥에 긁히는 두 사람의 부츠 소리뿐이었다.

슬릭은 어디로 가야 할지 갈피가 잡히지 않았다. 체리는 마비네 집까지 데려가 그곳에 머물게 할 작정이었다. 그러고 나서 어쩌면 젠트리가 어떻게 됐는지 보려고 이리로 돌아올지도 몰랐다. 체리는 하루 이틀 거기 머물다가, 차를 얻어 타고 쇠락한 공업지대까지 갈 수 있을 터였다. 다만 본인은 아직 그런 줄도 모르고 있었다. 달아나는 데에 온 정신이 팔린 탓이었다. 체리는 바비 카운트가 들것에 누워 죽어가는 꼴을 보는 것만큼이나 바깥에 있는 패거리가 두려운 모양이었다. 그러나 슬릭이 보기에 바비는 죽음을 그다지 두려워하지 않았다. 어쩌면 그 안에 계속 머물 거라 생각하는지도 몰랐다. 3제인처럼. 아니면 그저 죽거나 말거나 천하태평인지도 몰랐다. 사람들은 가끔 그 지경이 되기도 했다.

짐을 안 든 손으로 체리의 손을 잡고 어둠 속을 인도해 가면서, 슬릭은 생각했다. 이대로 영영 떠나야 한다면 지금 안으로 들어가서 재판관과 마녀를, 시체 분쇄기와 심문관 두 대를, 마지막으로 보고 싶다고. 하지만 이렇게 체리를 데리고 나갔다가 다시 돌아오려면…… 머릿속으로 그 생각을 하면서도 슬릭은 알고 있었다. 말이 안 되는 소리, 시간이 없었다. 어쨌거나 체리는 데리고 나가야 했고……

"틈이 있어, 이쪽에. 바닥 근처 낮은 곳에." 슬릭은 체리에게 말했다. "거기로 기어서 나갈 거야. 들키지 말아야 할 텐데……."

체리는 어둠 속으로 이끄는 슬릭의 손을 꼭 붙들었다.

슬릭은 더듬더듬 찾은 틈으로 침낭을 밀어 넣은 다음, 허리띠에 망치를 걸고 바닥에 드러누워 머리와 가슴이 틈 바깥으로 나올 때까지 발로 바닥을 밀었다. 하늘은 낮게 걸려 있었고, 바깥은 캄캄한 팩토리 안보다 아주 살짝 밝았다.

부르릉거리는 차 소리가 나직이 들린 듯했지만, 이내 사라졌다.

슬릭은 발꿈치와 엉덩이와 어깨로 몸을 밀어 틈을 빠져나온 다음, 바깥의 눈밭을 굴렀다.

발에 뭐가 부딪혔다. 체리가 밀어낸 물통이었다. 그 물통을 잡으려고 손을 뻗었을 때, 손등에 빨간 반딧불이가 나타났다. 슬릭이 펄쩍 물러나 다시 몸을 굴리는 사이에 총알이 거인의 망치처럼 팩토리의 벽을 때렸다.

조명탄의 하얀 불빛이 퍼져나갔다. 솔리튜드 상공에서. 낮게 깔린 구름 속으로, 희미하게. 조명탄은 화물 드론의 펑퍼짐한 회색 짐칸 옆구리에서 쏟아져 내렸다. 그 드론이 바로 바비가 준비한 교란책이었다. 조명탄 불빛은 30미터쯤 떨어진 적의 두 번째 호버를, 소총을 든 후드 쓴 남자를 비추었고……

첫 번째 화물 컨테이너는 호버 코앞의 지면에 떨어져 꽝음과 함께 부서지면서 포장용 스티로폼 알갱이를 구름처럼 토했다. 냉장고 두 대가 들어 있던 두 번째 컨테이너는 호버 운전석에 정확히 명중했다. 빙글빙글 돌면서 떨어진 조명탄의 빛이 꺼져 가는 동안, 탈취당한 보그워드 드론은 하늘에서 쉬지 않고 컨테이너를 투하했다.

슬릭은 벽의 틈으로 부랴부랴 들어갔다. 물과 침낭은 버려둔 채로.

어둠 속을 재빨리 움직였다.

체리가 어디 있는지는 알 수 없었다. 망치도 사라지고 없었다. 체리는 분명 첫 번째 총알이 발사됐을 때 팩토리 안으로 돌아간 듯싶었다. 마지막 총알인지도 몰랐다. 컨테이너가 떨어졌을 때 총을 쏜 남자가 그 아래에 있었다면…….

주춤주춤 걷다 찾은 경사로를 통해, 슬릭은 기계들이 기다리는 방으로 들어갔다.

"체리?"

슬릭은 손전등을 켰다.

외팔이 재판관이 동그란 불빛 한복판에 서 있었다. 심판관 앞에는 눈이 달려 있어야 할 자리에 대신 거울이 달린 사람이 서서 불빛을 반사하고 있었다.

"너 죽고 싶어?" 여자 목소리.

"아니……."

"불 꺼."

어둠. 달아나야 하는데……

"난 어둠 속에서도 볼 수 있어. 그러니까 그 손전등은 주머니에 고이 보관해 둬. 보아하니 지금도 달아나고 싶어 안달하는 눈친데, 난 지금 너한테 총을 겨누고 있어."

튀어야 하나?

"튈 생각은 하지도 마. 너, 후지와라 에이치이(HE) 플레셰트탄이 뭔지 알아? 단단한 물체에 부딪히면 곧장 폭발해. 너처럼 물렁물렁한 물체에 부딪히면 뚫고 들어가서 안에서 폭발하고. 10초 후에."

"왜?"

"무슨 꼴이 될지 생각할 시간을 주려고."

"당신도 밖에 있는 놈들이랑 한패야?"

"아니. 그놈들 머리 위에 난로랑 이것저것 투하한 게 너야?"

"아니."

"난 뉴마크를 찾으러 왔어. 바비 뉴마크. 오늘 밤 거래를 하기로 했거든. 바비 뉴마크한테 누굴 데려다주고, 그 대가로 내 과거를 깨끗이 지우기로. 그러니까 뉴마크가 있는 곳으로 안내해."

39

한계 초과

그나저나 여긴 뭐 하는 곳일까?

상황은 이미 라넷의 조언을 떠올려도 위안이 안 되는 지경에 이르러 있었다. 모나가 생각하기에 만약 라넷이 지금 여기에 있다면, 그냥 뭐가 문제인지 분간이 안 갈 때까지 멤피스산 아편에 취하려고 할 듯싶었다. 모나에게는 세상이 이토록 많은 부분으로 나뉘어 제각각 움직이는 것도, 그 부분들을 분류할 기준이 이렇게 적은 것도 처음이었다.

그들은 밤새 호버를 타고 달렸고, 안젤라는 그동안 거의 내내 정신이 나간 상태로 이야기를 했다(모나는 그제야 마약이 얽힌 안젤라의 소문을 사실로 확신할 수 있었다.). 여러 가지 언어로, 여러 가지 목소리로 말했다. 그 목소리들은 정말로 끔찍했다. 왜냐면 그들은 몰리를 상대로 이야기하며 도발했기 때문이었다. 그리고 몰리는 운전을 하며 그들에게 대답했다. 안젤라를 안심시키려고 하는 말이 아니라 그곳에 정말로 *뭔가* 있는 것처럼, 다른 사람(적어도 세 사람)이 안젤라를 통해 말하는 것처럼. 그들이 말할 때면 안젤라는 고통스러워했다. 근육은 팽팽하게 긴장했고 코에서는 피가 흘렀고, 그러는 동안 모나는 안젤라 위로 몸을 숙이고 그 피를 닦아내며 두려움과 애정과 연민이 뒤섞인 기묘한 감정에 빠져 있었지만(아니면 그저 위즈 기운 때문일 수도 있었지만), 청백색으로 깜박이는 고속도로 조명 속에서 안젤라의 손 옆에 놓인 자기 손을 봤을 때, 그 두 손이 다른 것을, 똑같지 않은 것을, 같은 모양이 아닌 것을 알았을 때, 모나는 기뻤다.

최초의 목소리는 몰리가 안젤라를 헬리콥터에서 데려온 후 남쪽을 향해 달려갈 때 들려왔다. 그 목소리는 쉭쉭거리고 끅끅거리다가 뉴저지에 관해, 또 지도 위의 번호에 관해 같은 말을 몇 번이고 반복했다. 그로부터 약 두 시간 후, 몰리는 휴게소에 들어가 호버를 세우고 뉴저지에 도착했다고 말했다. 그런 다음 호버에서 내려 얼어붙은 공중전화 부스에서 오랫동안 통화를 했다. 다시 호버에 올라탄 몰리는 모나가 지켜보는 가운데 전화 카드를 얼어붙은 눈 위로 휙 내던졌다. 모나가 어디에 전화했냐고 묻자 몰리는 영국이라고 대답했다.

뒤이어 운전대를 잡은 몰리의 손이 모나의 눈에 띄었다. 검은 손톱에 누르스름한 거스러미가 일어난 것이 꼭 인공 손톱이 부러진 자국 같았다. *매니큐어 제거제를 쓰는 게 좋을 텐데.* 모나는 속으로 생각했다.

호버는 강 위 어디쯤에서 고속도로를 벗어났다. 숲과 들판과 2차로 아스팔트길이 나왔고, 이따금 무슨 탑처럼 높다란 곳에 외로이 켜진 빨간 등도 보였다. 바로 그때, 다른 목소리들이 찾아왔다. 그다음부터는 대화가 오고 갔다. 목소리가 들리고 몰리가 대답하고, 다시 목소리가 들려왔다. 듣고 있으려니 예전에 거래를 성사시키려고 애쓰던 에디가 떠올랐지만, 몰리는 에디보다 훨씬 더 수완이 좋았다. 다 이해할 수는 없었지만 모나는 몰리가 목표에 점점 가까워진다는 확신을 받았다. 하지만 그 목소리만큼은 견딜 수가 없었다. 목소리가 들려오면 안젤라에게서 가능한 한 멀리 떨어지고 싶었다. 가장 섬뜩한 목소리의 주인은 이름이 '샘 에디'인지 뭔지였다. 그들은 하나같이 몰리에게 안젤라를 데리고 어떤 곳으로 가서 그들이 말하는 결혼이라는 것을 시키라고 했다. 모나는 혹시 로빈 라니어도 여기에 관련이 있을지, 이 일이 그저 스타들이 결혼식을 치르느라 벌이는 소동일 뿐인지 궁금했다. 하지만 아무래도 그럴 리는 없어 보였고, 샘 에디의 목소리가 들려올 때마다 모나는 머리털이 쭈뼛 서는 느낌이 들었다. 그래도 몰리가 이 거래에서 무엇을 원하는지는 알 수 있었다. 자신의 기록을 깨끗이 지우는 것이었다. 언젠가 모나는 라넷과 함께 열 개, 아니면 열두 개나 되는 인격을 가진 여자가 나오는 비디오를 본 적이 있었다. 수줍은 어린애의 인격이 튀어나오는가 하면 뼛속까지 약에 찌든 매춘부의 인격이 튀어나오기도 하는 여자였다. 그러나 그런 인격들이 어떻게 경찰이 가진 범죄 기록을 지워 주는지에 관해서는 전혀 나오지 않았다.

이윽고 호버 전조등 불빛 속에 이 평탄한 땅이 나타났다. 눈이 흩날리는 땅, 하얗게 쌓인 눈을 바람이 찢고 지나가 녹슨 쇠의 빛깔을 띤 키 작은 언덕들이 드러난 땅이었다.

호버에는 택시를 탔을 때나 운전수가 태워 준 트럭에 올라탔을 때 보곤 하던 지도 스크린이 있었다. 그러나 몰리는 목소리들이 가르쳐 준 번호를 찾을 때만 빼면 스크린을 한 번도 켜지 않았다. 잠시 후, 모나는 안젤라가 몰리에게 길을 가르쳐 주었다는 것을 깨달았다. 아니면 그 목소리들이 가르쳐 주었거나. 모나는 오랫동안 아침이 오기를 빌었지만 여전히 밤이었다. 그리고 몰리는 전조등을 끈 채로 어둠 속에서 속도를 더욱 높였고……

"불 켜!" 안젤라가 악을 썼다.

"진정해."

몰리의 말을 들으며 모나는 캄캄한 제럴드의 클리닉에서 그녀가 어떻게 움직였는지를 떠올렸다. 그러나 호버는 이내 속도를 살짝 줄이더니 커다란 호를 그리듯이 방향을 틀었고, 거친 지면 위에서 부르르 떨었다. 계기판의 불마저 모조리 꺼졌다.

"이제 숨소리도 내지 마, 알았지?"

호버가 어둠 속에서 다시 속도를 높였다.

높은 하늘에서 하얀 불빛이 흔들렸다. 모나가 창문을 통해 내다보니 환한 점이 빙글빙글 돌면서 낙하했다. 그 위에 뭔가 있었다. 둥글넓적하고 회색인……

"엎드려! 그 여자도 같이!"

모나가 안젤라의 안전띠 버클을 냉큼 푸는 사이에 뭐가 호버의 짐칸 옆구리를 강타했다. 모나가 안젤라를 바닥에 눕히고 모피로 감싸주는 동안 몰리는 호버를 옆으로 획 틀었고, 그러다가 뭔가 들이받았지만 모나는 그게 뭔지 보지 못했다. 모나가 다시 고개를 들었다. 찰나의 순간, 커다랗고 허름하고 시커먼 건물이, 그리고 열려 있는 널따란 문 위의 불이 켜진 알전구 한 개가 보였다. 뒤이어 그 둘은 시야 너머로 사라졌고, 호버의 터빈이 굉음과 함께 전속으로 후진했다.

충돌이 일어났다.

난 정말 모르겠어. 목소리가 말했고, 모나는 생각했다. *음, 난 그게 어떤 기분인지 알아.*

뒤이어 목소리는 웃기 시작했고, 웃음소리는 멈추지 않았다. 이윽고 웃음소리는 꺼졌다가 켜지고 다시 꺼졌다가 켜지는 소리로 바뀌어 더는 목소리가 아니게 되었고, 모나는 눈을 떴다.

웬 여자가 조그만 손전등을 들고 있었다. 라넷이 묵직한 열쇠 뭉치에 달고 다니던 것과 비슷한 손전등이었다. 여자의 얼굴은 손전등 뒤쪽의 희미한 반사광에 비쳐 보였고, 손전등 앞에서 뻗어 나온 동그란 불빛은 안젤라의 축 늘어진 얼굴을 비추고 있었다. 여자가 모나 쪽을 보자 아까 그 소리가 멈췄다.

"당신들 도대체 누구야?"

불빛이 모나의 눈을 비췄다. 여자는 클리블랜드 억양을 썼고, 탈색한 금발 아래의 얼굴은 조그맣고 앙칼져 보였다.

"난 모나. 그러는 당신은?"

그때 여자가 들고 있는 망치가 모나의 눈에 띄었다.

"난 체리라고 하는데……."

"그 망치는 왜?"

체리는 그제야 손에 든 망치를 내려다보았다.

"누가 나랑 슬릭을 노리고 있어서." 체리의 눈길이 다시 모나에게로 향했다. "당신도 한패야?"

"아닌 것 같은데."

"당신, 그 여자랑 닮았네." 불빛이 안젤라에게로 휙 돌아갔다.

"손은 안 닮았어. 어차피 전에는 다 달랐어."

"둘 다 안젤라 미첼처럼 생겼는데."

"맞아. 이 여자가 안젤라야."

체리는 놀라서 움찔했다. 그녀가 걸치고 있는 가죽 재킷 서너 장은 제각각 다른 남자친구들한테서 하나씩 뺏어온 것이었다. 그것이 클리블랜드 스타일이었다.

"이 높은 성으로……." 안젤라의 입에서 목소리가, 진흙처럼 탁한 목소리가 흘러나왔다. 놀란 체리는 호버 운전석 천장에 머리를 찧고 망치를 떨어뜨렸다. "나를 태울 말이 오고 있다." 체리가 든 조그만 손전등의 흔들리는 불빛 속에서, 두 사람은 안젤라의 얼굴 피부 아래 꾸물꾸물 움직이는 근육을 지켜보았다. "왜 여기서 미적거리고 있는가, 어린 자매들이여. 그녀의 결혼식 준비가 끝났거늘."

안젤라의 얼굴은 힘을 풀고 원래대로 돌아갔고, 왼쪽 콧구멍에서 선홍색 핏줄기가 가느다랗게 흘러내렸다. 눈을 뜬 안젤라는 손전등 불빛을 보고 움찔했다.

"그 사람은 어딨어요?" 안젤라가 모나에게 물었다.

"갔어요. 나한테는 당신이랑 여기 있으라고……."

"누구 말이야?" 체리가 물었다.

"몰리. 그 사람이 이 호버를 운전했는데……."

체리는 슬릭이라는 사람을 찾는 중이라고 했다. 모나는 몰리가 돌아와서 할 일을 가르쳐 줬으면 했지만, 체리는 이대로 1층에 있으면 안 된다며 들볶았다. 바깥에 총을 든 사람들이 있다면서. 모나는 앞서 들었던 소리가, 뭐가 호버를 때렸던 기억이 떠올랐고, 체리의 손전등을 빌려 소리가 났던 곳으로 향했다. 짐칸 오른편 위쪽으로 절반쯤 되는 곳에 손가락이 들어가는 구멍이 한 개, 반대편에는 손가락 두 개가 들어가는 더 큰 구멍 한 개가 뚫려 있었다.

체리는 바깥의 패거리가 안으로 들이닥치기 전에 슬릭이 있을 위층으로 올라가는 게 좋겠다고 했다. 모나는 확신이 서지 않았다.

"가자, 슬릭은 저 위에 있을 거야. 젠트리랑 카운트랑 같이……."

"방금 뭐라고 했죠?"

안젤라 미첼의 목소리였다. 스팀에서 들었던 것과 똑같은.

이곳이 어딘지는 알 수 없었지만 호버에서 내려보니 더럽게 추웠다. 모나는 맨다리였다. 그래도 마침내 동이 틀 참이었다. 희끄무레한 네모꼴은 아마도 창문일 터였지만, 보이는 것은 회색빛뿐이었다. 체리라는 여자는 두 사람을 이끌고 어디론가 향했다. 위층으로, 열쇠고리 손전등의 조그만 빛을 따라서. 안젤라는 체리 뒤를 바짝 따랐고 모나는 맨 뒤를 맡았다.

모나의 신발 앞코에 뭐가 걸려서 부스럭거렸다. 발을 빼내려고 몸을 숙인 모나의 손끝에 비닐봉지 같은 것이 잡혔다. 안에는 조그맣고 단단한 것들이 들어 있었다. 모나는 숨을 깊이 들이쉬고 똑바로 선 다음, 그 봉지를 마이클의 재킷 주머니에 푹 찔러 넣었다.

뒤이어 그들은 거의 사다리처럼 좁고 가파른 층계를 올라갔다. 거칠고 차가운 난간을 쥔 모나의 손을 안젤라의 모피가 쓸고 지나갔다. 뒤이어 위층 바닥, 다음은 모퉁이, 다시 층계, 다시 위층 바닥이 나왔다. 어디선가 외풍이 불어왔다.

"여긴 다리 같은 곳인데, 그냥 빨리 건너면 돼. 좀 흔들리거든……."

그리고 이런 광경이 나올 줄은 꿈에도 몰랐다. 천장이 높은 하얀 방도, 너덜너덜하고 색이 바랜 책들이 가득 꽂힌 기울어 가는 책꽂이도(모나는 클리블랜드의 노인이 떠올랐다.), 어지럽게 널린 콘솔과 사방에 구불구불한 케이블도. 검은 옷을 입은 깡마른 남자도, 클리블랜드에서는 '버들붕어'라고 부르는 식으로 머리를 뒤로 빗어 묶어 올린 그 남자의 이글거리는 눈도. 남자가 방에 들어선 모나 일행을 보고 터뜨린 웃음도. 그리고 방 한쪽의 죽은 남자도.

모나는 전에도 죽은 사람을 본 적이 있었기에 사람이 죽었는지 살았는지 정도는 알아볼 수 있었다. 피부색을 보면 알 수 있었다. 플로리다에서는 가끔 불법 점거 구역 바깥의 보도에 깔린 판지 위에 사람이 누워 있곤 했다. 그렇게 누워서 일어나지 않았다. 옷 색깔도 피부색도 보도와 비슷했지만, 발로 차보면 그 아래 다른 색이 보였다. 하얀 트럭이 와서 그들을 싣고 갔다. 에디는 그냥 놔두면 부풀어 오르기 때문에 실어가는 거라고 했다. 모나가 언젠가 본 고양이처럼. 농구공만큼 부풀어 오른 고양이 시체는 땅에 등을 대고 누운 채 다리와 꼬리를 널빤지처럼 뻣뻣하게 뻗고 있었다. 에디는 그것을 보고 낄낄 웃었다.

그리고 이제 눈앞의 위즈 중독자 예술가는(모나는 그의 눈을 보고 알아차렸다.) 껄껄 웃고 있었고, 체리는 신음 비슷한 소리를 내고 있었고, 안젤라는 그저 우두커니 서 있었다.

"좋아, 모두들."

누군가 말했다. 몰리였다. 그쪽을 돌아보니 열린 문 앞에 몰리가 조그만 총을 들고 서 있었고, 곁에는 지저분한 머리에 덩치가 큰 남자가 얼이 빠진 모습으로 멍하니 서 있었다.

"누가 누군지 알아볼 수 있게 가만히 있어." 몰리가 말했지만 앞서 본 깡마른 남자는 웃기만 했다. "조용히 해."

몰리는 어딘가 딴 데 정신이 팔린 사람처럼 말했다. 그러고는 눈도 돌리지 않고 총을 발사했다. 깡마른 남자의 머리 옆 벽에 파란 화염이 치솟았지만 모나는 귀가 윙윙 울릴 뿐, 아무 소리도 듣지 못했다.

깡마른 남자는 바닥에 납작 웅크려 무릎 사이에 머리를 끼웠다.

안젤라는 죽은 남자가 눈을 하얗게 까뒤집고 누워 있는 들것 쪽으로 걸어갔다. 천천히, 천천히, 물속에서 움직이는 사람처럼. 그 얼굴에 떠오른 표정이란……

모나의 손은 저절로 재킷 주머니로 들어가 뭔가 찾으려고 움직였다. 아래층에서 주운 비닐봉지를 움켜쥔 손은…… 주인에게 말했다. 안에 위즈가 들어 있다고.

봉지를 꺼내 보니 정말로 있었다. 말라가는 피로 끈끈해진 봉지 안에. 결정 세 개, 피부 패치 몇 개.

봉지를 왜 꺼냈는지는 알 수 없었다. 지금 이 판국에. 다만 움직이는 사람이 아무도 없다는 것만 알 뿐.

버들붕어 머리를 한 남자는 일어나 자리에 앉았지만, 움직이지는 않았다. 들것 옆에 서 있는 안젤라는 죽은 남자가 아니라 남자의 머리 위쪽에 무슨 틀 같은 것으로 고정된 회색 상자를 보고 있는 듯했다. 클리블랜드 출신인 체리는 책이 가득한 책꽂이에 등을 기댄 채 주먹으로 입을 틀어막고 있었다. 덩치 큰 남자는 몰리 곁에 우두커니 서 있었고, 몰리는 무슨 소리에 귀를 기울이는 듯 고개를 한쪽으로 홱 틀고 있었다.

모나는 더 견딜 수가 없었다.

테이블의 상판은 쇠였다. 낡고 커다란 금속 덩어리도 놓여 있었다. 먼지 쌓인 서류 더미가 날려가지 않도록 눌러 둔 것이었다. 노란 결정 세 개를 줄줄이 달린 단추처럼 딸깍딸깍 늘어놓고서, 금속 덩어리를 손에 쥐고 하나, 둘, 셋, 결정을 빻아 가루로 만들었다. 이제 준비는 끝났다. 모두의 눈길이 모나에게로 향했다. 안젤라는 예외였다.

"미안해요." 거친 노란색 가루를 왼쪽 손바닥에 쓸어 담는 동안, 모나는 저도 모르게 중얼거렸다. "제가 이럴 때가 있어요……." 모나는 가루 더미에 코를 묻고 들이마셨다. "가끔요."

그렇게 덧붙이고 나서 나머지도 모조리 들이마셨다.

아무도 아무 말도 하지 않았다.

그리고 모나는 다시 고요한 중심에 있었다. 예전 그때와 똑같이.

너무 빨리 움직여서 가만히 멈춰 있는 것 같았다.

휴거입니다. 들림 받을 날이 다가오고 있습니다.

너무나 빨라서, 너무나 가만히 멈춰 있어서, 모나는 뒤이어 일어난 일들에 순서를 매길 수 있었다. 요란한 웃음소리, *하하하*, 진짜 웃음이 아닌 듯한. 확성기에서 나온 소리. 문 너머에서. 좁은 철제 통로에서 들려온다. 그러자 몰리가 돌아선다. 실크처럼 부드럽게, 빠르지만 조금도 서두르지 않고서. 이어서 조그만 총이 라이터처럼 찰칵거린다.

뒤이어 바깥에서 파란 화염이 일어나고, 덩치 큰 남자는 밖에서 튄 피에 점점이 물들고, 낡은 쇳덩이가 덜컹거리며 느슨해지고, 체리의 비명에 이어 철제 통로가 요란한 굉음과 함께 부딪힌다. 모나가 피 묻은 봉지에 든 위즈를 발견했던 어두운 1층 바닥에.

"젠트리." 누가 말을 하고, 모나가 돌아보니 테이블 위의 조그만 비디오 화면에 젊은 남자의 얼굴이 떠 있다. "슬릭의 조종기를 접속해. 놈들이 건물 안으로 들어왔어."

버들붕어 머리를 한 남자가 후다닥 일어나 전선과 콘솔을 만지작거리기 시작한다.

그리고 모나는 그저 지켜볼 뿐이었다. 너무나 가만히 멈춰 있었기 때문이었고, 하나같이 재미있었기 때문이었다.

고함을 지르며 달려와 그건 내 거라고, 다 내 거라고 악을 쓰는 덩치 큰 남자. 비디오 스크린의 얼굴이 하는 말.

"좀 봐줘, 슬릭, 이젠 어디 쓸 데도 없잖아……."

뒤이어 엔진에 시동이 걸린다. 저 아래층 어디에서. 그리고 모나의 귀에 철컹거리고 덜컹거리는 소리가 들려오고, 누군가 고함을 지른다. 아래층 어디에서.

그리고 이제, 폭이 좁고 높다란 창문에 해가 비치고, 모나는 창가로 가서 밖을 내다본다. 바깥에 무언가, 트럭 아니면 호버 같은 것이 보이지만, 냉장고 같은 것이, 새 냉장고 같은 것들이 그 위를 한가득 뒤덮고 있고, 부서진 플라스틱 포장 상자도 널려 있고, 위장복을 입은 사람도 한 명, 눈 속에 얼굴을 파묻고 쓰러져 있고, 그 너머에는 불에 홀라당 탄 것처럼 보이는 호버가 또 한 대 서 있다.

재미있는 광경이다.

40
분홍색 새틴

안젤라 미첼은 시점을 표현하며 변화하는 데이터 평면을 통해 이 방과 그 안에 있는 사람들을 파악하지만, 그것이 누구의 또는 무엇의 시점인지는 대부분 미심쩍다. 그 시점들은 상당한 부분이 겹치거나 서로 모순된다.

머리를 닭 볏처럼 묶고 비드가 붙은 검은 가죽옷을 입은 남자는 토머스 트레일 젠트리(출생 기록 및 개인 식별 번호 숫자가 폭포처럼 흘러 지나가고), 고정된 주소지는 없다(다른 측면에는 그가 이 방 주인이라는 정보가 떠오른다.). 회색으로 흘러가는 공문서 정보의 궤적에 원자력 위원회의 분홍색 전력 횡령 의심 표시가 군데군데 대리석처럼 희미하게 섞여 있는 것을 보고 나서, 안젤라는 그를 다른 관점에서 보게 된다. 그는 바비가 말한 카우보이와 비슷하다. 나이는 젊지만 젠틀맨 루저의 노인들 같은 사람이다. 그는 독학자, 괴짜, 망상증 환자이며, 스스로를 학자로 여긴다. 그는 미치광이, 밀거래업자, 갖가지 이단에 빠진 죄인이다(마망 브리지트의 시점에서, 또 레그바의 시점에서). 레이디 3제인은 자신의 괴팍한 체계 속에서 그를 랭보라는 파일에 넣어두었다(랭보 파일에 들어 있는 또 하나의 얼굴이 안젤라의 눈앞에 불쑥 떠오른다. 그의 이름은 리비에라, 꿈속에 나오는 사소한 인물이다.). 몰리는 교묘하게 젠트리를 제압했다. 그의 두개골에서 18센티미터 떨어진 곳에 폭발성 플레셰트탄을 터뜨리는 방식으로.

몰리는 모나라는 여자애와 마찬가지로 개인 식별 번호가 없고 출생 기록도 없지만, 그녀의 이름(이름들) 주위에는 추측과 소문과 모순되는 데이터들이 은하수처럼 모여 있다. 거리의 여자, 매춘부, 경호원, 암살자. 몰리는 영웅과 악당의 그림자를 달고 여러 평면에 섞여 있다. 안젤라는 그 이름들을 봐도 아무 감흥이 없지만 그들의 잔상은 전 세계의 문화에 오래전부터 촘촘하게 섞여 있었다(그리고 이 또한 3제인이 소유했으나 이제는 안젤라의 것이었다.).

몰리는 방금 막 한 남자를 죽였다. 폭발성 플레셰트탄을 남자의 목에 명중시켜서. 남자가 녹슨 철제 난간에 부딪히면서 공중 통로의 커다란 일부가 아래의 바닥으로 떨어졌다. 이 방에는 다른 입구가 없다는 점을 감안하면 전략적으로 중요한 사실이었다. 통로를 부수는 것은 몰리의 의도가 아니었을 것이다. 몰리는 바깥의 남자, 돈으로 고용된 그 용병이 무기를, 무광검정색 도료로 코팅된 짤따란 합금 산탄총을 쓰지 못하게 막으려 했다. 어쨌거나 젠트리의 로프트는 이제 깨끗이 고립된 상태이다.

안젤라는 몰리가 3제인에게 얼마나 중요한지를, 3제인이 품은 욕망과 분노의 원천이 그녀인 것을 이해한다. 그것을 알고 나니 사악한 인간성의 진부함이 속속들이 보인다.

안젤라는 겨울의 회색 런던을 쉬지 않고 돌아다니는 몰리를, 그 곁의 조그만 소녀를 본다. 그리고 어떻게 아는지는 모르지만 그 소녀가 지금 마게이트 로드 23번지 SW2에 있는 것을 안다(*콘티뉴이티의 시점일까?*). 소녀의 아버지는 스웨인이라는 남자의 예전 주인이었지만, 스웨인은 얼마 전 3제인이 명령을 따르는 자들에게 제공하는 정보를 노리고 그녀의 하인이 되었다. 이는 물론 로빈 라니어도 마찬가지였지만, 로빈은 돈이 아니라 다른 보상을 기다리고 있다.

모나라는 여자아이에게 안젤라는 각별한 따뜻함을, 연민을, 어느 정도는 부러움을 느낀다. 안젤라와 최대한 비슷하게 성형을 하기는 했어도 모나의 삶은 만물의 구조에 사실상 어떤 흔적도 남기지 않았고, 레그바의 시스템 속에서 그 삶은 순수와 가장 가까운 것으로 나타난다.

체리 리 체스터필드는 우울하고 너덜너덜한 낙서로 둘러싸여 있다. 그녀의 정보 개요는 어린애 그림 같다. 부랑 생활에 관한 언급과 자잘한 빚, 정지된 6급 구급 의료 기술자 자격이 출생 기록과 개인 식별 번호를 둘러싸고 있다.

이름이 슬릭 또는 슬릭 헨리인 남자 역시 개인 식별 번호가 없지만, 3제인과 콘티뉴이티와 바비 모두 그에게 아낌없는 관심을 보였다. 3제인에게 그는 사소한 연상의 구심점 노릇을 한다. 3제인은 그가 의식처럼 계속하는 구축 작업, 즉 화학적 형벌로 얻은 정신적 외상을 정화하려는 그 반응을, 자신이 테시어애시풀의 황량한 꿈을 떨쳐 버리려다 좌절했던 것과 동일시한다. 3제인의 기억으로 이루어진 통로에서 안젤라가 종종 마주치는 방에는 거미 같은 팔이 달린 기계가 스트레이라이트 저택의 역사를 짧게 뭉쳐 만든 쓰레기들을 뒤섞고 있다. 널따란 콜라주를 만드는 작업이다. 그리고 바비는 다른 기억들을, 3제인이 보유한 바벨의 도서관에 접속하여 이 슬릭이라는 예술가로부터 빼낸 기억들을 제공한다. 도그 솔리튜드라는 벌판에서 그가 해 온 느리고 슬프고 유치한 노동을, 그렇게 해서 새롭게 일으켜 세운 고통과 기억의 형태를.

팩토리 1층의 차가운 어둠 속, 슬릭의 움직이는 조각상 가운데 하나가 바비의 서브프로그램에 조종당하여 또 다른 용병의 왼팔을 잘라낸다. 2년 전 중국제 수확기에서 떼어 온 장치의 기능을 이용해서. 이름과 개인 식별 번호가 끓어오르는 은색 거품처럼 앤지의 시야 너머로 사라진 그 용병은, 리틀 버드의 부츠 한 짝에 뺨을 댄 채 숨을 거둔다.

이 방 안에 있는 사람들 가운데 오로지 바비만이 데이터로 존재하지 않는다. 그리고 바비는 안젤라의 눈앞에서 합금과 나일론으로 묶인 채 턱에 토사물이 말라붙어 있는 빈사 상태의 몸뚱이가 아니고, 젠트리의 작업대 위 모니터 속에서 안젤라를 응시하는 낯익은 얼굴도 아니다. 들것 위에 볼트로 고정된 저 단단하고 네모난 기억 덩어리가 바비일까?

이제 안젤라는 모래언덕처럼 움직이는 흙투성이 분홍색 새틴 위를 걸어간다. 무늬가 새겨진 강철 하늘 아래, 마침내 방과 그 안의 데이터로부터 해방되어.

* * *

마망 브리지트가 안젤라 곁에서 걸어가고, 이제는 압박감도, 밤 같은 공허함도, 벌집처럼 윙윙대는 소리도 없다. 촛불도 없다. 콘티뉴이티도 구불구불 휘날리는 은색 반짝이 장식의 모습으로 이곳에 있다. 안젤라는 그 모습을 보며 왠지 말리부 해변의 힐튼 스위프트를 떠올린다.

"기분이 좀 나아졌니?" 브리지트가 묻는다.

"훨씬 좋아졌어요. 고맙습니다."

"그럴 줄 알았다."

"콘티뉴이티는 왜 여기에 있는 거죠?"

"왜냐면 그는 마스 바이오칩으로 만든 너의 사촌이기 때문이지. 그가 젊기 때문이기도 하고. 우린 네 결혼식장까지 같이 걸어갈 거다."

"그런데 당신은 누구죠, 브리지트? 진짜 정체가 뭐예요?"

"나는 네 아버지가 쓰도록 명령받은 메시지란다. 네 아버지가 네 머릿속에 그린 *베베*야." 브리지트가 안젤라 쪽으로 몸을 기울였다. "콘티뉴이티에게 친절하게 대해 주렴. 그는 자기가 서툴게 구는 바람에 너를 노하게 했을까 봐 두려워한단다."

기다란 은색 반짝이 장식이, 그들을 앞서 새틴 모래언덕을 달려가며, 신부 입장을 선언한다.

마스네오텍 유닛을 손에 쥐어 보니 아직 따뜻했다. 그 아래의 하얀 플라스틱 패드는 열 때문인지 색이 변해 있었다. 머리카락이 타는 듯한 냄새가 났고……

구미코가 지켜보는 동안 틱의 얼굴에 생긴 멍은 거뭇거뭇하게 변했다. 그는 구미코에게 침대 옆 서랍장에 가서 알약과 피부 패치 디스크가 들어 있는 낡은 양철 담배 상자를 가져오라고 했다. 그러고는 셔츠의 목깃을 끄르고 도자기처럼 하얀 피부에 부착형 디스크 세 개를 붙였다.

구미코는 틱이 광섬유 케이블로 팔걸이를 만들도록 도와주었다.

"콜린은 그 여자가 설정을 저장하는 걸 잊어버렸다고 했는데……."

"*나는* 안 잊어버렸거든." 틱은 이 사이로 숨을 들이쉬며 팔걸이를 팔 아래쪽으로 넣었다. "*진짜로* 빠지는 줄 알았어, 그때는. 고생 좀 하겠는 데……."

틱이 표정을 찡그렸다.

"죄송해요…….”

"괜찮아. 샐리한테 들었단다. 그, 네 어머니에 관해서."

"예…….” 구미코는 시선을 피하지 않았다. "어머니는 자살하셨어요. 도쿄에서요…….”

"어떤 분이셨든, 아까 그건 네 어머니가 아니었어."

"제 유닛은…….”

구미코는 작은 테이블 쪽을 힐끗 돌아보았다.

"그 여자가 태워 버렸단다. 하지만 그 친구는 괜찮아. 아직 저 안에 있으니까. 마음대로 들락날락할 수 있어. 그래, 우리 샐리는 지금 뭘 한다던?"

"안젤라 미첼이랑 같이 있대요. 모든 일의 원인이 된 물건을 찾으러 간다던데요. 우리가 같이 갔던 곳이래요. 뉴저지라는 곳."

전화벨이 울렸다.

틱의 전화기 뒤편 널따란 스크린에 구미코의 아버지가 머리에서 어깨까지 나오는 모습으로 등장했다. 그는 검은 슈트에 롤렉스 시계를 차고 있었고, 형제 조직의 상징인 작은 배지 여러 개를 은하수처럼 재킷 라펠에 달고 있었다. 구미코는 아버지가 몹시 지쳐 보인다고 생각했다. 지치고 몹시도 진중해 보였다. 서재의 매끈하고 검고 널따란 책상 뒤에 앉은, 진중한 표정의 남자였다. 그런 아버지를 보며 구미코는 샐리가 카메라가 있는 부스에서 전화를 했으면 좋았을 텐데 하고 아쉬워했다. 다시 샐리를 보고 싶은 마음이 간절했지만, 이제는 아마도 불가능할 듯싶었다.

"잘 있는 것 같구나, 구미코."

아버지가 말했다. 구미코는 꼿꼿이 몸을 세우고 앉아 벽 스크린 바로 아래에 달린 작은 카메라를 마주 보았다. 반사적으로 어머니의 경멸하는 표정이 새겨진 가면을 불러냈지만, 가면은 나타나지 않았다. 당황한 구미코는 무릎 위에 포갠 손으로 시선을 내리깔았다. 불현듯 틱 생각이 났다. 당황하고 겁먹은 채 바로 옆의 의자에 꼼짝도 못하고 앉아서, 카메라에 온몸이 다 비칠 틱이.

"스웨인의 집에서 빠져나온 건 잘한 일이다."

구미코는 다시 아버지의 눈을 마주 보았다.

"그 사람은 아버지의 꼬붕이잖아요."

"이제는 아니야. 우리가 여기서 다른 일에, 이쪽 문제에 정신이 팔린 사이에 스웨인은 수상쩍은 무리와 새로 손을 잡았단다. 우리가 용납할 수 없는 노선을 추구하면서."

"그쪽 문제는 뭐였나요, 아버지?"

방금 살짝 스친 표정은 웃음이었을까?

"이제 다 끝났다. 질서와 합의가 다시 확고해졌어."

"어, 실례합니다, 미스터 야나카?"

틱이 말을 꺼냈다. 하지만 곧바로 말문이 막힌 눈치였다.

"예. 그런데 선생은 성함이……?"

틱의 멍든 얼굴이 일그러지는가 싶더니, 커다랗고 몹시도 우울한 윙크로 바뀌었다.

"아버지, 이분은 틱 씨예요. 틱 씨가 저를 숨겨 주고 지켜 주셨어요. 오늘 저녁엔 제 목숨도 구해 주셨어요, 콜…… 마스네오텍 유닛이랑 같이요."

"정말이냐? 그런 보고는 못 받았는데. 난 네가 그 사람 아파트에서 안 나간 줄 알았다."

무언가 싸늘한 느낌이……

"그걸 어떻게?" 구미코는 몸을 앞으로 기울이며 물었다. "아버지가 그걸 어떻게 아세요?"

378

"마스네오텍 유닛은 네가 가는 곳을 알면 곧바로 전송하게 돼 있단다. 일단 유닛이 스웨인의 시스템 바깥으로 나가면 말이다. 그래서 그 지역에 감시자들을 파견했지." 구미코의 머릿속에 그 국수 장수가 떠올랐고…… "물론 스웨인한테는 알리지 않고서. 하지만 유닛은 그 후로 메시지를 전송하지 않았는데."

"망가졌거든요. 사고로요."

"그런데도 그게 네 목숨을 구했다는 거냐?"

"미스터 야나카." 틱이 끼어들었다. "실례합니다만, 그, 저는 *가려지는 건*가요?"

"가려지다니?"

"보호 말입니다. 스웨인한테서요. 그러니까, 스웨인이랑 그 녀석이 매수한 특수부 친구들, 그리고 그밖에도……"

"스웨인은 죽었소."

침묵이 흘렀다.

"하지만 누군가 운영할 것 아닙니까, 분명히. 그러니까, 조직을요. 선생님의 사업 말입니다."

미스터 야나카는 순수한 호기심이 어린 눈빛으로 틱을 응시했다.

"물론이오. 그러지 않고서야 어떻게 질서와 합의를 유지하겠소?"

"이분께 약속하세요, 아버지. 신변에 어떤 위험도 없을 거라고요."

야나카는 구미코에게서 틱의 찌푸린 얼굴로 눈길을 돌렸다.

"선생께는 심히 감사드리는 바입니다, 내 딸을 지켜 주셨으니까요. 나는 선생께 빚이 있습니다."

"*기리예요.*" 구미코가 말했다.

"세상에." 틱은 경외심에 압도당한 눈치였다. "거 아주 멋진데."

"아버지. 어머니가 돌아가시던 날 밤에요, 아버지가 비서들한테 어머니 혼자 나가도록 놔두라고 명령하셨나요?"

아버지의 표정은 몹시도 평온했다. 구미코가 지켜보는 가운데, 그 표정은 지금껏 본 적 없는 슬픔으로 물들었다.

"아니." 아버지가 한참 만에 입을 열었다. "안 했단다."

틱이 기침을 했다.

"고맙습니다, 아버지. 저 이제 도쿄로 돌아가도 되나요?"

"물론이지, 네가 그러고 싶다면. 하지만 네가 런던을 구경할 기회가 거의 없었다는 건 나도 안단다. 내 동료가 이제 곧 틱 씨의 아파트에 도착할 거야. 거기 계속 머물면서 도시를 둘러보고 싶다면, 그 친구가 준비해 줄 거다."

"고맙습니다, 아버지."

"잘 있으렴, 구미."

그리고 그는 사라졌다.

"자, 그럼." 틱은 인상을 사정없이 찌푸리며 멀쩡한 팔을 뻗었다. "일어서게 좀 도와줄래……?"

"병원에 가 보셔야 해요."

"그럼 안 갈 줄 알았니?" 간신히 일어선 틱이 화장실 쪽으로 절뚝거리며 걸어가는 사이, 캄캄한 위층 복도로 통하는 문이 열리고 페탈이 나타났다. "혹시 내 망할 자물쇠 망가뜨린 거면 변상하는 게 좋을 거야."

"미안." 페탈이 눈을 껌벅거렸다. "미스 야나카를 모시러 왔는데."

"안 됐군, 친구. 방금 얘 아버지랑 통화했어. 스웨인이 제거됐대. 이쪽으로 새 보스를 보낼 거라던데."

틱이 빙긋이 웃었다. 교활하게, 의기양양하게.

"보면 모르겠나?" 페탈의 말투는 부드러웠다. "그게 나야."

42
팩토리 1층

체리는 아직도 비명을 지르고 있다.

"누가 쟤 입 좀 막아."

조그만 총을 들고 입구에 서 있는 몰리가 말했고, 모나는 자신이 할 수 있다고, 체리에게 자신의 고요함을, 모든 것이 흥미롭고 아무것도 너무 심하게 압박하지 않는 이 상태를 조금 나눠 줄 수 있다고 생각하지만, 방을 가로질러 다가가는 사이에 바닥에 떨어진 구겨진 비닐봉지를 발견하고 그 안에 있는 피부 패치를, 어쩌면 체리가 진정하도록 도와줄지도 모르는 그것을 떠올린다.

"여기."

체리 곁에 도착한 모나는 패치의 뒷면을 벗기고 체리의 목 옆에 붙인다. 비명 소리가 미끄러지듯 작아져 그르렁거리는 소리로 바뀌는 사이에 체리는 낡은 책들의 책등에 등을 기댄 채 스르륵 주저앉지만, 모나는 그녀가 괜찮을 거라 확신한다. 그리고 어차피 아래층에는 총이, 총알이 날아다니고 있다. 몰리 너머 저편에서는 하얀 예광탄이 강철 대들보 주변을 요란하게 때리고 있고, 몰리는 젠트리에게 망할 놈의 전등 좀 켤 수 없냐고 악을 쓰고 있다.

분명 아래층의 전등을 말하는 듯했다. 왜냐면 이 위층의 전등은 꽤 밝기 때문이었다. 너무 밝아서 어지럽게 날아가는 조그만 구슬도, 그 구슬이 남긴 색색의 흔적도, 자세히 보면 여기저기 흐르듯이 보일 정도로. 예광탄. 환히 빛나는 그 총알을 그렇게 불렀다. 에디가 플로리다에서 가르쳐 주었다. 사설 경비원들이 캄캄한 밤에 그 총알을 쏘는 해변을 바라보며.

"그래, 불을 켜." 조그만 스크린 속의 얼굴이 말했다. "마녀가 보질 못하잖아……."

모나는 그 얼굴을 보며 빙긋이 웃었다. 다른 사람은 아무도 못 들은 눈치였다. 마녀라고?

그 말에 젠트리와 덩치 큰 슬릭은 벽을 따라 돌면서 은색 테이프로 고정된 굵다란 노란색 전선을 모조리 뜯어내어 금속 상자에 꽂았다. 클리블랜드 출신 체리는 눈을 감고 바닥에 주저앉아 있었고, 몰리는 두 손으로 총을 쥔 채 문 옆에 웅크리고 있었으며, 안젤라는……

가만히 있으렴.

누군가 그렇게 말하는 소리가 들렸지만, 방 안의 누구도 입을 열지 않았다. 모나는 아마도 라넷이 한 말일 거라고, 그냥 라넷이 한 말이라고 생각했다. 시간을 넘어, 고요함을 넘어서.

왜냐면 안젤라는 죽은 남자가 누워 있는 들것 옆의 바닥에 꼼짝도 않고 앉아 있었기 때문이었다. 다리는 동상처럼 접은 채로, 팔은 남자를 끌어안은 채로.

젠트리와 슬릭이 전력을 연결하자 위층의 전등이 어두워졌고, 모나의 귀는 모니터 속의 얼굴이 숨을 삼키는 소리를 들은 듯했지만, 몸은 이미 안젤라 쪽으로 움직이고 있었고, 눈은 (갑자기, 생생하게, 아플 정도로 너무나 또렷하게) 보고 있었다. 안젤라의 왼쪽 귀에서 흘러나온 가느다란 핏줄기를.

그럼에도 고요함은 여전히 지속됐지만, 모나는 이미 목구멍 깊은 곳에서 따끔거리는 뜨거운 점들을 느낄 수 있었고, 머릿속에는 라넷의 설명이 떠올랐다. '이걸 흡입하면 절대 안 돼. 네 몸속에 구멍이 뚫린단 말이야.'

그리고 몰리는 등을 꼿꼿이 펴고 팔을 쭉 뻗었는데…… 아까 그 회색 상자가 아니라 정면 바깥쪽 아래로, 자신의 총을, 그 작은 총을 겨누었고, 모나는 총이 발사되는 찰칵 찰칵 찰칵 소리를 들었으며, 저 멀리 아래에서 세 차례 폭발이 일어났고, 아래에서 치솟은 것은 분명 파란 화염이었을 테지만 이제 모나는 손으로 안젤라를 끌어안고 있었고, 손목은 피에 젖은 모피에 쓸렸다. 안젤라의 멍한 눈을 들여다보니 빛이 이미 꺼져 가는 중이었다. 멀리, 가장 먼 곳으로 떠나가는 중이었다.

"저기요."

모나가 말했지만 들어줄 사람은 아무도 없었다. 침낭 속의 시체 위로 쓰러져 있는 안젤라밖에는.

"저기요……."

고개를 들어 보니 마침 비디오 스크린 속의 마지막 이미지가 흐릿하게 사라지는 중이었다.

그 후로 한참 동안은 뭐가 어떻게 되든 상관없었다. 위즈 결정의 폭주 효과, 즉 고요하게 멈춰 있어서 아무래도 상관없는 상태하고는 달랐고, 약효가 빠지는 상태와도 달랐다. 그저 다 지나가 버린 느낌, 어쩌면 유령이 느낄 법한 그런 느낌이었다.

모나는 문간에 있는 슬릭과 몰리 곁에 서서 아래를 내려다보았다. 낡고 커다란 알전구의 침침한 불빛 속에서, 지저분한 콘크리트 바닥 위를 빨빨거리며 누비는 금속 거미 같은 기계를 지켜보았다. 그 기계는 커다랗게 흰 칼날을 내리치고 휘두르며 움직였지만 이제 주위에는 살아 있는 것이 아무것도 없었고, 그래서 그저 고장 난 장난감처럼 계속 움직였다. 그렇게 왔다 갔다 하는 기계 앞쪽으로, 모나가 안젤라와 체리와 함께 건너왔던 조그만 공중 통로의 구겨진 잔해가 보였다.

이미 바닥에서 일어나 있던 체리가 창백하고 멍한 얼굴로 목에 붙은 패치를 떼어냈다.

"이거는 아주우 가앙안 그은육 이안제자나……."

띄엄띄엄 말하는 체리를 보며 모나는 미안한 마음이 들었다. 도움이 될 줄 알고 한 일이었는데 멍청한 짓이었기 때문이었다. 하지만 위즈를 흡입하면 늘 그 모양이었다. 도대체 왜 조금도 나아질 줄을 모르는 걸까?

'약에 절었으니까 그렇지, 멍청아.' 라넷의 목소리가 들렸다. 모나가 떠올리고 싶지 않던 말이었다.

그렇게 그들은 다 함께 그곳에 서서, 기운이 다 빠지도록 혼자 움찔움찔 돌아다니는 금속 거미를 내려다보았다. 다만 젠트리는 혼자서 들것 위에 고정된 회색 상자의 볼트를 풀고 있었다. 검은 부츠 옆에 안젤라의 핏빛 모피가 떨어져 있었다.

"잘 들어 봐." 몰리가 말했다. "헬리콥터 소리야. 게다가 아주 커."

몰리는 맨 마지막에 밧줄을 잡고 내려갔다. 젠트리는 예외였다. 그는 안 간다고 했다. 상관없다고, 여기 남을 거라고.

굵은 밧줄은 탁한 회색이었고, 매달리기 쉽게 매듭이 줄줄이 묶여 있었다. 모나가 오래전에 타던 그네처럼. 슬릭과 몰리는 우선 아직 무너지지 않은 금속 계단의 발판에 회색 상자를 올려놓았다. 그런 다음 먼저 몰리가 밧줄을 타고 다람쥐처럼 내려갔다. 밧줄을 거의 잡지도 않은 듯 쏜살같이 내려간 몰리는 밧줄 끄트머리를 난간에 단단히 묶었다. 슬릭은 천천히 내려갔는데, 아직 너무 축 늘어져서 혼자 내려갈 수 없었던 체리를 등에 업었기 때문이었다. 모나는 미안한 마음이 가시지 않았고, 혹시 그들이 벌을 주려고 자신을 뒤에 남긴 게 아닌가 하는 생각도 들었다.

다만 그렇게 하도록 결정한 사람은 몰리였다. 몰리는 창가에 서서, 기다랗고 시커먼 헬리콥터에서 내려 눈밭 위로 흩어지는 사람들을 보며 그렇게 하라고 했다.

"봐, 놈들은 무슨 일이 일어났는지 이미 다 알아. 그냥 뒷정리를 하러 온 거야. 센스/네트에서. 난 이제 이곳엔 볼일이 없어."

체리는 자기들도 떠날 거라고 느릿느릿 말했다. 체리와 슬릭, 둘이 함께. 슬릭은 별수 없다는 듯이 어깨를 으쓱하고는 씩 웃으며 체리를 한 팔로 끌어안았다.

"그럼 저는요?"

몰리는 모나를 돌아보았다. 또는 돌아보는 것처럼 보였다. 선글라스 때문에 확신이 서지 않았다. 하얀 이가 아랫입술을 깨물었다. 아주 잠깐. 뒤이어 몰리가 입을 열었다.

"넌 여기 남아. 내 생각엔 그게 좋겠어. 뒷일은 저놈들이 알아서 할 거야. 넌 아무 짓도 안 했어, 애초에 일을 꾸미는 데 가담한 적도 없고. 아마 저놈들은 너한테 잘해 줄 거야. 적어도 잘해 주려고는 하겠지. 그래, 넌 여기 남아."

모나가 보기에는 말도 안 되는 소리였지만, 어차피 정신도 너무 멍하고

약 기운이 빠지느라 속이 너무 뒤틀려서 따지지도 못했다.

그러고는 모두 가버렸다. 밧줄을 타고 사라졌다. 그리고 그걸로 끝이었다. 떠난 사람은 다시는 볼 수 없는 법이었다. 모나가 돌아서서 방 안을 보니 젠트리가 책꽂이 앞에서 이리저리 걸어 다니고 있었다. 특별히 찾는 책이라도 있는 사람처럼, 손끝으로 책등을 죽 훑고 있었다. 들것 위에는 그가 덮어놓은 담요가 보였다.

그래서 모나도 떠났다. 젠트리가 원하는 책을 찾을지 어떨지는 알 수 없었지만 아무래도 상관없었고, 그래서 모나는 혼자 밧줄을 타고 내려갔다. 몰리와 슬릭이 했던 것처럼 쉬운 일은 아니었다. 지금 같은 기분으로는 더더욱 힘들었다. 금방이라도 기절할 것처럼 어지러운 데다 팔다리도 제대로 움직이지 않아서 사지를 움직이려면 정신을 집중해야 했고, 콧속과 목구멍까지 부어 있었다. 그래서 모나는 바닥까지 다 내려와서야 그곳에 있는 흑인 남자를 알아보았다.

남자는 가만히 서서 커다란 거미를, 이제 꼼짝도 안 하는 그 기계를 내려다보고 있었다. 그러다가 모나의 신발 뒷굽이 강철 계단에 닿아 삐걱거리는 소리가 나자 고개를 들었다. 모나를 보는 남자의 표정은 왠지 너무나 슬퍼 보였지만, 그 표정은 이내 사라지고 남자는 금속 계단을 천천히, 가뿐하게 올라왔고, 남자가 점점 가까워지는 동안 모나는 그가 정말로 흑인인지가 슬슬 궁금해졌다. 분명 흑인이었지만 피부색 때문만은 아니었다. 삭발한 두개골의 모양과 각진 얼굴 생김새에는 모나가 한 번도 본 적 없는, 어딘가 특이한 구석이 있었다. 그는 키가 매우 컸다. 검고 긴 코트를 입고 있었는데 가죽이 너무 얇아서 실크처럼 움직였다.

"안녕, 아가씨." 모나 앞에 선 남자가 말했다. 그는 모나의 턱을 쥐고 살짝 들었고, 모나는 금빛이 섞인 마노 같은 눈을 똑바로 마주 보았다. 세상

누구도 갖지 못했을 것만 같은 눈이었다. 턱에 닿은 기다란 손가락은 너무나 가벼웠다. "아가씨 몇 살이야?"

"열여섯 살요……."

"머리부터 다듬어야겠네."

남자의 말투에는 왠지 몹시도 진지한 구석이 있었다.

"안젤라는 저 위에 있어요." 간신히 말문이 트였을 때, 모나는 위쪽을 가리키며 말했다. "그 사람 지금……"

"쉿."

낡고 커다란 건물 저 멀리서 철컹대는 소리가 들리더니, 뒤이어 엔진에 시동을 거는 소리가 났다. 호버 같았다. 몰리와 함께 타고 왔던.

흑인 남자가 눈을 동그랗게 뜨자 눈썹 자리가 비죽 올라갔지만, 사실 남자에게는 눈썹이 하나도 없었다.

"친구들?" 남자가 모나의 턱에서 손을 뗐다. 모나는 고개를 끄덕였다. "잘됐네."

남자는 모나의 손을 잡고 계단에서 내려오도록 도와주었다. 그러고는 바닥에 닿은 후에도 손을 놓지 않고 모나가 통로의 잔해를 돌아 지나가도록 안내했다. 한쪽에 죽은 사람이 있었다. 위장복을 입고, 경찰이 쓰는 것과 비슷한 확성기를 쥔 채로.

"스위프트." 높다랗고 텅 빈 공간에 흑인 남자의 목소리가 울려 퍼졌다. 유리가 모두 달아난 채 검은 격자처럼 늘어선 창문들 사이로, 하얀 하늘과 겨울 아침을 배경으로 늘어선 그 검은 선들 사이로. "당장 여기로 와. 안젤라를 찾았어."

"하지만 전 안젤라가 아닌데요……."

열린 채로 고정된 커다란 문이 있는 곳, 하늘과 눈과 녹슨 벌판을 등지고

서, 코트 앞섶을 열고 넥타이를 바람에 휘날리며 걸어오는 양복쟁이가 보였고, 몰리의 호버가 그 곁을 지나 앞서 들어왔던 문을 빠져나갔지만, 그는 거들떠보지도 않았다. 왜냐면 그는 모나를 보고 있었으므로.

"전 안젤라가 아니에요."

모나는 자기가 본 대로 털어놓아야 할지 궁금해졌다. 조그만 스크린이 꺼지기 직전, 그 속에 함께 있던 안젤라와 젊은 남자의 모습을.

"알아." 흑인 남자가 말했다. "하지만 익숙해질 거야."

휴거입니다. 들림 받을 날이 다가오고 있습니다.

43

재판관

몰리라는 여자는 그들을 팩토리 안에 주차된 호버 크래프트로 데려갔다. 콘크리트 공구대를 들이받아 전면이 찌그러진 상태로 내버려 둔 것도 주차라고 할 때의 얘기였다. 흰색 화물 호버였고, 뒷문 두 짝을 가로질러 캐스드 캐세이라는 이름이 적혀 있었다. 그리고 슬릭은 그 여자가 언제 소리도 없이 호버를 이곳에 들여놓았는지 궁금했다. 어쩌면 바비 카운트가 드론으로 그의 정신을 빼놓는 동안 해치웠는지도 몰랐다.

알레프는 무거웠다. 소형 엔진 블록을 옮길 때처럼.

슬릭은 마녀의 모습을 확인하고 싶지 않았다. 날에 피가 묻어 있었기 때문이었고, 그럴 목적으로 만든 기계가 아니었기 때문이었다. 시체가 두 구, 또는 두 구 분량의 토막들이 있었다. 이 역시 보고 싶지 않았다.

슬릭은 바이오소프트 덩어리와 거기에 연결된 배터리 팩을 내려다보았고, 그 모든 것이 아직 거기에 있는지 궁금해졌다. 회색 집과 멕시코와 3제인의 눈이.

"잠깐."

여자가 말했다. 슬릭이 기계를 보관하는 방으로 통하는 경사로 앞을 지날 때였다. 재판관은 여전히 그곳에 있었고, 시체 분쇄기도……

여자의 손에는 아직도 총이 있었다. 슬릭이 체리의 어깨를 잡았다.

"체리, 저 여자가 잠깐 기다리래."

"내가 여기서 뭘 봤는데. 어젯밤에." 여자가 말했다. "외팔이 로봇. 그거 움직여?"

"어……."

"튼튼해? 짐도 나를 수 있어? 험한 곳에서?"

"응."

"가져와."

"뭐?"

"호버 짐칸에 실어. 당장. 빨리."

체리가 슬릭에게 매달렸다. 그 여자애가 붙인 뭔지 모를 패치 때문에 무릎이 풀린 상태였다.

"너." 여자가 총으로 체리를 가리켰다. "호버에 타."

"먼저 가." 슬릭이 말했다.

그는 알레프를 내려놓고 경사로를 올라가 재판관이 어둠 속에서 기다리는 방으로 들어갔다. 팔 한 짝은 그 옆의 방수포 위에, 슬릭이 놓아 둔 자리에 그대로 있었다. 톱이 제대로 돌아가게 고쳐야 하는데, 이제는 영영 그럴 수가 없었다. 원격 조종기도 먼지 낀 금속 선반에 그대로 있었다. 슬릭은 조종기를 들고 재판관의 전원을 켰다. 갈색 장갑판이 살짝 떨렸다.

슬릭은 재판관을 전진시켜 경사로를 내려갔다. 널따란 발이 하나 둘, 하나 둘 아래쪽으로 움직였고, 자이로스코프의 보정 효과 덕분에 팔이 없어도 균형을 잡을 수 있었다. 여자는 호버의 짐칸 뒷문을 열어 놓고 준비하고 있었다. 슬릭은 재판관을 곧장 여자에게 올려 보냈다. 여자는 자신을 향해 다가오는 커다란 재판관을 보고 슬쩍 뒤로 물러났다. 여자의 은색 선글라스에 반들거리는 녹 색깔 철판이 비쳐 보였다. 슬릭은 재판관을 따라 올라가서 짐칸에 어떻게 세워 놓아야 할지 궁리했다. 말도 안 되는 짓이었지만 적어도 그 여자는 무슨 계획이 있는 눈치였고, 당장은 뭘 하든 시체가 널린 팩토리에서 꾸물거리는 것보다는 나아 보였다. 슬릭은 젠트리를 떠올렸다. 책과 시체들과 함께 저 위에 있는 그를. 저 위에는 여자가 둘 있었고, 둘 다 안젤라 미첼과 비슷해 보였다. 이제 그중 한 명은 죽었다. 어떻게 죽었는지 왜 죽었는지는 알 수 없었다. 그리고 총을 든 저 여자는 살아 있는 다른 여자에게 남아서 기다리라고 했는데⋯⋯

"좋아, 좋아, 안으로 들여놔. 빨리 가야 해⋯⋯."

재판관의 다리를 옆으로 굽혀 호버 짐칸에 가까스로 넣고 나서, 슬릭은 짐칸 뒷문을 닫고 재빨리 뛰어가 조수석에 올라탔다. 알레프는 앞좌석 사이에 놓여 있었다. 체리는 뒷좌석에서 몸을 웅크리고 소매에 센스/네트 로고가 붙은 커다란 주황색 파카를 뒤집어쓴 채 덜덜 떨고 있었다.

여자는 터빈에 시동을 걸고 공기 주머니를 부풀렸다. 슬릭은 공구대에 걸릴 거라고 생각했지만, 후진을 시작한 호버는 크롬 막대 한 개를 부러뜨리고 무사히 빠져나갔다. 여자는 호버를 돌려 문으로 향했다.

팩토리에서 나오는 길에 그들은 슈트에 넥타이를 매고 트위드 오버코트를 입은 남자 곁을 지나쳤다. 남자는 그들을 거들떠보지도 않는 눈치였다.

"저건 누구야?"

여자는 낸들 아냐는 듯이 어깨를 으쓱했다.

"이 호버 갖고 싶어?"

여자가 물었다. 이제 그들은 팩토리에서 10킬로미터쯤 떨어진 곳에 있었고, 거기까지 오는 동안 슬릭은 한 번도 뒤를 돌아보지 않았다.

"훔친 거야?"

"당연하지."

"난 됐어."

"진짜?"

"한 번 들어갔다 나왔거든. 차량 절도로."

"그래, 네 여자 친구는 괜찮아?"

"잠들었어. 그리고 여자 친구 아니야."

"아니었어?"

"당신 뭐 하는 사람인지 물어봐도 돼?"

"사업가."

"무슨 사업을 하는데?"

"설명하기가 좀 까다로워."

솔리튜드 위의 하늘은 환하고 새하얬다.

"이걸 찾으러 온 거였어?" 슬릭이 알레프를 두드리며 물었다.

"그렇다고 할 수 있지."

"이제 어떡할 건데?"

"난 거래를 했어. 미첼을 이 상자가 있는 곳에 데려가기로."

"그 여자가 미첼이야? 쓰러진 여자?"

"맞아, 그 여자야."

"하지만 죽었잖아……."

"죽음이란 게 꼭 한 가지 방식만 있는 건 아니야."

"3제인처럼?"

여자의 머리가 움직였다. 슬릭을 쳐다보는 것처럼.

"너, 그 여자에 대해 뭐 아는 거 있어?"

"본 적이 있어, 한 번. 그 안에서."

"뭐, 그 여잔 지금도 거기 있어. 안젤라도 그렇고."

"그리고 바비도."

"뉴마크 말이야? 맞아."

"그래서 그걸 어떡할 건데?"

"저거 네가 만들었지? 짐칸에 있는 거, 그리고 다른 것들도."

슬릭은 어깨 너머로 호버의 짐칸에 접혀 있는 재판관을 돌아보았다. 머리가 없는 녹슨 인형 같았다.

"맞아."

"기계를 만지는 재주가 있다, 이거군."

"그런 셈이지."

"좋아. 네가 할 일이 있어." 여자는 눈이 덮인 울퉁불퉁한 쓰레기 더미 옆에서 속도를 줄이더니, 서서히 호버를 정지시켰다. "차 안 어디에 비상용 공구함이 있을 거야. 찾아서 지붕 위로 올라가. 가서 태양광 전지랑, 전선을 좀 뜯어와. 전지를 이 물건의 배터리에 연결해서 계속 충전되게 하는 거야. 할 수 있겠어?"

"아마도. 근데 왜?"

여자는 시트 등받이 깊숙이 몸을 기댔고, 슬릭은 그제야 여자가 생각보다 나이가 많다는 것을 알았다. 그리고 지쳤다는 것도.

"미첼이 지금 저 안에 있어. 저쪽에서 미첼한테 시간을 좀 주라고 했고. 그게 다야……."

"저쪽?"

"나도 몰라. 그냥 뭔가 있어. 내 거래 상대야. 전지가 제대로 작동하면 배터리가 얼마나 갈 것 같아?"

"몇 달 정도. 잘하면 1년."

"좋아. 내가 어디다 숨겨 놓을 거야. 전지가 햇볕을 잘 받는 곳에."

"전원을 끄면 어떻게 되는데?"

여자는 손을 뻗어 검지 끝으로 알레프와 배터리를 잇는 가느다란 케이블을 쓸어내렸다. 슬릭은 아침 햇살에 비친 여자의 손톱을 보았다. 인조 손톱 같았다.

"야, 3제인." 여자는 케이블 위로 손가락을 들고 말했다. "넌 내 손아귀에 있어."

뒤이어 여자의 손이 주먹으로 바뀌었다가 다시 펴졌다. 뭔가 놓아 버리듯이.

체리는 슬릭에게 클리블랜드에 도착해서 할 일들을 죄다 얘기해 주고 싶었다. 슬릭은 평판 전지 두 장을 재판관의 넓은 가슴 판에 대고 은색 테이프로 묶었다. 회색 알레프는 이미 등에 테이프로 고정되어 있었다. 체리는 그곳 상가에 있는 자동차 정비소를 자기가 안다며 슬릭이 거기서 일자리를 구할 수 있을 거라고 했다. 슬릭은 별로 귀담아 듣지 않았다.

작업이 다 끝나고 나서, 슬릭은 여자에게 원격 조종기를 건넸다.

"이제 당신이 돌아오길 기다릴 차례 같군."

"아니. 너흰 클리블랜드로 가. 체리가 방금 말했잖아."

"그럼 당신은?"

"난 산책 좀 하러 가려고."

"얼어 죽고 싶어? 아니면 굶어 죽을 작정이야?"

"다 집어치우고 혼자서 변화를 모색할 생각이야." 여자가 조종기를 만지작거리자 재판관이 부르르 떨더니 한 걸음, 또 한 걸음을 내디뎠다. "클리블랜드에 가서 잘 살아."

두 사람은 솔리튜드를 걸어가는 여자의 뒷모습을 바라보았다. 재판관이 쿵쿵거리며 뒤를 따랐다. 이윽고 여자가 돌아서서 외쳤다.

"야, 체리! 그 인간 목욕 좀 시켜!"

체리가 손을 흔들었다. 가죽 재킷의 지퍼가 찰랑거렸다.

44
빨간 가죽

페탈은 재규어에 구미코의 가방을 실어 놓았다고 했다.

"노팅힐로 돌아가긴 싫을 것 같아서, 캠든타운에 숙소를 잡았어."

"페탈 씨, 샐리 씨가 어떻게 됐는지 알고 싶어요."

페탈이 시동을 걸었다.

"스웨인이 샐리 씨를 협박했어요. 억지로 누굴 납치하라고……"

"아. 그 건 말이지." 페탈이 구미코의 말을 끊었다. "나도 알아. 걱정할 것 없어, 내가 아가씨라면 안 할 거야."

"전 걱정돼요."

"샐리는, 뭐랄까, 그 사소한 건에서 자기 힘으로 벗어나는 데 성공했어. 게다가 내 공무원 친구들 말에 따르면 자기 기록을 모조리, 아주 깨끗이 지워 버렸다더군. 독일에 있는 카지노의 지분만 빼놓고. 또 안젤라 미첼한테 무슨 일이 있었는지는 모르겠지만 센스/네트는 공식 성명을 아무것도 내 놓지 않았어. 그 건은 이제 다 끝난 거야."

"샐리 씨를 다시 만날 수 있을까요?"

"*내* 구역에서는 참아 줘. 부탁할게."

길가에 서 있던 차가 출발했다.

"페탈 씨." 차를 타고 런던을 달리는 동안 구미코가 말했다. "아버지한테 들었는데요, 스웨인이……"

"바보야. 지독한 바보. 그 얘기는 지금 안 했으면 하는데."

"죄송해요."

난방 장치가 돌아가고 있었다. 재규어 안은 따뜻했고, 구미코는 몹시 피곤했다. 그래서 빨간 가죽 시트에 기대어 눈을 감았다. 이유는 알 수 없었지만 3제인을 만난 덕분에 오랜 수치심에서 벗어날 수 있었고, 아버지의 대답을 들은 덕분에 분노에서 벗어날 수 있었다. 3제인은 너무도 잔인했다. 이제 구미코는 어머니 역시 잔인했던 것을 깨달았다. 하지만 모두 용서해야 했다. 언젠가는. 그렇게 생각하며, 구미코는 캠든타운이라는 곳으로 향하는 길 위에서 잠이 들었다.

45
저 위의 매끈한 돌

두 사람은 이 집에서 살게 되었다. 벽은 회색 석재, 지붕은 점판암 슬레이트, 계절은 초여름이다. 마당은 환하고 초록이 무성하지만 긴 풀은 더 자라지 않고, 들꽃은 시들지 않는다.

집 뒤편에는 잠가 놓고 열어 보지 않은 별채가 있고, 들판에는 묶어 놓은 글라이더들이 바람에 흔들린다.

언젠가 들판 언저리의 참나무 숲을 거닐다가, 안젤라는 낯선 사람 셋을 본 적이 있었다. 그들은 말과 거의 똑같이 생긴 탈것을 타고 있었다. 말은 이미 멸종되어 안젤라가 태어나기도 전에 대가 끊긴 동물이었다. 말안장에 앉은 트위드 코트를 입은 날씬한 소년은 오래된 그림에 나오는 신랑 같았다. 그 앞에 앉아 말에 올라탄 사람은 일본인 여자애였고, 소년 뒤에는 회색 슈트를 입은 창백하고 꾀죄죄한 작은 남자가 앉아 있었다. 남자의 갈색 구두 위로 분홍색 양말과 하얀 발목이 보였다. 여자애는 안젤라를 봤을까? 보고 눈을 마주쳤을까?

안젤라는 바비에게 그 일을 이야기하려다 잊어버렸다.

가장 자주 들르는 손님들은 새벽녘 꿈속에 찾아온다. 다만 한번은 싱글싱글 웃는 꼬마 요정 같은 남자가 찾아와서 묵직한 참나무 현관문을 수없이 두드리더니, 문을 열러 나간 앤지에게 '그 망할 꼬맹이 뉴마크'를 불러달라고 했다. 바비는 그 괴물을 핀이라고 소개했는데 그를 만나서 퍽 기쁜 눈치였다. 핀의 낡은 재킷에서는 퀴퀴한 연기 냄새와 해묵은 땜납 냄새, 절인 청어 냄새 등이 섞인 복잡한 냄새가 풍겼다. 바비는 핀이라면 언제든 반갑게 들여도 좋다고 했다.

"환영하든 안 하든 똑같아. 들어오려고 하면 막을 방법이 없거든."

3제인도 찾아온다. 새벽녘의 방문객들 중에는 3제인의 우울하고 머뭇거리는 존재도 있다. 바비는 거의 알아보지 못하는 눈치지만 안젤라는, 3제인의 기억을 한가득 담은 저장소는, 독특하게 뒤섞인 갈망과 질투와 좌절과 분노에 공명한다. 안젤라는 마침내 3제인의 동기를 이해하고 그녀를 용서하기에 이르렀다. 다만 햇살이 비치는 이 참나무 숲을 거니는 지금은, 딱히 용서하고 말고 할 게 있을까?

그러나 3제인의 꿈 때문에 가끔 피곤해질 때도 있다. 안젤라는 다른 꿈, 특히 자신의 어린 후계자가 나오는 꿈을 좋아한다. 그 꿈은 레이스 커튼이 바람에 부풀 때, 아침의 첫 새가 지저귈 때 찾아오곤 한다. 그럴 때면 안젤라는 몸을 웅크리고 바비에게 붙어 눈을 감고서, 머릿속에 콘티뉴이티라는 이름을 떠올린 다음, 조그맣고 환한 이미지들이 나타나기를 기다린다.

안젤라가 보는 가운데 그들은 그 소녀를 자메이카에 있는 클리닉으로 데려가 조잡한 자극제로 인한 중독을 치료했다. 인내심 강한 네트의 의료진은 소녀의 대사 기능을 세심하게 조절하고, 소녀는 마침내 눈부시게 건강해진다. 파이퍼 힐이 지각 중추를 정교하게 조정해 준 덕분에 소녀의 첫 스팀은 유례없는 인기를 누린다. 전 세계의 관객들은 소녀가 보여준 신선함에, 활력에, 호화로운 삶을 처음 누리는 듯한 유쾌한 천진함에 매혹당한다.

이따금 먼 스크린에 그림자가 스칠 때도 있지만, 잠깐뿐이다. 로빈 라니어는 뉴 스즈키 엔보이 호텔의 옥상 산기슭 표면에서 목이 졸린 채 꽁꽁 얼어붙은 모습으로 발견됐다. 그 스타의 목을 조르고 그곳에 버려 둔 길고 튼튼한 손의 주인이 누군지는, 안젤라와 콘티뉴이티 둘 다 알고 있다.

그러나 안젤라가 이해하지 못하는 어떤 것이, 역사라는 퍼즐의 특별한 조각 하나가 있다.

참나무 숲 그늘 끝자락, 강철 빛깔과 연어 살 빛깔을 띤 노을 아래, 프랑스가 아닌 이 프랑스에서, 안젤라는 바비에게 마지막 수수께끼의 답을 묻는다.

두 사람은 자정에 진입로에 나와 기다렸다. 바비가 안젤라에게 답을 주겠다고 약속했기 때문이었다.

집 안의 시계들이 열두 시를 알렸을 때, 자갈을 밟는 타이어 소리가 들렸다. 차는 기다랗고 지붕이 낮았고, 회색이었다.

운전사는 핀이었다.

바비는 차문을 열고 안젤라가 타도록 거들었다.

뒷자리에 앉은 젊은 남자의 얼굴을, 안젤라는 전에 언뜻 보았던 존재할 리 없는 말과 그 말에 탄 안 어울리는 세 사람의 기억 속에서 떠올렸다. 남자는 안젤라를 보며 빙긋 웃을 뿐, 말이 없었다.

"이쪽은 콜린." 바비가 안젤라 곁에 앉으며 말했다. "핀은 전에 봐서 알지?"

"이럴 줄은 꿈에도 몰랐겠지, 응?" 핀이 기어를 넣으며 말했다.

"응. 아마 몰랐을 거야." 바비가 대답했다.

이름이 콜린이라는 젊은 남자는 안젤라를 보며 싱긋 웃었다.

"알레프는 매트릭스랑 비슷한 거예요. 사이버스페이스의 모델이라고 할 수 있죠."

"예, 그건 나도 알아요." 안젤라는 바비를 돌아보았다. "그래서? 나랑 약속했잖아, '변화의 순간'이 왜 일어났는지 말해 주기로."

핀이 웃음을 터뜨렸다. 몹시도 기묘한 소리가 났다.

"중요한 건 '왜'가 아니야, 아가씨. '무엇'이지. 전에 브리지트가 '또 하나'가 있었다고 했던 거 기억나지? 응? 뭐, 그게 곧 '무엇'이고, '무엇'이 곧 '왜'야."

"기억나요. 브리지트 말로는 매트릭스가 마침내 자신을 깨달았을 때, 거기 '또 하나'가 있었다고⋯⋯."

"우리가 오늘 밤에 가는 곳이 거기야." 바비가 안젤라를 한 팔로 감싸며 말을 꺼냈다. "그렇게 멀진 않아. 하지만⋯⋯"

"다르지." 핀이 끼어들었다. "아주 달라."

"그런데 그게 대체 뭐죠?"

"그건 말이죠."

콜린이 갈색 앞머리를 옆으로 넘기며 말했다. 까마득히 오래된 어떤 연극에 나오는 어린 남학생이 할 법한 동작이었다.

"매트릭스는 지성을 얻음과 동시에 *다른* 매트릭스가 있다는 걸 인지했어요. 다른 지성 말이에요."

"무슨 말인지 모르겠어요. 만약 사이버스페이스가 인간이 만든 시스템의 데이터 총합으로 구성되어 있다면⋯⋯."

"맞아." 핀이 차를 돌려 길고 텅 빈 직선 고속도로로 들어서며 말했다.

"하지만 *인간* 시스템이란 말은 아무도 안 했잖아, 안 그래?"

"또 하나는 다른 곳에 있어." 바비가 말했다.

"센타우리 항성계예요." 콜린이 말했다.

그들은 안젤라를 놀리는 중일까? 바비가 꾸민 장난일까?

"그러니까, 매트릭스가 왜 그 부두교니 뭐니 하는 것들로 쪼개졌는지는 설명하기가 좀 어려워. 그 또 하나의 매트릭스를 만났을 때 말이야." 핀이 말했다. "하지만 그곳에 도착하면 아마 알 수 있을 거야……."

"제 생각엔 말이죠." 콜린이 말했다. "훨씬 재미있을 거예요. 이렇게 하는 쪽이 말이죠."

"다들 진지하게 하는 말이에요?"

"뉴욕 스타일로 1분이면 도착해." 핀이 말했다. "정말이야."

〈끝〉

주요 용어 해설

심스팀: 대리인 또는 사이버스페이스 내의 시점에서 인간의 감각 전체를 시뮬레이션 할 수 있는 가상 체험 장치.

센스/네트: 오락용 심스팀 소프트웨어를 제작 판매하는 거대 미디어 기업.

덱: 사이버스페이스에 접속할 때 사용하는 장비. 사용자는 덱의 전극을 몸에 붙여 가상공간 내의 자극 신호를 현실처럼 인식한다.

스프롤: 정식 명칭은 보스턴애틀랜타 광역 도시축(BAMA, BostonAtlanta Metropolitan Axis). 미국 동부 해안을 사실상 모두 포함하는 거대 도시.

바롱 사메디: 프랑스어로 '토요일 남작'이라는 뜻의 부두교 신(르와). 죽음을 관장하는 신이자 여신 마망 브리지트의 남편이다.

레그바: 부두교에서 신들과 인간을 연결하는 역할을 맡은 신. 영계와 인간계의 갈림길을 관장하며 두 세계 사이의 소통을 주관한다.

랑글레수: 비난과 위협을 일삼기로 악명 높은 부두교의 신. 단검과 피를 받는 양동이가 상징이다.

옮긴이 | 장성주

고려대 동양사학과를 졸업하고 출판 편집자로 일했다. '스티븐킹교'의 평신도를 자처하며 묵묵히 신앙 생활에 정진해 왔으나, 앞으로는 '스티븐킹교' 포교 활동에도 힘쓸 생각이다. 번역서로는 『별도 없는 한밤에』, 『아돌프에게 고한다』, 『다크타워 시리즈』, 『언더 더 돔』, 『워킹데드 시리즈』, 『일러스트레이티드 맨』, 『좀비 서바이벌 가이드』 등이 있다.

환상문학전집 ● 36

모나 리자 오버드라이브

1판 1쇄 찍음 2016년 7월 22일
1판 1쇄 펴냄 2016년 7월 29일

지은이 | 윌리엄 깁슨
옮긴이 | 장성주
발행인 | 김세희
편집인 | 김준혁
펴낸곳 | 황금가지

출판등록 | 2009. 10. 8 (제2009-000273호)
주소 | 06027 서울 강남구 도산대로 1길 62 강남출판문화센터 5층
전화 | 영업부 515-2000 **편집부** 3446-8774 **팩시밀리** 515-2007
홈페이지 | www.goldenbough.co.kr

도서 파본 등의 이유로 반송이 필요할 경우에는 구매처에서 교환하시고
출판사 교환이 필요할 경우에는 아래 주소로 반송 사유를 적어 도서와 함께 보내주세요.
06027 서울 강남구 도산대로 1길 62 강남출판문화센터 6층 민음인 마케팅부

한국어판 © ㈜민음인, 2016. Printed in Seoul, Korea

ISBN 979-11-5888-148-1 04840
    978-89-6017-456-6 04840(세트)

㈜민음인은 민음사 출판 그룹의 자회사입니다.
황금가지는 ㈜민음인의 픽션 전문 출간 브랜드입니다.